顾南西 / 著

罐装江先生

·下·

目录

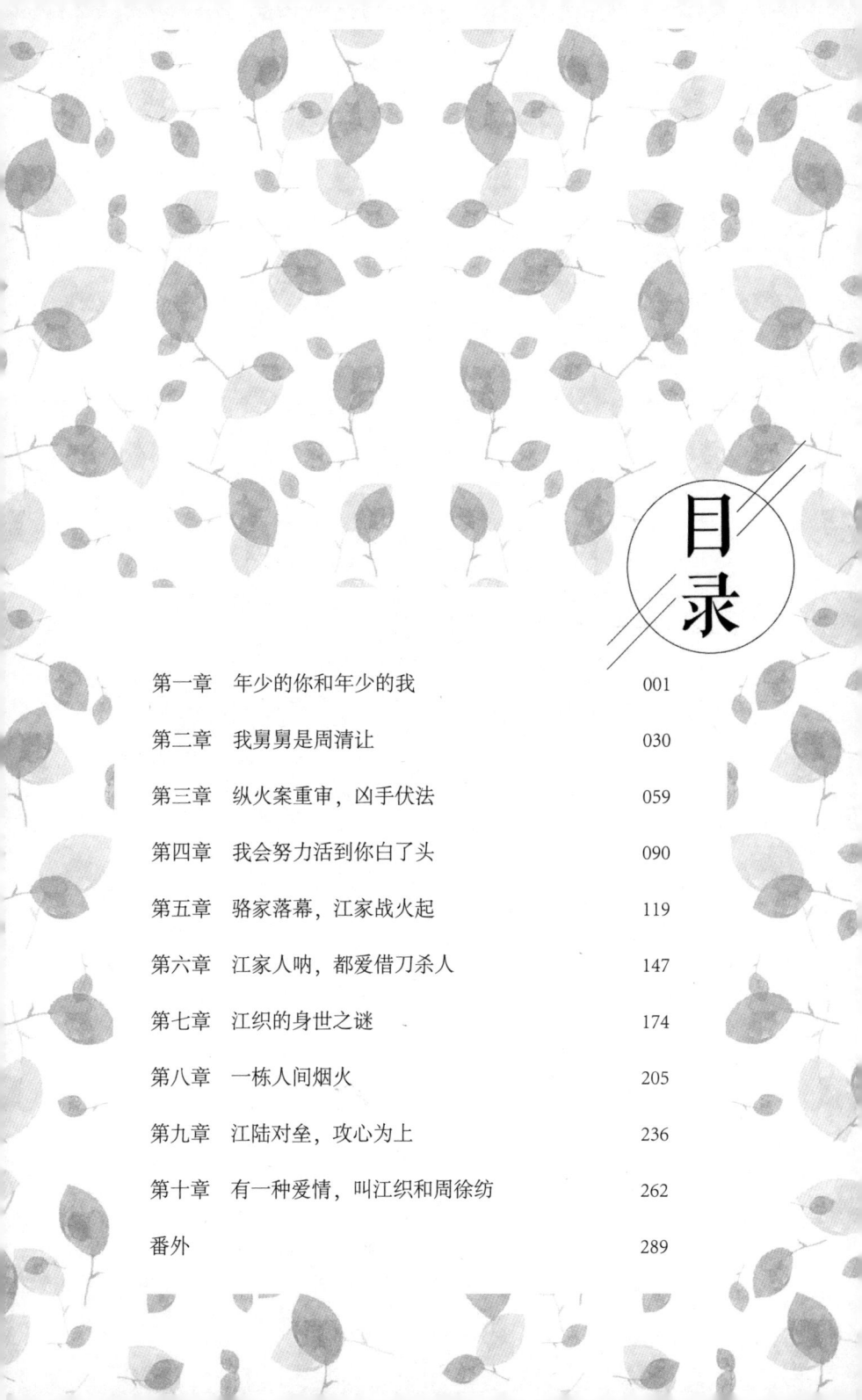

第一章　年少的你和年少的我　　001

第二章　我舅舅是周清让　　030

第三章　纵火案重审，凶手伏法　　059

第四章　我会努力活到你白了头　　090

第五章　骆家落幕，江家战火起　　119

第六章　江家人呐，都爱借刀杀人　　147

第七章　江织的身世之谜　　174

第八章　一栋人间烟火　　205

第九章　江陆对垒，攻心为上　　236

第十章　有一种爱情，叫江织和周徐纺　　262

番外　　289

目錄

◆第一章◆
年少的你和年少的我

七岁的时候,她问何香秀:"秀姨,为什么骆家人那么讨厌我,我也姓骆啊。"

说话是她自己学的,她几乎没有开过口,嗓子很怪,发音也很怪。

那次,何香秀骂了她,还打了她,说再也不准她开口了,骂完之后,找来一把剪刀,把她长到耳朵的头发全部剪了。

"你不叫骆三,你也有名字。"

小骆三磕磕巴巴地问:"那我叫什么?"

何香秀眼睛红了,拿了扫把在扫地上的头发:"襄南有个小镇,叫徐纺镇,你的妈妈和舅舅就来自那里。"

"你姓周,随你妈妈姓,叫周徐纺,徐纺镇的徐纺。"

七岁大的孩子懵懵懂懂:"秀姨,那我妈妈和舅舅呢?"

何香秀不说话。

小骆三伸手去拉她的袖子:"他们去哪儿了?他们为什么不来接我?"

她别开头,抹了一把眼睛:"都没了。"

小骆三听不懂:"什么是没了?"

"别问了。"

何香秀甩开她的手,去柜子里翻了条项链出来,其实也不是项链,就是一条线串了一块金属的圆片,上面刻了字,有打磨的痕迹。

何香秀把金属圆片挂到了她脖子上:"这是你妈妈留下来的,你好好戴着,如果别人问你妈妈是谁,你就当什么都不知道,你没有名字,没有家,也没有妈妈和舅舅,知不知道?"

七岁的小骆三不明白,不过她开心地想,总有一天她的妈妈和舅舅会来接她,接她回自己家。

"记住,不能让任何人知道你会说话,也不能让任何人知道你是女孩子。"

这句叮嘱,何香秀跟她说了好多遍,可她总不记得。

唐光霁在骆家工作,那时候骆老爷子还健朗,唐光霁伴在老爷子身边,很少会回平楼。骆三跟他相处很少,可她很喜欢他,即便在外人面前他总是很嫌弃她的样子,也会打骂她,但她还是很喜欢他。那时候,她可羡慕可羡慕唐想了,因为唐想有这么好的爸爸。

唐光霁每次回来,都会先去唐想那儿,然后再来阁楼。

她看见他,很开心,粗着嗓子叫人:"唐、叔。"

唐光霁冷脸:"你又说话,让你秀姨听见了,又要打你了。"

她傻兮兮地笑。

"二小姐刚刚是不是打你了?"

二小姐是打了,用玫瑰花打的。她却摇头。

唐光霁从大衣后面的帽子里摸出来一个瓶子:"擦这个药。"

她想说她不疼,她是个有问题的孩子,虽然不会说话是假的,但不会疼是真的。

"不疼也得擦。"唐光霁把东西塞给她就走了。

她抱着药瓶子,张着嘴不发声地说谢谢。

那时候她还小,可她都懂,唐光霁是很好的人,只是他们一家也寄人篱下,甚至他的至亲们也都在骆氏工作,要仰人鼻息。他总是说:骆三啊,唐叔不能管你了,你要自己学着生存。

她知道的,若是唐光霁一家对她太好,骆家人会不高兴,他们不高兴了,就会想着法子折磨她。唐光霁是个太心软的人,总是忍不住偷偷地善待她。

何香秀刚好相反,何香秀经常会打她骂她,只是她会挑肉多的地方打,挑不要紧的地方打。

骆三十几岁的时候,唐想就已经念大学了,她在学校住,很少会回来,上一次回来,唐想教了她加减乘除,这一次,教她写字。

"骆三。"那时候唐想长得很高,不像骆三,瘦巴巴的,唐想朝她招手,"过来。"

骆三跑过去。

唐想在本子上写了两个字:"这是你的名字,会写了吗?"

她摇头,她还只会最简单的数字,是何香秀闲暇的时候教的。

"怎么那么笨啊。"唐想边骂她笨,边抓着她的手,在纸上一笔一笔地教,"先写'三'字,看好了,就三杠。"

唐想带着她的手画了三杠:"会了吗?"

骆三立马点头。

桌子底下趴着的那只橘猫睡醒了,懒洋洋地喵了一声。这只猫是骆三在骆家门口捡到的,何香秀不同意养,扔了几次,橘猫自己又跑回来了,她管不了,索性就不管。骆三捡到的时候它还是只瘦小的小奶猫,现在吃得很圆润了,因为厨房的刘大妈很喜欢它,常给它喂吃的。刘大妈不喜欢骆三,从来不给她好吃的。

骆三还给橘猫取了名字，叫骆四。她指着那只猫，在纸上写了四杠。

唐想戳她脑门，骂她小傻子："四字不是这么写的。"她在那四杠旁边写了个四，"你照着写。"

她写不来，歪歪扭扭的。

"笨死了你！"

唐想一边骂她笨，一边认命地手把手教她。

那之后，唐光霁就会找一些旧书，偷偷塞到骆三床底下，她已经能认很多字了，只是写得少，手不听话，写起来很吃力。何香秀就把骆家不要的报纸扔给她，把唐想的旧书、旧本子、旧笔全部扔给她。

骆三不用干活的时候，就会自己写写画画，有一次，叫骆颖和看见了。

"切！还写字呢。"骆颖和把她的报纸和笔丢到地上，再踩上一脚，"你一个弱智学得会吗你！"

骆颖和比骆三高了一个头不止，她特别讨厌骆三，觉得她卑贱又穷酸："待会儿我同学要来，你去阁楼上待着，不准出来，要是恶心到了我的客人，我定饶不了你。"

骆三点头，去捡地上的笔。

骆颖和随便抓了个浇花的水壶，往她身上扔："离我远点，你脏死了！"

她是很脏，因为每天都要在花房里干活，还要在厨房里干活，水壶有水，砸她头上了，把她的光头浇湿了，还好是塑料的，砸不坏她的头。她捡起她的东西，站远一点儿，不碍骆颖和的眼。

"怪不得那个疯婆娘说你和你舅舅都是臭要饭的。"

疯婆娘是骆青和的妈妈。

骆三抬起头，因为她听到"舅舅"两个字。

骆颖和还骂："你妈妈还是狐狸精，你就是小狐狸精！"

骆三就听着，她想听更多她妈妈和舅舅的事。

"颖和！"徐韫慈跑进来，"不准乱说话！"

骆颖和哼了一声："我没乱说，骆青和她妈发病的时候说的。"

徐韫慈低声呵斥了她几句，转而对骆三说："别杵这儿了，出去。"

骆三抱着她的东西出去了。

那一年，骆青和的母亲萧氏病得很重，有严重的抑郁症，还有精神分裂，有暴力倾向，也有自杀倾向。

不知道为什么，萧氏一看到骆三就会情绪失控，会发病，或许是这个原因，骆青和格外地讨厌骆三，只要她得了闲，就会变着法子地刁难她。

那时，骆家温室的花房里，玫瑰花全开了。

阿斌过来说:"大小姐,我把骆三叫来了。"

骆三怯怯地上前。

骆青和让阿斌出去,把骆三叫到跟前:"看到桌子上的花了吗?给我把上面的刺都拔了。"

骆三去拿剪刀。

"用手,给我用手拔。"

骆三是从来不会反抗的,因为反抗没用,只会受更多的刁难。她低着头走过去,拿起一枝玫瑰,徒手掰上面的刺。玫瑰花的刺很硬,不好拔,她被扎了好几下手,指腹已经冒血了。

骆青和捧着本书,端着杯茶,穿着昂贵又漂亮的裙子:"动作这么慢,没吃饭是吧?"

她小心打量了骆青和一眼,继续拔刺。

"看我干什么?在心里骂我啊?对外说你是养子,你还真当自己是骆家人了,你不过是个孽种,只是命好,生对了性别。"

骆三低着头,任她骂着。

骆青和把杯子里的茶喝了,起身路过她时,留了一句话:"以后别再让我妈看到你,不然……"

她笑了一声,没往下说。等她走了,骆三重重地喘了一口气。

其实骆家的大人们并不会时常欺负她,只是把厌恶放在眼里,对她所受、所遇都视而不见,骆青和与骆颖和的话,她更怕骆青和。

骆青和生得像她母亲,骆三很怕这位骆家的大太太,萧氏病了很多年了,时好时坏,病情好的时候就关门闭户,几乎从不出房门,病情不好的时候总是会闹,会吵,会打骂别人,也伤害自己,尤其见不得骆三,见一次疯一次。

有次夜里,她睡着了,突然被人掐住了脖子,睁开眼,就看到了萧氏恨不得撕了她的眼神。

"你这个孽种。"萧氏掐着她喉咙骂她,"周清檬的孽种!"

周清檬。

这是骆三第一次听见这个名字,她想问问周清檬是谁,是她的妈妈吗?可萧氏死死掐着她的脖子,手上用力得快要把指甲都刺进她肉里。

"你们姓周的都该死,你这个孽种更该死!"萧氏声嘶力竭地诅咒她,"你去死,去死!"

骆三睁着眼,看房顶,视线越来越花,越来越花。

何香秀冲进来:"大太太。"她去拉萧氏的手,"大太太不要!"

事后,骆三想,要是秀姨晚来了一分钟,她应该会死,不知道天上的饭管不管饱,会不会给红烧肉吃。

萧氏那次病得很重,吞了一把安眠药,所幸被发现得早,人救过来了,事情尘埃落定之后,骆青和就要秋后算账,她把这笔账全算在了骆三的头上。

骆三记得那天,厨房的刘大妈一大早就起来张罗午饭了,刘大妈说,骆家有贵客要来,何香秀问她是谁要来了,刘大妈说:"江家的小公子来了。"

骆三听说过他,从骆青和的嘴里,好像是骆家姻亲那边的小公子,因为身体不好,没怎么来走动过。

上午的时候,骆青和来了花房,她把阿斌和彭师傅都支开了,只留了骆三在里面,骆三知道,她是要给她母亲萧氏讨账。

"不是让你别刺激我妈吗,现在不止哑了,还聋了是不是?"

骆三是"哑巴",挨骂也不会回嘴。

花房里常年温室,玫瑰花开得正好,骆青和去折了一枝:"骆三啊骆三,你怎么那么让人讨厌呢,跟你妈一样。"

话落,玫瑰花也落,落在了骆三的身上,因为要干活,她身上穿着单衣,花刺能扎进去,刺到肉里。

骆青和抽了她很久,一边抽一边用恶毒的话骂她,玫瑰花断了一枝又一枝,她不敢躲,也不能叫。

落了一地的玫瑰花瓣,红得像血。

"喂。"

是少年人的声音,还伴着几声咳嗽。

骆青和闻声后回头,瞧见一张清俊苍白的脸,这般好模样,她知道是谁了,莞尔一笑:"你就是江织吧。"

江织那时候十六岁,身体很不好。

"你过来。"他指着骆三,"过来给我领路。"

骆青和扔了手里的花,用帕子擦了擦手:"我给你领路啊。"

"我就要他领。"他看都没看骆青和,"听得到吗?过来。"

那是骆三第一次见江织,原来世界上还有这么好看的人呀。她当时就只有这一个想法。

他问她叫什么,不会说话的她在地上写了她的名字,还写她的猫的名字,她叫骆三,她的猫叫骆四。

字是歪歪扭扭的,她当时好懊悔,为什么没有好好练字呢,那样就可以写漂亮的字给他看。

江家的小公子上门是备了礼的,骆家每人一份,没有骆三的,虽然她也姓骆。

午饭后,江织来阁楼找她,她吓了一跳,慌慌张张地躲到门后面。

江织没有进去,在门口:"我不知道骆家还有个你,没给你备礼。"他咳了两声,"下次补给你。"

他一直咳嗽。

屋里的她趴在墙上,仔细地听着,一会儿后就没了声音,她探出脑袋去,没看见他,只在门口看见了一罐牛奶。

牛奶甜甜的,很好喝。

等到周末,唐想回来了,她把唐想拉到阁楼上去。

"干什么?"唐想包都没放下。

骆三把门关上,从地上找来一块炭,简笔画了个头上只有三根毛的男孩儿。

"你画的这是谁啊?"

她不能说话,又在男孩儿的旁边画了一朵花。那个少年可好看了,像花儿一样。

"画的什么呀?"唐想还是看不懂。

骆三便在地上写了一个很丑的字。

"江?"唐想猜,"江小公子?"

她猛点头。

江家小公子前几天来骆家做客,唐想也知道:"你问他做什么?"

她指自己,写了"骆三"两个字,再指那个三根毛的男孩儿。

"你问他叫什么?"

她捣蒜似的点头。

唐想说:"他叫江织。"

骆三在地上写了"知"这个字。

唐想摇头:"不是那个。"她拿着一小块炭,在知字旁边写了一个字,"是这个字,纺织的织。"

江织,江织,江织……

她终于知道他的名字了。她很笨,自己的名字唐想教了好多遍她才会写,可江织的名字,她看一遍就会了。

那个好看的少年,叫江织。

江织再来骆家是半个月后,这次他没有给骆家其他人备礼,而是提了个精致的袋子去了阁楼。

"给你。"他没进门,把袋子递过去,"礼物,骆家人都有。"他的意思是骆家人上次都备了礼,这是补她的。

骆三躲在门后面,怯怯地伸手去接,手小小的,干巴巴的,很瘦很黑。

礼物是一盒粉色的糖果，用漂亮的玻璃盒子装着，不是江织挑的，他哪会挑礼物，是他的"狐朋狗友"挑的。

他们在下面喊："织哥儿。"

"来了。"江织应了一声，就下去了。

门后的骆三探出头，偷偷地看他。

"礼物送了没？"是十七岁的薛宝怡。

礼物就是他挑的，以为是送给姑娘，选了个粉粉嫩嫩的东西。江织回头看了一眼阁楼，心不在焉地嗯了一声。

"给骆青和的，还是给骆颖和的？"薛宝怡十几岁就会对女孩子吹口哨了，脑子里不想点正经的。

江织白了他一眼，没理他。

他来劲了，用老父亲一样的口吻感叹着："欸，我们织哥儿也到了做梦的年纪了，知道给姑娘送礼物了。"

"滚。"

阁楼上偷看的少女偷偷笑了。她也十四岁了，是花一样的年纪，只是活成草。

就从那天起，骆三喜欢上了粉色，喜欢上了糖，喜欢上了漂亮的玻璃盒子，喜欢上了一个漂亮的少年，她想把这世上最美好的东西都送给那个漂亮的少年。

她从花房里折了一枝最漂亮、最高贵的兰花，为了送给他，她在骆家别墅的窗外偷偷站了很久。

他看到她了。

"你鬼鬼祟祟在这干什么？"

她把兰花给他，扭头就跑了。

这小傻子，给他花作何？

"你杵那儿干吗呢？"乔南楚也出来了。

后面，跟着薛宝怡，一瞧见江织手里的兰花，就开始调侃人了："哟，收到花了呀，织哥儿，哪家姑娘啊？"他在里头没瞧见人。

姑娘？

江织不喜欢花，捏在手里瞧了几眼，也没扔："少乱讲。"

薛宝怡正是怀春的年纪，骑着摩托车载姑娘出去打了几次麻将了，就自以为是情圣了，一副过来人的模样："我怎么乱讲了？都送你花了，准是对你芳心暗许了呗。"

"嘴巴闭不上了是吧？"江织拿着枝兰花，进了屋。

薛宝怡在后头，朝乔南楚挑眉："快瞧他，脸都红了。"

乔南楚看了一眼，还真红了。

那枝花被江织带回了江家，是骆家花房最贵重的一枝，自然，骆三少不了一顿打。

晚上唐光霁回来了，带着肉回来了，他把走路一瘸一拐的骆三叫过去，将打包回来的肉给她："去楼上吃。"

她白天挨了打，脚有点跛，不过她很高兴，欢欢喜喜地抱着肉上了阁楼。

唐光霁在后面念叨了一句："太瘦了，得多弄点肉给她吃。"

何香秀哼了一声："有饭吃就不错了。"

她哪有肉吃，骆家人想教训她，饭吃多了，也能成为挨打的理由。

唐光霁的话骆三听到了，她觉得是，江织好瘦，瘦了要吃肉。

后来，唐光霁不在家的时候，何香秀没看住她的时候，她都会偷偷去厨房，偷肉给江织吃，还会把她生病要吃的药都省下来，藏在枕头芯里，等江织来了，就都给他，因为他身体不好，总要吃药。

入冬后，江织畏寒，鲜少来骆家。

骆三只要得了闲，就会去骆家大门口蹲着，漫无目的地等啊等，等啊等，等那个让她一见着就欢喜的人。

她认得江家的车，老远就能认出来。

"小少爷。"

江织停下了脚："你先过去。"

江川犹豫了会儿，听从了吩咐。

"出来吧。"江织站在骆家的大门口，没往里走。

门口两边各种了一棵四五米高的雪松树，骆三从树后面挪出来，蹑手蹑脚、畏畏缩缩的。

"你躲这儿干吗？"

等你呀。她黝黑的小脸太瘦了，衬得一双眼睛很大。

帝都的冬天很冷，早上下了雨，地上没干的雨水一会儿便凝成了薄冰。这天气，她只在单衣的外面套了一件工装外套，外套上面印了五个大字——佳佳乐家私。

"骆家连衣服都不给你买？"

关于骆三的事，他问过他家老太太，说是骆家对外称这孩子是养子，可貌似下人都比这个养子的待遇要好。

他看了她的手一眼，被冻得不像话了，他把身上的羽绒服脱下来，给她："穿上。"

她没有接,眼睛亮亮地看着他。

"让你穿上你就穿上,别磨磨蹭蹭。"

羽绒服是短款的,黑色,他里面穿的是白色毛衣,雪一样的颜色。羽绒服好看,他也好看,她接过去,抱着摸了一会儿,穿上了。

小傻子。

衣服留下,江织头一扭,走了。

她跑着跟上去,就在后面一两米的距离,牢牢地跟着。

前面的少年回头:"别跟着我。"

她踮起脚尖,不发出声音地、轻手轻脚地、偷偷摸摸地跟着。

还跟着呢!前面的少年故意走快点,后面的小光头也跟着走快点。

早上下了雨,这会儿地上有薄薄的冰,他走得太快,脚底一滑就往后仰,她立马三步并作两步走,过去抱住了他,并且在后面扎了个马步,稳稳地托着他的腰。

这姿势!江织在心里骂了一句破天气,脸上面不改色:"你还不松开!"

两个男孩子,这么扶着像什么样子!

骆三赶紧松手,她手脏,他正好又穿了件白色的毛衣,她手抓过的地方留了几个黑色的手印。

脏死了!江织掸了掸毛衣,没掸掉那两块印,哼了声,往前走了。

骆三跟在后面,怕他再摔,张开着两只手、扎着马步,像一只螃蟹一样走在他后面。

前面的少年回头看了一眼,笑骂:"傻子。"

她笑得可开心了。

等把江织"护送"回了屋里,骆三就去扫地了,扫他来时的那条路。小雨断断续续的,她怕路上还会结冰,怕摔着他,就在那条路上铺了一层粗沙。路是不滑了,只是脏鞋。

下午,骆三就被二小姐叫去了。

"路上的沙是你铺的?"

骆颖和嫌骆三脏,从来不让她进别墅一步,她们都站在院子外面,天太冷,露天的游泳池因为没有人打理,也凝了一层薄冰。

骆三点头。

骆颖和把换下来的运动鞋扔到她身上:"给我洗干净。"

她蹲下,把鞋捡起来。

骆颖和发现了她身上的衣服:"你这衣服哪来的?"

江织给的,她穿大了很多,像小孩穿大人的衣服。

"偷的吧。"

骆三立马摇头。

怎么可能不是她偷的,这么贵的牌子。骆颖和认定是她手脚不干净:"之前是偷吃的,现在还偷衣服了。"她扯住骆三的袖子,"这么贵的衣服,你穿得起吗?脱下来。"

打不还手骂不还口的骆三头一回反抗,她一只手抱着身上的衣服,一只手推骆颖和。

骆颖和往后趔趄,火大了:"我叫你脱下来!"

骆三转头就要跑。

骆颖和一把拽住她羽绒服的帽子,用力一扯,顺着往后倒的惯性,把她推到了游泳池里。噗通一声,水花四溅。

立马有用人闻声过来,就看见二小姐叉腰站在游泳池旁边,怒气冲冲地说:"你把我的泳池弄脏了,不洗干净就别上来了!"

泳池里是骆三,在扑腾。

"二小姐,"用人说,"他好像不会游泳。"

"还能淹死他不成。"

不远处,骆家的用人们都出来瞧热闹了,私下议论纷纷。

"那不是骆三吗?"

"是啊。"

"他冲撞了二小姐,被罚下去洗泳池。"

"傻子就是傻子,都不知道要抽干水。"

江川在前面领路,正对江织说到老太太唤他回去,后面的人突然跑了。

"小少爷!"

江川就慢了一步,眼睁睁看着那个走路都会喘的少年跳进了泳池。完了,这得去半条命。

骆颖和都没瞧清是谁下去了:"谁跳下去了?"

用人看见了着急的江川:"好像是、是江小公子。"

骆颖和这下慌了:"还不快下去救人!"

人捞起来一看,真是江织!

江织不会游泳,这日天凉,池水又冰冷刺骨,他身子差、体质弱,喝了不少水,冰水入肺,大病了一场,送了半条命,还落了个怕水的毛病。

整整一下午,江织高烧不退、昏迷不醒。他昏昏沉沉间,听到有个粗哑的声音在叫他。

"江织。"

他眼睫毛颤动,睁不开眼,人迷迷糊糊的。

床头,趴着一个小光头。

"江织。"她把手放在身上擦了擦,握住他的手,"以后,我会对你好的。"

她眼睛红红的:"我会对你很好很好。"

这会儿,外面有人在说话,她擦擦泛着泪花的眼睛,不舍地从窗户爬出去了。

是许九如来了,随同的还有江家的家庭医生秦印与骆怀雨父女,一进屋,许九如便催着秦印:"秦医生,你快给织哥儿瞧瞧。"

秦印上前去把脉。

许九如叫了一声亲家公,语气着实不怎么友善:"我家织哥儿来这儿做客,你们骆家就是这么招待他的?"

骆怀雨没吱声,一旁的骆常芳开口了:"母亲,您误会了,织哥儿是自个儿跳下去的。"

"这么冷的天儿,谁脑袋被门挤了,自个儿跳下水?"

骆常芳心想,您的乖孙子可不就是脑袋被门挤了!

"行了,你们去忙吧,让织哥儿先静养着,待他醒了我再问他。"

骆家父女走后,许九如又唤来江川:"去把织哥儿的药煎了。"

"是,老夫人。"

江川出去后,许九如又朝外头喊了一句:"扶汐。"

温婉的少女缓步进来,是江家四房的姑娘,江扶汐,十六岁的少女出落得亭亭玉立,模样标致,气质极好,很是端庄大气。

许九如交代她:"我回一趟江家,你留下来,好生照看织哥儿。"

江扶汐说好。

江织是被吵醒的,睁开眼,只有管家江川在床边,屋外的太阳暗着。

"刚刚是谁来了?"高烧了许久,他嗓音很哑。

江川回道:"我去厨房拿药了,没注意,应该是扶汐小姐,她刚走没一会儿。"他端着托盘上前,"少爷,您先把药喝了。"

这中药又臭又苦,江织皱着眉端起了药碗,房门突然被撞开。

骆三跑过来,抢了他的碗,摔在了地上,汤药全洒了。

"怎么了?"江织问。

她拽着他就往外跑,上了阁楼,她像做贼一样,关上门,踮着脚凑到他耳边来说:"你要躲起来,他们给你喝毒药,他们都是坏人。"

那是江织第一次听她开口。

"你会说话?"

她没有回答，却从破破烂烂的枕头芯里翻出来一颗药，要喂给他吃，他满腹疑问，却还是张了嘴，吃了一颗"来历不明"的药。之后，她又把他藏到柜子里，自己背靠柜门，守着不走，直到她抬头看见了窗外的人。

　　骆怀雨在朝她招手。就是那次，骆怀雨发现了，她会说话。

　　她去见了骆怀雨，他要脱她的衣服，是唐光霁拦下了，等她再回阁楼，天都已经全黑了。

　　病弱的少年还没走，坐在她的小木床上等，也不嫌脏了，腿上盖着她的那条有补丁的毯子。

　　因为等了太久，他不开心了："你刚刚去哪儿了？"

　　她有心事，在思考着，没有回答。

　　他更加不满了，生气地盯着她："你不是会说话嘛，怎么都不理我？"

　　"干活去了。"声音又粗又哑，比许多男孩变声期的声音都要难听。

　　"为什么要装成哑巴？"他这么问的时候，不像个少年了，老气横秋，又让人踏实。

　　骆三看着他，没有回答。

　　"不可以告诉我？"她点头。

　　平时脾气不怎么好、耐心也不怎么好的少年这会儿很好说话："好，我不问了，你也不要告诉别人。"

　　她不会告诉别人的，连唐想都不告诉，她只告诉了他。

　　"江织。"她说话不利索，只有叫他名字的时候不会磕磕绊绊。

　　"别喝江川端给你的药，他是坏人。"从来不开口的她，对他说了很多字，"骆常芳也是。"

　　"我躲在厨房的时候听到了，骆常芳对江川说，杜仲少一钱，茯苓多一钱。"

　　她躲在厨房，是要偷肉给他吃。

　　少年的眼睛突然红了："好，知道了。"

　　外人都说他家老太太最疼爱他了，恨不得将天上的星星都摘来给他，那时候他太年少了，竟信以为真了。疼爱他却不庇护他，不像眼前的这个小傻子，分明自身难保，连饭都吃不饱，却恨不得把心都掏出来给他。

　　她踮着脚，摸他的头，笨拙地拍着："你别难过。"

　　"骆三，"他没躲，让她碰了他的头，"我想要天上的星星，你给我摘吗？"

　　骆三失落地说："星星摘不下来。"

　　如果能摘下来，她会用脚攀天，手去摘星辰。

　　江织笑了："你太矮了，等你再长高一点，就可以给我摘了。"

　　他在骗人，骆三还是点头，说好，说等她长高了就去给他摘星星。

那次落水,江织住了小半个月的院,出院的次日他去了一趟骆家。

"二小姐,"江川上了二楼请人,"我家小少爷请你过去一趟。"

骆颖和受宠若惊:"他找我做什么?"

江织这几个月来骆家来得勤,但他几乎没有同她说过话,更别说有私交了,也不同骆青和往来,倒是和骆三那个傻子走得很近。

"小少爷没说,我也不太清楚。"

"请你等一下。"

她去换了一身漂亮的衣服,怀着满心欢喜去了别墅的后院。

江织模样生得好,是帝都的贵公子,骆颖和当时十几岁,对漂亮高贵的少年自然心存好感。

"江织。"

羸弱精致的少年站在泳池旁,身后的冬日暖阳,被他一双夺目的桃花眼衬得黯然失色,真是漂亮得不像话。

"骆三是你推下水的?"他开口便质问。

骆颖和一颗雀跃的心一下子就冷了,狡辩说:"我只让他清理水池,是他自己脚滑摔下去了。"

"是吗?"

她慌得紧,躲开目光:"是。"

他没再说什么了,走到她后面,伸手推了她一把,然后从外套口袋里拿出一块手帕,擦了擦手:"抱歉,手滑。"

泳池有近两米深,骆颖和不会游泳,在里面胡乱扑腾。

"救……救……"

她张嘴呼救,呛了两口水,就开始往下沉。

用人闻声过来,刚要上前救人,江小公子慢慢悠悠地扔了一句:"你们二小姐在清理泳池,没清理干净之前,别下去打扰她。"

这下用人不敢上前了。

"江川。"

"是,小少爷。"

江织把擦手的帕子扔给了他:"留在这儿看着,人没死就成。"

他的意思是,先让她喝点水、吃点苦头。

江川看了一眼在水里挣扎的少女:"少爷,这不大妥,万一——"

"我做什么了?怎么就不妥了?"江织半敛着眸,桃花眼淡淡地扫过去,"你们看到了吗?"

用人先是发愣,而后摇头。

江织面不改色地扭曲事实:"是她自己脚滑,摔下去的。"

说完他便走了,留下江川在这里看着,等人水喝得差不多了,才让人下去捞人。自然不会淹死人,分寸还是有的,就是让骆颖和喝了点冷水,得了肺炎。

打那之后,骆颖和对江织就彻底收了心思,别说惦记他了,怵他怵得要死,看见了就躲。

这事儿自然也传到了许九如的耳朵里,她把江织叫来,发了一顿火:"要是人有个什么,你怎么跟骆家交代?"

江织年少,不服管:"这不是没什么嘛。"

他是半点悔改之心都没有,许九如恼得很,鲜少这样疾言厉色:"还不知错啊你?"

他不知错,还有理了:"是您教我的,以彼之道还施彼身,我摔下去就是她害的,现在正好,两清了。"

十六岁的少年,轻狂得很。

"前几日你还说是你自个儿摔下去的,怎么现在又成她害你了?"

少年扯起谎来面不改色:"她让人下去清理泳池,水打湿了路面我才滑了脚,不怪她怪谁。"

他胡搅蛮缠也就罢了,不能把骆三搅和进来。

这般无理取闹的话把许九如气得不轻:"你还强词夺理,下午你随我上骆家赔个不是。"

"不赔。"

"你——"许九如气结,"你这泼皮!"她气得拍案起身,拂袖就走。

窝在躺椅上的江织坐起来:"您别走,我还有事儿问您。"他喊得急,气不顺,咳了几声。

许九如不忍心,又折回来了,给他顺着气:"又要干什么?"

他喘了几下,因为咳嗽,白皙的皮肤透出淡淡的一层血色:"您知不知道骆三是从哪里抱养来的?"

"你问这做什么?"

"不做什么,就是想不明白而已,骆家想要个传宗接代的儿子,怎么不领养个正常的,偏偏找了个不会说话的。"

他想不明白骆三为什么要装哑。

"这是骆家的家事,外人怎么会知道,骆老爷子对外说,那孩子三岁了才被查出有问题,不忍心丢了才继续养着。"

这种理由也就是骗不知情的外人。

"养得不人不鬼的,动不动就打骂,"少年冷嘲热讽着,"我看是他仇家的孩子吧。"

平时连自家事儿都懒得管的家伙对骆家那养子却上心得很。

许九如不悦:"少管别人家的事儿,尤其是骆家那个哑巴,你给我离他远一些。"

他哼了哼,没说话。

离远一些是不可能的,江小公子去了骆家就找那小哑巴,正因为如此,传出了不少闲言碎语,说江家的小公子有龙阳之好。每次骆三听了这样的话,都非常沮丧,偷偷跑到卫生间,把束胸的白布解下来,拿着面小破镜子左照右照,越照越沮丧。

直到夏天她才长了一点个头,胸前也长了一些,怕被人瞧出来,就总是含胸驼背,因为这个,江织说了他几次,说她缩头缩脑,像只老鼠。

"骆三。"

她刚摘完狗尾巴草,就被骆颖和叫住了:"手里拿的什么?"

狗尾巴草是江织最喜欢的东西。

江织说了,今日会来找她,她特地去后院采了一把最茂盛的狗尾巴草,每一根都是她精挑细选过的。

骆颖和瞅了一眼那把草:"什么垃圾都往屋里捡,跟个要饭的一样。"数落完,她指了指放在门口的一盆兰花,"你把这兰花给大伯母送去。"

骆三站着没动,骆青和说过,不准她出现在萧氏的面前。

骆颖和见她不动,恼火得骂:"聋了是吧,还不快去!放门口你就下来,骆青和要是问起来,你就说是我让你上去的。"

骆三犹豫了一会儿,还是搬着盆兰花上去了。

"傻子!"骆颖和笑得扬扬得意。

萧氏跟骆常德在楼上吵架,这小傻子现在上去,只要被萧氏撞上,就有好戏看了。

骆常德夫妇分居多年,萧氏住在三楼,骆三还没走近房门口,就听见了争吵声,模模糊糊的,听不太清。

萧氏在谩骂:"骆常德,你就是个畜生!"

"连你的义妹都不放过。"

她疯了似的,一边破口大骂,一边放声大笑:"老天都看不过去了,哈哈哈哈哈哈……活该被周清檬剪掉命根子,活该你断子绝孙。"

骆常德也好不到哪儿去,情绪彻底失控,房里,瓷器被砸得咣咣作响。

"你他妈住嘴!"

萧氏非但不收敛，还变本加厉地辱骂："义妹搞完了，又看上弟妹了，你可真恶心！我要去告发你，我要让所有人都知道你是个猪狗不如的东西！"

"我再警告你一次，给我闭嘴！"

"不要脸的畜——"

话没骂完，咚的一声，骆常德把萧氏按在了沙发上，双手掐住她的脖子。

"你说啊，怎么不说了？"

"去告诉别人，是我强迫了周清檬。"

"去啊！你去啊！"

他用一只手掰着她的嘴，另一只手拿了一瓶安眠药，往她嘴里灌："我让你说，我让你说！"

安眠药洒得地上到处都是，萧氏挣扎了几下，就不动了。

门没锁，门后面骆三捂着嘴，转身要跑，手里的花盆却撞在了墙上，发出了声音。

骆常德骤然回头："谁！"

她惊慌失措，手上的狗尾巴草掉了一地，也来不及捡，抱着花盆跑下了楼。

骆常德盯着门口那条缝看了许久才收回视线，他松开手，摸了摸萧氏的颈动脉——

他手里剩下的半瓶安眠药掉在了地上。

他在沙发上坐了一会儿，推门出去，在门口看到了一堆狗尾巴草，回头看了沙发上还没有闭眼的萧氏一眼，锁上房门，下了楼。

楼下大厅，只有骆颖和在。

"刚刚是你上楼了？"

骆颖和抬头就看见骆常德发红的瞳孔，下意识就往后挪："不是我，是骆三。"她不敢看骆常德的眼睛，"骆、骆三上去送花，我让他别上去，他非不听。"

骆常德什么也没说，又回楼上了。

当天晚上，骆家的大太太萧氏去世，死因是吞了过量的安眠药。没有立案侦查，骆常德对外说是自杀，因为萧氏患有抑郁症和精神分裂，一直都有自杀自虐的倾向，根本没有人起疑。

那天夜里打雷，骆三睡得迷迷糊糊间，有人推开了阁楼的门，她以为是何香秀，坐起来开了灯。骆青和双目通红地走到床边。

"我妈死了。"

她逼近，骆三往后退。

她的目光里面全是仇恨烧成的火焰："你也去死吧。"

她拿起凳子就往骆三头上砸。

头破了，人没死，就像何香秀说的，骆三的命特别硬。

萧氏头七的那天，骆青和变本加厉地折磨她，骆颖和也跟着添油加醋。她头刚好没多久，又被骆颖和用花枝抽了一顿，就因为她在地上捡了一颗糖。糖是要给江织吃的。

江织骂她傻子。

他们见面的时候，正是夕阳西下时，余晖是红澄澄的颜色，漂亮的少年额头出了汗，脸与眼眶都是红的。

他说："骆三，你跟我去江家吧。"

十六的江织都还没有长大，他站在一片狗尾巴草里，单薄的后背挡住了光："到我家里来，我用零花钱养你。"

他把那颗她捡来的糖放回她手里："这样的糖，我可以给你买一屋子。"

骆三红着眼睛，用力点了头。

那日下午，江织来给她送了一盒棉花糖，玻璃盒子装的，精致极了，比骆颖和的糖还要漂亮许多。

他把盒子塞给她："不是我买的。"他别别扭扭地解释，"薛宝怡给的。"

就是他买的，不乐意她在地上捡别人的糖，他跑了几条街，去给她买了个最贵的，连装糖的盒子都镶了钻。

他继续说："薛宝怡认得吧，上次在门口骑机车的那个，染一头黄毛。"

他年少青涩，口是心非。

这么蹩脚的谎话，也就骆三相信，他说什么她都信："认得。"那个喊他织哥儿的黄毛还戴了十字架的耳饰。

骆三觉得那个人可洋气了。

少年还在说谎话，为了送她一盒糖，说了一个又一个的谎："一个姑娘送给他的，我们都不爱吃。"

她嗯嗯了两声，坐在小池边的台阶上，挑了粉色的先吃，咬了一口，满足得眼睛都眯起来了："这个糖好软。"

"你是不是没吃过？"

她塞了满嘴的棉花糖，鼓着腮帮子，小鸡啄米似的点头。

"上次给你的糖果呢？"

她用粗粗的声音回答："我还没吃。"

"干吗不吃？"

她不舍得吃。因为那个糖有包装袋，袋子是五颜六色的，很漂亮，她舍不得拆了。

她傻兮兮地说:"留着过年吃。"

江织都不知道说她什么好了。

"喵。"

橘猫趴在她脚边,正用脑袋蹭她的手,她撕了一点点糖,给它吃,它嗅了嗅,甩开了脑袋。

她就自己吃了,一颗一颗往嘴里放,嚼着糖,两条黑黑细细的腿来来回回地晃悠着,很快乐。

"好吃吗?"

她点头,挑了一个粉色的,喂到他嘴边:"你也吃。"

棉花糖是粉粉嫩嫩,小光头的手是黑不溜秋的。江织看了看糖,又看了看她的手,有些嫌弃她脏,但还是张了嘴,吃下去了。

他觉得甜得腻人,但她喜欢,她很喜欢糖。

"那你明天在这里等我,我给你带棉花糖来。"

她冲他咧嘴笑:"好。"

江织拎起那只懒洋洋趴着的肥猫,扔开,垫了块帕子,他自个儿坐下了,挨着骆三。

肥猫骆四张牙舞爪了两下,就老实趴到另一边去了。

"江织。"这两个字,她喊得最顺口了。

"嗯?"

她把脚边的橘猫抱起来,揉它那肥得快看不到眼睛的脸,替它挤出一个讨人欢喜的表情出来:"骆四可以跟我一起去江家吗?"她小心翼翼地替怀里的肥猫说话,"它吃得不多,睡外面也可以。"

江织又把猫拎过去,扔远:"可以。"不理会脚边龇牙咧嘴的猫,他问,"还有什么要带的?"

她想了一下:"枕头。"她好高兴,笑得腼腆,"我要带我的枕头去。"枕头里有很多好东西,她要带去他家里。

那个破破烂烂的枕头江织也见过:"你想带什么就带什么。"

她更高兴了,两腿蹬得更欢快了,怯怯地笑,露出一排洁白的牙齿:"我不会白吃饭的,我可以给你家干活。"

"干什么活?"

"我给你洗衣服。"

他语气带了点儿训人的意思,也不是真凶她,就是不乐意她洗衣服:"谁要你洗了,你一个男孩子洗什么衣服。"他别过脸去,不知是天太热还是怎的,他耳朵与脖子有些红,"等到了我家,我给你找个学校,你就去念书。"

骆三拼命点头,用比公鸭嗓还难听的声音说:"你真好。"

他嘴角往上跑,就是不看她,看着远处的红日:"哪儿好了?"

"哪儿都好。"

哼,尽拣好听的说。

那天的天很热,他一定是被太阳烤昏了头,扭头去看她,让她黑白分明的一双眼睛迷了魂。

他鬼使神差似的,问了句:"那你喜不喜欢我?"

她傻了,张着嘴,口水流出来,嘴里的棉花糖都掉了,掉在了他手上。

她脏死了,这么脏他居然还觉得她可爱,也不嫌弃她,用手背擦她嘴角的口水。

十六岁男孩子,头一回很手足无措:"我不是变态,我就是——"

啵!

她在他脸上亲得很响,沾了他一脸口水,怯怯地说:"江织,我好喜欢你。"

"你脏死了!"骂完,少年红着脸笑了,"我也就一般般喜欢你吧。"

太阳快落山了,骆三才回花房,进门的时候刚好撞上了花房的彭师傅。彭师傅手里提着一只桶,蓝色塑料的,瞧不清里面装的是什么,骆三鼻子灵,嗅到了汽油的味道。

"骆三。"

彭师傅喊住她,又摇了摇头:"没什么。"

骆三摸摸她的光头,去花房浇水了。

当天傍晚,骆家大火,两死一伤,同日,江家小公子病重,昏迷不醒。

时隔八年,骆常德因花房杀人案被捕。

"董事长。"

里头没声音,用人在门口说:"大少爷被警方的人带走了。"

还是没人应,过了一会儿,里面传来了咳嗽声。用人拿不准老爷子的意思,也不敢贸然进去打扰,在门外候了半晌才离开。

徐韫慈在客厅,正着急找律师。

骆颖和应该是刚被叫回来,身上还穿着外出的衣服,化了个浓妆,冷不丁地来了一句:"报应。"

徐韫慈瞪了她一眼:"你上楼去,别在这儿添乱。"

她哼了一声,踢踢跶跶地上了楼。

十点,江织才带周徐纺回家,在骆家的阁楼上,她哭过了。许是累了,她在车上睡了一路。

江织轻手轻脚地抱她下车,她也没醒,等到了卧室,刚把她放到床上,她就睁开了眼睛。

"醒了？"

"嗯。"她哭过，有鼻音。

江织给她脱了鞋，盖上被子。

她把手从被子里伸出来，搂在他脖子上："我刚刚睡着了，做了个梦。"

也不是梦，都是她的过去。

"梦到我了吗？"

"梦到我亲你了。"

江织把鞋踢了，躺下去，把她捞进怀里："谁教的，小小年纪就亲男孩子。"

她抱着他笑。

"你刚刚睡觉的时候哭过了，不准再哭了。"

她说："好，江织。"

屋里窗没关，外头的风吹进来，吊灯上水晶晃晃悠悠，把灯光碎成一瓣一瓣，落在她眼睛里，里头有无数个江织的影子，她抱着他的脖子，把他拉过去，亲亲他的脸："我好像更喜欢你了。"

江织笑，问她有多喜欢。

她想了想："想给你吃肉，想给你采狗尾巴草，想去天上给你摘星星。"

想把全世界最美好的东西，全给他，命也给他，人也给他，她的长命百岁、她的往后余生，全部都给他。

江织一只手支着下巴，一只手放在她腰上："还有呢？"

"想嫁给你，想给你生儿育女。"

江织笑着吻她。

周清让与唐想约了上午十点在疗养院见。出发之前，他接了一通电话。

"周小姐生下男孩的同一年，唐光霁夫妇就从乡下抱养了一个孩子到骆家。"

"周先生，如果我没有猜错的话，骆家的养子骆三应该就是你姐姐生下的那个孩子。"

"八年前骆家大火，骆三葬身火海了。"

周清让坐在副驾驶，若有所思。

唐颖叫了他两声。

周清让这才抬头："嗯？"

她把车停在路边："到疗养院了。"

他往车窗外看了一眼，拿起拐杖："谢谢。"道完了谢，他推开车门，拄着拐杖下了车。

他很客气,明明他们都认识了那么多年,这次若非他着急过来,若非她刚好"顺路",他大概连她的车都不坐。

唐颖还坐在主驾驶:"我在这等你。"

他摇头,说不用了:"你回去吧,路上小心。"

唐颖不好说什么,只好先走。

"小叔叔。"

唐想出来接人,刚好瞧见那辆红色私家车的车屁股,那车一看就是女士的:"女朋友啊?"

周清让摇头:"是同事。"他挂着拐杖,走得很慢,"你母亲好些了吗?"

"情况已经稳定了。"

何女士上次走丢受了很大的惊吓,那一阵子的精神状态非常差,周清让原本要来拜访的,担心再刺激到她才一拖再拖。

周清让顾虑着何女士的病:"我能见见她吗?"

唐想领着他往疗养院里头走,脚步放得很慢,却不显得刻意:"应该没问题,前几日我旁敲侧击地提过你,我妈也没有很大反应。"

这会儿,何女士在疗养院的花园里晒太阳,她坐在轮椅上,看护推着她四处转,她老远就看到了唐想。

"想想。"何女士冲唐想招手。

唐想领着周清让一道过去。

何女士注意到她身边的男士了:"这位是?"

唐想让看护先回病房,她来推轮椅:"妈,您不认得他吗?"

何女士打量着周清让:"你是?"

比起以前,她老了很多。

周清让到她面前,微微俯身:"我是清让。"

何女士听了,有些惊讶:"你也叫清让啊,我家有个弟弟也叫清让,不过他才十几岁,还在念书,成绩可好了。"

那是十四岁的周清让,还是翩翩少年郎。如今的他,不良于行、满目沧桑。

"秀姐,"他弯下腰,看着故人,声音发哑,哽住了喉咙,"我是清让啊。"

他刚来骆家的时候,还年幼,躲在姐姐后面,因为初来乍到,很不安,出来骆家门口接他们姐弟的是一位微微发福的妇人,手里还牵着个扎了羊角辫的小女孩:"是清檬和清让吧。"

姐姐说是。

妇人抱起小女孩:"还没吃饭吧,快进来,我给你们下面条吃。"

她怀里的女孩笑眯眯地喊人:"小姑姑,小叔叔。"

事过境迁，物是人非。

何女士已经认不得人了："想想，这人怎么了？"

"妈，他是小叔叔。"

"胡说八道，你小叔叔才多大。"

那时候周清让十四岁，还在念高中，平时都住校。

何女士的记忆很乱，还当是二十三年前："想想，你帮我打个电话去问问，他怎么这么久都不回来。"

唐想只好装模作样地去打电话，装模作样地问人几时回来。

"给我接。"

何女士刚说完，唐想就及时收了手机："已经挂了。"

何女士唠叨了两句，说那孩子怎么也不归家，又问唐想："他有没有说什么时候回来？"

唐想瞎掰："下周末就回来。"

何女士不满，念叨了一会儿，突然问起："骆三呢？"

刚说到周清让，现在又绕到了骆三头上，这是癔症又犯了。

唐想回答何女士说："她出去了。"

"她是不是又去摘狗尾巴草了？"

唐想就说是。

"成天就知道整些没用的，挨打都学不乖，你去帮我把她叫来。"

"好好好，我去叫。"

唐想作势要去寻人，刚迈出脚没几步，何女士在后面大喊："想想！"

唐想哭笑不得："又怎么了，妈？"

何女士一下抓住了她，惊慌失措地说："快救火，你爸爸和骆三还在里面，他们还没出来！"

"光霁，光霁！"

她大声喊着丈夫的名字，从轮椅上站起来："水桶呢，水桶在哪儿？"

没看到水桶，何女士推开唐想就往前冲，嘴里边念着救火。

"妈！"

唐想没喊住何女士，跟周清让打了个招呼："我先去照看一下我妈。"

周清让颔首，唐想去追何女士了。

他没有机会问骆三的事，心里也还抱着侥幸，或许不是骆三，或许那个孩子还尚在人世。他手机响了，来电显示是胡先生。

胡先生是私家侦探，受他雇佣，在调查他姐姐的事。

"周先生，骆常德被捕了。"

"为什么被捕?"

胡先生说:"警方怀疑骆家八年前的大火是有人纵火杀人,骆常德父女都是嫌疑人,一个纵火,另一个杀人。"

这些都是骆家人干得出来的事。

何女士又发病了,精神科医生建议:短时间内闭门静养,免受刺激。

电视台来电话,催周清让快些回台里,他前脚刚走,周徐纺后脚就来了,在病房外跟唐想碰了面,也没见到何女士。

"秀姨的情况还好吗?"

"医生给她注射了镇静剂,刚睡下。"

两人去了附近的咖啡厅。

唐想点了两杯喝的:"江织怎么没陪你一起过来?"她把白糖推过去,周徐纺喜欢甜的。

周徐纺加了五勺糖:"他今天得拍戏。"剧组的行程都提前定好了,不能延误,过会儿江织会来接她。

"我听江织说你都想起来了。"

周徐纺点头:"我有问题想问你。"

"什么?"

"秀姨为什么让我装成男孩子?"

何香秀从来不同她说这些,也不准她问,除了她的名字,关于她的身世何香秀绝口不提,连周清檬的名字她都是从萧氏与骆颖和嘴里听来的。

唐想摇头:"具体的我也不太清楚,我爸妈连我都瞒着,要不是你出现,我应该还不知道骆三是女孩子。"

她回忆了一下:"妈发病的时候,我倒是听她念叨过,说得颠三倒四的,我也没怎么听明白,大致是说骆家需要男孩子传香火,如果骆三是女孩儿的话,老爷子不会留着。"

跟周徐纺想得差不多。

唐想眉心越拧越紧:"骆常德有很多私生女,但因为都是女儿,老爷子一个也没认回去。徐纺,我猜,你可能是骆家的孩子。"不然没必要领养一个有"残缺"的孩子。

周徐纺没说话,却点了头。

唐想欲言又止。

周徐纺知道她想问什么,回答了:"是骆常德。"

唐想突然觉得咖啡没了滋味,咽不下去:"抱歉。"

"没关系。"周徐纺仍旧很平静,"唐想,你知不知道周清檬?"萧氏曾经掐着她的脖子说过,她是周清檬的孽种。

唐想愣了一下:"知道。"

她有一个很不好的猜测,她把手从桌子上放下去,手心有汗:"二十三年前,周清檬来帝都投亲,跟我们一家一起,都住在骆家的平楼里。"

周徐纺问:"她是秀姨的亲戚吗?"

"不是,周清檬的父母是骆怀雨的至交,周家出事之后,骆怀雨认了周清檬当义女。"

半个小时后,江织来接周徐纺,戏还没拍完,他放心不下周徐纺,提早结束了。他到的时候,周徐纺就蹲在咖啡店的店门前,靠左边的小角落里,她抱着膝盖蹲着,一动不动,

江织走过去,蹲下:"怎么蹲在这里?"

周徐纺抬头,眼神有些空:"我在想事情。"

外边有风,呼呼乱吹,江织把她额头的碎发理好:"在想什么?"

"我在想,这世上有没有报应。"

江织把她的口罩摘了,摸摸她冰凉的小脸:"那你想出来了吗?"

"想出来了。"

"有吗?"

"这世上没有报应。"

要是有报应的话,二十三年前骆常德就要遭报应了,哪会活到八年前,哪会让他继续作恶。

"我妈妈——"

江织打断了她:"唐想都跟我说了。"他靠过去,张开手抱住她。

周徐纺趴在他肩上,在自言自语:"我还有个舅舅,我妈妈出事的那天,他出车祸了,成了植物人,在医院躺了十五年。"

江织没说话,轻轻拍着她的背。

她小声在说:"从十四岁到二十九岁,最好的年纪,全部都躺在医院里。"

"他左腿被截掉了,右腿也不好,里面还有钢钉。他生了好多病,不知道能活多久。"

"唐想说,车祸不是意外。"

她的舅舅周清让,是被人害成那样的。

她把手攥成了拳头,紧握着,指尖发青:"江织,我好讨厌姓骆的。"她没有忍住,哽咽,"我想烧死他们。"

"我帮你烧好不好?"

"不要。"她松开拳头,抱住江织,"我不要你犯罪。"

晚上八点，突然刮起了大风。唐颖敲了敲门，休息室里的人说进。

她推门进去，没看见周清让，只有助理小袁在里面："师兄走了吗？"

"一下播就走了。"小袁手里还拿着周清让的手机，"他把手机落下了，也不知道是谁找他，电话一直打。"

正说着，铃声又响了。小袁看了一下来电，还是刚刚那个号："又打过来了，可能真有什么急事。"

"你接一下吧。"

小袁接了电话，对方是个女孩子，唤周清让："小叔叔。"

"你好，我是周老师的助理。"

"你好，我是唐想。"

小袁客客气气地解释："周老师已经回去了，手机落在了电台，你有什么急事找他吗？"

怪不得一直没人接，唐想也刚知道周徐纺与周清檬的关系，第一个想到的就是周清让，替周徐纺难过，却也替周清让高兴。他一个人孤零零的，有个亲人就好了。

"如果见到他，能让他给我回个电话吗？"

小袁说："好的。"

外头，狂风大作，也不知道是不是要下雨了。

江织的电话响，是外卖到了，他结束了视频会议，从书房出来，没有在客厅看见周徐纺。

"徐纺。"

没有人应，他在房里找了一圈，都没看到她。

她不在家，明明十五分钟前还窝在沙发上看剧，这会儿找不见踪影了，平日里，她出门一定会同他说，就算临时有跑腿任务也会提前跟他报备。江织拨她的电话，关机了，连她平时执行任务用的号都打不通。

这时，霜降发了邮件过来："二十分钟前，徐纺让我帮她黑了香茗路的监控。"香茗路是去骆家的主干道。

骆家。书房门口，下人来传话："董事长，周先生来了。"

骆怀雨把公事放一边："进来吧。"

门从外面推开，周清让拄着拐杖，步子很慢。

骆怀雨抬头看了他一眼，吩咐用人："去沏壶茶来。"

"不用。"

声音丝毫没有平时播新闻时的温润，冷而清冽，他对骆家的用人说："麻烦你出去一下。"

用人看了骆怀雨一眼,这才退出去,带上门。

骆怀雨坐在实木的椅子上,龙头拐杖放在了手边:"你来找我又是因为你姐姐的事?"

如果不是因为周清檬,他不会再进骆家的门。

他右腿有旧疾,左腿戴的是假肢,走路有些跛:"骆三是不是我姐姐的孩子?"

骆怀雨脸色瞬间变了:"谁跟你说的?"

"是不是?"

这件事,除了骆家人,就只有一个人知道。

"你去见何香秀了?"

"是。"

骆怀雨狡辩不得,承认了:"她的确是清檬所出。"他半点慌乱都没有,"因为是清檬的孩子,我才恋在了骆家,不然,也不会领养一个有残疾的养子。"

他说得好像是做了多大的善举。

周清让跛着脚上前,平日里那双空洞薄凉的眼睛亮得像闪着刀光的利刃:"八年前,你孙女纵火,你儿子杀人,你知不知情?"

骆怀雨没有正面回答:"案子还在审理,真相是什么,现在下定论都还太早。"

他还要狡辩。

周清让冷笑:"骆家的一举一动全在你眼皮子底下,你怎么可能不知情。"骆三会被烧死,是他默许的,甚至还不止如此。

"清让——"

"你就不怕遭报应吗?"

话刚刚掷地,房外突然砰的一声,巨响。

随后有人大喊:"着火了,着火了!"

还有徐韫慈的声音,着急忙慌地在叫:"颖和!"

"妈!"

"起火了,颖和你快下来!"

又是砰的一声,应该是厨房的东西炸开了,外头一片混乱,骆家的主人与用人都在逃窜,火急火燎地往外跑。

很快便有浓烟从门缝里飘进书房,墙上的电线全部烧着了,噼里啪啦地响,屋里没有灯光了,却有火光照着,依旧亮如白昼。

周清让看着玻璃窗外越升越高的火焰,笑了:"骆怀雨,你的报应来了。"

骆怀雨立马拄着拐杖起身,周清让快他一步,把门反锁上了。

"你要干什么?"

周清让眼里映进了大片的火光:"二十三年了,我撑着这口气活了二十三年,就是在等你们骆家的报应,骆常德完了,骆青和也完了,只剩你了。"

他要同归于尽。

骆怀雨拄着拐杖,快步走向门口:"你让开!"

他没有退让一步,用后背挡住了门:"我姐姐不在了,骆三也死了,我反正也熬不了多久,你就跟我一起死吧。"

他不想活,八年前就不想活了。死了也好,去地下找他姐姐,他姐姐胆小,怕很多东西,没人陪着,她会害怕。

"你疯了!"骆怀雨彻底乱了阵脚。

"是,疯了。"他握在门把上的手被烫得通红,"八年前,我就该疯,就该提着刀,来把你们骆家全部杀了,那样,至少骆三还能活。"

这人,不要命了。

骆怀雨冲着门外大喊:"老齐!"

"快开门,老齐!"

玻璃窗外火光冲天,浓烟四起,温度越升越高。周清让一跛一跛地走上前,手里的拐杖指着骆怀雨。

"周清让!"

他目光很空,里面只有孤注一掷的决然:"你去下面给我姐姐道歉吧。"

骆家别墅只有三层,火势刚起来,就陆陆续续有人往外跑。这会儿,人都在院子里,各个惊魂未定。

徐韫慈还心有余悸,拉着女儿问:"你有没有受伤?"

骆颖和灰头土脸地说:"没有。"

她问骆家的用人:"怎么回事,为什么会着火?"

帮佣加司机,还有打理院子的人,一共有七八个,全部摇头,都不知道怎么回事。

徐韫慈问当中最年长的老齐:"人都出来了吧?"

老齐大致扫了几眼:"坏了!董事长还没出来,他和周先生都在书房。"

大火当前,大家都只顾着逃命,哪会顾别的。

徐韫慈赶紧把人都叫过来:"你们几个快进去救人。"

那几人都没动。

徐韫慈急了:"我会给答谢金。"

还是没人动,谁会要钱不要命。

骆颖和在旁边说了句风凉话:"这么大火,谁进去啊。"她瞪了用人们几眼,

"还不赶紧报警!"

老齐赶紧打消防电话。

今晚的风特别大,火势顺风,越烧越凶。

周徐纺在旁边阁楼的楼顶上,耳边全是风声,她听不到屋里的动静。

死了吧?会死吧?她想得出神。

"周徐纺。"后面有人叫她。

周徐纺回头:"江织。"

江织来得急,外套都没有穿,就穿了件黑色的毛衣,他看一眼还在她手里提着的油桶。

"你放的火?"

"没有。"她油桶里的油是满的,"是微波炉爆炸了,老天都看不下去,要惩罚那些坏人。"

原来真的有报应。

书房里,一地狼藉。

骆怀雨虽年事已高,可周清让重病在身、不良于行,他抢了他的拐杖,把人推到地上,手刚碰到门把,脚被拽住了。

骆怀雨捂着口鼻,震怒:"周清让!"

这一声,楼顶的周徐纺听到了。

周清让抱着骆怀雨的腿,往后拖。

骆怀雨趔趄了两步,抬起脚就踹在周清让肩上:"你放手!"

"除非我死。"

骆怀雨抬起脚,用力踹他:"你给我松开!松开!"

他嘴角有血渗出来,双腿已经麻木,直不起腰,只是抬着头,始终不肯低下。

骆怀雨年迈,踹了几下就体力不支了,他瞳孔通红,咬牙切齿地道:"要是我死了,我做鬼都不会放过你。"

"那你就先做鬼。"

周清让在笑,看着火光冲天的窗外,眼里冰霜融了泪,闪着光,他自言自语着:"姐姐,清让让你久等了。"

二十三年了,他留他姐姐在阴间,独自苟活了二十三年。

骆怀雨拿起柜子上的花瓶,对准周清让的头部,用力往下砸——

"砰!"

门突然被踢开,花瓶停在半空。

进来的人一身黑色,口罩覆面:"你是要打他吗?"

房间里全是浓烟,骆怀雨看不清人,他立刻呼救:"你是谁?快救我出去!"

周徐纺把花瓶抢过来,直接抡在了骆怀雨的脑袋上。

他两眼一花,栽到了地上,血瞬间从头上流到后颈,他看着周徐纺:"你、你——"

周徐纺把花瓶扔了,砸碎成了一堆渣:"你再不爬出去,我会忍不住弄死你。"

她不是开玩笑的,她从来不开玩笑。

骆怀雨惶恐至极,手按着头,摸到一手血,立马飞快地往外爬,像一只蠕动的虫,毫无形象。

周徐纺没管他,蹲下去看周清让:"周先生。"

周清让是播音出身,对声音很敏感。

屋里全是烟,熏得人眼睛发酸,他伸出手去,在白茫茫的烟里碰到了一只手:"是你吗,周徐纺?"

周徐纺点头,说是,声音不自觉地就有些哽咽了:"周先生,能告诉我你老家在哪儿吗?"

"襄南,"他说,"徐纺镇。"

襄南的徐纺镇是个有花有桥的地方,周徐纺查过图片,那里很美。她握住了周清让的手,可能因为常年推轮椅、拄拐杖,他掌心有薄薄的茧子。

"我叫周徐纺,"他知道她的名字,只是不知道怎么写,周徐纺重新告诉他,"是徐纺镇的徐纺。"

白烟笼罩下,一双清俊的眸子微微红了:"是骆三吗?"

"是我,"她小声地喊,"舅舅。"

周清让看着她笑了,眼里有泪。他的手很白,也很瘦,碰到她的脸有些凉,他摘掉了她的口罩,隔着朦胧的烟看她的脸,仔仔细细地看。

"长得不像你妈妈,像外婆。"

周徐纺擦了一把眼泪,背过身去:"我背您出去。"

"我来背。"是江织。

这么大火,他也进来了,蹲下,对周徐纺说:"你先出去,别让人看到你,我叫了救护车,你去医院等。"她身份特殊,闹到警局就说不清楚。

周徐纺没动,看着周清让。

"先出去。"

周徐纺听舅舅的:"好。"

她从楼顶走的。

江织把周清让背了出去。救护车来得很快,这里离医院不远,四十分钟后跟周徐纺在医院碰了面。周清让吸了太多浓烟,在急诊室里做喉镜检查。

已经很晚了，江织不想周徐纺在急诊室外面干等："我让孙副院长给你腾个房间，你去睡会儿，我在这儿守。"

她不肯走："刚刚你怎么也进去了？那么大火，多危险啊。"

"终于想起我了？我是进去找你的。"小没良心的，有了舅舅就忘了男朋友！

周徐纺很庆幸她今晚去了骆家，不然，她舅舅就危险了。

◆第二章◆
我舅舅是周清让

晚上九点半，陆声在家，接到秘书电话。

"二小姐。"

她坐餐桌上，吃宵夜："什么事儿？"

"我刚刚接到消息，骆家起大火了。"

是吗？陆声心情不错："老天开眼啊。"她喝了一口燕窝，"骆家那几个祸害，都被烧了没？"

"没。"

陆声改口："老天不长眼啊。"

"周先生也在骆家。"

汤匙掉碗里了。

"你说谁？"

"周清让先生。"

陆声猛地站起来，膝盖磕到了餐桌，她嘶了一声，痛得皱起了小脸。

她母亲姚碧玺在客厅看电视，眼睛下面贴了两张眼膜，听到声音问了句："干什么呢，莽莽撞撞的，伤到了没？"

姚碧玺有些微胖，皮肤白，看上去很年轻。

"我没事儿。"她电话还没挂，衣服都没换，就拿了件外套急急忙忙往外走，"我出去一趟。"

"这么晚了，上哪儿去啊？"

"有公事。"她着急忙慌地就跑出去了。

姚碧玺不满地念叨了两句："不是谈恋爱了吧？"

她丈夫陆景松就坐旁边，一听这话，表情就严厉了。

"声声也二十多了，"林秋楠刚好从楼上下来，"是该谈恋爱了。"

陆景松不赞同："才二十多，怎么能谈恋爱，现在的男孩子多滑头，就会骗年轻小姑娘，万一咱们声声被人骗了感情——"

他老婆在旁边呵呵了："你女儿几斤几两你没数？谁骗得了她，她不骗别人就不错了。"

陆景松不说话了，他生得威武高大，在军界也是跺跺脚就抖三抖的人，一身正气不苟言笑，是个呼风唤雨的大人物。

他就是怕老婆，还有，宠女儿。

十点左右，陆声赶到了医院。她来得匆忙，身上还穿着家居的卫衣，没有化妆，很清爽，看着像个邻家小姑娘，在医院走廊里，她刚好碰到周徐纺。

周徐纺没戴口罩，走过来，很礼貌："你来看我舅舅吗？"

"你舅舅是？"

"周清让。"

陆声跟周徐纺见过，并且，她当时自称是周清让的女朋友。这下尴尬了，陆声很窘："不是女朋友，是朋友。"

周徐纺懂了，她是舅舅的爱慕者。

"他还没醒，你要现在去看他吗？"

陆声连连点头。

周徐纺就在前面领路："我带你过去。"

陆声跟上。

两人刚从三楼的电梯里出来，就看见江织急急忙忙地过来："你跑哪儿去了？"他说周徐纺，"一会儿没在身边你就乱跑。"

这怨妇一样的口气，陆声怀疑这不是她认识的那个江织。

"我去办住院手续了。"

江织这才注意到陆声："她怎么来了？"语气并不是很欢迎。

陆声与江织是结过梁子，都是生意场上的事。

"她来探病。"周徐纺说。

江织肤色白，看着倒是有两分病态："消息挺灵通啊，陆二小姐。"

"还行吧。"

陆声心想，这就难办了，陆家和江家是仇家，万一以后要结了亲……仇家算什么，只要能追到周清让，她可以不姓陆，她姓周就好了。而且江织是外甥女婿，这辈分，她怎么也不会亏。

周清让没什么很大的问题，都是皮外伤，只是他身体底子差，需要在医院观察静养几天，这会儿，他昏睡着。周徐纺和陆声都在病房外面守着，江织挨着女朋友坐。

已经十点多了。"去楼下病房睡。"江织小声跟周徐纺说话。

周徐纺摇头:"你去睡。"

"不去,陪你。"

陆声当没听到,真没看出来,江织在女朋友面前是这个样。

等周徐纺睡着了,江织把她抱起来,动作很轻:"你想追周清让?"他说话声音很小。

陆声没否认:"有问题?"

"没有。"

大家都知道,陆家人最为护短,不像其他富贵人家,血亲之间争权夺利硝烟四起,陆家是个例外,陆家人都是护短的,矛头只对外不对内。江织觉得周清让跟陆家扯上关系挺不错的。

"我和我女朋友在楼下,有情况叫我们。"

陆声:"行。"

江织抱着人,声音轻,怕吵着怀里的人,又提了一句:"周清让肩上的伤,是骆怀雨弄的。"

陆家人,最护短了。

陆声从座位上起身,走到楼梯间,拨了个电话。

"二小姐。"

陆声很生气地说:"以后,只要是骆家的生意,都给我抢。"

秘书仿佛看到了战火。

骆怀雨当天晚上也送来了第五医院,头上被人砸开了花,老人家破了头是大事。夜里他就高烧了,虽然没有生命危险,但到第二天早上了还没有恢复意识。

骆颖和是早上过来的,在病房坐了会儿,坐不住了:"我回去了。"

徐韫慈叫住她:"你爷爷还没醒,等他醒了你再回去。"

"要等你等,我可没那个工夫在这坐着。"

她扭头就走,刚出病房没几步,就被人撞到了肩,脸上的墨镜都撞掉了,她很恼火:"你没长眼睛啊!"

撞她的人慢悠悠地抬起头,短发乱糟糟的,穿得随意,只是一开口气势凌人:"说谁呢?"

陆家的二小姐,帝都城里,最不能惹的女人之一。

骆家比之陆家差很多,骆颖和哪里敢明目张胆地得罪她,声音自动降调:"是你先撞我的。"

"你哪只眼睛瞧到我撞你了,说说,说出来我好给你挖了。"

骆颖和无语,姓陆就可以狂?她忍着火气,没吭声。

她不吭声不要紧,陆声不紧不慢地说:"既然两只眼睛都没看到我撞你,是不是得道歉啊。"

骆颖和是个骄纵的,忍无可忍了:"陆声,你故意找我麻烦是吧?"

陆声两手揣在运动裤的兜里:"现在才看出来?你挺蠢的嘛。"

她是哪里得罪这位了?骆颖和气得不轻,摘了口罩骂人:"你是有病吧,我哪儿得罪你了?搁我这没事儿找事儿!"

陆声刚要开口,被人抢先了:"骂谁有病呢?"

陆声回头一瞧:"奶奶。"

林秋楠走过来,后面还跟着一个秘书。老太太穿得朴素,身上是一件挺旧的袄子,妆发打理得很利索,人看着精神,头发白了一半,显得威严了几分。

陆声问她家老太太:"您怎么在这儿呀?"

"体检。"林秋楠看向骆颖和,只记得是谁家的姑娘,不记得叫什么:"骆家的,问你呢,骂谁有病。"

陆家人哪个都护短,林秋楠更是护短,骂陆家人有病,嫌命太长了。

骆颖和没见过林秋楠几次,自然是怕的:"陆、陆老夫人。"

林秋楠语气也不算太严厉,可就是压得让人喘不上气:"我不知道你跟我们家声声起了什么争执,但骂人总归是不对的。"知道也装不知道。

整个帝都城里,能跟这位老太太平分秋色的,也就只有江家的老夫人了。

骆颖和就是再不甘心,也得规规矩矩的:"是我失礼了。"

"那道歉吧。"

她咬咬牙,低声道歉:"对不起。"

"以后说话注意点。"

"知道了。"骆颖和在心里撒了一顿火,面上恭恭敬敬地告辞。

陆声拦了她的路,上前去,在她耳边留了句话:"给你爷爷传个话,周清让是我陆家的人,乱动不得。"

原来是因为那个瘸子。骆颖和攥着手气呼呼地走了。

陆声解气了,笑嘻嘻地喊:"奶奶。"

"少跟我嬉皮笑脸。"林秋楠往病房里瞧了一眼,"里头是周清让?"她活了七八十年,什么没见过,还能不知道她家小妮子闹哪样?

陆声点头。

林秋楠没过问周清让和骆家的恩恩怨怨:"身体怎么样了?"

陆声看着病房里,一脸心疼的样子:"不是很好。"

周清让身体很差，不光是腿，心脏也有问题，还有创伤后遗症。他车祸之后能捡回来一条命也是奇迹。

林秋楠也担心，自家孙女喜欢谁不好，偏偏看上这个："以后你要是跟他在一起了，跑医院就是常有的事，自己要做好心理准备，没那耐心就趁早跟人划清界限。"

小姑娘满脸认真："我都知道。"

"今天别去公司了，有什么事让你秘书联系我。"

"谢谢奶奶。"

周徐纺醒来的时候，江织已经不在医院了，他留了字条，去警局做笔录了，昨夜大火，骆家报了案，江织莫名其妙地出现在骆家，警察自然要找他问话。她去买了早餐回来，到病房的时候，陆声已经在里面了，周清让也醒了，两人好像在说话，她在外面等，没进去打扰。

她给方理想打了一个电话。

"理想。"她忍不住把好消息跟朋友分享，"我找到舅舅了。"

舅舅？周徐纺不是孤儿吗？

方理想很吃惊："你亲舅舅？谁啊？"

周徐纺念得字正腔圆，有一点自豪了："他叫周清让。"

"新闻联播的那个周清让？"

"嗯嗯。"

听得出来周徐纺很开心，方理想也替她开心。她一直觉得周徐纺孤零零的，都没个相亲相爱的亲人，这下好了，周徐纺也有家人了。

挂了电话，周徐纺又给她的朋友们发微信。

她给阿晚发微信："阿晚，我有舅舅了。"

她给薛宝怡发微信："薛先生，我有舅舅了。"

她给乔南楚发微信："乔先生，我有舅舅了。"

她给霜降发微信："霜降，我有舅舅了。"

没有复制粘贴，她都是一个字一个字打的，怀着激动愉悦的心情。她甚至给常送外卖的那家店的老板娘和群众演员的群头都发了微信。

一分钟后，几乎从不发朋友圈的周徐纺发朋友圈了："我有舅舅了【微笑】【微笑】【开心】【开心】"

江织："你有男朋友的时候，也没见你发朋友圈。"还是他缠着她，她才给发了一条。

酸得呀！

周徐纺回复江织："【鲜花】"

这恋爱的酸臭味啊。周徐纺的好友都在下面回复，恭喜的恭喜，吃狗粮的吃狗粮，她把所有回复都看完，并且都礼貌地回了谢谢和微笑。

周徐纺把手机收起来，继续坐在病房外面等，她听得见里面的说话声，陆声在问："你好点儿了吗？"

周清让颔首。

他话少，陆声说得多："你想吃什么，我去给你买。"

"不用麻烦了。"因为昨夜吸了很多浓烟，他嗓音还没好，有些沙哑。

"不麻烦。"

她刚要出去买东西，被他叫住了："陆声。"

陆声回头，病号服是白底蓝格子，他清瘦，穿在身上大了一些，她甚至能看到他脖子下面微微泛青的血管。

"你回去吧，我这儿没什么事，不耽搁你了。"

他态度疏离，有些拒人千里。陆声心里失落，没憋住，就把心里头的话说出来了："我回去了也会一直想你，一样什么都做不了。"

女孩子说想你，等同于说喜欢你。

他只看着她，没有说话，眼里沉沉浮浮，光影缭乱。

陆声站在床头，不像个二十出头的小姑娘，眼里没有一点轻佻。她坦荡地说："周清让，你看不出来吗？"

她那么明显地喜欢他。

周清让敛了眸，平平淡淡的语气："你回去吧。"

你回去吧。

这一句话，等同于拒绝。

一点余地都没有留，甚至片刻思考都没有，一向温和的他，在这件事上毫不拖泥带水，只要她挑明，他立马表态。

陆声其实也猜到了这个结果，可再怎么有心理准备，还是很难过。她走到门口，回头眼巴巴地看他："我饭还没吃。"

周徐纺觉得该她出场了，她敲了一下门："我买粥回来了。"

陆声开门，像看见了亲人一样。

"吃了饭再走吧。"周清让还是心软的。

陆声连忙说好，很满足的样子。

她吃了饭就走了，周清让不挽留，她也不敢留，怕惹他嫌弃，走时的背影像个小可怜。

"舅舅，你不喜欢陆声吗？"

他没有正面回答："她才多大。"

"不小了。"陆声二十三岁了,她自己二十二就跟江织谈恋爱了。

周徐纺对陆声的印象特别好,如果陆声能当她舅妈,就很棒了。她猜呀,她舅舅肯定是有顾虑。

周徐纺就安慰他:"舅舅,你别担心,江织家里是做医药的,你一定可以长命百岁。"

八年前,他的主治医生就跟他说,活一天赚一天,怎么敢想百岁。

周清让没有继续这个话题:"不说我,你呢,江织对你好不好?"

"特别好。"提到江织,她眉眼都是不一样的。

"骆家大火之后,你去哪儿了?一个人过吗?"他想多知道一点她的事情,想知道她都经历过什么,想知道无依无靠、孤苦伶仃的她是怎么一个人长大的。

周徐纺搬了凳子坐在病床前:"我被骆青和的舅舅送到了国外,在那边待了几年就回国了。"

掐头去尾,她只讲好的,不想把国外的遭遇告诉舅舅。

她只拣好的说:"我过得很好,赚了很多的钱,还买了房子。"她问周清让,"舅舅你呢?"

他嘴角有很淡的笑,清俊的脸上多了些柔和,不那么不食烟火了:"高中的老师资助了我,成人高考之后,我去学了播音,毕业就去了电视台,台长人很好,很照顾我,一路都顺风顺水。"

周清让也一样,只说了好的。

可怎么会顺风顺水呢,他在医院躺了那么久,要再融入这个世界得吃多少苦,何况,他一身病痛、不良于行。周徐纺见过他走路微跛一瘸一拐的样子,骄傲又孤独。

"徐纺,"他眼神很温柔,"都是舅舅不好,没有早点去骆家寻你。"

八年前,他刚醒,先后动了三次大手术,下了十几次病危通知书,他站不起来,在医院住了很长一段时间,光是复健就花了一年多的时间,这些周徐纺都知道。她的舅舅,吃的苦比她多多了。

"我没吃什么苦,在骆家的时候,秀姨一家对我很照顾,后来到国外了也不愁吃穿。"

她没撒谎,天天吃药穿病号服,也的确是不愁吃穿。

最重要的是:"我男朋友也是个好人。"

她三句不离江织。

周清让笑而不语,江织是不是好人他也知道一些,只是人好不好没关系,对她好就行。

市警局的张文接了个电话,对身边的邢副队说:"痕检那边出结果了,是微波炉的问题。"

邢副队站在单面可视的玻璃墙前面，抬下巴指隔壁审讯室里那位："难道真是去救人？"

"江织有这么善良？"

邢副队立马摇头："没有。"善良这词跟江织挂不上钩。

审讯室里头，程队在给江织做口供。

"昨天晚上，你去骆家干什么？"

江织懒懒坐着，偶尔咳嗽："路过。"他体贴地补充了一句，"吃撑了，出来兜风，刚好遛弯到了骆家门前。"

这个弯遛得够远啊。

程队也想不到像样的话反驳他，就顺着他的话问："然后就刚好碰见大火？刚好进去救了个人？"

"有问题？"

程队呵呵："没问题。"

"咳咳咳……"对面的病秧子咳了几声，捏了捏眉心，神色疲倦得很，"没问题我可以走了？"

程队总觉得这人很会搞事，就不能好好当个病秧子吗？

"如果你有时间的话，介不介意再等几分钟？"

对面那位病恹恹地抬了抬眼皮。

程队微笑："是这样的，为了表彰江少你见义勇为的壮举，我让人给你做了一面五好市民的锦旗。"

江织在等五好市民锦旗的时间里，问了五好市民的颁发者一句："我能见见骆常德吗？"

江织又要搞事情了，程队公事公办的态度："有规定，不能。"

"不按规定来呢？"

他要想见，总会有别的法子。既然拦不住，程队看得很开："那要看对破案有没有益处了。"

江织不是个遵纪守法的，不过，他觉得吧，恶人还得让恶人来磨。

骆常德没认罪，只说凶器是偶然被他挖出来的，他并不知情。目前也没有任何直接证据能证明他杀人，要定罪并不容易。

刑侦队的同事把骆常德带进了会面室，他一见是江织，神情就警惕了："你来干什么？"

江织坐着，一双腿懒懒伸着："来帮你。"

骆常德坐下，手铐磕到桌子咣咣地响："哼，黄鼠狼给鸡拜年。"

"你是鸡没错,我可不是黄鼠狼。"

骆常德嗤了一声:"你是狼!"

他入狱这几天,把最近的事前前后后捋了一遍,所有疑点都指向江织,这次他入狱,用脚指头想也知道是谁的手笔。

江织也不否认:"那个叫阿斌的,还记得吧。"

"你到底想说什么?"

"想给你提个醒,你女儿已经找到证人了。"

骆常德情绪完全被牵着走:"什么证人?"

"目睹你杀人的证人。"

江织是有备而来,他的目的是什么骆常德根本摸不透,可事到如今他没得选择,只能与虎谋皮:"你怎么帮我?"

"彭先知那儿我会安排,他到时会出庭指证骆青和买凶纵火,她雇人撞你的证据,我也会给你。"

他手里居然有证据!

骆常德思索再三后:"你的条件是什么?"

"把你在骆氏的股份,全部转给我。"

江织中午才回医院,在医院走廊碰到了骆颖和,她看见人就躲,绕道走。

江织叫了声:"骆颖和。"

骆颖和心脏一颤。

"站着。"

她腿跟定住了似的,不听使唤,就缩头缩脑地傻站着。

江织走过去,语气没什么力道,轻飘飘地说:"你躲什么?怕我?"

怕啊!她怕得要死,打小就怕,一看到他,就想到以前被他推到游泳池里,能不怕吗,这人从小就是个疯子!

她畏手畏脚地说:"你、你要干吗?"

"有个问题要问你。"

骆颖和手心冒汗:"什么问题?"她有不好的预感。

"萧氏是怎么死的?"

骆颖和先是一愣,然后斩钉截铁地说:"我不知道!"

"不知道?"江织冷眼瞧着她,"她不是吞药自杀的吗?"

萧氏服安眠药自杀,是众所周知的,寻常人的答案应该是这个。

骆颖和蒙了,也慌了,立马又改口:"是,是自杀!"

真蠢,这么蠢,怎么说她才听得懂呢?

江织想了一下:"骆常德跟骆青和都要完了,你觉得以后骆氏谁来管比较合适？"

骆颖和闭嘴，不说话，怕说错。

江织继续敲打这个只会耍大小姐脾气的榆木脑袋："你姑姑已经见过牢里那两位了，想接手他们的股份。"

骆颖和似懂非懂："你为什么跟我说这些？"

江织挑明："如果你想要骆氏，就来找我，顺便把刚才我问你的问题再回答一遍。"

萧氏是怎么死的？

她终于听懂了，江织在利诱。

骆颖和和江织的对话内容，周徐纺的"顺风耳"全听到了。

"骆颖和会出来指证骆常德吗？"她在周清让的病房外面问江织。

"都听到了？"

"嗯。"

正常来说，如果没有风声、雨声、人声的干扰，两百米内的说话声，她静心下来就都听得到。放空的话，就自动屏蔽。不过有时候在家，她偶尔也会用隔音耳机。

"她会。"江织随口评价了一句，"她心太大，人又太蠢。"

不像骆青和那么奸诈精明，骆颖和好拿捏得多。

周徐纺嗯了声，没说什么，她知道江织想做什么，也全部认同，骆家人是得收拾了。

骆常德杀害萧氏的那日，不止她在门外，骆颖和也在。

骆颖和使唤她上楼之后，一时兴起也跟了上去，是特地上去看笑话的，以为能看见她被萧氏狠狠教训，却没想到目睹到了骆常德杀害发妻。

午饭周徐纺陪周清让一起吃的，江织觉得他简直像一个电灯泡，从头到尾周徐纺都没管他，一心扑在她舅舅那里，又是盛汤又是夹菜。

他待不下去，出了病房，关上门后看见一个畏畏缩缩的影子。

"鬼鬼祟祟的干什么？"

那个影子从拐角里冒出来："没鬼鬼祟祟，我来送汤。"是陆声，拎着个保温桶，"帮我给周清让。"

"自己拿进去。"

"他不想见我。"

陆声把汤放在椅子上，朝病房里看了好几眼，依依不舍地转身。

江织叫住她："问你个事儿。"

"什么？"

"照问是不是你二叔的表字?"

"你怎么知道的?"她二叔名景元,字照问,逝世已多年,鲜少有人知道他的表字。

江织得了答案,慢慢悠悠地回了一句:"猜的。"

陆声扭头走人了。

江织瞅了一眼那个保温桶,拎起来,刚要回病房后面有人叫他:"织哥儿。"

他回头,看见了他家老太太:"您怎么在这儿?"

许九如没答:"刚刚那是陆声?"

"嗯。"

许九如脸色瞬间变了:"你怎么跟她搅和到一起了?"

搅和,这个词带着强烈的不满和不悦,甚至憎恶。

江织甚少见他家老太太这般怒色,他轻描淡写地回复:"偶然碰到,闲聊了几句。"

许九如立马质问:"聊了什么?你们有什么好聊的?他们陆家一门心思想弄垮我们江家,你跟陆家人还有什么好说的?"

江织是早产儿,自小就病歪歪的,许九如十分偏宠他,捧在手里都怕化了,这还是头一回对他摆脸色。

"我怎么觉得是您一门心思想弄垮他们陆家。"

"织哥儿!"难得许九如这样气急败坏。

江织笑了:"奶奶,您这是生哪门子的气啊?"

许九如也知失态了,敛了眸,将眼底神色藏好:"别问那么多,总之,陆家跟我们江家势同水火,以后除了生意上的事,你少跟他们姓陆的来往。"

江织事不关己般,嗯了声。

这时,医院药房的人过来,许九如这才随着离开了。

等人走远了,周徐纺从病房探出一个头来:"你奶奶好像很不喜欢陆家人。"

"是很讨厌。"江织随口添了句,"我听说,我家老太太年轻的时候,被陆家老太太抢了男人。"

周徐纺觉得不止被抢了男人这么简单。

江织母亲去世之后,她的遗物全部被许九如处理掉了,只有一幅画,还是江织从别人手里得来的,是他母亲留下来的,上面的题字不是他母亲题的,是一个表字照问的人题的。

江织听江维开说过,他母亲原本是陆家二爷陆景元的心上人。

骆颖和来找江织的时候,江织正把周徐纺抱在腿上亲,她看呆了,觉得这个江织可能是假的。

因为接吻起了高热反应而影响了听力的周徐纺满脸通红，从江织腿上跳下去。

被扰了好事的江织十分不悦："没见过人接吻？"

没见过江织接吻，骆颖和赶紧把目光收好："我、我有话跟你说。"

他把周徐纺的口罩给她戴上："说。"

骆颖和抬头，看了周徐纺一眼，意思是想让外人回避。

江织立马把人藏到后面："看什么看？"

妖孽！骆颖和也只敢在心里骂："你之前问我的问题，我想好了。"

周徐纺躲在江织后面，偷偷伸手，从口袋里摸出了一个耳麦，她按了键，上面的光一闪一闪。

江织刚刚眼里还有一层动情的潮红，这会儿冷冷淡淡的，唇依旧很红，肤色却极白："想好了就再回答一遍。"

他问的是萧氏是怎么死的？

"萧氏不是自杀，是被骆常德强行喂了安眠药。"

"说具体点。"

骆颖和有些紧张，手心在冒汗："那天萧氏跟骆常德起了争执，萧氏说要去告发他和周清檬的事，骆常德就掐着她的脖子喂了她半瓶安眠药，当时我就在门外。"怕江织不信，她又补充，"不止我，骆三也看到了。"

她当时是上去看骆三笑话的，听见房间里有争吵声，就站在骆三身后，往门缝里瞄了一眼，她亲眼看到骆常德把安眠药往萧氏嘴里塞。她怕被发现，比骆三先跑了，还威胁了骆三，要是敢把她供出来，她决不饶她。

"如果你敢撒谎，"江织没把话往后说。

"我要是撒谎，我不得好死。"

江织满意了，挥挥手，示意她可以走了。

等骆颖和走后，周徐纺才跟江织说："我录好音了。"她执行任务用的耳麦可以录音，也可以摄像。

江织摸着她的脑门夸："我们纺宝真棒。"

"然后怎么做？把萧氏被杀的真相告诉骆青和吗？"

骆青和有多心狠周徐纺见识过，她能预料得到，要是骆青和知道了真相必定会不惜任何代价，让骆常德血债血偿。

江织点头："这个案子快开庭了，骆青和一直没松口，她不松口，许泊之就不会出庭指认骆常德。"是该推她一把了。

"许泊之提了什么要求？"

"他要人。"

江织问过许泊之，要骆青和何用，甚至表过态，即便是骆青和申请缓刑了，或者是监外执行，早晚也会回到牢里。

许泊之当时回了一句："总有办法不让她回去，比如，"他说，"精神疾病。"

江织觉得吧，比起捏造，许泊之这个变态可能会真把她弄成精神病。

次日，早上八点，执勤的民警把骆青和从牢房里带出来了，上了旁边一栋楼的四楼，沿着走廊一直往里走。

"你带我去哪儿？"

执勤的民警看了她一眼："别问那么多，跟着去就是了。"

"我怎么知道你会不会对我不利。"

"你都是阶下囚了，要对你不利用得着这么麻烦？"他把她带到了一个房间，"乔队，人给你带来了。"

里头，乔南楚坐着在等，桌上放着几样早餐，他夹了个水晶包，抬头："谢了。"

"客气什么。"

把人带到，执勤的民警就关上了门，帮着在外面守着。

乔南楚继续用他的早餐："坐。"

骆青和坐下："江织让你来的？"

"他有大礼要送你。"

十分钟后，骆青和从房间里出来，脸色阴沉，对执勤的民警说了一句："我要见我的律师。"

上午九点，骆青和的律师蒋春东来了一趟看守所。

下午三点，蒋春东去见了许泊之。

许泊之前几天做了个手术，重新安了一只假眼，纱布还没拆，半边脸都被包着："骆青和让你来的？"

"是。"蒋春东开门见山，"许先生，我的当事人让我带一句话给你。"

"什么话？"

"只要你肯出庭作证，我的当事人可以答应你任何要求。"

许泊之笑了，完好的那只眼睛闪着幽幽的光。

骆常德父女的案子法院排在三月半庭，江织的电影拍摄也步入了正轨，他不让周徐纺出摊，天天设法给她加群演的戏，有时候出镜的是背，有时候是手，或者脚。除了男女主之外，戏份最多的应该就是周徐纺了。

女主方理想在角落里吃盒饭，不肯公开非要玩地下恋的导演夫人周徐纺也在。

方理想的经纪人最近盯她很紧，要她控制体重，她就藏了一袋吃的在大衣里，拎出来给周徐纺挑:"吃不?"

周徐纺往四周看。

"看什么?"

"被江织看到，会说我的。"江织在给她戒零食。

方理想吃惊:"管这么严?"

"对啊。"她边张望，边从袋子里拿了一包红薯干、一包牛肉干，"但我会偷偷地吃。"

方理想也四周看看，拿了一盒酸奶塞她帽子里:"酸奶给你藏着喝。"

周徐纺赶紧把帽子上的带子勒紧，藏好。

方理想碰到她的手，立马缩回去:"天气都暖了，你手怎么还这么凉，跟块冰似的。"

"我可能是条蛇。"

周徐纺会开玩笑了，再也不是冰冷冷的了。

周徐纺拆了牛肉干，刚好，江织的电话打过来。

"徐纺，过来我这里。"

她牛肉干还没吃完,酸奶也没喝，挣扎了一下，撒了个小谎:"我在卫生间。"

"你在偷吃。"

周徐纺把帽子里的酸奶拿出来，喝光了才去找江织。一进休息室，江织就把她按在门上亲。

"一股酸奶味儿。"

周徐纺张着嘴呼吸:"蓝莓味儿的。"

休息室是临时搭建的，很简陋，就江织这儿干净点，铺了地毯，放了沙发，有一张午睡的床、一把躺椅。

江织让她坐沙发上，把外卖盒拆了:"你早饭只吃了几口，我给你点了粥。"

周徐纺看看粥，摸摸肚子:"吃不下了，很饱。"她刚喝了一大盒酸奶。

江织把勺子给她:"就吃十口。"

她说好。

十口又十口，江织的嘴，骗人的鬼。

下午，周徐纺有两场戏，给女四替后背，女四有点驼背的习惯，拍出来不好看，江织临时让周徐纺替了。

女四是个关系户，因为被替了戏，心里不服，在化妆间碰到周徐纺她故意撞了一下。

周徐纺纹丝不动，女四就让她滚开。

周徐纺不想跟人吵架，打算离开，转身就听见了江织的声音，装着病,恹恹无力地说:"让谁滚?"

女四愣了一下。

江织脚步慢慢吞吞,走过来了,咳了两声:"问你话呢,让谁滚?"

女四愣了半晌开口说:"这替身演员也不知道是谁塞进来的,在这里狐假虎威。"她表情人畜无害,笑着说,"我听我叔叔说,江导您的剧组里是不准有这种歪风邪气的。"经纪人让她别招惹这个群演,说这个群演可能有后台。

她叔叔是剧组的总制片。

"是不准,所以你以后不用来了。"

女四笑不出来了:"江导,我不明白您的意思。"

"不明白就去问你叔叔,你是他塞进来的,不懂就让他教,现在懂了吗?"

女四被下了面子,脸上挂不住,十分不服气:"那她呢?"

"她不一样,后台太硬。"江织叫了一句,"周徐纺。"

周徐纺一愣一愣的。

"还不过来。"

"哦。"她过去了。

江织手揽在她腰上:"正式介绍一下,我女朋友,周徐纺。"

周徐纺压了压帽子,说好不公开的。

众人心想这后台够硬的,女四面如死灰了。

江织手由女朋友腰上又移到了女朋友肩上,手指缠着她头发玩儿:"应该不少人在我上个剧组就见过她,她不爱说话,麻烦各位多照顾着点。"

见过见过,还有个外号呢,叫黑衣人。

知情者——生活制片:"江导您放心。"

知情者——监制:"一定一定。"

上部电影这位导演夫人的镜头可比女主角多,只不过都没露脸。

江织交代完了就把女朋友牵出去了。

阿晚留下来收尾:"我老板他女朋友的长相还没有曝光,照片不要乱传。"他很诚恳地告知各位蠢蠢欲动的群众,"一定要传的话请务必做好心理准备。"

群众:"……"

女四半天没缓过来,等议论声小了,她给她叔叔打了个电话。她叔叔没听完她的哭诉,就说了一句话:"还想在这个圈子混,就尽早给我滚回来。"

周徐纺觉得大家都在看她。

她把手从江织手里抽走,故意离他远一点:"现在大家都知道我是关系户了。"

江织又把她拉回去:"知道就知道了,省得有人再到你面前摆谱。"省得想亲她抱她了还要装作不熟。

"以后他们都不会认可我的演技了,关系户要证明自己的实力很难。"

江织:就当个关系户不好?

周徐纺是一个做什么都很认真的人,她作为群演明天有一场跳城墙的戏:"江织,能给我换个城墙跳吗?这个太矮了,不能体现我的实力。"

"不能。"

周徐纺惋惜万分:"那就太可惜了。"

江织觉得他女朋友在演技这一块最近有点膨胀。

开春之后,天气就转暖了,这两天又突然降温,姚碧玺有点感冒,挂了号,在第五人民医院的呼吸内科等着看诊。

陆家人都低调,姚碧玺母女俩都穿得随意,除了气质出众点儿,和普通来看病的人没什么区别,一样在拥挤的走廊里排队。

姚碧玺看了一眼自打进医院就开始魂不守舍的闺女:"你怎么无精打采的?"

她不是陆声,她心不在了。

陆声:"哦。"

姚碧玺看她不对劲:"是不是哪不舒服,要不要也做个检查?"

陆声:"哦。"

"你怎么了?"

陆声:"哦。"

"陆声。"

陆声:"哦。"

姚碧玺觉得问题有点大,她这闺女,心智成熟得早,因为哥哥是个"睡美人",所以她年纪很小的时候就跟在奶奶身边开始学经商,不是一般的女孩子,要比同龄人沉稳得多,鲜少有这样失魂落魄的时候,这会儿也不知道被什么勾了魂。

"想什么呢?你听没听我说话?"

陆声:"你说什么了?"

这时,护士从诊室里出来:"36号在吗?"

姚碧玺举起手里的挂号单:"在。"

"可以进来了。"

姚碧玺起身:"你别进去了,在外面等我。"

陆声原本就没打算动,她继续呆坐着,目光无神,人来人往的过道里,她眼里什么倒影都没有，整个人都在放空，直到前面拐角处女孩子推着轮椅走过，她目光突然就有神了。

周徐纺今天来医院是给周清让办出院手续的，他的身体已经没有大碍，余下都是老毛病，根治不了，需要长年累月的温养。

轮椅突然停下来。

"怎么了？"

周徐纺说："陆声在后面。"她听到了脚步声，一直跟着他们。

周清让回头，看见了陆声。

陆声也没躲，她不知道说什么，沉默了半天问了一句："你要出院了吗？"

周清让坐在轮椅上，换下了病号服。他没有戴假肢，左边裤腿是空的，因为天气突然转凉，有些咳嗽。

他点头。

陆声有很多想问的，想问他难不难受、腿会不会疼、能不能给他打电话、可不可以跟他见面……又怕冒昧了，话全压着，与他普通地寒暄："身体呢，全好了吗？"

"好了。"

他礼貌地回答，语气疏离，就像一开始认识她时的那样。从她表白后，他似乎就在开始刻意拉开与她的距离。

"那就好。"她在他面前有些手足无措，解释，"我不是来找你，我陪我妈妈来看病。"

"你现在有时间吗？"周清让说，"十分钟就好。"

她原本愁眉不展，就他一句话，她整个人都开心了："有的有的！"

"徐纺，你去病房等我。"

周徐纺先过去了。

周清让推着轮椅去了住院部后面的花园，陆声跟在他后面，不敢靠得太近，又舍不得离得太远。

鹅卵石后面，有一段上坡的路，轮椅走得很颠簸，陆声怕他摔倒，忍不住去扶："我帮你推。"

周清让没有拒绝："谢谢。"

花园里有不少出来晒太阳的病人，绿叶上的余露被太阳蒸发，带着很淡的青草香。轮椅停在一处平整的路面上，旁边的喷泉池里有一池子许愿的硬币。来这里许愿的人大多是病人，或病人家属，在看不到出路的时候、在迫切需要慰藉的时候，把所有希望都寄托给这个池子。

他看着池中被太阳折了一道道反射光的硬币，问她："我很没用是不是？"

也像问自己。

这无数的硬币里，有一个就是他扔的。

盼家姐能得安宁。

他许了这个愿望，在他第三次大手术之后。

陆声立马说："不是！"

他眼里凉得像这冬末的池水，手叠放在腿上，摸到空荡荡的一截裤腿，自嘲自讽地笑了："不止没用，身体也不好。"

他右腿里还有钢钉，如果恶化的话，或许也要截掉。

陆声听了难受："你别这么说你自己。"

他是很好的人，只是命运待他不好，让他半生凄苦。

"陆声，"周清让嗓音清越，唤她名字的时候洋洋盈耳，"我不适合你。"

他叫她来，是要断了她的念想。

陆声不喜欢俯视他，她半蹲着："那你喜欢我吗？"

他没有回答，安安静静的眸光里波光潋滟。

"周清让。"她不管合不合适，她只想知道，"你喜不喜欢我？"

只要他点头，她可以颠覆世俗，她可以屏蔽所有反对的声音，她可以什么都不管，什么都不顾。

可是他摇头了。

"别在我身上浪费时间，不值得。"

值得，他怎么会不值得，是这个人间不值得，不值得他耗掉所有鲜活与生气。

陆声眼睛突然就红了，太想拥抱这个人，想拍拍他的肩，告诉他，别再一个人了……

"对不起。"为了他的拒人千里，他道了歉。

陆声拉住了他的袖子，她把姿态放到最低，不要尊严地央求着："别不理我，先做朋友好不好？"

在喜欢的人面前，她可以卑微到泥土里。她不该表白的，他这样的人，若是没有那个意思，绝不会拖泥带水。

周清让还是那三个字："对不起。"

"对不起什么？"她声音压着，还是听得出一些哭腔，"为什么要一直说对不起？"

"我不该借你的伞。"

他推动轮椅，转过身去的那一刻，他眼里的光陨了。他不该心软，不该友好，不该让这样美好的女孩子喜欢上他这样的人，更不该折了她的风骨、红了她的眼……

陆声失魂落魄地回了母亲那里。

"陆声,"姚碧玺问她,"你去哪儿了?"

"卫生间。"她极力把情绪压下去,脸上尽量不露声色,"医生怎么说?"

"没什么事,就是感冒了。"

"开药了吗?"

"开了。"

"我去给你拿药。"

姚碧玺把单子给了她,等她去了医院药房,姚碧玺才走到一边,拨了一个电话:"洪秘书,声声最近怎么样?"

对方是陆声的秘书,洪琦:"夫人,您指哪方面?"

"她是不是谈恋爱了?"

洪琦也摸不准这位的心思,大的小的都不敢得罪:"没有吧,我也不太清楚。"

姚碧玺轻描淡写地带了一句:"和一个新闻主播。"

洪琦嘴一快:"还没谈,就是二小姐单方面迷恋——"

糟糕,说漏了!

姚碧玺心里有数了:"你就当我不知道,声声那里什么也别提。"说完她挂了电话。

她见过周清让,在电视上,什么都好的一个人,就是腿不好命不好身体不好。

下午,周清让回了台里。

助理敲了门之后,推门进去:"周老师,外面有位客人找您。"

周清让把新闻稿放下,拿了拐杖出去。

来找他的是一位女士,她衣着普通,气质不凡,见他过来,从座位上起了身:"你好,我是陆声的妈妈。"

她是陆家的夫人,姚碧玺女士。

"您好。"

近看更是翩翩公子,涵养很好,只可惜……姚碧玺看了一眼他的拐杖,怕他站着不便,随意地坐下了:"很抱歉,就这样冒昧过来了。"

"没关系。"他很礼貌周到,"您喝茶吗?"

"不喝了。"

他这才坐下,把拐杖放在右手边的位置,站着的时候看不出来,这样坐着,他左腿的假肢略显得不自然。

姚碧玺把放在桌上的白开水端起来，喝了小半杯，一直没有开口，握着水杯的手来回换了几次。

她有话难言。

周清让看得出她为难，先开了口，语气很温和："不碍事的，您可以直说。"其实，他猜得到她要说什么。

姚碧玺把杯子放回去："我们家声声好像很喜欢你。"

他没有接话，安静地听。

"她长这么大，还是第一次喜欢一个人，我本应该高兴的——"

姚碧玺说不下去。

后面的话，也不用说了。周清让给了回应，他依旧心平气和："我明白您的意思。"

"对不起周老师。"

姚碧玺有些无地自容，双手无措地叠放在腿上。

他摇摇头，眼里没有一丝怨愤与不平："没有关系，我和您是一样的想法，我与陆声不合适，也不会有可能。"

他不怨别人，所有的偏见他都全然接受。

姚碧玺心里难安，眼睛都红了："对不起。"她一直道歉，"对不起周老师。"

她欣赏他，所以从一进来，她就尊称他一声周老师。他是很优秀的人，值得很多女孩子喜欢，可她也是一位母亲，总会偏心自己的孩子。

"不用道歉，没有什么的。"

她在作恶，他不怨，还反过来宽慰她。

姚碧玺只觉得无地自处："不是你的问题，是我。"是她自私了，"我希望我们家声声可以找一个健健康康、长长久久陪着她的人，希望她少受点罪、少受点苦，就像个普通人一样，找个普通人结婚生子。"

他理解的，他都理解："会的，会像您想的那样。"她会找一个健康长寿的人，过简简单单的一生。

"对不起……"声音哽咽了，她一个长辈，一遍又一遍地道歉。

周清让便耐心地一次一次回："没有关系。"

怎么会没有关系，谁的人心都是肉长的。

下午四点，要提前录播。

助理过来请周清让："周老师。"

他安静地坐着，抬头。

"要开始录了，您准备好了吗？"

他摇头，很少这样说："还没有准备好，可以等我五分钟吗？"

"可以。"

他起身,拄着拐杖去倒了一杯水,抽屉里放着他常用的药,他把药瓶拿出来,倒了两颗白色的药丸在手心,就着水吞下去。他的手心破了皮,是被指尖掐的。

站了一会儿,他把药放回原处,拄着拐杖出去:"可以开始了。"

就是这天晚上,陆声喝了很多酒,七八分醉了,趴在家里的餐桌上,也不哭也不闹,就碎碎念地一直说话。

"嗯。"陆星澜坐她对面,不陪她喝,也不拦她喝,他穿着黑色的衬衫,扣子扣到最上面。

陆声喝醉了跟个孩子似的,委委屈屈地挤眼泪,要哭不哭的样子:"我失恋了。"

陆星澜喝他的水:"我知道。"

她拿着洋酒瓶子,往嘴里灌,酒洒了她一脸:"你知道什么,你什么都不知道,你就知道睡。"

就知道睡的陆星澜说:"别喝了。"

她抱着酒瓶子不撒手:"我就要喝,让我喝死算了,我要喝死了,哥你就把我的尸体抱到周清让家里去,我要死在他家,我要埋在他家。"

陆星澜把她酒瓶子抽走:"再胡言乱语,打晕你。"

陆声被抢了酒瓶子,不满,不厌其烦地一直喊:"哥,哥,哥。"

陆星澜听得烦躁:"别叫了,烦死了。"他捏了捏眉心,直犯困。

陆声不叫了,脑袋往他肩上一栽,咕咕哝哝的,像在说梦话:"我真喜欢他,很喜欢很喜欢。"

"知道了。"

她哼哼唧唧了一会儿就安静了。

陆星澜没睡饱,整个人都犯懒,戳了戳肩上小姑娘的脑袋:"陆声。"

她没声音了,睡了。

他把她喝剩的半杯酒喝了,酒性很烈,他一时被刺激得醒了神,将她抱起来,出了家门。他因为嗜睡的毛病不能开车,家里给他备了司机,是个叫小北的年轻小伙子。

"少爷,这么晚了您要去哪儿啊?"

陆星澜把陆声抱到车上去,自己也跟着坐进去:"我把地址发你了,我睡会儿,到了叫醒我。"

"哦。"小北吃了片薄荷味的口香糖,彻底醒了神才进去开车,也就一会儿的工夫,后座的人就睡着了。真是能睡,没见过他这么能睡的。

地址在一个老式的小区，开车要四十多分钟，到那的时候陆星澜还没醒，小北把车停好。

"少爷。"

没反应，小北又叫了一句："少爷。"

后面的人还是没反应，好吧，叫不醒，小北就坐在主驾驶等，等啊等，等啊等，一等就是四个小时。

陆星澜睡到了自然醒，伸了个懒腰，动动睡酸了的脖子，把衣服整理了一下，又是正经的老干部形象，就是嗓音给睡哑了："几点了？"

"凌晨一点了，少爷。"

陆星澜看了一眼手表，真这么晚了："你怎么不叫醒我？"

小北冤枉："我叫了，叫不醒啊。"

他也不能强行叫醒，毕竟少爷有嗜睡的病。

陆星澜打了个哈欠，把陆声抱下去，放在了周清让家的家门口，就放地上，然后按门铃，再转身走人。

这是干什么？小北看不懂了："少爷，您这是？"

陆星澜上车，把车窗关上："别吱声。"

此处是周清让的另一处住所，小区里住的多是电视台的同事，一户一栋，到了晚上很安静。没一会儿，周清让就拄着拐杖出来了，他见到门口睡着的人，诧异了一下。

"陆声。"

周清让叫了声，人也没醒，他闻到了很重的酒味。夜里有风，睡在地上的人打了个哆嗦，咕哝了一句梦话。

周清让把外套脱下，盖在她身上，单脚站着，许久才拨了个电话："不好意思，这么晚打扰你了。"

"没事儿。"是电视台的台长徐锦林，"怎么了？"

"能不能把陆家的联系方式给我？"周清让知道徐锦林和陆家的关系很好。

四十分钟后，是陆景松夫妻过来接的人。

陆景松见自家宝贝女儿睡在别人家大门口，大吃了一惊，赶紧跑过去："声声，声声。"

陆声醉死了，叫不醒。

姚碧玺喊了一声："陆声！"还是叫不醒。

陆景松担心坏了："咱们宝贝这是怎么了？怎么赖在别人家门口？"

姚碧玺懒得跟丈夫解释，催促："还不把她抱到车上去。"

陆景松赶紧把宝贝女儿抱上车。姚碧玺拿出手机,给周清让回了个谢谢。

等车开远了,门才开了,周清让站在门口,望着远处,许久都没有回神。

车里,陆星澜评价了一句:"这是个傻子啊。"

人都送上门来了,还不收,不是傻子是什么?

三月半,骆家的案子开庭受审。开庭的前一天,骆青和因为身体原因,再一次申请了外出就医。

还是老习惯,许泊之捧着玫瑰花来看她,他把花插好:"明天就开庭了。"

骆青和坐在病床上,为了外出,她把自己折腾得人不人鬼不鬼,憔悴消瘦得不成样子:"怀孕证明开了吗?"

"开了。"

许泊之坐过去,伸手摸她的脸,她侧了一下脸,躲开了他的手。

许泊之也不介意,收回了手,两个瞳孔不对称,有种诡异的别扭感:"有个人想见你。"

"谁?"

"你见见就知道了。"

许泊之把她的被角掖紧,起身出去,对门外看守的民警点了点头,随后那民警走到一边。一会儿之后有人过来了,她推门进去。

"堂姐。"

是骆颖和来了。

骆青和冷眼看她:"你来干什么?"

"明天你就要和大伯父对簿公堂了,你告他杀人,他也告你杀人。你有胜算吗?要不要我再帮你加个筹码?"

骆青和知道她的来意了:"你是乞丐吗?在江织那儿要了东西还不够,又跑来我这儿再要一次。"

骆颖和也不生气:"大伯父有你买凶杀人的证据,就算你的律师再能言善辩,"她目光一扫,落在骆青和的肚子上,"就算你肚子里还有块肉,也不可能无罪释放,我要的东西搁你那儿也没用了,何不给我?怎么说也是姐妹一场。"

骆青和好整以暇地看着她:"你要什么?说来听听。"

"你手上的股份,都给我吧。"再加上江织给的,骆家就是她的了。

"呵,"骆青和笑出了声,"你怎么跟你那个妈一样不要脸。"

骆颖和笑着的脸冷了下来,破罐子破摔的口吻:"你可以不给,我明天不上庭就是了。"她把提前准备好的文件放下,"想好了就在这儿签字。"

骆青和这么骄傲的人却肯委身于许泊之这个独眼龙,足见她有多想替母报仇,就算是趁火打劫,骆颖和也不怕她不签。

病房外面。民警守在离门口几米外的地方,他四下瞧了瞧,没其他人,便拨了个电话:"江少,骆颖和来见骆青和了。"

晚上九点,骆颖和才回家,是一路哼着歌回来的,心情好得不得了。

徐韫慈还在客厅等她,见她回来,起身去问她:"这么晚了,你去哪儿了?"

她敷衍了一句:"办正事儿去了。"

徐韫慈因为骆常德的事情这几天忙晕了头,她精神状态很差:"你能有什么正事?"

骆颖和往楼上走:"你别管。"

"我给你留了饭,你还吃吗?"

骆颖和进了房间,关上门:"不吃了。"她兴高采烈地趴到床上,给圈里的好友打电话:"沈琳,周末出来玩,我请你。"

"有什么好事吗?这么高兴。"

"我大伯家那两个不是都要完了嘛,以后骆家就归我了。"

"真的吗,恭喜你啊。"

骆颖和扬扬得意:"那还有假,明天我就出庭,只要我去作证,骆常德就玩完了。"

咚的一声,门被徐韫慈推开了。

"作什么证?"

骆颖和吓了一跳,回头瞪人:"妈,你怎么不敲门!"

"我问你话呢,作什么证?"

骆颖和先打发电话那边的沈琳:"回头再跟你说。"她挂了电话,"骆常德杀了他的妻子,我亲眼看到了。"

徐韫慈只愣了一下立刻否决了她,态度强硬:"你看错了,不准去。"

"我为什么不能去?"

"我说不准就是不准。"

平时软弱无能的人一碰到骆常德的事就疾言厉色。哼,怪不得骆青和说她不要脸。

骆颖和也没好脸色了:"妈,你别无理取闹。"

徐韫慈脱口吼道:"我没无理取闹,你要是敢去作证,我就不认你这个女儿。"她怎么能让他们父女……

徐韫慈放软了态度:"颖和,听妈妈一句劝,别跟你大伯过不去。"

"那你别认好了。"骆颖和拿了包,起身就走。

徐韫慈叫了她两声都无果,冲上去,一把拽住了她。

轰隆一声，窗外下起了倾盆大雨。

周徐纺翻了个身，伸手拿了手机，给江织发了个表情包。

江织也没睡，很快给她回了电话："怎么还没睡？"

"睡不着，明天会顺利吗？"

"会。"江织问，"徐纺，你想不想要骆氏？"

她想了一下："不想要，骆家的钱不干净。"

骆家人的手都脏。

"那毁掉？"骆氏的股份现在大部分都在骆颖和手里，她人蠢，比骆青和好拿捏得多，要摆她几道轻而易举。

"毁掉好可惜，可以拿去做好事。"

"怎么这么善良，"后面还有一句，"我们纺宝。"

周徐纺埋头笑，心里的不安少了很多。

次日，大雨滂沱。

骆家的案子在法院审理，不对外公开，九点开庭。

骆怀雨也来了，上次骆家大火，他浓烟入肺，年纪大了，身体恢复得慢，还没休养好，让徐榲慈搀着。

在法庭外面，他遇着了周清让，立马横眉怒目：" 你还敢来。"

周清让坐在轮椅上，目光相对，丝毫不避："我为什么不敢来？"

"也是，你都敢在我骆家纵火杀人了，还有什么不敢做的。"

他认定那场火是周清让放的，目的是跟他同归于尽。

周清让也不否认："我都敢纵火了，的确没什么不敢做的，所以你别睡得太安稳了，保不准我哪天就潜进你家，一刀把你解决了。"

骆怀雨震怒："你——"

周徐纺从周清让后面站出来，她把他挡在后面，满脸戒备地看着骆怀雨，眼神森森，冷得让人不寒而栗。

骆怀雨只觉得她眼熟："你又是谁？"

"周清让的保镖。"

这个女孩子他一定在哪见过，眼睛很像一个人。

"骆家老爷子，"

懒洋洋的声音从后面传来，是江织到了，他走到周徐纺旁边，目光幽幽地瞧着对面的老人："你一把年纪了，盯着别人家女朋友看什么。"

她是江织的人，骆怀雨若有所思。

江织牵着周徐纺："进去吧。"

一行三人，进了法庭，乔南楚已经在观众席等了，挥了挥手，把人叫过去。

江织刚坐下。

"骆颖和还没有来。"

江织眉宇轻蹙了一下:"人现在在哪儿?"

"联系不上。"

周徐纺问:"她不来的话,能不能给骆常德定罪?"

乔南楚往被告席看了一眼:"那要看他的律师能耐有多大了。"

骆青和把蒋春东请来了,骆常德就把蒋春东的死对头杜邵兴请来了,两个都是律师圈里的名嘴,把死的都说成活的。

"虽然警方在骆家的花棚里搜出了钢筋和锤子,但不能直接证明那就是八年前的凶器,方大顺的口供也只能证明骆三是他杀,证明不了是骆常德所杀,只有许泊之这个口头证人,而且,连最重要的杀人动机都拿不出来,想要给他判重刑,"乔南楚觉得,"勉勉强强。"

骆青和杀人未遂的罪是跑不掉了,就看她能不能把骆常德也拉下水。杀人动机是关键,骆颖和不指证骆常德的话,他连杀害骆三的动机都不成立。

周徐纺思忖了一小会儿:"我去找骆颖和。"

江织拉着她坐好:"你待着,我去。"

"我更快一点。"

"你不在这儿,我也坐不住。"他也不阻止她,意思是要跟她一起去。

周徐纺想了想:"那兵分两路,你顺着骆怀雨这条线找,我负责徐韫慈。"

江织点头,嘱咐她:"要小心。"

周徐纺先出去了。

江织后一步才走,走之前给乔南楚留了句嘱托:"把骆怀雨这几天的通信信息都发给我。"

"给我十分钟。"乔南楚给刑事情报科的同事打了个电话。

阿晚在三号庭外面,就见周徐纺跟江织一前一后地走出来,不是都快开庭了吗?怎么还往外走?他跟上他老板。

"不用跟着我。"

阿晚不解。

江织边走边拨电话:"你去跟着周徐纺,有什么情况随时跟我联系。"

阿晚换了方向,去跟周徐纺了。

周徐纺没有走电梯,她走了楼梯,把随身带着的耳麦戴上:"霜降,现在有空吗?"

这个耳麦的连接端能将声音转换成文字,也能将文字转换成声音,霜降几乎第一时间里就回复了她。

"有。"

"帮我查一下徐韫慈最近的联系人。"

"好。"

她推开楼梯间的门,进去了。

阿晚紧跟在后面:"周小姐。"他也推开楼梯间的门,"你等等我——"

呼!一阵冷风兜头刮过来,楼梯里影子都没一个,阿晚震惊:人呢?

他终于知道为什么职业跑腿人的圈子里会把Z传得那么神。

周徐纺找遍了骆家每一寸地,依旧没有寻到骆颖和的影子。徐韫慈最近的联系人是三天前,她联系的是骆常德的律师杜邵兴,而骆颖和昨天还和圈中好友通过电话,当时她就在家中,在这之后,外面的监控没有拍到她出去,很有可能,人还在骆家。

楼梯口有声音,周徐纺没有躲,从房间里出去,正好撞上了上来打扫卫生的帮佣,周徐纺认得她,是厨房的刘大妈,她幼年的时候,刘大妈没少扣她的口粮。

"你是什么人?"刘大妈被吓了一跳,"你在这干什么?"

周徐纺把手指按在唇上:"嘘!别出声。"

骆家的排场一向大,家里光是用人就有好些个,周徐纺不想打草惊蛇。

别墅里突然多了个人,还穿得奇奇怪怪、包得严严实实,刘大妈以为是进贼了,当场就大叫了一声:"来人啊,抓——"

"贼"字还没喊出来,周徐纺就移到她面前。

就一眨眼工夫,"贼"就"飘"过来了,刘大妈被吓得白眼一翻:"鬼、鬼……"

周徐纺捏了个小尖嗓:"嗯,我是鬼。"说完,她对着刘大妈吹了一口气。

刘大妈腿一软,一屁股坐在地上了,她念了两句"菩萨保佑",然后两脚蹬地,直往后退。

周徐纺伸手拽住她的腿,她两眼一翻,要晕了,周徐纺不准她晕,捏着她的脚踝,用了一分力道。

"我问你,骆家有没有可以藏人的地方?密室之类的。"

"没、没有。"

"真没有?"

"有、有个酒窖。"

周徐纺抓着她的衣领,把她拎起来:"带我过去。"

刘大妈点头,只要不索她的命,说什么她就听什么,两腿打着抖地把人领到厨房后面的酒架前。

把酒架挪开，就能看到一扇门，门上上了锁。

周徐纺看了刘大妈一眼，她立马摇头："我我我没钥匙。"

那就没办法了，周徐纺后退一步，一脚踹开了门，刘大妈被吓得脸又白了几分。

地窖在别墅的下面，没通窗，里面一片幽暗，周徐纺把背包里的手电筒拿出来，借着光沿着楼梯往下走。

地窖上面，刘大妈在大喊："鬼啊！"

周徐纺管不了那么多了，继续往酒窖里面走，里头很大，酒架层层叠叠，上面摆放了各种红酒。因为是地下，常年不见天日，里面又冷又阴森，她走到最底下，用手电筒敲了敲墙面。

"哒——哒——哒——"

响了三声之后，有人回应她了："呜呜呜！"

周徐纺循着声音走过去，绕过两排红酒架子，在后面的木桩上找到骆颖和，她嘴巴被胶布贴上了，脚上和手上都绑了很粗的绳子，整个人被拦腰捆在木头酒架上。

骆颖和看到手电筒的光，也不管是谁，呜呜地求救。周徐纺打着光走过去，把她嘴上的胶布撕了。

骆颖和这才看清人："你是谁？"

周徐纺用手电筒照她："来救你的人。"

穿得古里古怪的，不过骆颖和也管不了那么多了："快帮我把绳子解开。"

"行，要付钱。"

这人不是潜进来偷东西的小偷吧，不然怎么开口就勒索。

"你要多少钱？"

"两百万。"

靠！敲诈啊！骆颖和立马戒备了："谁让你来的？"

周徐纺不回答，就问："解不解？"

看着打扮就不像好人，骆颖和越打量越心慌："解。"

周徐纺就帮她解了脚上的绳子。

骆颖和活动活动捆麻了的脚，又把手伸过去："还有手。"

"也要两百万，手脚是分开的，腰上的也要，也是两百万。"

靠！骆颖和咬牙："全部解。"

周徐纺戴着纯黑色的骷髅头口罩，她把声音压低："一共六百万，汇款账号我会发给你，不要拖款，明天之前一定要到账。"

骆颖和牙都要磨碎了，绳子被解开之后，她立马问："到底谁让你来的？"

"问问题也要两百万,一个两百万。"

骆颖和无语,这个歹徒是钻钱眼儿里去了?

"还问吗?"

骆颖和脸都被气绿了,扶着酒架站起来:"不问了!"

她把人甩在后面,三脚两步走得很快,因为没开灯,就一点手电筒的光,根本看不清地上,她没走两步,脚上就绊到了绳子,踉跄了一下,往前栽了。

"咚!"

好重一声闷响,骆颖和的脑袋不偏不倚地撞在了一个装红酒的橡木桶上。

这一下,撞得骆颖和头晕目眩,两眼泛黑,她趔趄了好几步才扶着墙站稳:"你怎么也不拉我一把!"

周徐纺莫得感情:"拉你要钱。"

骆颖和气得对着木桶就捶了一拳,发出了很大的声音。

周徐纺听得出来,木桶里是空的,她上下左右地扫了一眼酒窖,觉得奇怪,整个酒窖里都很干净,只有这个橡木桶上积了厚厚一层灰,木头上甚至长了霉,怎么看都很奇怪。

周徐纺走近去看。

骆颖和怕黑,又不敢一个人走:"走不走啊你!"

周徐纺没理,戴着手套敲了敲桶身。

"你干吗?"

"让开。"

骆颖和一边往后退,一边壮着胆子顶嘴:"你别乱动我家东西,要钱!"

周徐纺直接从背包里拿出了一把军用匕首,骆颖和立马闭嘴了。这个贼到底从哪冒出来的?!

周徐纺把手电筒夹在脖子上,手里拿着匕首,从桶缝的地方开始撬,橡木桶发了霉,木头松软,她没怎么用力,就轻松撬开了。

木桶崩开,哗的一声,一堆白骨滚了出来。其中一块,就滚到了骆颖和的脚边,她低头一看:"啊!"

那是一块完整的头骨。

"啊啊啊啊啊——"

骆颖和失声尖叫,酒窖里,叫声回荡。

周徐纺耳朵都被震痛了:"再叫我就把你打晕。"

骆颖和被吓白了脸,又不敢叫,就用手捂着嘴,肩膀都发抖了。

等她安静了,周徐纺才拿着手电筒去照地上的白骨,腿、手、肋骨都在,她一块一块打量。

一堆白骨中间，有块金属的圆片。

周徐纺蹲下去，把圆片捡了起来，她用手电筒照着看了一眼，握着圆片的手指渐渐发白。她沉默了很久，把那块圆片仔细收好，然后起身走向骆颖和。

酒窖里阴森森的，迎面走过来的人也古里古怪的，骆颖和心里发怵，哆嗦着腿往后退："你、你干什么？"

她不说话，一步一步逼近。

"你、你、你到底要干什么？"

她眼镜后面闪着幽幽的红光。

骆颖和退到最里面，后背抵在了酒架上，这么阴森森的酒窖里，她额头上的汗一直流："你——"

周徐纺抬起手，一掌把她劈晕了，等她倒下，周徐纺这才把口罩和帽子都摘了，重新走到那堆白骨前，膝盖一弯，跪下了。

"我是徐纺。"

她声音哽咽，就说了这一句，然后磕了三个响头。跪了一会儿，她站起来，把口罩和帽子重新戴好，过去将骆颖和扛起来，背出去。

骆家别墅外面，阿晚刚到，正好看到周徐纺扛着个人出来，他赶紧跑过去接应："给我扛吧。"

"不用。"周徐纺语气郑重其事，"阿晚，能拜托你一件事吗？"

怎么这么严肃？阿晚感觉有不好的事情发生了："说啊，干吗这么客气？"

"帮我守在骆家的酒窖外面，不要让任何人进去，等庭审结束后，我就过来。"其他的，她也没解释。

阿晚也不多问："我守着，你放心好了。"

"谢谢。"

周徐纺道完谢后，把骆颖和扛上了车，载走了。

◆第三章◆
纵火案重审，凶手伏法

法院里法官高坐，两边是陪审团，公诉方是检察院，骆常德与骆青和都是案件嫌疑人,分别为第一被告和第二被告。

公诉方陈述之后,第二被告人骆青和的诉讼律师蒋春东传召了证人方大顺。

"方先生,请问你八年前是做什么的?"

老方今儿个穿了正装:"我是一名消防员。"

"骆家大火,是你们消防队去救的火吗?"

"是。"

"当时火场里有几个受害人?"

"三个。"

蒋春东不疾不徐:"能分别说说这三个人的情况吗?"

老方如实地说:"我和我的队友进去的时候,唐光霁被压在了花架下面,身上已经烧起来了。"

观众席上,唐想面上冷静,只是放在膝盖的手紧握了一下。

蒋春东又问:"还活着吗?"

老方回答:"已经断气了。"

"另外两个呢?"

"花匠阿斌在温室外面,因为吸入了过多的浓烟,已经昏迷了,是我的队友把他背出去的。"老方看了一眼观众席,没见到周徐纺,"里面还有个十几岁大的孩子,当时我进去的时候还有气,但意识不清醒。"

蒋春东一步一步把问题引向自己想要的方向:"那个孩子身上有伤吗?现场有没有凶器或者血迹之类的?"

"地上有一摊血,没有看到任何利器,小孩身上也都是血,"老方在身上比了一个位置,"这个位置,有个洞,像被东西凿的,我进去的时候还在出血。"

蒋春东点头,面向法官:"法官大人,我的问题问完了。"

这时,第一被告骆常德的诉讼律师杜邵兴站起来,恭恭敬敬地对台上法官鞠了一躬:"法官大人,我有几个问题要问。"

法官大人点头准许。

杜邵兴从座位上站起来,走到证人面前,向他提问:"方先生,请问当时温室里的烟大不大?"

老方搞不懂这些律师都在下什么套,就实话实说:"很大。"

"看东西模糊吗?"

"有一点。"

"那会不会是你看错了?"不等老方回答,杜邵兴就追问,"受害人骆三会不会只是被火场里的什么东西砸到了,导致了大出血?"

这么问,老方就回答不上来了。

"另外,"杜邵兴最后发问,"请问方先生,你有在火场里看到过我的当事人骆常德吗?"

老方没有犹豫地摇了摇头:"没有。"

杜邵兴镇定自若地笑了笑,面向法官:"我的问题问完了,法官大人。"

杜邵兴不愧是这行的高手,临场应变的能力在行业里都是顶尖,两三个问题,就把骆常德择出来了。

被告席上,骆常德得意地扬唇,胜券在握的样子。

蒋春东也不急,慢慢来,站出来申请:"请法官大人允许我传召我方的二号证人许泊之。"

法官应允,书记员把证人传上来。

二号证人是许泊之,他上庭来,先看了骆青和一眼,骆青和沉默地坐着,面色憔悴,一言不发。

蒋春东对他发问:"许先生,请问你之前的名字叫什么?"

许泊之回答:"王斌。"

他在被认领回许家之前就叫这个名字,随他母亲姓,叫阿斌。

"八年前你是做什么的?"

"我在骆家当花匠。"他转身,面向陪审团,把那只假眼露出来,"我这只眼睛,就是在骆家大火里受的伤。"

陪审团成员的表情各异。

蒋春东继续:"能把你当时在火场里所看到的情况,再具体陈述一下吗?"

许泊之说:"可以,我当时就在温室的玻璃房外面,因为花架砸下来,我伤到了腿,一时爬不动,就坐在外面等消防员来救我。"

"当时温室里有三个人,唐光霁背着骆家的养子骆三,想要救他出去,骆常德就是这时候进来的。他在花房里捡了一根钢筋,把唐光霁打倒在地上,唐光霁一直护着骆三,在和骆常德争执的时候,被推到了花架上,花架砸下来,压在他的身上,骆三想拉他出来,可是年纪太小,拉不动,就在骆三呼救的时候,骆常德急了,摸到一把锤子,把手上钢筋钉在了骆三胸口往上的地方。"

他说得事无巨细、有条有理。

蒋春东问:"然后呢?"

许泊之看了骆常德一眼:"骆常德把锤子和钢筋都埋在了一个花盆下面。"

骆常德方才还扬扬得意的脸这会儿又沉了,死皱着眉头,恨恨盯着许泊之。

蒋春东征得法庭同意后,投放了一张照片,是骆家花房的照片:"凶器是埋在了这个位置吗?"

许泊之斩钉截铁地回答:"是。"

问题都问完了,蒋春东做总结,还递交一份资料:"法官大人,各位陪审员,这是证人许泊之当年的手术病例,以及他的身份证明,都可以证明他就是当年的受害人之一,也是这场谋杀唯一的目击证人。"等法官大人和陪审团审阅完毕,他才继续陈词,"以上我方两位证人的证词都直接说明了一个事实,受害人唐光霁与受害人骆三都不是死于大火,而是死于他杀。"

他说完,法庭上有声音了,尤其是陪审团那边。

骆常德没骆青和那么镇定,有些急了,被他的律师杜邵兴用眼神示意了一下,意思是让他少安毋躁。

"法官大人,各位陪审员,"蒋春东手里拿着翻页笔,指向投影仪,上面投放的两张照片,"这是一把生了锈的锤子,这是一截钢筋,两件证物都是警方在骆家的花房里找到的,当时,一号被告人骆常德也在场,并且证物是由他亲手挖出来的,也就是说明,他知道证物藏在哪里。"

蒋春东说完,把翻页笔放下:"我的发言完毕。"

他刚坐下,杜邵兴就站起来了。

"法官大人,我方对证人的证词还有一些疑问,请允许我向证人提问。"

法官准许。

"还是那个问题,"杜邵兴走到许泊之面前,"许先生,当时花房里的火势大吗?有没有浓烟?"

他要否定证人的证词。

许泊之知道对方要下套,明确肯定地说:"我能确定我没有看错。"

"你怎么确定?你当时也吸入了过量的浓烟,身体处于半昏迷的状态,请问你是如何确定的?"

许泊之一时答不上来,杜邵兴在律师圈里很出名,他最擅长的就是避重就轻、偷换概念,很会把人的思维往利于自己的方向上引。

杜邵兴把桌上的报告递交上去:"法官大人,各位陪审员,这一份是痕检部门出的报告,这两件证物因为埋在地里的时间太久,已经被严重氧化,上面没有任何残留的指纹或血迹,也就是说,这两件证物都没有指向性,至于为什么警方发现证物的时候我的当事人会在场,这很好解释,证物所在的地点是骆家,是我当事人的家中。我的当事人会出现在自己家中有什么问题?而且,他只是想打理一下花房,无意中将这两件所谓的证据挖了出来,仅此而已,这能证明什么?"

名大状不愧是名大状,巧舌如簧,能言善辩,死的也能说成活的。

"法官大人，"杜邵兴向法官申请，"请允许我传召我方一号证人。"

法官应允，书记员高声传了证人。

一号被告骆常德的第一位证人是彭先知，穿着囚服就上来了，他站到了证人席，杜邵兴过去："彭先生，能先介绍一下你自己吗？"

彭先知面向前面："法官大人，陪审员，我叫彭先知，目前在西部监狱服刑，入狱之前，我是一名园林师，一直在骆家帮着打理花房，刚刚的证人阿斌就是当时收的徒弟。"

等证人的身份介绍完，杜邵兴开始发问："能告诉我们你为什么入狱吗？"

"八年前，我好赌，输了一笔钱，一时还不上，就跟当时的东家做了一笔交易。"

"什么交易？"

"她帮我还账，我帮她杀人。"

"和你做交易的人现在在不在法庭上？"

"在。"彭先知目光在庭上扫了一圈。

"她是谁？"

彭先知抬起手，指被告席上的骆青和："她是二号被告。"

买凶杀人，杜邵兴就是想说明这个。

"法官大人，"他开始佐证，"我方证人彭先知在与二号被告交易之时，还保留了录音，录音中明确指出了是二号被告指示我方证人纵火杀人。痕检部也已经检测过，录音是原件，没有被篡改过，刚才公诉方已经播放了一遍，我想再播放一遍。"

随后，书记员播放了那盘磁带，杂音很重，但还是听得清内容。

"大小姐，求您帮帮我。"

"帮你？可以啊。那彭师傅要不要也帮我做一件事？"

"大小姐您尽管说。"

"我母亲生前最喜欢来这个花棚了，你帮我烧给她怎么样？"

"只是烧花棚吗？"

"顺便把一些不干净的东西也一并烧了。"

"您指的是？"

"骆家不干净的东西，还有别的吗？"

对话内容至此为止，陪审团成员听完之后，都若有所思。

二号被告的律师蒋春东这时站出来，向彭先知提问："证人，当时我的当事人有亲口让你烧死骆三或者是唐光霁吗？"

彭先知没有回答。

蒋春东把声调提高了一些:"证人,请回答我的问题,我的当事人是否亲口说了让你烧死骆三和唐光霁?"

彭先知看了杜邵兴一眼,才开口回答:"没有,但是我知道她指的是谁。"

"你知道?"蒋春东立马抓住了漏洞,"也就是说,这些都是你的臆测。"

彭先知一听不对立马摇头:"不是,大小姐一直看不惯骆三,平日里就总是折磨他,她的意思就是让我帮她除掉眼中钉。"

是又怎么样,只要骆青和没有亲口说就行。

蒋春东有条不紊地推翻证人的证词:"彭先生,这都是你的个人猜想,根本毫无根据,我的当事人当时正在经历丧母之痛,这个花房让她睹物思人,所以才让你处理掉,但从来没有让你纵火杀人,是你私自揣测并且臆想了她话里的意思。"

"不是的——"

"而且,八年前,你好赌。"蒋春东面向法庭,又看陪审团,"法官大人,各位陪审员,一个嗜赌成性、为了钱可以纵火杀人的服刑犯人,如果再有人给他钱,他是不是一样什么都会做?"

他在削减证人的印象分,试图弱化证词的可靠性,毕竟彭先知是服刑中的犯人,他的话可信度会有一定的影响。

他这种惯用手法,杜邵兴最清楚不过,立马站起来:"法官大人,二号被告律师的揣测严重诽谤了我的证人,也否决了所有服刑犯人改过自新的态度,请法官大人驳回。"

法官敲了一下法槌:"二号被告律师,请注意你的言论。"

蒋春东不再作声了,他的问题已经问完了,坐回了座位上。

杜邵兴继续辩护:"不知道在座的各位去年年底有没有听过一个消息?财经的新闻板块是这么写的,"他从桌上拿了一本杂志出来,照着上面读,"章江大桥,两车相撞,骆家大爷惨遭横祸,坠江去世。"

当时骆常德逝世的消息还上了新闻,在商界引起了不小的轰动,这事儿观众席上不少人都知道。

"这件事就发生在我的当事人收到这份录音之后,是不是很巧?"

他把杂志放下:"我的当事人才刚拿到录音证据,所乘坐的轿车就在章江大桥上被大货车撞到了桥下,而原本和我当事人坐在同一辆车里的二号被告,在事故发生时却没有在车上,甚至没有第一时间报警,当时警方还没有在章江下面打捞到我当事人的尸体,骆家就宣布了死讯,这一切的一切,是不是都很巧?"

杜邵兴引出他的问题:"像不像在杀人灭口?"发问后,他面向骆青和,语气突然加快,"二号被告你为了掩盖你的罪行,对我当事人反咬一口,把纵火杀人的罪名全部反推到我的当事人身上,因此也就有了今天这样可悲的一幕,父女反目、对簿公堂。"

骆青和面色不改,一点儿反应都没给,就这心理素质,比骆常德的确强太多了。

杜邵兴也不急着看她原形毕露,继续把证据呈堂:"法官大人,这一份银行的汇款账单,收款人正是章江大桥肇事车主的家属。他本人已经去世,是肝癌,这笔钱几番周转才汇进他妻子的账户里,因为不是走的正规汇款途径,查不到汇款人,但汇款的时间刚好是章江车祸后的第三天。另外,二号被告骆青和在车祸发生的前一天,从私人账户里取出了一笔钱,目前,这笔钱的去向还查不出来,但数额刚好与肇事车主的妻子收到的那笔钱相吻合,是不是又很巧?"

"各位陪审员,试想一下,一个肝癌晚期患者,一只脚都已经迈进棺材里了,还有什么能耐弄得到这样一笔巨款,除非,"杜邵兴看向骆青和,"除非他替人杀人,以命换命。"

辩护到这里,骆常德似乎已经觉得已经赢了,嘴角疯狂往上扬,得意而又挑衅地看着骆青和。

"二号被告,"杜邵兴问骆青和,"请问你和我的当事人是什么关系?"

骆青和不语。

杜邵兴最后再打一波感情牌,情绪很激昂:"我替你回答,你们是父女,是血脉亲人,为了掩盖八年前那场火灾的真相,你不惜谋害你的亲生父亲,即便到了今天,你也丝毫没有悔改之意,将所有杀人的罪名全部推脱到你父亲头上,做出这种丧尽天良违背人伦的事情,你的良心不会不安吗?"

骆青和嘴角挑了一下,似乎觉得好笑,双手垂放在肚子上,有一下没一下地拂着小腹。

她的律师蒋春东也没有反驳,他们那一方的辩护方向很明确,不辩论无罪,只要给骆常德坐实杀人的罪名,她的底牌,还在后面。

杜邵兴这边辩的是无罪:"最后还有一点,我要向法官大人和各位陪审员重申一遍,二号被告一直主张是我的当事人在火场里杀了人,可是我的当事人根本没有任何杀人动机,受害人唐光霁当时是我当事人的左膀右臂,而受害人骆三是骆家的养子,与我的当事人基本没有过多的接触,不像二号被告,与受害人骆三水火不容。"杜邵兴再一次强调,"我的当事人是没有任何杀人动机的。"

连杀人动机都没有,故意杀人罪怎么成立。就在这时,门被推开,江织和周徐纺进来了。

一直没有吭声的蒋春东这才站了起来,反驳了杜邵兴最后一句话:"有杀人动机。"

骆常德回头看了江织一眼,骆青和也抬了眼,好戏要开始了。

蒋春东走到台前:"法官大人,请允许我传召我方的三号证人。"

法官准许。

三号证人上庭,是骆颖和,她一进来徐韫慈就站起来了,失控地大喊:"颖和,你给我回来!骆颖和,你听见没有!"

骆颖和置若罔闻,走到了证人席。

徐韫慈从座位上冲出来:"骆颖和!"

法官这时敲响了法槌:"肃静。"

徐韫慈红着眼瞪着女儿,反倒是她旁边的骆怀雨从头到尾都面不改色,好像审的不是他骆家的案子,他只是抬头,瞥了江织一眼。

江织牵着周徐纺,在周清让旁边坐下了。

庭审继续,蒋春东走到骆颖和跟前:"证人,先介绍一下你自己。"

她看观众席:"我是骆颖和。"

对方律师杜邵兴一时没搞懂这一出,便看骆常德,他也云里雾里,搞不清怎么突然就变了形势。

蒋春东开始向骆颖和提问:"你和两位被告分别是什么关系?"

"骆常德是我大伯,骆青和是我堂姐。"

"你对骆三还有印象吗?"

废话!骆颖和忍住翻白眼的冲动:"有,他是我们骆家的养子。"

"他是怎么死的。"

骆颖和不知道骆青和从哪请来的白痴,这种蠢蛋也能打赢官司?毕竟是在法庭上,再白痴的问题她也要回答:"被烧死的。"

"那你还记不记得你最后一次见萧氏是在哪儿?当时萧氏在做什么?你又在做什么?"

"记得,我当时让骆三帮我送一盆兰花到我大伯母萧氏房里。"

她就是想看骆三被萧氏教训,这个就不用说了。

她继续:"我看他很久没有下来,就跟着上楼了。"

蒋春东接着她的话问:"然后呢?你看到了什么?"

骆颖和看了观众席上的徐韫慈一眼,果然在抹泪,她干脆不看了:"骆三杵在我大伯母的房门外面。"

"还有呢?"

"房间里，我大伯父和大伯母在吵架。"

骆家的那些丑事不方便往外说，尤其是周清檬，不然骆家名声臭了以后生意不好做，吵架的原因她一句话带过了："因为我大伯父婚内出轨，我大伯母吵着要去告发他，当时大伯父很生气，又拦不住大伯母，就把她按在了沙发上，把桌上的安眠药强喂进了她嘴里。"

骆常德听到这里整个人都蒙了，不止他，杜邵兴也蒙了，这件事连他这个辩护律师也根本不知情，一时之间完全没有辩护方向了。

蒋春东还在提问骆颖和："你走的时候，你大伯母的状态怎么样？"

"人已经不动了，我当时太害怕就跑了，骆三在我后面，还在地上掉了东西，被我大伯父发现了。"

这一出完全在杜邵兴的意料之外，他看骆常德，骆常德也慌张失措了，杜邵兴立马就看出了苗头，他的当事人对他撒了谎，隐瞒了事情的原委。这官司，后面不好打了。

他站起来，反驳蒋春东的辩护内容："法官大人，只有证人，没有任何佐证，我完全有理由怀疑证人是受了谁的指使，故意污蔑我的当事人。"

蒋春东立马接了后招："法官大人，请允许我传召我方的四号证人。"

还有四号证人？

证人上庭，骆常德一看那人，脸色就变了。

上来的是一位女士，五十多岁，戴着眼镜，穿着女士西装，蒋春东等证人就位就开始提问了："吴女士，能先说明一下你和一号被告的妻子萧氏是什么关系吗？"

吴女士回答："八年前我是她的主治医生。"

骆常德自然认得吴好，骆怀雨与徐韫慈也都认得。

"萧氏患了什么病？"

"她有很严重的抑郁症，还有妄想症，因为患者的病情很严重，有自杀和自虐的倾向，我当时还在骆家住了一段时间。"

"萧氏在家中吞了安眠药，当时你在骆家吗？"

"在，我到房间的时候萧氏已经断气了。"

"除了你，还有谁在？"

"她的丈夫。"吴女士往骆常德那边看了一眼，"也就是一号被告人。"

蒋春东循序渐进，一点一点剖析开："你看到了什么？"

"地上都是安眠药，萧氏的下巴上有被人掐过的指印。"

她的话刚说完，骆常德就跳起来："你撒谎！你根本没见过！"

萧方舟死的时候，他没有让任何人见过她的尸体，当晚就运到了殡仪馆，不可能有人见过，撒谎！这个女人在撒谎！

骆常德冲着她咆哮："你在撒谎，你污蔑我！"

吴女士没有作声，似乎很害怕，往后面退了一小步。

蒋春东这时候向失控的骆常德提问了："一号被告，你也承认你妻子的下巴当时有指印对吗？"

至少他没有第一时间否认，只说吴女士没有见到。

陪审员见了这一幕，心里都有数了。

骆常德这才发觉说错了话，着急忙慌地喊："没有指印！什么都没有！"

完了。杜邵兴只有这一个念头，完了，他常胜将军的招牌要砸了，虽然实质性证物不多，只有口供，但证人很多，前因后果全部连起来了，骆常德又做贼心虚，居然当场就露了馅，后面没得辩了。

蒋春东做最后陈词之前："法官大人，我请求再一次播放证人彭先知的录音磁带。"

法官准许，录音这次放到了最后，出现了骆常德的声音。

"这么怕我？"

"你躲什么。"

"那天在门外的是你吧。"

"看到了吗？是不是都看到了？"

录音播放结束，蒋春东站起来："这就是被告骆常德杀害骆三的杀人动机。"他最后总结陈词，"法官大人，各位陪审员，当年萧氏在家中吞药'自杀'后，尸体在当天的后半夜就被运送去了殡仪馆，甚至连我当事人这个亲生女儿都没来得及见一眼，为什么尸体会处理得那么着急？因为一号被告怕被人看出破绽，急着毁尸灭迹，就像当初骆家大火的两个受害人一样，也是第一时间就被人处理掉了尸体。"

骆常德额头开始冒汗了，他用求救的眼神看他的律师，可杜邵兴却还在沉默。

"因为萧氏有严重的自杀倾向，一号被告就把他杀掩饰成了自杀，可很不巧，偏偏让骆三看到了他杀人的一幕，所以他就再起杀心，趁着骆家大火，去花房里把骆三解决了，而唐光霁原本是进去救人的，却撞破了一号被告杀人，所以，"蒋春东看着骆常德，"所以，你就把他也杀了，一了百了。"

骆常德站起来："我没有！我没有！你瞎说，你全是瞎说！"他瞪着吴女士，"是谁让你来诬赖我的，是不是骆青和？是不是她收买了你！"

吴女士目光一扫，不动声色地看了观众席一眼。

周徐纺小声地叫了一句："江织。"

江织摸摸她的头，没有说话。骆常德犯罪是事实，只是差了点证据，这叫恶人自有恶人磨。

庭上，法官敲了三下法槌："肃静。"

骆常德大汗淋漓地坐下了，彻底六神无主了。

之后，蒋春东为骆青和争取到了五分钟的自述时间，她站起来，双眼含泪："是我雇人撞了我父亲。"

她认罪了。

"因为我知道是他杀害了我母亲，还试图把骆家大火的罪名推到我身上，我为了自保，也为了替母报仇，一时冲动犯下了大错。车祸之后，我后悔了，找了人去章江打捞他，盼着他能平安无事。"

她是派了人去打捞，只不过她是去打捞车里的行车记录仪。

"可我没想到，他被救之后，回来做的第一件事就是把我送进监狱，把所有杀人的罪名都推给我。"

说到这里，她泣不成声："我被仇恨蒙蔽了眼睛，做错了事，我愿意接受法律的惩治。"她面向审判席，"法官大人，各位陪审员，我不想为我自己的过错辩解，但恳请你们还我母亲一个公道。"

说完，她泪如雨下，深深地鞠了一躬。

骆青和自述之后，她的律师蒋春东最后为她辩护："从立案到现在，我的当事人一直都饱受着良心的谴责，曾有过几次自残自杀的举动，如果不是怀了身孕，我的当事人根本不想活下去。"

蒋春东也悲痛得说不下去了，他向法庭递交了一份检查报告："法官大人，各位陪审员，我的当事人已经怀孕八周了，恳请你们考虑一下她的身体状况与悔过态度，对她酌情量刑。"

对面的被告席上，杜邵兴哂笑：不自残自杀，怎么申请外部就医，狡诈的女人！

之后，公诉方的检察官做了最后陈词，控告骆常德故意杀人，同时，控告骆青和教唆杀人。

杜邵兴后面什么也没说，没必要了，这场官司已经输了。

三十分钟合议时间，最终判决如下：

第一被告骆常德故意杀人罪成立，两次杀人，情节严重，被判处无期徒刑。被告骆青和教唆他人杀人，构成共同犯罪，但有悔改表现，并且怀有身孕，被判处五年有期徒刑，暂予监外执行。

判决刚读完，骆常德就站起来抗议了："凭什么是无期？我不服！"

杜邵兴拉了他一把，没拉住，就由他去了。

骆常德像个从精神病医院跑出来的疯子,一听到无期徒刑四个字,就彻底精神失常了,在法庭上暴躁地大喊大叫。

"她为什么可以监外执行?我也要申请监外执行。"他扭头就冲杜邵兴咆哮,"快给我申请监外执行!"

杀了三个人,还想申请监外执行?

杜邵兴语气不好地接了一句:"你去怀个孕,我立马给你申请。"倒了八辈子血霉了,接了这个案子,砸了招牌不说,还被死对头按在地上摩擦。

骆常德被呛得火冒三丈,把桌上的文件全部推到地上:"收了我那么多钱还打不赢官司,你他妈就是个没用的骗子,废物!"

这种输了官司就发疯的杜邵兴见得多了去了,眼皮都没动一下。

骆常德还在发疯:"我不服,我要上诉!"

法官不予理会,敲了法槌,直接退庭。看管人员上前,要把骆常德带走,他却冲到证人席,一把拽住了骆颖和:"你!"

骆颖和惊叫。

看管人员上前,把骆常德拉回来,他挣扎,面目狰狞地瞪向骆青和:"还有你!你们合起伙来害我,全是吃里扒外的东西!"

看管人员把他拖走,他死死扒着桌子:"爸,爸,你帮帮我,我不想坐牢!"

骆怀雨坐在观众席,无动于衷。

"爸!爸!"

骆常德被拖走了,歇斯底里的声音越来越远。

"骆颖和!"徐韫慈走到前面去。

"有什么话回家再——"

她的话没说完,徐韫慈就狠狠扇了她一巴掌:"自己的血脉亲人你都不放过,我怎么生出你这样的白眼狼。"

骆颖和把打在脸上的头发拨开,顶了顶被扇得火辣辣的腮帮子:"白眼狼怎么了?总比你这个婊子强。"

徐韫慈整个人都定住了,手僵在半空中:"你说什么?"

骆颖和还想顶嘴,看她脸色发白浑身颤抖的样子,硬是把那些恶毒的话全部咽了下去,只是也不服输,瞪着眼睛看徐韫慈。

"呵。"骆青和突然发笑,"果然是一家人。"

她手上还戴着手铐,身上穿着囚服,但还和以前一样趾高气扬。

骆颖和最讨厌她这副嘴脸:"你得意什么,等你肚子里那块肉生下来,还不是要进去陪你爸吃牢饭。"

骆青和没接她的话,跟着蒋春东一道离了席,路过观众席的时候停了脚。

"借我骆家人的刀,杀我骆家的人,"她看向江织,"原来你打的是这个算盘。"不沾一滴血,让他们骆家自相残杀。

江织还坐着,没起身:"法官还没走远,别乱说话。"

"江织,知道我喜欢你什么吗?"

他脸色果然变了,眼里像搁了刀子,锋利无比。

"我就喜欢你阴险。"骆青和大笑着离开。

门口,骆怀雨由骆常芳搀扶着,拄着拐杖离开了。

八年前,彭先知在花房见过骆青和之后去了书房。

"董事长。"

"进来说。"

彭先知进去,把门带上,迟疑不定了很久还是开了口:"大小姐让我替她办件事。"

骆怀雨在屋里作画:"什么事?"

满室都是墨香。

彭先知上前去:"她让我烧了花房,顺便把骆三,"他边看老爷子的脸色,"把骆三处理掉。"

骆怀雨手中的毛笔顿了一下,水墨在宣纸上化开了。

"董事长,您觉得我该怎么做?"

他放下笔,把纸张揉成一团,扔进垃圾桶里,然后拿起放在旁边的拐杖,拄着往外走,到门口的时候才留了一句话:"今天你没来找过我,我也什么都不知道。"

傍晚,骆怀雨去了一趟花房。光头的少女正坐在小板凳上浇花,她看到他后霍地站起来,凳子被她撞倒了,她很怕他,不自觉地往后缩。

他拄着拐杖走过去:"怎么不叫人,不是会说话吗?"

少女怯生生地喊:"爷、爷爷。"

因为不常开口,她嗓音很粗,发音奇怪。

他坐下,把拐杖放在一边:"青和她们是不是经常欺负你?"

少女摇头,不敢告状。

"骆三,你不喜欢骆家对吧?"

是不喜欢骆家,因为骆家也不喜欢她。她犹豫了很久,小心翼翼地问:"我可不可以去江家?"

"想去江家?"

她点头。

"好,你去吧。"

她很高兴，磕磕巴巴地说谢谢。

"拿着。"骆怀雨递给少女一罐牛奶。

她没有接。

"喝吧，你不是喜欢吗？"

伸向她的那只手干瘦如柴，手背上全是老年斑。她怯怯地接了，没打开。

"你喝喝看。"骆怀雨笑得很慈祥，"这还是我从江家那小子手里讨来的。"

牛奶是江织给的啊，她便喝了，小口小口、慢慢地喝。

喝完后，她突然犯困，窝在躺椅上迷迷糊糊，怎么也睁不开眼，手脚无力，抬也抬不起来。

拐杖拄地的声音越来越近。

"怎么偏偏是个女孩儿。"

"女孩儿不行。"

"女孩儿得死。"

夕阳彻底落山，天黑了，星星出来了，花房里火光冲天，亮如白昼。

"董事长！"

用人跑来书房，火急火燎地说："着火了！着火了！"

"哪里着火了？"

"花房和后面的棚全烧起来了。"

书房门打开，骆怀雨拄着拐杖出来了，走到别墅门口，看了一眼远处的火光："火太大，人别进去了，报警吧。"

用人慌慌张张地去拨打电话。

这火势太大，烧得古怪，空气里还有汽油的味道。外面有人在喧哗，正乱成了一团。

"有没有看到我家那口子？"

何香秀在找她丈夫："谁看到他了？"

"光霁吗？"骆家当时的司机说了一句，"光霁他进去救人了。"

何香秀听后，拔腿就往花房跑了。

骆怀雨拄着拐杖回了屋里，在楼梯口看到骆常德在来回踱步，他提了一嘴："光霁去救骆三了，你过去看着点，别让香秀也跟着进去了。"

骆常德立马往外跑。

老人拄着拐杖进了书房，笑了。

骆家就这么点大，又有什么事能瞒得了他？哦对了，那孩子的性别瞒了他十四年。怎么能救，那个孩子得死……

大雨还在下，滴滴答答溅了一连串的水珠，司机撑着伞下了车，走去副驾驶,打开车门。

先是拐杖落地,然后骆怀雨从车里走出来,抬头,看见了不速之客:"织哥儿,在这儿等我吗?"

"嗯。"江织肩上扛着把很大的黑伞,白色的鞋踩着一摊水,走在雨雾里。

骆怀雨撑着拐杖站着:"你过来有什么事?"

"没什么事儿,就是想教训你。"

他上前,把手里的伞扔了,抬起脚狠狠踹在了骆怀雨的胸口。骆怀雨整个人往后仰,倒在了一摊泥水里。

司机见状,上前。

江织抬头,雨水顺着额前的发往下滴:"滚开。"

司机止步,不敢拦了。

"私闯民宅、殴打老人,"骆怀雨趴在地上,胸口痛得爬不起来,"你也想吃牢饭是吧?"

他伸手去摸拐杖。

江织上前,一脚踩在他手上:"那你就去告我啊,你儿子孙女都完了,下一个,该你了。"

周徐纺在酒窖里,她不让江织跟着去,因为她会哭,不想给他看见,她舅舅跟她一起进去了。

周清让从轮椅上站起来,假肢不灵活,他笨拙地弯下一条腿,跪在地上:"姐,我和徐纺来接你了。"

满地白骨,他一块一块拾起来,放到木盒里。

周徐纺也跪着,伸出去的手抖得厉害:"舅舅,我来吧。"

"没事。"

周清让捡一块,叫一句姐。

在徐纺镇,有这样一个说法,客死他乡的人,要家人去叫才能把魂叫回来,不然会找不到回家的路。

"姐。"

"姐。"

一声一声,越到后面越发不出声音。周徐纺低着头,眼泪一颗一颗往下砸。

外面有脚步声,杂乱匆忙,是徐韫慈母女冲进来了,骆颖和看见尸骨,没敢上前:"你们在干什么?"

周徐纺说:"出去。"

徐韫慈把骆颖和拉到身后,急忙解释了一句:"周清檬是难产死的,怪不得别人。"

"滚出去！"

一瓶红酒砸在了徐韫慈脚边，她立马拉着骆颖和出去了。

一出去骆颖和就质问："你怎么知道那是周清檬的尸体？"

徐韫慈让她别问，拽着她回屋。

骆颖和甩开："你到底还知道什么？"

"是萧氏。"

"她做什么了？"

"周清檬难产死的时候，萧氏刚好发病，就把尸体，"徐韫慈脸色发白，"把尸体剁碎了，泡在了酒里。"

骆颖和听完忍不住战栗。

"疯子，你们全是疯子，纵火、杀人，还有碎尸，"她腿一软，扶着门，"骆家好可怕。"

徐韫慈上前："颖和——"

"你别过来！"她跌跌撞撞地往后摔，眼里全是惊恐，"都别过来！"

徐韫慈眼泪直掉。

骆颖和神色慌张爬起来，跑去楼上收拾行李，她要离开，她要立刻离开这个地方！

外面雷声轰隆，大雨倾盆。江织把骆怀雨扔到酒窖外面。

周徐纺出来了。

"徐纺，"江织捡了一把伞，站到她身后，"给我。"

"不用。"

她双手抱着装尸骨的木盒，走到骆怀雨面前："你起来。"

骆怀雨浑身都是泥水，背脊佝偻地站起来。

"跪下。"

他盯着她，浑浊的双眼充血。

周徐纺一脚踢在他膝盖上："我让你跪下！"

她眼睛红了，像血一样的颜色。

"咳咳咳咳咳……"骆怀雨双膝发麻，跪在地上，肺都要咳出来了。

"骆怀雨，你听好了，"周徐纺捧着尸骨，俯视着跪在地上残喘的老人，雨声喧嚣里她的话字字铿锵，"我一定要让你骆家臭名昭著，让骆氏更名换主，让你众叛亲离、一无所有。"

她从来没有这么恶毒过，也从来没有生出过这样强烈的报复心。想毁了骆家，想让他们血债血偿。

"你是谁？你到底是谁！"

她每一个字都掷地有声:"我是周清檬之女,周徐纺。"

轰隆!雷声在耳边劈开,骆怀雨抖着手指周徐纺:"骆、骆三……"

"是我,我来讨账了。"

骆怀雨眼一翻,往后栽了去。

当天,骆颖和就搬出了骆家,徐韫慈也随她一起搬了出去,骆家就这么散了。

周徐纺火化了母亲的尸骨,舅舅说想把骨灰葬到老家去,她说好,跟舅舅一起去了徐纺镇。

她不在的这几天,帝都发生了几件大事。

纵火案庭审后的第二天骆家的丑闻就被爆出来了,又有陆家打压,骆氏股价大跌,这波还没平,骆氏又被查出税务问题,涉及的相关高管多达数十位,与之有合作的公司相继解约。

就是在这个风口上,骆怀雨受了刺激,卧床不起,骆家的二小姐骆颖和上任了,然后更乱了。

雨已经停了,骆氏的大楼上头那片乌云怎么也不散。

"二小姐,"说话的是骆氏的一个高管,"维娜的市场经理打电话过来,说要解约。"

骆颖和坐在老板椅上,左转一圈,右转一圈:"那就解啊。"

高管为难:"我们会所、酒店,还有度假村的红酒一直是由维娜来供应,暂时还没有找到其他适合的合作方。"

"那怎么办?"

"我也想问您怎、怎么办?"骆氏的名声彻底臭了,这个风口上没有谁愿意跟骆氏合作啊。

"你问我啊?"骆颖和用看白痴的眼神看着她的员工,"我怎么知道,我要是知道,我雇你干吗?"

高管:有这样的老总,公司会倒闭吧。

骆颖和看到这个胖墩就烦,赶苍蝇似的挥手:"别杵我这儿,还不快去想办法。"

胖墩高管:"是,二小姐。"

"在公司别叫二小姐,叫骆董。"

"……好的,骆董。"

把人打发走后,骆颖和趴在桌子上,开始……练字。她的签名太艺术了,现在她是老董,不是艺人,签名得有范儿,至少不能让人看出来她签的是什么字,这样才上档次。

有人敲门，她把练字的纸翻过去："进来。"

"还适应吗？"

"还行吧。"

骆常芳坐下，把包放在一边："我听说骆氏的情况不太好。"

"谁说的，哪个大嘴巴在乱造谣？"

骆常芳也没说是谁说的，换了个话题："颖和，你不打算复出了吗？"

骆颖和没耐心，也不会打太极："姑姑，你也知道我这人脑子是直的，兜不了圈子，你有什么事就跟我直说吧，不用这么山路十八弯。"

都这么说了骆常芳也不拐弯抹角了："你手里的股份，卖给我怎么样？"

骆颖和呵呵了一声："我说姑姑你怎么来了，原来是惦记我董事长的位子啊。"当她蠢吗？她有这么蠢吗？

"都是一家人，说什么惦记不惦记，不也都是为了骆氏好。"骆常芳口吻像个慈善的长辈，"你镇不住场子，你爷爷还在医院，我要是不管，咱们家这点老祖宗基业保不准就要化成泡沫了。"

骆颖和从鼻腔里哼出一声：谁信你的鬼话！

"你要是信不过姑姑，股份你就留着，我帮你管着，你去拍拍戏唱唱歌，做你自己想做的事。"

骆颖和油盐不进："我现在就想做董事长。"

骆常芳脸上的笑容僵硬了，拿起包站起来："那姑姑我就看看，你这个董事长能做多久。"

骆颖和用鼻孔看人："好走不送。"

人一走，她就忍不住了，踹了一脚办公桌："哼，贱人。"

纵火案庭审后的第三天骆青和就搬进了许泊之的公寓，她是监外执行的犯人，手上需要佩戴有定位功能的手环。那玩意儿是黑色的，碍眼得很。

"这个手环，不能拆掉？"

许泊之把她的行李放下："不能。"

屋子里放了很多玫瑰花，味道有些浓。

"也就说，只要戴着它，我去哪里，警察都会知道？"

许泊之从后面抱她："可以这么说。"

"你也会知道？"

他没否认，伏在她肩上，嗅她的味道："以后要去哪儿，先跟我说。"

"拆掉会怎么样？"

"会让你回牢房待着。"他拨开她耳边的头发，唇凑过去，贴着她的耳朵说，"所以，得听话。"

骆青和笑了,把放在她腰上的手拿开:"这算囚禁吗?"

许泊之没收手,扣得更紧,闭着双眼埋头在她颈间喘息:"怎么会,我那么爱你。"

他张嘴,用牙齿咬她的脖子。像千千万万的蛆虫在身上爬,胃里在翻滚,她用力掰开箍在腰上的手。

"不愿意?"

许泊之松开手,捏住她的下巴:"骆青和,我们已经结婚了,我是你的丈夫。"

为了把骆常德送进监狱,她已经把自己卖给他了,现在她是俘虏:"孩子还小,你别碰我。"

许泊之端着她的下巴,让她抬起头来,他能看到她眼里的憎恶还有不甘心。可不甘心有用吗?她是阶下囚,是他的阶下囚。

"孩子还小,你要乖一点,躺好。"他把手覆在她腹上,"要是伤到你肚子里的孩子,那就麻烦了。"

孩子没了,她就得回监狱。

她犹豫了很短时间,往后退了:不,她怎么能委身于这个独眼龙,她有她的骄傲,有她的尊严,她可是骆青和,是骆家的大小姐,这个卑贱的花匠怎么能配得上她。

她推开他,往外跑。

一只手从后面伸过来,拽住了她头发,把她拖了回去……

帝都这两天风和日丽,天气晴朗,徐纺镇在下雨,下得停停歇歇缠缠绵绵。

墓地已经弄好了,周清让挑了日子,把周清檬的骨灰下葬了,就葬在他父母的坟旁。

周徐纺摸着墓碑上的老照片,照片里的女孩儿笑得明媚,舅舅说,这是她妈妈在老家的门口拍的,那时候才十六岁。

"我妈妈生得很好看。"

江织也说是。

周清让喊她:"徐纺,过来。"

周徐纺过去了,那边有两座墓碑,与她母亲的墓碑只隔了几米远。

"这是外公外婆。"

刚刚下过雨,地上泥泞,她也不怕脏,跪下去磕头,江织也跟着她一起跪:"外公外婆,我是徐纺。"她介绍完自己,又介绍身边的人,"他是江织,你们外孙女婿。"

江织看着她浅浅笑了,重复了一遍她的话:"我是江织,你们外孙女婿。"他弯下腰,也磕了三个头。

天气太潮了，冥纸烧不着，周徐纺就全部铺在坟上，用石头与土盖着，她弄得身上、手上都是泥。江织也不拦她，与她一起，弄得自己也脏兮兮的。

周清让在父母的坟前说了一会儿话，把酒敬了，拄着拐杖起身："要下雨了，回去吧。"

周徐纺说好，还站在墓碑前，很久都没有挪动脚，刚刚没有哭，要走了眼睛就潮了。

江织握着她的手："等到清明，我们再来扫墓。"

"好。"以后她会常来。

她走了几步，停下，回头看，红着眼说了一句："我走了。"

回去的路上，江织开车，车子是租的，不像他平常开车那样乱飙，他这会儿开得特别慢。

周徐纺跟周清让坐在后面。

"舅舅，你跟我讲讲外公外婆的事吧。"

周清让说好，把车窗打开，风吹着："你外公他啊，没什么特别的，是个很普通的人，老实、本分，不爱说话，也不浪漫，不知道你外婆看上他什么了。"

周徐纺安静地听。

周清让的声音好听，标准的播音嗓，讲故事的时候，像耳边荡了一首古老的曲子："他们相遇的时候，你外公还是个穷学生。"

他母亲是周家的小姐，聘了他父亲当家教，母亲给父亲写了一百零七封情书，父亲才回了她一封，里面也只有一句话：徐纺镇的山上开了很多映山红，要跟我去看吗？

他母亲什么也没说，就买了两张去徐纺镇的车票。那个年代，一起赏了花，就订了终身。

他母亲是个刚烈的女子，周家不同意之后，她便随他父亲去了徐纺镇。他们生了两个孩子，都随母姓，女孩是姐姐，被教得善良温柔，男孩是弟弟，很阳光开朗，日子过得平平淡淡，没有大富大贵，也没有大起大落，岁月安安静静的。后几年周家老人年迈，他父母才带着他与姐姐回了周家。

后来周家生了变故，父母离世，留下还没有成年的一双姐弟，当时他们尚且年幼，无路可走时，去了帝都投奔骆家，这一去，就再也没有回来了。

"舅舅。"

周徐纺没有看他，趴在车窗上伸手接着外面的雨滴："以后，你有我呀。"

周清让笑："嗯。"

以后，他们都不是孤身一人了。

徐纺镇是个有山有水，有花有桥的地方，这里雨多，这里的人说话都温声细语，这里的房子都很矮，屋顶是斜坡的，雨季的时候，门前会拉出一条条的雨帘，家家户户都有院子，院子里会种果树，种得最多的便是葡萄与橘子。

当年，周清让与姐姐去帝都的时候，因为没有车费，把房子变卖了。三年前，周清让托了人，又把房子买了回来，因为是熟人，没有动过房子，里面都是老样子，红墙绿瓦，门前有一棵松树。

松树下，蹲了个人。

"周清让。"

陆声找来了，身上湿漉漉的，应该淋了雨，头发还没干。

周清让拄着拐杖过去："你在这儿等多久了？"

"很久很久了。"

她可怜巴巴的，像只被抛弃了的，还淋了雨的小动物。

"我送你去酒店。"

不要，她才不要去酒店。她不起来，抬着脑袋软趴趴地说："我腿麻了，起不来。"

周徐纺听不懂这些撒娇小计策，听陆声说腿麻，她就去帮忙，刚迈出脚被江织拉住了。

江织摇头。

没等周徐纺去扛人，周清让就走近了，伸出手递给陆声，她突然站起来，抱住了他。

周徐纺呆：不是腿麻起不来吗？

"陆声。"周清让手还僵着，就那样悬放在半空。

他任她抱着。

耳边，女孩子鼻音很浓，哭过了："你不要忍着，我这样抱着你，就不会有人看见你哭。"

一句话，令周清让红了眼。这个姑娘，怎么会这样懂他？在他冷的时候，她就来抱他了。

雨没有下，天阴阴的。

周徐纺站在后面，抬头看天，低头看地，偶尔装作不经意，看一看松树下相拥的男女。

江织牵着她："进去吧。"

她点头，再偷看了一眼，就跟着江织往屋里去了。

老旧的巷子里孩子们在戏耍，三五成群跳皮筋，童言童语地唱着："小皮球，香蕉梨，马兰开花二十一，二五六，二五七，二八二九三十一……"

小院隔壁的屋子里，在放一首老歌："风儿吹，树影摇，摇啊摇到外婆桥……"中年女人从屋里探出头来，"囡囡，吃饭了。"

半人高的小孩子拔腿就往家里跑："来了。"

后面，同伴们还在唱："六五六，六五七，六八六九七十一，七五六七五七，七八七九八十一。"

傍晚，巷子里的路灯亮了，晚归的路人脚步很急，处处都是人间烟火。

周徐纺看着屋外，听着隔壁院子里的老歌，嘴角有淡淡的笑："江织，我很喜欢这里。"

他也喜欢，因为他家小姑娘喜欢。

"那以后我们来这定居好不好？"

"好。"

天黑得很快，才一会儿，天色就昏沉了。

周清让还僵直地站着："陆声。"

她还想抱，没松手。

周清让将她拉开一些，他眼角微红，看着别处："我送你去酒店。"

"我淋雨了，很冷。"

他没说话。

她继续找借口："我还没吃饭。"她故意可怜兮兮地眨巴眼睛，又无辜又无助，"我很饿很饿。"

周清让用手背碰了碰她身上的衣裳，还是潮的："行李呢？"

"我来得急，没带行李。"

"跟家里人说了吗？"

她摇头，哪里来得及，她开会的时候刷到了骆家的丑闻，打了个电话弄清了状况就跑来了，徐纺镇的交通不太好，她换了好几趟车，才找到他这里来，冷是真的，没吃饭也是真的。

周清让没再说送她去酒店了："你先给家里人报个平安。"

报完平安，他是不是就要赶她走？她握着手机，半天也没按。

"我这里没有你能穿的衣服，你去问问徐纺。"他说完先进屋了。

陆声愣了一下，笑了："好。"

她脚步欢快地跟上去，进了院子，还没开口向周徐纺借衣服，她妈就打电话过来了，她走到一边，小声接了："妈。"

"听你秘书说，你会开到一半就走了，在哪儿呢现在？"

也不能说在周徐纺这，陆声就说："在外面。"

"外面是哪儿？"

"徐纺镇。"

"你去那干吗?"

陆声撒了谎:"出差。"

出差?自个儿怀胎十月生下的闺女,当妈的还能不知道?姚碧玺也没戳穿她,只说了一句:"在外面注意安全。"说完她挂了电话,冲客厅喊了一句,"陆景松,你闺女对我撒谎了。"

陆景松:"不是我教的。"

姚碧玺突然想打老公。

夜里下了雨,屋外雨打青瓦,滴滴答答。周徐纺在床上睡,江织在地上打地铺。

她一翻身,他就知道她还没睡:"徐纺。"

"嗯。"

小镇湿冷,江织起来把她后面漏风的地方掖严实了:"怎么还不睡?"

"睡不着。"雨声不吵,只是她脑子里乱糟糟,好像什么都没想,又好像都在想。

江织披了衣服坐在床边:"那我给你唱歌好不好?"

周徐纺找了个舒服的姿势:"好。"

江织清了清嗓子,开始清唱。

他唱的是一首国外的摇篮曲。

可能是摇篮曲吧,因为周徐纺已经听不出来原本的调了,江织唱歌有点像坐过山车,高高低低、忽上忽下、九曲十八弯。

周徐纺听完了半首,犹豫了好一阵:"要不还是别唱了?"他越唱她越精神了。

江织:"……"嫌他唱歌难听是吧。

窗外,雨声绵绵,小镇的春雨下得温柔缠绵,像离别时恋人的泪。

绿瓦青苔,院子里留了灯,屋里有人还没睡,坐在门槛上,撑着下巴看外面,神色专注。

周清让挂了拐杖过去:"在看什么?"

陆声惊慌地回头,还没想好回答便脱口而出了:"看月亮。"

外面在下雨,雨水顺着屋顶的瓦淌下来,在门前挂了一片雨帘,蒙蒙雨雾,模模糊糊的,远处的天乌云密布,没有一丝月色。

"今晚没有月亮。"

撒了谎的陆声有些窘:"在看墙,看瓦,"她指着院子里的一棵橘子树,"看那棵树。"

"这些有什么好看的。"

"因为想知道你小时候有没有翻墙掀瓦,有没有爬过那棵树。"有没有像其他孩子一样,肆意奔跑、放纵大笑。

忆起往事,他嘴角有淡淡的笑,不那么清清冷冷了:"十月的时候,我会爬上树去摘橘子,六七月是雨季,有时候雨下得大了,会漏雨,我就跟着我父亲上屋顶盖瓦。"

陆声站起来:"周清让。"

他看着她。

陆声把所有心思都放进了眼睛里,温柔缱绻,羞涩大胆,满满都是小女儿情意:"你也喜欢我的,对吗?"

他目光避开:"陆声——"

她踮起脚,贴着他的唇轻轻吻了一下:"等以后,我跟你一起住这儿,到了十月,我就爬上树给你摘橘子,好不好?"

她语气小心翼翼的,揣着所有的勇气和期待,她问他好不好。

周清让沉默了良久,握紧了拐杖,往后退了:"去睡吧,明早我送你去车站。"别的没说,他转身往屋里走。

他走得慢,咳得很厉害,捂着嘴的指尖发青,微微颤着。屋外,女孩子站在那里,红着眼看他的背影。

周徐纺早上起晚了,起来的时候周清让和陆声都不在。

她刷了牙出来:"舅舅呢?"

江织给她盛了一碗粥:"去送陆声了。"

"好可惜,就这么走了。"周徐纺端着粥,小口小口地喝,"江织,你说我舅舅喜不喜欢陆声?"

江织给她夹了一筷子土豆丝:"喜欢。"

"你怎么看出来的?"

"你舅舅不是心软的人,"相反,周清让习惯了独来独往,是个冷漠的人,"不喜欢就不会让她进门。"

周徐纺这就放心了,她很希望陆声能当她舅妈。

她吃了一口菜,惊喜地发现:"土豆丝好吃。"她立马夸赞江织,"你炒菜好厉害。"

江织把伸出去夹土豆丝的筷子收回来了:"那是陆声炒的。"

她是不是打击到江织了?

周徐纺夹了一筷子培根,一口咬下去:"这个培根她煎糊了。"她在安慰江织,"人也不都是十全十美的。"

江织舔了一下牙:"那是我煎的。"

周徐纺嚼了几下,努力吞下去:"虽然煎糊了,但味道很棒。"

江织咬了一口,抽了张纸吐掉了:"别吃了。"肉太老了,也难为周徐纺昧着良心夸。

她还笑:"没事,我牙口好。"她又夹了一块。

知道江织为什么热衷做饭吗?明明厨艺那么烂,因为他女朋友捧场。

小镇没有机场,周清让给陆声买了直达的火车票,他送她到了进站口。

"别送我了。"里面人多,她怕路人会撞到他。

他把火车票给她:"路上注意安全。"

来的路上,他们什么话也没说,明明她有那么多话想说的。

"我走了。"她也没行李,两手空空,只拿着他给她买的车票。

周清让颔首。

火车站很嘈杂,时间还早,卖早餐的小贩在叫卖,站口有对年轻的情侣在相拥告别,女孩儿红了眼,男孩儿在哄。

陆声走到检票口,停下,又跑回去。

"周清让。"

他拄着拐杖站在人群里,容颜俊朗,是个翩翩佳公子。

陆声走到他面前:"我二十三岁。"

"我知道。"

他三十七了,大了她一轮多。

"我还很年轻。"她看着他,眼神那样坚定,"可以等你很久。"

"陆声——"

她不想听拒绝的话:"我想抱你一下再走,可以吗?"

"对不起。"

"对不起什么?"

他张开手,一条腿往前,抱住了她。

对不起,只能用一只手抱你。对不起,明知道不能心软,还是未能克制。

江织因为有拍摄行程,剧组都在等着,他第二天就回了帝都,周徐纺随周清让一起,留在徐纺镇小住,第四日了,她还没有回。

江织一天无数个电话,念叨来念叨去,都是我想你。

剧组休息就十五分钟,江织全用来给女朋友打电话:"你什么时候回来?"他语气恹恹的,她不在,他都没精神了。

"舅舅说周日。"

今天才周五,江织踢着脚下的石子:"还要两天。"

那边儿，周徐纺躺在橘子树下的摇椅上，晒着太阳，整个人都懒洋洋的："两天很快的。"

"你都不想我吗？"听着江织怨气很重。

"想啊。"

"那明天回行不行？"

周徐纺在思考。

"你不在家，我都睡不着。"江织央求着她，"明天回，嗯？"

他很会撒娇，她被他磨得很心软，就答应了："我去跟舅舅说，明天回去。"

江织满意了："订好了票跟我说，我去接你。"

"嗯，好。"

骆常德一审之后被押送去了西部监狱。

监狱的洗漱时间都是有规定的，这个点是三栋的犯人在用水房，洗漱时间是一刻钟，各个房间的犯人陆陆续续都出去了，里面水声还没有停。

所有水龙头都开着，细听才听得到惨叫声。

"别打我！"

骆常德抱着头，缩在墙角，搓着手求饶："别打我……求求你们了。"

他脸上青一块紫一块，身上更是惨不忍睹，还有旧伤，显然不是第一次挨打。

对方有四个人，高矮胖瘦都有，各个后背都有纹身。为首的是个胖子，应该有一米九，站着比骆常德高了一大截。

他把骆常德摁在墙上，毛巾包着手，一拳抡在骆常德的肚子上："还上诉吗？"

骆常德叫都没力气叫了，抱着肚子蜷成一团。

胖子把包着拳头的毛巾扯下来，勒住骆常德的脖子，一手往上提，一手扇他巴掌："问你话呢，还上诉吗？"

骆常德被扇蒙了："不上了，我不上诉了。"

胖子这才松开毛巾，拍他的脑袋："这才乖嘛。"他又拍他脸问，"保外就医呢？"

"不、不、不弄了。"

这胖子进来之前是个混混头子，在道上有几分名气，也是杀人罪，也判了无期，这牢里还有他的小弟。

"也别装什么精神病，"胖子蹲着，就穿了一条裤衩，左边脸上有条十几厘米长的疤，"如果你还想活命的话。"

这些人除了折磨他之外，还有一个目的——不让他上诉、不让他有任何出去的机会。

骆常德蜷着身体:"是、是谁指使你们的?"

胖子按着他的头,用力往墙上一撞,然后笑:"你猜。"

骆常德被撞得眼冒金星。

门口,胖子的小弟吹了声口哨:"大哥,人来了。"

"好好表现哦,我会一直关注你的。"胖子把毛巾扔在了骆常德脸上,"要是狱警问你的伤怎么弄的,该怎么回答,上次教你了吧。"

摔的。

不这么说,下次揍得更狠。

当天下午,监狱的刘副处亲自查房,路过三栋309时,刘副处问了一句:"那是骆常德?"

当值的狱警回答:"是。"

"不是说精神失常了,成天疯疯癫癫吗?缩在墙角不吵不闹,看着挺正常的。"

"他的律师想帮他申请保外就医,估计是要花招,十有八九是装疯卖傻。"

现在的医学很发达,只要用药,能把各种罕见病的患病症状都弄出来,不少有家底的罪犯会走这种歪门邪道。

"不是要装疯卖傻吗,那现在怎么又老实了?"

狱警琢磨了一下,估计着回答:"道高一尺魔高一丈。"

开门的声音响起的同时,坐在沙发的人瑟缩了一下。

许泊之关上门,从后面抱住她:"今天在家做了什么?"

骆青和身体僵硬:"没做什么。"

许泊之往餐桌上瞧了一眼:"晚饭怎么都没动?那两个保姆不合你心意?"

那两个保姆还面无表情地站在厨房的门口。两人都是女性,黑种人,她们不仅负责给骆青和做饭,还负责看着她。

"没胃口。"她起身,坐到对面的沙发上,"骆常德呢?"

他去把灯开了,强光瞬间落到他瞳孔里,那只假眼的眼白发着森森白光:"都安排好了。"

他坐到她身边,把她的手拉过去:"他为了申请保外就医,请了几个很厉害的医生,想用药把自己弄成罕见病,你放心,我不会让他出来的。"

这张脸,光看着就让人毛骨悚然。

骆青和脸色惨白:"我想去一趟医院。"

他玩着她手指的动作停了一下:"什么时候?"

"明天。"

"我陪你去。"

她把手抽走:"我自己去。"

他嘴角的笑没了,手捧着她的脖子,指腹在摩挲着她的颈动脉:"我陪你。"

骆青和不再反驳了。这个人是第一个让她畏惧的人,她手心在冒汗。

他把她的衣领拉开:"擦药了吗?"

她立马警惕了,把衣服拉好,手下意识放到肚子上。

"去拿药来。"

那两个黑人保姆听得懂中文,都一声不吭,其中一人去拿了药箱过来,然后又站回原来的位置。

骆青和往后躲:"已经擦过了。"

他拉住她:"那怎么还不好。"

次日,长龄医院,许泊之陪骆青和来的,在骆怀雨的病房外面碰到了骆常芳,她刚从病房出来。

"青和,"骆常芳是只八面玲珑的笑面虎,逢人就笑,"你怎么过来了?身体好些了吗?"

骆青和穿着高领的衣服,脸色并不好:"我来看看老爷子。"

"他刚睡下。"

骆青和扫了一眼她手上的文件,是股份转让协议。

"姑姑,有句忠告给你。"

骆常芳洗耳恭听。

"看着江家就行,别惦记骆家了。"她说完后,看向许泊之:"我去见我爷爷,很快就回来。"

谁给谁忠告呢?自身都难保。骆常芳嗤笑了声,走了。

长龄医院住院部,三栋,七楼。

剧组有人工伤,江织作为导演,来走了一趟,他没久留,探完病就回。周徐纺的火车十一点到站,快到时间了,他走快了一些。

身后有人喊他:"江织。"

他回头看了一眼,没理她。

骆青和站在他后面:"我以为你至少会拿我当笑话看一看。"

他却看都不看她一眼:"别太拿自己当回事。"

回了这么一句,江织就出了住院大楼。

骆青和站在原地,目光失神。

"怎么,"一只手从后面伸过来,搭在她肩上,"还惦记他啊?"

骆青和思绪还在抽离,下意识就甩开了那只手:"别碰我。"

"为谁守身如玉呢?"许泊之捏着她的肩,把她的身子掰过去,"江织?"

还在痴心妄想。

"骆青和,"他捏着她的脸,用一只眼睛打量着,"你怎么也不照照镜子,看看你自己是个什么货色。"

他的瞳孔里倒映出她的脸,麻木、僵硬,还有愤恨不平。

"许泊之!"

他笑出了声:"我就喜欢你发疯的样子。"

许泊之直接把她拽进了一间病房。

刚好,骆颖和打走廊经过。

骆青和像抓到了救命稻草,大声朝她呼救:"颖和!"

骆颖和听闻声音,探头去看了一眼,然后不以为意地哼哼了一声:"叫我干吗,关我什么事?"

她们感情很好吗?她扭头就走了。

骆青和面如死灰,被许泊之拽着进了一间病房。

叫声怎么不继续了?骆颖和没再听到声音,有点失望,刚好她有电话打进来。

"董事长。"

是骆氏的一个高管,姓胡。

这声董事长,叫得骆颖和心花怒放:"什么事?"

胡高管说:"骆董刚刚通知了总经办,要紧急召开高层会议。"

"哪个骆董?"

胡高管无语了几秒:"……您姑姑。"这是他见过的最蠢的董事长,没有之一。

骆颖和还傲气跋扈得不得了:"她算哪根葱,不用听她的。"

一点危机感都没有,蠢爆了!

胡高管跳槽的心都有了:"老董事长把名下的股份都转给了骆董,她现在是公司的第二大股东。"现在该有点危机感了吧,该行动了吧。

结果,她就骂了句:"这个贱人,好贱啊!"

胡高管:倒闭吧,赶紧倒闭!

医院门口,江织在接电话。

"骆怀雨把股份给了骆常芳,她想以你江家的名义融资。"

现在的骆氏简直一塌糊涂,而且群龙无首,再这么下去迟早会废,骆常芳打着江家的幌子,是想乘虚而入。

这些都在江织的意料之中:"我们得赶在她前面。"

乔南楚有顾虑："上次你拿下那个医疗项目，江家和陆家都盯上了伯根医疗，再出手，可能就藏不住了。"

"那就不藏。"

"随你。"

"从骆颖和下手，她比较蠢。"要是不蠢，他也不会把股份给她。

挂了电话，他刚上车，周徐纺的电话打过来。

"快到了吗？"

"还没有，火车晚点了。"周徐纺说，"你别等我吃午饭，我和舅舅在车上吃。"

江织不爽："哪辆火车，能不能投诉？"

周徐纺选择沉默，主驾驶上的阿晚直摇头。

因为车轨出了点小毛病，周徐纺乘坐的那趟火车晚点了两个多小时，跟江织剧组开工的时间刚好撞上了，她进站的时候，片场已经开始拍摄了。

江织就说："我不拍了，先去接你。"

周徐纺拒绝了："不行。"

"为什么不行？"

"误工费很贵。"

"而且放剧组鸽子也不好。"周徐纺跟他商量着，"你先工作，我把舅舅送去电视台，等你那边结束了再来接我。"

江织挂她电话了，她挠头，想着待会儿要怎么哄。不到一分钟，他又打过来。

江织的小脾气在周徐纺面前顶多也就只能撑一分钟："周徐纺。"

江织连名带姓地叫，是不高兴了。

他质问似的："你想不想我？"

"想。"

他哼哼了一声，被她哄好了："别乱跑，在电视台等我，我还有半个小时就拍完。"

"好。"

就在等待江织的那半个小时里，周徐纺接了个活——派发传单，时薪三十，江织去接她的时候，她传单还没发完。

江织："……"别说亲亲抱抱了，牵牵小手都没时间，他得帮女朋友发传单。

骆氏集团的董事长从中午十二点到现在下午四点，一直在睡觉。

这扶都扶不起的阿斗啊，胡姓高管头疼得感觉到自己的发际线都退后了，估计再过不久，就要去植发了。

胡高管把人叫醒："董事长。"

骆颖和打了个哈欠,骂他死东西。

胡高管:早晚要辞职!

胡高管先忍着:"江家的那个案子,骆董促成了。"

骆颖和从包里拿出粉扑和口红,对着镜子在补妆:"然后呢?"

"现在董事会的人都唯骆董马首是瞻。"

骆颖和还不算太蠢,听懂了:"你的意思是说我被骆常芳那个贱人架空了?"

开口贱人,闭口贱人,这种人到底怎么活到这个年纪的?

胡高管也就心里骂骂,嘴上很忠心耿耿:"是的,董事长。"

"都有哪些人?全部解雇了。"

这姑娘脑子里全是屎,胡高管苦口婆心:"不行啊,董事长。"

"怎么不行?"她是董事长,她非常狂,"骆氏是家族企业,我股份最多,我想解雇谁就解雇谁。"

看看,这如同智障一般的张狂。

胡高管真是一口老血都哽上来了:"董事会的人都是公司元老,虽然占有的股份不多,但下面的中高层很多都是他们提拔起来的,要全部解雇了,公司也就瘫痪了。"

动不动就解雇这个解雇那个,这公司不倒闭他就不姓胡。

还好骆颖和听进去了一点,解雇是不解雇了,她骂:"这群老不死的!那我怎么办?"

胡高管有种顾命大臣的感觉了,上前好话劝着:"当务之急是要做出成绩,只要董事长您能给公司创造共同利益,董事会的人就会认同您了。"

"创造利益?"她呵呵,"说得容易,天上会掉金子下来让我兜着吗?"

胡高管无话可说了,带不动啊。

这时,秘书敲门进来:"董事长。"

"什么事?"

"伯根的庞总来了。"

骆颖和蒙逼:"伯根?什么伯根?"

秘书:"……"

胡高管提醒:"伯根医疗。"

伯根医疗是最近杀出商圈的一匹黑马,主营业务是医疗器械,也涉及制药。最近,伯根的老总闲了,手伸到了服务业和房地产,总之,哪个赚钱搞哪个。伯根医疗太出风头了,大家都盯上了。

伯根的庞总是来谈合作的,他言简意赅地表达了此行的目的,并且把项目大概介绍了一下，然后就走了。

当然，骆颖和是不可能听得懂项目的，她就直接下令："赶紧让人把合同拟好。"

胡高管觉得不妥："董事长，这事儿还要再商榷商榷。"

"商榷什么？"

胡高管思前想后，还是觉得不对劲："伯根的条件开得那么好，想跟他们合作的公司数不胜数，为什么要找我们骆氏合作？"完全说不通啊。

骆颖和白了他一眼："天上掉馅饼只管接着就好，你还挑口味啊？"

"事出反常，只怕——"

骆颖和伸手，示意他闭嘴，她听了个电话，和狐朋狗友在说明星，大致意思是她现在已经是董事长了，要把她喜欢的明星签过来，斥巨资捧云云。

胡高管从头到尾："……"

◆第四章◆
我会努力活到你白了头

三月的最后一天是个大吉大利、万事皆宜的好日子，薛宝怡的堂哥订婚，江织也在受邀宾客之列。

订婚宴在薛家自家的会所里办，因为新人怀着身子，订婚宴的步骤都从简，但再怎么从简，人还是请了不少，基本帝都有头有脸的人都来了，就是没请媒体。

宴会厅里，除了陆家，四大世家都到了，薛家是东道主，长媳陈慧玲在招待宾客。乔家与薛家老爷子都不在，许九如坐首位，其次就是江织。

"织哥儿最近身体怎么样？"

年长一辈的，都随着许九如唤一声织哥儿。

江织回："天暖了，没多大事儿。"

陈慧玲道："看着气色是好了不少。"

"可能因为恋爱了吧。"许九如打趣，"精神头是比原来足了。"

其实往年也如此，严冬一过，江织的身子会好上许多。

订婚仪式很简单，不像别的有钱人家，订婚通常是用来做财产公证的，薛家不同，订婚宴就真的只是订婚，小两口交换了戒指敬了茶，大家伙都认得薛家的儿媳妇了，就完事儿了。

江织百无聊赖地装作病秧子，开席前给周徐纺打了通电话。

"徐纺，你在哪儿？"周徐纺不想应付江家人，江织就让她自己玩儿了。

"我在会所的休息室外面等理想。"方理想最近大火，也在受邀之列。

宴会厅里人多眼杂，江织也不好黏着女朋友，更别说跟她亲亲热热了："那你先去吃点东西，别饿着了。"

"好。"

江织还想跟她多说几句，周徐纺那边急着要挂电话："我先挂了。"

"怎么了？"

"我待会儿给你打。"周徐纺说完挂了电话，轻手轻脚地跟着前面的人过去了。

是江家的管家江川，他边走边东张西望，形迹小心。周徐纺故意离远了些，凝神静气地听着。

"二夫人。"

楼梯口里，女士的声音压得很低："上个月的药你有没有亲眼见他喝下去？"

是江家二房的夫人，骆常芳。

江川回答："见了。"

"那他怎么精神头还越来越好了？"

"可能是因为天气转暖了。"

周徐纺站的那个地方只能看到一条门缝，门缝里一只手伸过去，手里有一个白色的药瓶。

她想起了那年在骆家，骆常芳对江川说，杜仲少一钱，茯苓多一钱。

江川接过药瓶："还按照以前的量吗？"

"这是一次的量，你全部放进去。"

江川轻摇了瓶身，里面不止一颗："万一被老夫人发现——"

"他活不过二十五，这话是医生说的，也该应验了。"

谈话到此结束，之后是脚步声，骆常芳先一步离开。江川看了看过道，见没人他才出来，佝着背下了楼，七拐八拐地走到一扇门前，敲了三声门。

"进来。"

周徐纺走近。

一个苍老的声音说："她把药给你了？"

"给了，还吩咐我加大药量。"

"照她说的做。"

江川道："是，老夫人。"

那个苍老的声音,是江织的奶奶。

几分钟后,江织出来寻周徐纺,她一个人漫无目的地走在过道里,他叫了两声她都没反应。

"周徐纺!"

她抬头。

江织走过去,看了一眼她的礼服,露了锁骨,他脱下西装外套,披在她身上:"怎么了?魂不守舍的。"

"我们去房间里。"周徐纺拉着他往会所的空房间里走。

"到底怎么了?"

周徐纺关上门,突然抱住他。

江织捧着她的脸,让她抬起头来:"不开心?跟我说,谁欺负你了?"

"没人欺负我。"她把脸贴在他胸口,依赖地蹭着他,"你跟我说过,你身体不好是因为有人不想你好,你知道是谁吗?"

"你还是骆三的时候就跟我说过了。"

她说,不要喝江川端的药,她说骆常芳是坏人,说杜仲少一钱,茯苓多一钱。

就是从那之后,江织留了心眼,后来与薛宝怡熟识了,才找到季非凡,把他那被江家折腾得只剩了一半的小命救了回来。

"我的药一直是江川和老太太身边的桂氏经手,江川是二房的人。"江织没有瞒她,"不过桂氏是我的人。"

所以,一个接着下药,另一个偷天换日,就这么平衡着。每月初一十五是江家的团圆日,也是他服药的日子。他那时年幼,许九如也并不庇护他,他手里没有反抗的筹码,便干脆装病,这一装就是八年。

"怎么突然说起这个了?"

江织把她抱起来,放在柜子上,她坐在上面,细细的两只胳膊从他的西装外套里拿出来,抱住他的脖子。

"你们江家的人是不是都喜欢借刀杀人?"

江织怎么会听不出古怪:"徐纺,你想告诉我什么?"

她把嘴唇都咬红了,犹豫了很久才跟他说:"江川不是二房的人,只是装作是二房的人,我听到他和你奶奶的谈话了,是你奶奶,是她不想你好。"

她不止是不庇护他,还加害他。疼爱都是假的,即便是养在膝下,一天一天带大的亲孙子,那位老太太还是下了手,不知道是为了什么目的。可不管是什么目的,也不该啊。

江织微微愣了片刻,笑了:"我还以为她顶多只是旁观者。"没想到是祸首。

他以为至亲之间就算是利用,就算真存了什么私心,虎毒也不至于食子,他错了呢,他家那位老太太真狠。

"江织,你不要难过。"她表情看起来伤心极了,"你难过,我也会很难过。"

他与她一样,不是被祝福着出生的。

"不难过,就是觉得可笑,我已经够虚伪的了,居然还有人比我更假。"

他骗人,他眼里的失落藏都藏不住,只不过是不想惹她心疼,就装得像没事人一样。怎么会不难过呢,他是许九如亲自教养长大的,就算是做戏,许九如也疼爱了他二十多年,再薄凉的人心也不是麻木的。

周徐纺把手绕到他背后,笨拙地拍着:"你只是骗坏人而已,你才不虚伪,你是我见过的最好的人。"

江织笑:"你才见过几个人。"

"我不管,你就是最好。"她在他脸上用力亲了一口,"我爱你。"

平时要她说这句话,得千般万般地哄。这会儿她尽说戳他心窝子的话,想哄他开心,因为他没有家人疼了,她想多疼疼他。

"我爱听。"江织仰着头看她,"再说一遍。"

她抱着他,贴在他耳旁一直说一直说,说他不是不被喜欢的人,说她很爱很爱他。

所幸,他还有她。

两人温存了一会儿才回了宴会厅,一进去,骆常芳便过来催了:"织哥儿,你上哪儿去了?你奶奶在找你。"

江织声音恹恹无力:"不太舒服,去歇了会儿。"

"哪儿不舒服?要不要去医院?"是许九如来寻他了,她语气焦急,担忧不已。

周徐纺抬了一下眼,又垂下,挽着江织的手稍稍收紧了一些。

江织提不起劲儿:"不去医院。"

许九如拍拍他的手,问他好些了没:"手怎么这么凉?"

因为他刚刚牵了周徐纺的手。

"不行,还是得去医院。"老人家温声细语,"你在这等奶奶,我去同薛家老爷子说一声。"

江织叫住了她:"奶奶。"

"怎么了?"

老人家眼角松垂,皱纹爬满了整张脸,因为年事已高,双眸已经不复清澈了。这般担忧的目光,江织看过太多太多次。

"您别费心了,我命硬,死不了。"

"说什么胡话。"她面露心疼,叹着气,顺着他,"你不想去医院,不去就是了，说什么死不死的，多不吉利。"

外人都说许九如偏疼小孙子，如何视若珍宝，如何掏心掏肺，如何宠如心肝。

他竟信了。

说话间，骆常芳过来了："母亲，陆家的人到了。"

除了与江家不和，陆家与薛乔两家都有一些生意往来，关系不好也不坏。陆家来了四个人，林秋楠走在前头，儿媳姚碧玺带着一双儿女走在后头。

南秋楠，北九如，两位老太太已经许久不曾出现在同一场合了，就跟说好了似的，许九如在，林秋楠就不在，林秋楠去，许九如便不去。

林秋楠走上前来："好一阵子没见了。"

几十年前，她们还是好友，一个养在南方小镇，一个是北方姑娘，许九如是书香世家出身，林秋楠的父亲是钢铁之父，一柔一刚的两个人却也相处得恰如其分。

几十年过去，已是物是人非。

"你贵人事忙，我哪见得着你啊。"像好友叙旧般，许九如语气随意而熟稔，"哪像我这老婆子，成天种种花煮煮茶，都快闲出病来了。"

不同于许九如通身的贵气与讲究，林秋楠看上去朴素得多，只是举止言谈里透露着身居高位的气度与从容。

"你可别身在福中不知福，我倒也想种花煮茶，可我家星澜一天到晚都在睡，我不想操劳不也得操劳。"

突然被叫到的陆星澜打了个哈欠，眼皮快睁不开了。

陆家的长孙患了爱睡觉的稀奇病是众所周知的，难得了，这会儿还醒着，整个帝都见过他的人还真不多。

陆星澜样貌有几分像他过世的爷爷，是很有攻击性的精致，这么看来，倒与帝都的第一美人江织是一个派系的。

"不是还有声声吗。"话题又转到了陆声身上，许九如面上带笑，"中威的安董昨儿个还在我这儿夸了她，说温城建林那个项目我们几家都没辙，声声就去了趟温城就给拿下了。"她望向陆声，很是和善慈爱："声声啊，跟江奶奶说说，你用了什么招，怎么一去就谈成了？"

陆声大大方方地回："阴招。"

许九如笑："无奸不商啊。"她看向林秋楠，夸赞道："秋楠，你家声声是块做生意的料呢。"

这是夸人，还是损人？

"比起你家林哥儿和离姐儿，还差得远。"

这两人不和谁都知道，分明两位眼里都要溅出火来，还能谈笑风生，都是老狐狸啊。

陈慧玲看时间也差不多了："订婚宴要开始了，两位老夫人先入座吧。"

四大世家的人同席而坐，这次，是乔家老爷子乔泓宙坐了上座，因为他年纪最大，其次是东道主薛老爷子薛茂山，许九如与林秋楠比邻而坐。

席间，乔泓宙随意问道："声声，今年也二十好几了吧。"

陆声回话："乔爷爷，我二十三了。"

"谈男朋友了吗？"

陆声迟疑了一下，她母亲姚碧玺代她回答了："还没有，成天也不知道忙什么，这么大个人了，对象也没处一个。"

这话说的，跟征婚似的。

陆声不满，手放到桌子下面，扯了扯姚碧玺的衣服。

"年轻人都这样，我家南楚不也是。"好端端的怎么提到乔南楚了？哦，要点鸳鸯谱了，"声声，你觉得南楚怎么样？"

陆声和乔南楚都沉默了。

许九如的脸色稍稍变了，谁都知道江陆两家不和，乔老爷子这番牵红线，又是几个意思。

老实说，陆声其实跟乔南楚不太熟，因为江陆两家关系不好，而乔南楚又与江织交好，以至于他们陆家兄妹与乔家、薛家年轻一辈私下交往都不多，最主要还是陆星澜光顾着睡了，陆声就得顾着做生意。

也不好说不熟，陆声回答："乔爷爷，我有喜欢的人了。"

乔南楚漫不经心地接了一句："我也有。"假的。

这鸳鸯谱点不下去了。

薛茂山自个儿斟了杯酒："你这老头子，瞎操什么心，打脸了吧。"

乔泓宙脸很黑，剜了孙子一眼。

后面没谁再牵红线了，陆声也没胃口吃酒了，把她母亲叫出来。

"妈，你刚刚什么意思？"

姚碧玺装蒜："什么什么意思？"

"你分明看出来了乔爷爷在牵线，怎么还顺着他拉绳啊？"

姚碧玺说得理所当然："我觉得南楚不错，你又单身，真能牵一段姻缘出来也没什么不好。"

陆声还是觉得不对："我以前说要谈恋爱的时候，你不还说我年纪小？"她突然想到什么，"妈，你是不是知道什么了？"

姚碧玺移开目光，假装回头："知道什么？"

"知道我心上人是谁。"

姚碧玺这下不说话了。

果然知道了。这事儿知道的人不多,就那么几个,陆声猜:"是不是我哥跟你说的?"

姚碧玺惊讶:"你哥也知道?"他居然还帮着瞒。

陆声看她这反应,就能猜得七七八八了:"你不满意周清让是不是?"

姚碧玺沉默了很短时间:"是。"她不拐弯抹角,直接表态了,"他那个身体可以陪你几年?你现在一头扎进去,不会想以后,可我是你妈,我不能不想。"

姚碧玺会反对陆声是预料到了的,所以她才想先斩后奏。

"你有没有去找过他?"

陆声最怕这个,怕她的家人会伤害到已经遍体鳞伤的周清让,只要一句话、一个态度,就能在他的伤口上撒一把盐。

姚碧玺默认。

陆声脸色越来越难看了:"你跟他说了什么?"

"周清让是聪明人,不用说什么,他也都懂。"

"妈!"

她想发脾气,想冲她的母亲大吼大叫,可她开不了口,她也明白,换做任何一个母亲都会这么做,在旁人眼里,周清让的确不是良配。

她平复了一下,冷静下来:"妈,我就跟你撂句实话吧。"

姚碧玺只知道她一头扎进去了,还不知道,她这一头扎得有多深。

她明明白白地摊开来说:"我对周清让不是一时头脑发热,不是那种时间久了就会淡掉的感情。这些年来,形形色色的人我都见过,也就遇到了一个周清让,让我想结婚生子,想柴米油盐地过日子。"

有些人可能一生之中会爱很多人,不断地追寻,不断地挑拣,不断地享受刺激和新鲜。也有些人终其一生都遇不到所爱,找一个"还可以""就那样""不讨厌"的人,将就着将就着成了亲情,过着过着就一辈子了。

还有她这种人,不知道是不是因为懒,还是因为太凉薄,就爱一次,不留余地地用掉所有力气,之后就再也提不起劲去爱别人了。

"他如果不跟我在一起,我应该会一直等他,不是刻意等,是真的很难再遇到第二个周清让了。"

"声声,"姚碧玺语气郑重,"一辈子很长的,你才二十三岁,还有很多风景没见过,很多优秀的人没遇见。"

"妈,你觉得你爱我爸爱了很久吗?"

姚碧玺没有回答,她跟陆景松是一见钟情,当时她只有十九岁,到现在,已经三十多年了,回头看还恍如昨日。

"看吧,也不是很久啊。"陆声笑着说,"我是你女儿,像你。"

姚碧玺无话可说了。

"我走了。"陆声说完,摆摆手就走。

"你去哪儿?"

"去找你女婿。"

姚碧玺有点生气,吼了一句:"你穿了外套再去啊!"

外面只有十几度,天黑了更冷。

陆声在周清让家门口等了五个小时,从白天等到了晚上,晚上九点他才回来。她蹲在他门口,脚已经蹲麻了。

"陆声。"

周清让拄着拐杖,披星戴月,从远处走来,地上的影子颠颠簸簸。

陆声站起来,扶着墙,身上穿着浅青色的礼服,裙摆被她攥得皱巴巴的:"你再不回来,我就要冻死了。"

才初春,晚上室外的温度很低,风也大,她的礼服不御寒,身体都冻得没什么知觉了。

周清让把大衣脱下来,披到她身上:"怎么不给我打电话?"也不知道她等了多久,指甲上的小月牙都被冻得发青了。

"想见你啊,要是打电话,你拒绝我了怎么办?"所以,她来他家傻等了。

"外面冷,先进去。"他开了门,让她先进去。

她一瘸一拐地进了院子,因为腿很麻,走路趔趔趄趄。他走在她后面,伸出了手,微微皱了皱眉,又把手收回。他自己都站不稳,怎么扶她。

房子是独栋的,两层,是老房子,离电视台很近,周清让下班若晚了,都会睡在这边。院子不大,却种了好几棵陆声叫不上名字的树,花花草草也多,最高那棵树下还有一个老旧的木秋千。

陆声没有进屋里,把他的大衣穿好,到脚踝那么长:"我可以坐那个秋千吗?"

"嗯。"

她抬头全是星星,风很冷,外面的狗叫声很吵。

她喜欢这样的晚上,喜欢这样的院子,还有院子里的树和秋千,说不上的感觉,总觉得跟周清让很配。她坐在木秋千上,荡了两下,摸到扶手的地方刻了字。

"赵露是谁?"

院子里的灯离树下远,光线暗,她模糊地能辨认出这两个字,字迹很潦草,不是周清让的笔迹,他的一手字在电视台里都是数一数二的。

"你前女友吗?"关于他的过往,她知道得很少。

周清让摇头:"是上一个房主的女儿,秋千是他们留下的。"

不是前女友就好。

"周清让,"她思维跳跃,突然问,"你喜欢女儿吗?"

他不知道怎么接她的话,也不知道她要说什么,拐杖被他放到了一边,他站在她面前,地上的影子笔直颀长。

她荡着秋千,手藏在长长的袖子里:"我小时候有个算命先生给我算过命,他说我命里无子,但是会有两个女儿。"

她再问了他一次:"你喜不喜欢女儿?"

周清让扶住了晃动的秋千,缓慢蹲下去,视线与她一般高了:"陆声——"

她脚尖踮地,突然往前凑,他微微愣神,嗅到了女孩子身上淡淡的橘子香。

她换香水了,找了很久,才找到橘子香的。

"我妈妈说的话,你都忘掉好不好?然后就只记住我说的。"

月光温柔,风也温柔,院子里灯很暗,只是偏偏女孩子的眼睛很亮,她语速刻意慢了,像在讲一个古老而又绵长的故事。

"我会一直喜欢你,可是你没有跟我在一起,我没有办法啊,就只能努力工作,不谈感情。然后年纪到了我家里就会催婚,给我介绍各种各样的男士,为了应付家里人,我也会去跟他们相亲,接着冷一冷、晾一晾,最后不了了之,就这样拖到三十五岁。"

她讲的是她的后半生,她假想中的后半生。

"如果那时候你还没有自己的家庭,我就再去找你。"她有些冷,把身上的大衣裹紧,"那时候你已经四十九岁了,可能会身体不好,然后再拒绝我,或者,"她停顿了许久,"或者,你已经不在世了,然后呢,我会去领养两个女儿,一个姓陆,一个姓周。"

命里无子,有二女。

这是算命先生的话,那个算命先生很有名,都说他算得准,所以她深思熟虑过的假想里,有两个女儿,再次深思熟虑之后,觉得应该要有一个姓周。

"我希望我不要太长寿,就活到女儿们都长大,到时候,我就再去徐纺镇找你,不知道为什么,我总觉得你最后会葬在徐纺镇。"

她一停下说话,周清让便开口了,平时总是冷冷清清的人,居然焦急了:"不可以这样。"

不可以把她的以后都耗在他身上。

陆声突然俯身，秋千嘎吱了一声，他以为她要掉下来了，伸手扶住了她的腰，几秒之后，立马把手收回去，还道一声"冒犯了"。

"不这样啊，那换一种。"她继续，"你四十九岁的时候跟我在一起了，那时候你年纪大了，肯定不会跟我生女儿，你应该会一边努力活着，一边帮我打算着，等你快要挺不住的时候，你就会跟我说，声声啊，别一个人守着，再去找一个，好好过后半生。我呢，嘴上会答应你，等你闭上眼了，我就去领养两个女儿，一个姓陆，一个姓周。"

总之她得有两个女儿，一个必须姓周。这些她都想过很多遍了，从喜欢上他开始，她就在想以后了，好的、不好的，全前思后想了。就像她对她母亲说的那样，她不是一时头脑发热，是考虑了五十年进去了，周清让比她大了十四岁，她考虑到自己七十三岁就差不多了。

"这种的可不可以？"

周清让摇头，眉越蹙越紧。

"那就只有最后一种了，我们在一起，生两个女儿，一个姓陆，一个姓周，幸运的话，等我白了头你再走，不幸运的话，"

他不能陪她到最后，后面的路，她一个人走。

"我会去徐纺镇生活，等女儿们长大了，我就把你播过的新闻放给她们看，告诉她们，这是她们的父亲，他是一个声音很好听的新闻主播。"

这是她对未来所有的想象，全部跟他有关。

"周清让，"她最后问，"你希望我的后半生是哪一种？"

"没有我不行吗？"

"不行。"

从她遇到他那刻起，决定权就给他了，这一生是悲是喜她已经做不了主了。

周清让沉默了。

任凭他怎么掩饰，眼底的惊涛骇浪也平不下去，因为蹲着，假肢关节的地方被硌得生疼，跟心口一样，像烙了什么滚烫的东西在上面。他从来没有遇到过她这样的人，这样不管不顾地撞过来，将他满身戒备撞了个粉碎。

"你也喜欢我的对不对？"

他眼睫颤了一下，立马转开了脸。

周清让，你露馅了。

她是个聪明的姑娘，而且，她一直都懂他："像你这样的人，如果不喜欢我，不会让我留在徐纺镇，不会在火车站抱我，不会让我进你的家门，也不会这么辛苦蹲在我面前听我说这些跟你有关的以后。"她伸手，扶着他的脸，让他转过来，目光相对，"周清让，从你蹲下去我就知道了，你一定很喜欢我。"

喜欢你的人永远不舍得你仰望他，他会弯下腰来，会忍着痛，蹲着把头低在你面前。

"嗯，很喜欢你。"他不再藏了，眼里的光在翻天覆地，碎成了一块一块，每一个都是她的影子，"从你借伞给我的时候，就喜欢你了，所以才总是问你什么时候过来拿伞。"

怎么会不喜欢呢，这样好的女孩子，他何德何能得她倾心。

他常年挂拐杖的手心有薄薄的茧子，硬硬的，摩挲着她的脸："陆声，我可以吻你吗？"

她点头，泪汪汪的眼睛终于弯了，是笑了。

他的唇冰凉，小心翼翼地贴着她："我会努力活到你白了头。"

她脑子里炸开了烟火，晕晕乎乎了一会儿，想到一件重要的事："你还没回答我，你到底喜不喜欢女儿？"

万一他喜欢儿子……

他没有回答这个问题，继续吻她。

十点半，陆声才回家，周清让要送她，她不肯，亲了他一下就自己跑掉了，到家的时候，她爸妈还在客厅，电视播着，在放一个综艺，节目里面的主持人在哈哈大笑，电视机前，姚碧玺女士面无表情。

她抱着手，瞥了陆声身上的外套一眼："还知道回来啊。"

气氛好像不对，陆景松看看老婆，又看看女儿，最后他坐到一边，识趣地把电视声音调小了。

陆声把身上的外套脱下，抱在手里爱不释手地摸了摸："他没留我过夜，就只能回来了。"

姚碧玺剜了她一眼："挺遗憾是吧。"

陆声很诚实："有点儿。"

"陆声——"

"妈，我跟周清让在一起了。"

电视机里面又开始哈哈大笑，电视机前陆景松也跟着哈哈大笑，完全没有在听老婆和女儿的对话。

姚碧玺把遥控器拿起来，换了个台，真不巧，刚好换到晚间新闻，周清让的脸出现在屏幕上，她立马关了电视机。

陆景松这才从综艺节目里抽离出来："老婆，你想看什么，我帮你找。"

"看什么看，不看了！"

陆景松摸摸鼻子，感觉他老婆火气很大，不知道是不是更年期了。

"你心里别怨他。"陆声说，"是我卖惨逼迫他的，你也知道，我是商人，偷奸耍滑很有一套。"

她故意这么说，拐着弯地袒护周清让。

姚碧玺生气，可没办法，没有几个能拗得过子女的父母，她叹了口气："找个时间领他回来吃个饭。"

陆声惊喜道："你不反对了？"

姚碧玺翻了个白眼："我反对有用吗？"

"没有。"

姚碧玺捏完眉心，又扶额："头痛。"她起身，往卧室走，"真是生了个冤家！"

因为担心老婆更年期而慢了半拍的陆景松这才消化完以上对话，这时候老婆女儿已经不欢而散，各自回了房，他问对面沙发上眼皮在打架的儿子："星澜，你妹妹交男朋友了？"

陆星澜打了个哈欠："嗯。"

陆景松震怒了："陆声，谁准你交男朋友了，你才多大！"

陆声把房门关上了。

陆景松跳脚了："是哪个臭小子？你认不认识？"

陆星澜忍着睡意，去开了电视，屏幕里刚好镜头打到主播脸上："以上就是今天的晚间新闻，感谢各位的收看，再见。"

"就是他，声声的男朋友。"说完，陆星澜就去睡了。

陆景松感觉晴天霹雳砸下来了：居然是周清让，年纪大不说，腿还……他从沙发上跳起来："陆声，你给我出来！"

他刚咆哮完，一楼主卧的门开了，姚碧玺头上正绑着一条坐月子用的抹额："陆景松，我头疼，你给我安静点。"

陆景松赶紧把电视关了："老婆，要不要我给你按一按？"他颠颠地跑到老婆那儿去了。

陆声的房间在二楼，她先把周清让的外套放到柜子里挂好，这时手机响了，是周清让打过来的，她趴到床上去接。

"到家了吗？"

"嗯，到了。"她声音都有鼻音了。

"家里有没有感冒药？"

"有。"

周清让说："去吃一点药。"

声音好温柔啊，他音色本就好听，这样温声细语地同她说话，她骨头都快酥了，捂住手机听筒，兴奋地在床上打了个滚。

"待会儿再去吃药，我跟我家里人说了，我们在交往。"

周清让的第一反应是焦急："陆声，他们是你的家人，因为心疼你才会替你考虑，你不要为了我跟他们争执。"

陆声解释："没有起争执，他们不反对了。"她笑，"我妈说，让你来我家吃饭。"

她说完后，电话里没声儿了。

陆声叫了一句："周清让。"

她从床上坐起来，又喊他一句，没听见回应，嘀咕了声："电话断了吗？"

她刚把手机从耳边拿开，清越的声音便传来了："我在听。"

她又趴回床上了，把手机放在耳边，问他刚刚怎么不说话。

"陆声，"周清让应该是在院子里，有风声，"你的父母能接受我，不是因为我够格，是因为他们真的很疼爱你。"

他不希望她因为他的关系而与父母亲生了嫌隙。

"我知道的。"

"声声。"

两个字喊得缱绻又温柔，陆声心神都在摇曳。

他又叫了一句："声声。"

她忍不住拿被子盖住头，躲在里面傻笑："为什么一直叫我？"

因为你喜欢啊。

她喜欢他的声音，喜欢他喊她声声。

"声声，"他说，"去吃药。"

"哦。"

吃完药后，陆声发了一条朋友圈，她发的上一条还是半年前。

上回在徐纺镇的时候，周徐纺加了陆声的微信。

陆声：非单身。

她就发了三个字，周徐纺就知道了她舅舅跟陆声好上了。周徐纺身上穿着粉兔子棉睡衣，她从沙发上跳起来，跑去江织家。

"江织江织。"

浴室的门开了，江织眼里还有水汽："怎么了？"

"你——"

水雾氤氲里，她看见了他被热水蒸得白里透着红的皮肤……周徐纺霍地转身去，耳根子红了："你怎么不穿衣服呀？"

江织头发还在滴水："我在洗澡，不是你叫我吗？"

"待会儿再跟你说，你先洗。"她说完跑回自己家了。

江织回浴室，淋了两遍水，穿着浴袍出来，拿了毛巾去隔壁，进门就看见他家那姑娘坐在沙发上喝水，脸还跟苹果一样红。

他坐过去，在她耳后啄了一下："害羞什么，以后都要给你看。"

这下周徐纺脖子都红了，要高烧了。

江织不逗她了，把毛巾给她，头低下去："帮我擦。"

她从他怀里爬出来，一条腿的膝盖压在沙发上，站着给他擦头发。

江织的浴袍下面，锁骨半露，因为当了很久的病秧子，他皮肤比一般男性要白上许多，又娇气，热水一淋就绯红绯红的。周徐纺想到了一句话，美人在骨不在皮，形容江织不那么恰当，他得天独厚，好看得在骨也在皮。

"要跟我说什么？"

周徐纺赶紧把眼睛从他锁骨上移开，脸偷偷地发热："陆声跟我舅舅处对象了。"

"这么开心？"

"我舅舅一个人过得很辛苦，有陆声这样好的女孩子陪着他，他就不会那么孤单了。"

她又叹气了，眉头皱着，喜忧参半："陆家人应该会反对吧？"反对也是常理之中，她能理解，只是很心疼她舅舅。

"陆家子嗣单薄，人不多，没那么复杂。"江织和陆家人打过交道，有几分了解，"陆老太太很明事理，陆声的母亲也是个很不错的人，她的父亲呢，是个老婆奴，在家没多少话语权，夫妻两个都疼女儿，如果陆声坚持的话，不会太反对的。"

周徐纺放心一些了："陆星澜呢？"

干吗提他？江织把她手里的毛巾拿走，抱着她坐下："他就只顾着睡。"

陆星澜是个睡美人啊，周徐纺觉得有意思："他是个很特别的人。"

这么说江织就不愉快了："怎么特别了？"特别算个褒义词，他就听不得周徐纺夸别的异性。

周徐纺还没有意识到空气里的酸气："今天吃酒的时候，他吃着吃着就睡着了，怎么叫都叫不醒，订婚宴结束之后，是酒店的保安把他驮出去的。"

江织哼："这是病。"特别什么啊！

毫无求生欲的周徐纺说："他长得也好看。"

说实话，陆星澜是生了一副好皮囊。江织把周徐纺拎起来，让她面对面坐在自己腿上："周徐纺，不可以夸别的男人。"

他会吃醋。

周徐纺觉得自己在说实话："我觉得他长得跟你有一点点像。"她遮住他半张脸，看了又看，具体也说不上哪里像，"睡觉的样子也像。"

江织完全不认同:"怎么像了?"眼睛鼻子嘴巴没一个像的。
"都会磨牙。"
江织不承认:"我不磨牙。"
上次在徐纺镇,江织在她旁边打地铺,她才知道江织睡相有多差,她是个实事求是的人:"你磨牙。"还踢被子。
"我不磨。"说话的同时,江织磨了磨后槽牙。
周徐纺觉得他可能是睡着了不知道自己磨牙:"下次我可以录下来给你听。"
江织又磨了磨后槽牙。
是的,睡相极其不好的他睡着了还磨牙,这不是重点,重点是:"周徐纺,你为什么要观察别的男人睡觉?"
周徐纺只能看他睡觉!周徐纺只能听他磨牙!
"没观察,是我听力很好,听到了他磨牙。"
江织怎么听怎么不爽快:"不要再提磨牙了。"
哦,江织还是觉得他不磨牙呀。
"那还用不用我录给你听?"
谁要听了,江织直接把她的嘴堵上了。

次日早上,桂氏来的时候江织刚起,隔壁周徐纺还没起。江织走到楼梯下,太阳光刚照到楼梯间里,门口窝着的那只灰猫也刚醒,伸着懒腰叫唤了两句。
"你跟在老太太身边多久了?"
桂氏回答:"快有五十年了。"
怕吵着周徐纺睡觉,江织把声音压低:"她和陆家的恩怨,你知道多少?"
桂氏是许九如身边侍奉的人,自然知道一些。
"老夫人出阁前,曾与陆家老爷订过婚约,后来陆家老爷因为老夫人的关系,认识了现在的陆老夫人,没多久,陆家便来许家退了亲,这件事之后,原本是手帕之交的两人交了恶。"
关于许九如和陆家老爷的传闻帝都也有一些,江织也知道许九如嫁到江家之前,爱慕过陆家老爷子,就是不知道居然还是订过婚的。原来是夺夫之仇,也怪不得许九如那么憎恶林秋楠了。
"我母亲呢?"
桂氏斟酌了一番:"你母亲在世的时候,老夫人不是很喜欢她。"
"也是因为陆家?"他听江维开说过一点,他母亲与陆景元之间有过一段。
"老夫人倒也没提起过,不过她不喜欢你母亲多少应该与陆家有些关系。陆家的二爷陆景元是您母亲的初恋情人,陆二爷意外过世后没多久,您父亲就擅自接您母亲过了门,而且当时您母亲也不大愿意,闹了有好一阵子,后来怀上了小少爷你,两人的关系才缓和了一些。"

应该不只是不大愿意,江维开谈起这段时,用了两个词,不择手段,还有强取豪夺。

"后来少爷你母亲去世,头七都没过,你父亲就跟着去了,老夫人心里应该是有怨恨的,所以葬礼后没有给你母亲立碑,牌位也没有放进祠堂。"

"你回去吧,别被发现了。"

"是,小少爷。"

随后,桂氏快步下了楼。

人一走,周徐纺家的门就开了,她刚起,身上还穿着粉兔子睡衣,头发很乱。

"都听到了?"

"嗯。"她扒拉扒拉头发,"江织,刚刚那位奶奶有子女吗?"

"她早年守寡,没有子女。"

没有子女,又这般年纪,应该不容易受钱财所惑,周徐纺多留了个心眼:"她为什么背叛老太太?为什么会帮你?"

"我母亲是学医的,曾医治过她,她是第二个来提醒我药里有问题的人。"江织压了压她后脑勺翘起的一绺头发,"第一个是你。"

从那之后,桂氏就开始帮他做事,这几年他的药都是桂氏在偷天换日。

周徐纺还是不放心:"防人之心不可无。"

"我知道。"

说实话,除了周徐纺和两个发小,江织谁都不会全信。

"先看看老太太还有什么目的,她的底我还没有摸透。"

周徐纺听他的:"我不如你聪明,帮不到你这些,不过如果你气不过了,我可以帮你揍人。"

江织笑着说好。

御泉湾外面停了一辆车,司机坐在主驾驶等。桂氏从小区出来后,没有立刻上车,而是走到一旁,拨了个电话。

"见到织哥儿了吗?"是个年轻女人的声音,音色很柔和。

桂氏回话:"见到了。"

电话里安静了,手机那头的人似乎在看书,有纸张翻动的声音传过来:"我交代你的,可都说了?"

"说了。"

薛家订婚宴结束的次日,是四月一号,愚人节,胡高管觉得这是个糟糕的日子。

"胡定国,你被解雇了。"骆颖和坐在老板椅上,手里转着笔,骄横地说了这么一句。

胡高管大名:胡定国。

骆氏是他奉献了整个青春的地方,尽管现在走到低谷,他依旧不离不弃,突然收到解雇通知,本以为会万分不舍,却没想到是释然、是解脱。

"真的吗?"谢谢董事长!愚人节也不是那么糟糕了。

骆颖和把手里的笔扔他脑袋上:"你看上去好像挺兴奋啊。"

这么明显吗?

"怎么会。"就算是在岗位的最后一秒,他也绝不会放松大意,"不能再跟董事长一起共事,我真的非常遗憾。"

坐在老板椅上闲得只会抖腿的董事长:"蠢货,今天愚人节,骗你的。"

公司快倒闭吧!求你了,倒闭吧!

胡定国真的心累到没办法呼吸了,他长吸一口气,继续汇报工作:"和伯根医疗的那个合作项目有点问题,订单量太大,一次采购的风险——"

骆常芳突然推门而入:"骆颖和!"

"你嚷嚷什么呀,我又不是听不见。"

骆常芳把文件往桌子上一摔:"这是你签的字?"

骆颖和翻开看了一眼:"是我签的,有什么问题?"

"为什么我和董事会都不知道?"

骆颖和很不以为意:"搞笑了,董事长做什么还要向你汇报?我签了个大单,你在这儿吆喝什么,看不惯我出风头啊?"

这个自以为是的蠢货!骆常芳想扇死她的心都有了:"这么大的单子,你也敢随便签,伯根那么大个公司,江家和陆家都要忌惮,跟他们合作,稍有一点差池,骆氏就完了。"

放着江家陆家不合作,非挑了骆氏,也就这个蠢货看不出猫腻。

骆颖和还哼哼唧唧地不耐烦:"不出差池不就行了。"

她刚说完,秘书敲门进来。

"董事长,"秘书说,"伯根的那批货出问题了。"

骆常芳立马问:"出什么问题了?"

"那批器械检测不合格,质检部出了报告,说是配件不合,要重新研发。"

骆常芳一听脸色就不对了。

骆颖和没当回事儿:"重新研发不就行了,有什么好大惊小怪的。"

秘书把项目报告书递过去,并解释:"重新研发的话,资金比较紧张,而且交货期也快到了。"

骆家父女双双入狱之后，骆氏一落千丈，内部的资金链早就出了问题。

骆颖和听得一知半解，扭头问骆常芳："那怎么办？"

骆常芳狠狠剜了她一眼："资金我会想办法，你赶紧让人联系伯根，看能不能延迟交货。"

骆颖和哦了一声，催促胡定国："还不快去联系。"

胡定国赶紧去联系伯根的负责人，结果三顾了茅庐才见到伯根的销售总监庞树风，庞树风表了个态：延期交货可以，按照合同赔就行。

这怎么行？按合同赔骆氏得赔破产了。

骆常芳就让胡定国再跑了一趟伯根，要求见伯根的老总，庞树风当场致电了乔姓董事，乔董表示：明天没空后天没空这周没空下个月都没空。

胡定国一筹莫展，回了骆氏，问他老板这可怎么好？

骆颖和一脚踹在办公桌上："搁我这摆谱，什么东西。"

骆常芳瞥了她一眼："伯根这是摆明了态度要公事公办，根本不打算通融。"

骆颖和不耐烦了："那就赔咯，有什么了不起的。"

"赔？"骆常芳被她蠢到了，"别说现在的骆氏，就是鼎盛的时候，也不够他们伯根看，你签的又是对赌合同，拿什么赔？"

对赌合同是什么，骆颖和完全不懂："那怎么办？"

骆常芳吩咐胡定国："让庞树风带一句话给伯根的董事，只要他们肯延期，我们骆氏可以让出所有的利润点。"

这句骆颖和听懂了："那我们不是白干了？"

还好意思问，骆常芳想把她脑袋撬开，看看里面装的是不是屎："这都是谁干的蠢事？"

骆颖和不说话了，怎么能怪她，她不也是想给公司赚大钱嘛，谁会想到伯根那种大公司这么坑。

胡定国第五趟跑伯根医疗了，结果庞树风休假了，休陪产假。

没见着庞树风，胡定国先回骆氏了，把庞树风休假的事跟老板说了一下。

骆颖和手机一摔："他们是在耍我们吗？"

没蠢透，还知道被耍了。

"姑姑，"这会儿知道叫姑姑了，"我们现在怎么办？"

"重新研发最快要多久？"骆常芳问胡定国。

"半个月左右。"

太慢，来不及了。

"让其他部门先停下手头的案子——"

骆常芳话说到一半，司机推着骆怀雨进来了："急什么。"

骆家酒窖一事之后骆怀雨就倒下了，心梗留下了后遗症，手脚会震颤，大部分时间都要坐轮椅。

"爸，你怎么出院了？"

再不出院，骆氏就连骨头渣都不剩了。

骆怀雨吩咐道："把财务部和法务部都叫过来。"

不止财务部和法务部，董事会的人也都来了。这个项目，除了骆颖和还有几个她的"爪牙"也都知情，因为伯根开的利润太诱人，就急着签了合同，谁也没想到伯根会不顾自己的利益，坚持不肯延期。

开了四个小时的会，结束后，骆怀雨只说了一句话："去查查研发部，还有伯根的老总。"

这个项目，蹊跷得很。

晚上八点，周徐纺抢着在洗碗，江织在阳台，接了乔南楚的电话。

"最多还有一周，骆氏就玩完了。"乔南楚问，"不过烂船也有三斤钉，你打算怎么处理？转手还是并购？"

"改姓，独立经营。"

"改姓什么？"

江织往厨房看了一眼："周。"

乔南楚笑："行啊你。"

到头来，还是冲冠一怒为红颜。

"你怎么就料准了骆氏交不了货？"

伯根开出的利润很高，同样风险也很大，骆颖和好高骛远、能力不足，居然真敢签对赌协议。江织跟算准了似的，就从货期上动心思。

"因为我不想让他们交货。"

所以，研发就出了问题。

乔南楚啧了一声，这阴险的家伙。

挂了电话，周徐纺碗也洗完了，她去问江织："你是不是也亏了很多钱？"

他也不瞒她："嗯。"

怎么可能不亏，为了速战速决，他用的是伤敌一千自损八百的法子，只不过是骆氏赔不起，而伯根亏得起。

周徐纺去床边，把枕头芯里的银行卡和房产证都掏出来，塞到江织手上："我的都给你。"

江织给她装回去："给了我，也都是你的。"

"江织，"她抱住他，"谢谢。"

他与骆家为敌，都是为了她，她想报复骆家，想给她母亲讨一个公道，江织便替她铺好了所有的路。

"不要口头的。"他下巴搁在她肩上,唇在她耳边蹭,"要以身相许。"

周徐纺笑眯眯地答应了。

一周后,骆怀雨让骆氏暂停了伯根的项目,很快伯根的财务部就过来清算了,明说了赔偿和违约事宜。

当天中午,骆怀雨亲自去了一趟江家。

"爸。"骆常芳上前去推轮椅,让骆颖和在外面等着。

骆怀雨问:"有没有跟老夫人提?"

"提了。"她摇头,提是提了,却也被拒了。骆氏这次的亏损和伯根有关,敢管这档子事儿,且有能力管的只有四大家族。

"推我过去。"

骆常芳推他去见许九如,她是出嫁之女,骆氏的事她不好说太多。

许九如差人上茶:"亲家公怎么过来了?"

骆怀雨放低姿态:"江老夫人,我厚着脸皮过来,是有一事相求。"

"是常芳提的那事儿?"

骆怀雨道是,诚心请求:"还请老夫人援手。"

他已经让骆常芳提过了,只要江家肯援手,他们骆氏可以让出一部分股份。

许九如往杯中添了点茶水,思量了须臾,面露为难:"江骆两家是姻亲,照理说是要帮一把的,只是我这老婆子多年没管事了,生意上的事儿生疏了不少。前不久织哥儿刚接手了一部分的业务,现在江家的生意都要经他同意,要不这样,你去问问织哥儿的意见,只要他点头,我便也没什么意见。"

她明知道江织与骆家一向不和,还这样和稀泥。

"织哥儿与我有些误会,只怕,"骆怀雨再次恳求,"老夫人,还请您帮一把。"

许九如佯装为难,抬头一瞥,又打起了太极:"正好,织哥儿来了,你同他说吧。"她捏了捏眉心,"我乏了,要先去歇会儿。"

她就当个甩手掌柜,不插手这件事。

江织坐下来,已是春天,他"体虚畏寒",身上还穿着大衣,咳嗽已经不像冬天那般严重,只是气色稍稍不好,显得无力病态。用人过来添茶,被他挥手打发了,顺带让骆常芳也回避。

没别人在场,他懒得兜圈子:"想要我出钱?"

骆怀雨恨他恨得牙痒痒,却也只能忍着:"你让我做什么都行。"

江织笑了:"你一个半只脚都踏进了棺材的人,能做什么呀?"

骆怀雨毫无尊严地说:"我可以向周徐纺请罪,可以跪下来求她。"只要能保住骆氏,他什么都能做。

"谁要你跪了,你以为你膝下有黄金呢。"

下跪有用,还要报复干什么。

"还记得我女朋友的话吗?要让你骆家臭名昭著,让骆氏改名换姓,让你一无所有众叛亲离。"他笑了一声,"你以为是吓唬你的吗?"

骆怀雨瘫坐在轮椅上,这到底是谁要搞他骆家?伯根,还是江织?

之后,骆怀雨又先后去了乔家和薛家,两家的老爷子都不在家,说是旅游去了,摆明了是不想援手。

两个老爷子确实都外出了。

高尔夫球场上,乔泓宙一杆挥出去。

作陪的某位老总立马喝彩:"好球!好球啊乔老先生。"

身后传来嗤的一声:"好什么球,都偏十万八千里了。"

敢这么喝倒彩的,帝都也没几个人了。

乔泓宙回头:"你怎么也来了?"

薛茂山穿了身中山装,头戴男士老年保暖贝雷帽,手里还拿着高尔夫球杆:"你不也来了。"

乔泓宙对准,重新挥杆:"谁请你来的?"当然,不是纯粹地请,是送了"大礼"的。

"江家那小幺。"薛茂山问,"你呢,谁请的?"

"陆家小姑娘。"

一杆下去又偏了,欸,人老了。

薛茂山倒觉得有意思了:"这俩小的怎么还联起手来了?"

乔泓宙也一本正经地开起了玩笑:"谁知道,俩老的眼看着都要打起来了。"

陆氏集团。

敲了三声门之后,秘书洪琦说:"二小姐,骆老董事长来了。"

陆声从老板椅上起身,坐到沙发上:"请他进来。"

骆怀雨推着轮椅进来了:"陆二小姐,叨扰了。"

陆声让秘书泡茶,办公室里没有留外人:"无事不登三宝殿,骆爷爷过来是为了骆氏的融资案吧。"

他觍着老脸四处求人,到处碰壁,现在只剩陆家了。

"不知道你有没有兴趣听听?"

"谈合作之前,有件事想先问问您。"陆声端坐着,身上是高定的职业套装,年纪虽轻,气势不弱,"骆爷爷,您家长孙女没有同您说吗,我和周清让的关系。"

骆怀雨的脸色瞬间变了。

"我男朋友在你骆家的门口出了车祸,这事儿,您不会忘了吧。"

骆怀雨眼里刹那波动了一下,很快又平静了:"生意是生意,私事是私事,声声,可不能混为一谈。"

"我们陆家不论公私,只看是非。"

所以,这个短她护定了。

"这事儿谁跟你说的?周清让还是周徐纺?又是怎么说的?说我骆家撞了人?"

"是你牢里的儿子说的,人不是他撞的。"陆声目光盯着眼前的老人,不放过他脸上一丝一毫的变化。

骆怀雨慌了呢。

"没有证据,话可不能乱说,撞周清让的那个司机早就不在人世了,你要诬赖我,至少得拿出证据来。"

"骆爷爷,我只说了不是你儿子撞的,有说过是你吗?"

骆怀雨瞠目结舌。

"应该不是为了骆常德吧。"骆家人可没那么高尚,倒是很伪善,陆声猜,"是为了你骆家的名声?"

这该死的名声,她得毁了才解气。

骆怀雨自然不认:"这只是你的猜测。"

"的确,我要是有证据,你现在就该去牢里陪你儿子了,不过既然法律治不了你,那就只能私了了。"

私了更好,可以不择手段。

她说:"你骆氏死定了。"

陆家开了口,帝都还有哪个敢帮骆家。

骆怀雨从办公室出来,在门口就看见了周徐纺,她故意等在这里:"四处碰壁的感觉怎么样?"

骆怀雨咬牙切齿:"是你搞的鬼?"

"是你的报应到了。"

"你——"

他突然喘不上气来,伸着脖子大口大口地呼吸,脸都青了,白眼直翻,快要厥过去。

周徐纺俯身,道了一句:"你还没看到骆氏改姓,别咽气了。"

骆怀雨是被人推着轮椅出陆氏的,他整个人瘫软,气喘吁吁。

等在外面的骆颖和跑过去:"爷爷,怎么样了?陆声肯帮我们吗?"

骆怀雨扶着轮椅的手,还在抖。

"爷爷。"

他听不见似的，若有所思。

那晚，唐光霁一家都不在，去老家省亲了，周清让在学校，别墅外面的平楼里，只住了周清檬。

晚上十点，外头在下雨。

"咚咚咚——"

敲门声又急又大。

"董事长，董事长！"用人在外面喊，"出事了董事长！"

他当时睡下了，披了衣服起身去开门："出什么事了？"

"大少爷他、他——"用人满头大汗，支支吾吾着。

"别吞吞吐吐，说清楚，他怎么了？"

"大少爷他受伤了，伤在了……伤在了那个地方，血、血流不止。"

那时候，骆家只得了两个孙女，就是外头也没有生下男孩，所以他才纵容这个儿子胡来。

"人在哪儿？"

"在平楼里。"

他立马赶过去。

屋里满地狼藉，骆常德在哀嚎，少女衣衫不整，缩在墙角里瑟瑟发抖，她精神恍恍惚惚，不太清醒了，手里还拿着把剪刀，剪刀上全是血。

"爸……爸……"骆常德蜷在地上，痛苦地翻滚，"救、救我……"

他走过去，一脚踹下去："畜生！"

可这畜生是他唯一的儿子。

他吩咐用人："去叫医生过来。"

这时徐韫慈闻声来了，看见满屋子的血，吓白了脸："常德，常德你怎么了？"

"韫慈，让人把这里清理干净。"

徐韫慈看了看地上的少女："爸，到底怎么回事？"

"什么也别问，去把外面的下人全部封口换掉。"

不问也看得出来，周清檬正是豆蔻年纪，样貌也生得出色，骆常德觊觎她也不是一天两天的事了。

"我、我知道了。"徐韫慈出去善后。

手机铃声突然响了，屋里只剩了老人和少女，少女昏昏沉沉，老人拄着拐杖去把掉落在角落里的手机捡起来，看了一眼来电，摁断了。

他查看了未接来电，起身走向少女："清檬，义父对不住你了。"

少女往后缩,嘴里在嘀嘀咕咕,她在喊人,她在喊清让。

老人走到外面,拨了个电话:"帮我做件事。"

那一年,周清让十四岁,周清檬十九不到,姐弟俩一个出了车祸,截了腿,一个疯疯癫癫的,被关在了阁楼。有传闻说,周清檬与人私通,被抛弃后神志不清了,她自杀了很多次,直到一个月后,查出了身孕。

"小叔叔。"

唐想又喊了一句:"小叔叔。"

周清让紧握着的手松开,咳了很久:"我没事。"

他在向唐想打听周徐纺的事,他在医院躺了十五年,很多事都不知情,他家徐纺报喜不报忧,什么不好的都不同他说,只说好的。

可哪里好了,她在骆家的十四年里受尽了苦头,骆怀雨是个眼里容不得沙子的,怎么会善待她。

"之后呢?"

唐想说:"徐纺被骆青和的舅舅送去了国外,之后的事我也不清楚。"

"别跟徐纺说,我问过你这些。"

唐想应下了。

周清让又说:"谢谢。"

"跟我说什么谢谢。"

唐家有恩于他们。

"我们家徐纺被教得很好,很善良。"周清让怅然若失,"性子像你父亲。"

唐想红着眼点头,她的父亲是个老好人,没什么脾气,有时也很懦弱,就是因为当年骆怀雨对他有知遇之恩,他才进了骆家。

"小叔叔,"她指外面,"喏,你女朋友来接你了。"

周清让抬头看过去,女孩子站在橱窗外面,正笑着冲他招手。

周清让拿了拐杖起身:"我先走了,周末去疗养院看你母亲。"

唐想挥挥手,指了指他,又指了指外面的女孩子,俏皮地比了个心。

周清让出了咖啡店,走到橱窗前,牵起女孩子的手:"你怎么来了?"

陆声对里面的唐想点了个头:"听你助理说你出来了,我猜应该是在这。"这是离电视台最近的咖啡店,是他常来的地方。

"今天不忙吗?"周清让一只手拄拐杖,一只手牵着她,走在人行横道上。

陆声停下来:"忙啊。"她伸手,抱住他,"可是我想你了。"她眼睛红了,埋头把脸藏在他肩上。

她见过骆怀雨之后就想起了他,想起了他在医院躺的十五年,十四岁到二十九岁,无数个日日夜夜,他的青春全部葬在病床和手术台上。本该是翱翩少年，本该风华正茂……

"怎么了，声声？"

她吸吸鼻子："周清让，以后你有我了，我再也不会让人伤害你。"

昨晚上，周徐纺来找过她。

"牢里的骆常德松口了，我舅舅不是他下的手，是骆怀雨。"

她问周徐纺："有证据吗？"

周徐纺摇头："陆声，我要教训骆家，需要你帮忙。"

"买凶杀人的话，算我一份。"她都想把那群畜生千刀万剐了。

"不杀人。"周徐纺计划好了，一步一步在铺路，"骆怀雨最看重的是骆家清誉，还有骆氏。"

不杀人也有很多报复人的法子，当然，不见血也有让人生不如死的手段。陆家家风算正的，但陆声从来不觉得自己是好人。

"我的同事都在看。"周清让虽这么说，却没有松开手，还环在她腰上。

不远处就是电视台门口，周清让的同事都在往这边看。

陆声不撒手："让他们看不行吗？"

他笑，脾气很好："行。"

她撒娇，仰着头凑过去："那你再亲亲我。"

他是君子，光天化日之下，吻额是他最放肆的举动。陆声就不管那么多了，就在路边、在人群里吻他。

电视台门口，杵了五个人。

负责天气预报的秦主播："我没看错吧，那是周老师？"

负责社会访谈的杨主播："你没看错。"

秦主播揉揉眼睛，难以置信："我去！周老师居然会在路边跟女孩子亲热，我还以为他只会在家里参禅呢。"

周清让在电视台是出了名的不食烟火，谈恋爱这个凡人做的事情他怎么会做？啊，今天的太阳从西边出来了吧。

秦主播瞪大了眼睛瞧："那姑娘谁啊？是不是台里的？"

杨主播摇头，没见过。

旁边负责美食节目的陶主播插了一句嘴："她你都不认识？陆家的二小姐啊。"

杨主播就问了："哪个陆家？"

陶主播说："还能有哪个，最厉害的那个陆家。"

秦主播和杨主播：天！

三位男主播只顾着聊天，完全没有注意到旁边女同事的脸色越来越差。

"唐老师。"

唐颖在发愣,她的助理又喊了一句:"唐老师。"

她猛然回神:"嗯?"

"你怎么了?脸色不太好。"

她垂下眼:"我有点不舒服,下午茶你们去吧,我回去了。"她把卡给了助理,说她请,随后转身回去。

那边,周清让已经过来了,还牵了个女孩子。

秦主播眼睛乱瞟,好奇心快炸了:"周老师,不介绍一下吗?"

周清让笑了笑,大大方方地介绍:"我女朋友,陆声。"

大家都是第一次看见周主播笑得这么开心。

陆声上前问好:"你们好。"

唐颖脚步稍稍顿了一下,随后就加快了。

继陆家之后,骆怀雨又跑了几家公司,可没有一家的老总愿意见他,他甚至听到了风声,陆声和江织都在外面放了话,与骆家为伍就是与他们为敌。谁还敢给骆家援手,即便骆怀雨开出再诱人的条件。还有两天,就是交货期,骆氏拿不出东西,就得按合同赔。

骆颖和急得老板椅都坐不住了:"怎么办?"她在办公室里走来走去,"怎么办怎么办?"

骆常芳听得烦躁不已:"你能不能安静点?"

"你当然不急了,骆氏又不是你的!"

骆常芳忍无可忍,站起来骂道:"现在知道急了,签合同的时候怎么不知道长脑子?"

"这能怪我吗?爷爷也说了,分明是伯根医疗耍诈,故意摆我们一道。"

两人你来我往地吵个不停。

骆怀雨呵斥了一声,喉咙被堵了一口气咳了起来,他用手绢捂住嘴,剧烈咳嗽了很久,一拿开手绢,就看到了上面的血印子。

"爸,"骆常芳过去给他顺气,"爸你没事吧?"

骆怀雨把满嘴血腥咽下去,痰没有咳出来,呼吸很重:"你再去银行问问,用股份抵押能不能贷款?"

"我这就去。"

骆常芳刚走到门口,胡定国就跑来说:"董事长,董事会的一些小股东已经在抛售手里的股份了。"

骆氏气数已尽了,那些人见风使舵、另谋高就也属正常,不正常的是骆氏已经这么一塌糊涂了,还有人愿意接盘。

骆怀雨问:"是谁在收购?"

"江家小公子。"

果然是他。

骆常芳折回来,犹豫了片刻,劝了一句:"爸,不如把股份卖——"

"不行!就算是都变成废纸,也不能卖给江……咳咳咳……"

骆怀雨佝偻着背,咳得脸色发青。

胡定国真怕他一口气上不来就这么去了:"董事长,我送您去医——"

话没说完,电话刚好响了,是伯根的庞树风打过来的。

"庞总。"胡定国听着。

庞树风说完,他才接了话:"好的,我会转告。"挂了电话,他面露喜色地说:"伯根那边的人说,可以用股份抵债。"

现在的骆氏不可能安然无恙了,有人肯接手就不错了。

骆怀雨喘着气吩咐:"把程律师叫过来。"卖给伯根也比落到江织手里好。

次日,法院的传票下来,骆氏集团旗下所有资产全部被查封,骆氏宣布破产。

三日后,伯根医疗以低价收购了骆氏,当天,骆氏就更名为周氏。

骆怀雨听说后,直接从医院去了伯根大楼,疯了似的在那里闹:"为什么是周氏?"他身上穿着病号服,头发全白了,"为什么是周氏?"

庞树风让人拉着他,轻描淡写地回了一句:"因为我们老板姓周啊。"其实是老板的老婆姓周。

骆怀雨嘴唇抖动着:"周、周……"

"我要见你们老板。"骆怀雨面目狰狞地大喊大叫,"让我见见他!我要见他!"他有预感,有很不好的预感。

办公室里有声音传出来,是懒洋洋的语调:"让他进来。"

这个声音……

骆怀雨拄着拐杖,推开了办公室的门。老板椅上坐着个女孩子,她身边还站了个人,一双桃花眼淡淡睨着人。

骆怀雨心头哽住:"你——"

怪不得伯根要和骆氏合作,怪不得骆氏的研发出了问题,怪不得伯根宁肯亏本也不肯延期,怪不得骆氏被收购后更名为周氏。

江织笑问:"惊喜吗?"

全是计策,是陷阱。

骆怀雨脖子上青筋暴起:"你、你——"他喉咙一噎,气没上来,整个人往后栽了。

骆氏更名换姓只是第一步。

骆怀雨倒下了，当天骆常德与弟媳的丑闻就被爆出来了，不止如此，骆家这些年做过的腌臜事一件一件全部被一个叫"老天开眼了"的微博大V曝光了，被骆常德残害过的女孩家属一个个带着证据站出来，指证骆常德禽兽不如、骆家助纣为虐，还有骆青和、骆怀雨，他们做过的事一桩桩都被曝光了，偷税、漏税、买凶杀人、栽赃嫁祸……

骆家臭名昭著了，骆家的私宅与名下所有不动产全部被查封。

刚更名为周氏的骆氏集团自然也跟着被波及了，股价暴跌，旗下所有产业全部受到了影响，央视点名、网友抵制，就是在这个时候，伯根医疗发布了一条声明：日后周氏独立运营，公司所有的盈利全部捐赠给慈善机构，一分一厘也不为个人所用。

声明一出来，就引来一片叫好，不仅周氏的危机解除，连同伯根医疗也跟着水涨船高，赚足了名声。伯根这手笔，真是又豪气，又解气。

这会儿骆怀雨卧病在床，骆家闹哄哄的，乱成了一团。

骆颖和在冲她母亲大发雷霆："是谁都好，为什么偏偏是骆常德！"她宁愿自己是贩夫走卒的女儿，都比是那个畜生的女儿好。

徐韫慈声泪俱下："颖和，你听我说。"

她嫁来骆家没多久就守了寡，娘家见她没用了，便抛弃了她这颗联姻的棋子，外人都说，新妇嫁过去就克死了丈夫是不祥之兆，她性格软弱，膝下又无儿无女，在骆家没个依靠，半推半就地跟了骆常德。

骆常德是混蛋，可她又有什么办法。

骆颖和不想听，把梳妆台上的瓶瓶罐罐全部砸到地上："还有什么好说的，你就是贱，骆家人全部都贱，我也是，我身上也流着最恶心的血，我讨厌你们，我讨厌你们所有人！"

"颖和——"

骆颖和甩开她的手："别碰我，我嫌脏。"她扭头就往外跑。

徐韫慈在后面追："颖和！颖和！"

刚到楼下，司机慌慌张张地从外面跑进来："夫人，法院的人在外面。"

徐韫慈把眼泪擦掉，强打着精神："他们来干什么？"

"他们来收房子。"

这个房子拿出去抵债了，骆家现在一无所有。

楼上突然有动静，徐韫慈看过去，愣了一下："你们在干什么！"

用人们拿花瓶的拿花瓶，拿字画的拿字画，都抱着一堆东西，厨房的刘大妈在最前头，边往外面张望，边哼哧哼哧地往楼下跑："这些东西，反正都要被收走,还不如便宜了我们。"

就是刘大妈带的头,怂恿着大家拿东西跑人,反正骆家用的都是好打发的外地人,查也查不到。

徐韫慈慌了神:"你们别动那些东西。"

那几个用人拿了就跑,从侧门跑,没一会儿就没影了。随后,法院的人就进来了。

徐韫慈绝望,给骆常芳打了个电话:"房子被查封了,快来接你父亲。"

"嫂子,你这说的是什么话,我是出嫁之女,你是儿媳,你不管你的公公,塞给我是几个意思?"

果然,骆怀雨教出来的东西没一个好的。

"你爱来不来。"徐韫慈挂了电话,也上楼去收拾东西了。

不到一刻钟,骆家人去楼空,骆怀雨从房间出来,坐在轮椅上,见客厅满地狼藉,一口血吐了出来。

法院的人递给他一张擦血的卫生纸,用公事公办的语气说:"这里三天之后要被拆掉,请在这之前搬出去。"

骆怀雨咽下一口血腥,嘴唇青紫:"这个房子,是谁买下了?"

"房主姓周。"

他突然仰头狂笑:"哈哈哈哈哈哈哈……"

房主姓周。

他撑着虚软的身子,从轮椅上站起来,跟跟跄跄地往外走,果然,周徐纺和周清让都在外面,隔着一条马路,在观望。

拖鞋掉了,骆怀雨赤着脚跌跌撞撞地走过去,眼睛里通红一片:"你们是来看笑话的?"

周徐纺站在对面,面无表情:"来看报应。"

让骆氏更名换姓,让骆家臭名昭著,让他骆怀雨众叛亲离一无所有,她做到了。骆家的天彻底塌掉了。

"舅舅,我们回去吧。"

周清让点头。

周徐纺推动轮椅,转身离开。

骆怀雨站在马路上,弓着背,狂躁地嘶吼:"你以为你们赢了吗?你以为拆了这里就能把过往都抹掉?周徐纺,你别忘了,你身上还流着我们骆家的血!我们都一样——"

咚!

一辆大货车突然加速撞过来,从他腿上压了过去,地上,血色缓缓蔓延开来。淅淅沥沥的雨落下来,一眨眼工夫,大货车就没了踪影。

"叫救护车。"

法院的人在路对面急喊:"快叫救护车!"

地上血水越来越多,躺在血泊里的人一动不动,眼睁着,嘴巴一张一合,大口大口的血涌出来。

周徐纺看了一眼货车开走的方向:"舅舅,你相信天意吗?"

周清让目光平静,看着这满目血红:"以前不信,现在信了。"他也是这样,雨天车祸,双腿被轧。

雨滴越砸越大,空气里的血腥气渐浓。

周徐纺有感而发:"所以啊,要做个好人。"

人在做,上面天在看。

周清让颔首:"回去吧。"

"嗯。"她撑开伞,推着轮椅离开。

周清让将大部分斜向他的雨伞推到周徐纺那边去,拨了一通电话:"程队,我姐姐的案子可以结了。"

"不查了?"

这桩案子立了有好些年了。

他垂首,看见雨滴汇成了一股,流到路中央,冲刷着满地血渍:"凶手已经受到惩罚了。"

◆第五章◆
骆家落幕,江家战火起

刑侦队的程队刚挂电话,邢副队就过来说:"刚接到报案,骆家门口发生了车祸,大货车撞了人,肇事逃逸了。"

程队问:"受害人是谁?"

"骆怀雨。"

日暮西落,窗前春雨滴滴答答。

晚上七点,医院的电话打过来,江织接完后,对周徐纺说:"人没有死,双腿被截,成了植物人。"

周徐纺淋到了雨,刚洗漱完,脸还红红的。

"骆家人呢?"

江织接过她手里的毛巾,给她擦头发: "骆常芳让人去付了住院费,姓骆的一个也没有出面。"

可恨之人也可悲。

"也是他自作孽。"周徐纺仰着一张白里透着红潮的脸,"江织,原来真的有报应。"

江织停下手头的动作,用毛巾包着她的脸说:"你觉得是报应?"

周徐纺点头。

"你觉得是,那就是。"

她信了,觉得有报应。

"江织,"她踮着脚,手抓着他腰上的衣服,一双眼睛干干净净,"以后你不要做坏事好不好?"

江织在她唇角轻啄了一下:"怕我也遭报——"

她立马捂住他的嘴:"不要乱说话。"她以前不迷信,后来有了心上人就怕了。

江织抓着她的手,吻落在她掌心:"放心,我这种级别的祸害得留千年。"

她抱住他:"答应我。"

他沉默了一会儿:"好。"

他家这傻子啊,世上哪有什么报应,最危险的不过人心。

等把周徐纺哄睡了,江织回了702,他进了浴室,把水龙头打开,给乔南楚拨了电话。

"彭先知出狱了?"

乔南楚说:"上周被特许离监了。"

江织明白了,哪是什么报应,是冤冤相报,是彭先知来替子报仇了。

晚上十点,江家老宅的大门被人敲响。

"咚!咚!咚!"

跟擂鼓似的,来人敲得很大力。

江家有守夜的习惯,今晚当值的是阿平,她瞌睡被吵醒,起身去开门:"谁呀?别敲了。"

门外还在咚咚咚,阿平开了门,借着外头的灯笼瞧来人:"是骆二小姐啊,你怎么过来了?"

骆颖和灰头土脸的:"我来找我姑姑。"

今晚骆常芳留在老宅夜宿了,骆颖和在来这儿之前已经去过骆常芳另外的两个住处了。

"二夫人已经睡——"

骆颖和推开阿平就跑进去了:"姑姑!姑姑!"

外头吵吵闹闹的,骆常芳本就没睡着,起身走到院子里,很是不悦:"嚷嚷什么,懂不懂规矩。"

"姑姑,"骆颖和见了"亲人"般,跑过去一把抓住骆常芳的手,"姑姑,你帮帮我。"

听听,一口一个姑姑,整得感情多好似的。

骆常芳拂开她的手:"帮你什么?"

骆颖和眼眶一红,卖可怜:"我的房子和首饰都被人收走了,卡也被冻结了,我没地方去。"

骆家破产了,还背了一身债务,她这个董事长也被新东家炒了,名下资产全部抵债了,现在一穷二白。

"你想让我怎么帮你?"

骆颖和神色一喜:"你收留我吧,我可以住在江家。"

骆常芳拢了拢身上昂贵的貂皮衣裳:"你当江家是收留所?"

"那你给我点钱,不要很多,几百万就行了。"

骆常芳笑了:"我是慈善家吗?"

这语气是不给钱咯。

骆颖和攥了攥拳头,忍着破口大骂的冲动:"姑姑,你不能不管我啊,我可是你亲侄女。"

"颖和,你已经是成年人了。"

骆颖和都想打她了,忍着,她最后退步:"那我不要钱了,你给我弄个住的地方,再帮我安排个工作,这总行了吧。"

江家家大业大,就是随便抠点边下来也够普通人一辈子吃喝不愁了。

骆常芳把手上的镯子拿下来,塞给她,语气高人一等似的:"还值点钱,拿去当了吧。"

骆颖和看了看手里翠绿的镯子:"你打发叫花子啊?"一个几万块的破镯子也拿得出手。

"你不是吗?"

江扶离出来了,用看垃圾一样的眼神看了骆颖和一眼:"阿平,以后别随便什么人都放进来。"

骆颖和嘴角扯了扯。她扬起手里的镯子,冲上去对着江扶离的脸就砸。

江扶离措手不及,被砸中了鼻梁,顿时惨叫。

叫是吧?她越叫,骆颖和越暴躁,攥着镯子砸得越狠,嘣的一声,镯子碎了,她立马从地上摸到一块石头。

骆常芳都被吓愣了，半天才反应过来，急忙吆喝阿平："快拉开她！"

拉？对不起了，暴躁症患者发起病来拉不住。

她拿着块石头，往江扶离头上呼，骆常芳去拉，却被一把拽住了头发。她一边用脚踢，一边用手砸。

"你这个贱人！我打死你！"

"老贱人！小贱人！一对贱人！"

养尊处优的"贱人"母女俩毫无还手之力。

十点半，警察局的人来了。

骆颖和被逮捕了，徐韫慈一把鼻涕一把泪，跪下来求骆常芳，不过没用，骆常芳被打得鼻青脸肿，江扶离更惨，母女俩非要告骆颖和，还是许九如出面把事情压下了，江家要脸面，这种上不了台面的拉扯，许九如自然不会任由闹大。

虽然没有立案上诉，但骆颖和留了案底，要被拘留十天。十天后，徐韫慈来警局接她。

"颖和。"一叫出来徐韫慈就要哭了。

骆颖和看到都烦，身上又脏又痒，腹中空空，各种不爽："你来干什么？"

徐韫慈直抹眼泪："我来接你回家。"

骆家的别墅都被周徐纺给拆了！

"你说那个地下室？"骆颖和嫌弃地翻白眼，"我才不要住地下室。"

徐韫慈擦掉眼泪，跟在女儿后面，好言好语地说："妈妈已经找到工作了，以后肯定可以买房子的。"

"你找了什么工作？"

徐韫慈支支吾吾。

"你不说我就不去。"

"我在炸鸡店给人洗碗。"

徐韫慈当了这么多年的阔太太，什么也不会做，一个洗碗的活儿还找了小半个月。

骆颖和很鄙夷不屑："那你得洗几百年的碗，才能在帝都买一个厕所。"

"颖和——"

骆颖和回头瞪，凶神恶煞不耐烦："别跟着我。"

徐韫慈眼泪又开始掉了。

骆颖和走了几步停下来，摸摸肚子，语气很冲地问了句："买炸鸡送啤酒吗？"

徐韫慈："送。"

其实是不送的，然后母女俩一起去了炸鸡店。

一个小时后，骆颖和狼吞虎咽吃炸鸡的照片就被人传到了网上，配上标题——穷了才知道炸鸡这么好吃。

梁园路的炸鸡店里，骆颖和吃完了炸鸡，打了个饱嗝，然后戴上口罩就溜了。

徐韫慈碗洗到一半追出去："颖和，你去哪儿？"

"要你管！"

说完她扭头就跑了，在路边招了一辆出租车，把徐韫慈塞给她付炸鸡的钱给了司机，并报了一个地址，半个小时，就到了目的地。

她上八楼，按了门铃，半天没人理，她就拍门了："有人吗？有人没！"

"开门！快开门！"

门开了，是一个黑人女人开的门。

骆颖和瞧了瞧这人："你谁啊？"

对方不说话，看了她一眼，关门。

这应该是保姆。骆颖和立马用脚卡住门："我找骆青和。"她是来投奔骆青和的。

对方还是不说话，用脚尖挤开她的脚，她赶紧伸手扒住墙，冲里面大喊："堂姐，堂姐！"

随后，她听见了金属摩擦的声音。

"堂——"

叫声戛然而止，骆颖和瞠目结舌了。

骆青和从房间里出来了，目光无神地看着门口。

黑人保姆把骆颖和挤出去，并关上了门，操着蹩脚的中文说："滚。"

骆颖和打了个寒颤，拔腿就走了，刚下楼梯，撞到了一堵肉墙，她刚要破口大骂——

"颖和。"

骆颖和抬头就看见一只眼白很多的假眼睛，被吓了一跳："堂堂堂姐夫。"

许泊之西装革履，穿得人模人样："来看青和吗？"

骆颖和点头，又猛摇头："我妈中风了，我得赶回去，改天再来看她。"说完她就跑。

许泊之上了楼，屋里两个黑人保姆见他回来，都各自回了房间。

公寓里开了空调，温度很高，骆青和坐在沙发上。

许泊之坐过去，手环在她腰上："今天在家做了什么？"

她眼神呆滞："没做什么。"

他手移到她腹上，温柔地问："宝宝有没有闹你？"

"没有。"她腿并拢，手攥着。

许泊之摸摸她的肚子："乖。"

同一时间，江织在哄周徐纺："把手抬起来。"

她坐在马桶上，脸颊通红："不要。"她手紧紧勒住他脖子，就是不肯放手，"我不洗！"

她吃鸡蛋了。

下午江织不在家，她叫了外卖，要了两个冰激凌，虽然备注了不要鸡蛋，但卖家似乎没有重视，还是加了鸡蛋。

周徐纺一口气吃了两个，彻底醉了，江织回来就看见她在屋里飘来飘去，一会儿蹦起来摸顶上的吊灯，一会儿蹿到桌子上学驴打滚。

江织好不容易才把她哄来浴室，要给她洗漱，她刷完牙就不肯洗了，江织没办法："好，不洗。"

她继续勒着他脖子，像条蛇一样在他怀里扭："你不能嫌我脏。"

"不嫌。"

她满意了，开始唱歌，摇头晃脑地唱了一会儿，趴在马桶上睡了。

江织无奈，把她抱到床上，再去接了盆水，给她擦脸擦手，刚弄好，乔南楚的电话打过来，怕吵着女朋友睡觉，江织去702那边接。

"你家老太太在查伯根。"

江织料到了："让她查，查不到就算了，查到了，我就做点什么。"

乔南楚不提任何意见："你真要跟她撕破脸？"

江织不置可否："南楚，是她。"

乔南楚没听明白："什么意思？"

"我以前那个半死不活的样子，是她弄的。"这件事除了周徐纺，他只告诉了乔南楚。

乔南楚听完沉默了挺久，然后别扭地说了句平时从来不会说的恶心话："你还有我。"

乔南楚觉得他没人疼，安慰他呢。

江织听得浑身不自在："肉麻死了。"两个大男人！

"的确。"乔南楚也起鸡皮疙瘩了，"挂了。"

翌日，江织有个宴会。

早饭的时候，他问周徐纺："许泊之他爸找了第四任，明天摆酒，老太太让我去送贺礼，你去不去？"

"我偷偷地去。"以职业跑腿人的身份，不去应酬，她就是去保护男朋友。

江织随她。

许泊之的父亲已经快六十了，是第四次再娶，娶的是一个二十出头的小模特，酒席在许家别墅办的，但因为是四婚，不好太张扬，酒宴办得很简单，只请了关系很近的亲朋好友，摆了四桌。

许泊之带骆青和一起出席了，他把她留在了房间："待会儿我再来带你下去。"

骆青和神情木讷地点头。

许泊之锁了门才走，只是等会儿要带她见人，所以没有用铁链锁着她，等他走远了，她神情立马变了，在房间里四处翻找，翻出来一把剪刀，将床单剪成一条一条的布带，绑在身上，从窗户里爬了出去。

酒席摆在了别墅的外面。

江织谁也不睬，找了个没人的地方，拿出了手机。

纺宝男朋友："徐纺，你躲在哪儿？"

周徐纺回微信很快。

纺宝小祖宗："屋顶。"

江织不动声色地朝上面看了一眼。

纺宝男朋友："看得到我吗？"

周徐纺趴在屋顶，找了个斜视的角度，因为穿一身黑，趴在那里一动不动，很像块炭。

纺宝小祖宗："看得到。"

这时，乔南楚过来了。

江织发了个亲亲的表情包。

"又跟你家老爷子吵架了？"他老远就听见乔家老爷子气都顺不上来的骂人声。

乔南楚烦躁得很："嗯。"老爷子最近频繁催婚，弄得他头疼不已。

别墅后面有个纳凉的小亭子，江织在石板凳上垫了块帕子才坐下："我听说了，你最近把圈子里单身未婚的名媛得罪了个遍。"

"少幸灾乐祸。"乔南楚跟着坐下，"你的麻烦也来了。"

"江织！"

骆青和听见后面有脚步声，慌不择路了，看见人就跑过去："江织！江织你帮帮我，许泊之他就是个心理变态，你帮帮我！"

江织抬眸看了她一眼："骆小姐，你是不是找错人了？"

"孩子，"她不断往后看，伸手去拽江织的手，"看在孩子的面上，你帮我一次。"

江织拿开手："你的孩子跟我有什么关系？"

"他也是你的孩子！是你的！"

她装了半个月才让许泊之放松了看管，骆家垮了，她逃也逃不掉，彻底走投无路了："你帮我这次，就当看在你孩子的分上。"

"我不是跟你说过吗？我不育。"

骆青和愣住了。

江织抬了抬下巴："喏，你孩子的爸来了。"

她回头，看见了许泊之。

他笑着走过来："我就走开了一会儿，你怎么就自己跑出来了。"他把手搭在她肩上，神色温柔，"当心动了胎气。"

她难以置信。

"你、你们……"

她推开许泊之的手，跟跟跄跄地后退，腿一软，跌坐在了地上，她抬头看江织，手心的冷汗直冒："你和这个变态合起伙来算计我？"

江织眼里没有起半点波澜："你自作孽，怪得了谁。"

不！她用力摇头，歇斯底里地冲他喊："是你的，这个孩子是你的！"

只能是他的！这个世上，只有江织有资格做她孩子的父亲，她那么喜欢他……

许泊之说："是我给你的精子。"

骆青和回头，看见了许泊之眼里的兴奋，还有跃跃欲试的暴虐。她往后退，浑身都在发抖，通红着眼睛的大喊："江织！"

是他，亲手把她推到了地狱里。

"你是不是觉得你赢了？呵。"

她突然笑了一声，毛骨悚然的笑，笑完猛地推开许泊之，腹部朝着石板凳的边角狠狠撞下去。

"青和！"许泊之伸出手，却没能拽住她。

她倒在地上，抱着肚子，腿上有血渗出来，脸色惨白却还在笑："想让我给你生孩子，做梦。"她咬着牙，推开抱着她的那只手，"就你……你也配？"

血流了一地，红得刺眼。

凉亭外面，江扶汐在看戏，穿着月白色的旗袍，嘴角含笑。

趴在楼上的周徐纺在看她，越看越觉得这个女人奇怪。

周徐纺把耳麦戴上："霜降。"

回复她的是合成的声音："我在。"

"我想查一个人。"

"谁？"

"江扶汐。"

这个江扶汐，给人一种后背发凉的感觉。

骆青和流产了，她监外执行的理由没了，按照规定得入狱服刑，可当警方去押人的时候，她的丈夫许泊之说她精神状态出了问题，并且提供了精神疾病的证明材料。警方当然不信，请了精神科的专家重新诊断，结果却与许泊之所说相符。

骆青和疯了，两天，消息就传遍了帝都。

傍晚，薛宝怡给江织打了个电话，说起了这个事儿："骆青和疯了，没有回监狱，许泊之给她申请了保外就医。"

"怎么疯的？"

"不知道，突然就疯了，不过许泊之对她倒是真爱，许家的意思是让他离了，不过他没同意，非要带着骆青和过。"

许泊之思想偏执薛宝怡也是知道的，但他对骆青和也是真动了心了，也不知道是她有幸，还是不幸。

许家别墅，许泊之急急忙忙从屋里跑出来。

"青和。"

他一路喊着名字，到处找人。结果她坐在了下人住的那个两层平房的楼顶上，晃悠着腿，在那唱儿歌。

许泊之走过去，把她抱下来："青和，你怎么跑出来了？"

她噘着嘴嘘了一下："我不是青和，"她咧着嘴笑得很傻，"呵呵，我是骆三。"

许泊之神色复杂地看她。

她站起来，拔腿就跑，边跑边回头喊："你来追我呀，你快来追我。"

她哼着歌跑下去了，许泊之在原地站了一会儿，去追她。

"青和，青和……"

她说她叫骆三，许泊之依旧喊她青和。

有人说骆青和是装疯，也有人说她是真疯，谁知道呢。

四月的农历十五，依照江家的规矩，江织得回老宅吃饭。

垂帘后面有咳嗽声传出来，一阵一阵的，桂氏端了杯热茶进去："好些吗，老夫人？"

昨儿个夜里又是风又是雨的，许九如年岁大了，受了寒早上便起不来了，咳得厉害。

江川从外面进来："老夫人。"

许九如披了件厚衣裳坐在床榻上："织哥儿来了吗？"

"还没呢。"他站在垂帘外面,"您让查的那事儿,有结果了。"

"说说。"

"伯根医疗幕后的老板确实是姓周,似乎还与乔家的四公子有些渊源,有人瞧见过乔四公子与伯根的人往来。"

乔家的老四与江织关系素来亲厚。

许九如喝了一口热茶,提提神:"怎就偏偏姓周,前些日子常芳还来我这,说那周徐纺是骆家的养子。"

"您的意思是伯根医疗与小少爷有关系?"

不管是乔南楚还是周徐纺,都是江织的身边人。

"这哪儿知道,我们家织哥儿精着呢。"许九如把杯子给桂氏,躺回榻上了。

"骆家的养子什么时候成女孩儿了?"桂氏接了杯子,在床头前伺候着,"老夫人,会不会是二夫人见不得小少爷与您一条心,搁您这挑拨?"

许九如按了按太阳穴,头疼得紧:"也说不准,二房倒的确是没一天安生。"她拿了枕边的帕子,遮着嘴咳嗽。

桂氏把杯子放在旁边的几案上,上前给她顺气:"怎么还咳得这么厉害?要不要请个医生过来给您看看?"

许九如抬抬手,桂氏拿了痰盂,扶她坐起来,她把嘴里的痰吐出来,没有梳发,两鬓的白头发垂下来。

"老了,吹了点儿风就熬不住了,看医生便罢了,去给我熬点药。"

桂氏把痰盂放下:"我这就去。"

"对了,别忘了煎织哥儿的药。"

"我晓得。"

许九如把帘子放下来,躺回去:"都出去吧,我再睡会儿,等织哥儿来了再叫我。"

"是,老夫人。"

江川也退下了,出了屋,吩咐院子里正在扫地的用人,说老夫人倦了,莫去打扰,待下人都退下后,他沿着游廊往里去。

桂氏远远跟在他后面,见他去了后院。

二房的夫人在后院修剪花卉盆栽。

江川上前去:"二夫人。"

骆常芳瞧了瞧四周,没有他人才嘱咐:"我交代你的事儿,可别出岔子。"

"您放心。"

"去忙吧。"

江川又折回去。

桂氏侧身躲在回廊尽头的墙后面，等江川走远了，才给江织打了个电话："小少爷，江川要有动作了，那药您看用不用我帮您倒掉？"

以往都是如此，江川在药里添东西，她偷梁换柱，倒掉有问题的汤药，再补上新的。

江织还没有表态："听我大伯说老太太昨夜里染了风寒，严不严重？"

"从早上起来就咳得厉害。"

"抓药了？"

"抓了。"

江织思忖了须臾："我的药不用倒了。"

他挂了电话，周徐纺问他："你要跟江老夫人对着干吗？"

江织把她抱到新添的吊篮椅上坐着："还记不记得秦世瑜？"

"记得。"江织之前的那位主治医生。

"他因为培育违禁植物在警局待了一阵子，老太太就给我换了孙副院当主治医生，秦世瑜从警局出来之后被老太太遣去了国外，我得到消息，老太太把他叫回来了。"

"江老夫人会继续让他给你当主治医生吗？"

"可能会，我已经很久没有吃宝怡给的药了，身体也恢复得差不多，这脉象是装病还是真病一摸就摸得出来。"他站在吊篮椅旁边，给她摇着，"而且我也没兴趣玩了，该摊开了。"

以前他是抱着玩玩的态度，按兵不动不急不躁，现在不一样，他得护着周徐纺，不能再在身边留隐患，越早斩草除根越有利。

周徐纺十分忧心："江老夫人是老狐狸，秦世瑜也不知道是听谁的，你一定小心他们。"

"不用担心，他们斗不过我。"

"那你钱够不够？"江织的奶奶很有钱。

江织好笑："纺宝，伯根医疗很赚钱。"为什么他女朋友总觉得他钱不够花？

"那我的钱都给你存着。"她突然很惆怅，"不过我已经好久没有出去赚钱了，我忙着处对象，跑腿任务全部没接，摊子也没摆。"

谈恋爱太耽误她搞事业了。

"我太不务正业了。"她觉得要奋发图强，"过几天我出去摆摊，快夏天了，我要去卖电风扇，卖冰棍也可以，卖不掉的我可以自己吃，就不浪费了。"

这么想着她浑身都充满干劲了，很想现在就出去赚钱。

不过江织就不是很希望她出去风吹日晒，尤其是不在他的视线范围之内："在我那儿当群演不好吗？"

"我还是去摆摊吧,赚你的钱就跟从左口袋放到右口袋一样。"

这个沉迷赚钱的小财迷呐!

江织试图打消她搞事业的念头:"咱们家钱够花了。"

"那也不能坐吃山空,不然以后公司倒闭了,我们两个就要喝西北风了。"

说不过她了,江织只能妥协,守住底线:"摆摊的时候我跟你一起去。"

"好啊,你去的话肯定会生意火爆。"

"为什么?"

"因为你好看。"

江织凑过去亲她。

傍晚,江织带了周徐纺回了江家老宅,院子里的福来见到周徐纺,龇牙咧嘴地叫了两声。江织瞥了它一眼,它立马老实了,自个儿缩回了狗窝里。

江川听见狗叫声,从堂屋里出来:"小少爷来了。"

江织嗯了一声。

"我这就去唤老夫人起身。"

天还没有全黑,屋外,云霞坠在了西山。

周徐纺跟着江织上楼,两人刚上二楼,就碰上了江孝林,他在三楼的楼梯上打电话,回头叫了一句:"织哥儿。"他捂着电话听筒,"天海医院那个医疗项目发你邮箱了,尽快回复我。"

开春之后江织就接管了江家一部分的生意,小事不管,只有大项目才会经他的手。

"明天给你答复。"说完江织带周徐纺回他屋里了。

周徐纺对江孝林有点好奇:"江织,江孝林是好人还是坏人?"

江织替她把外套脱下,挂好:"那要看对谁。"

那家伙,亦正亦邪。没惹到他,他便坐山观虎斗,顺带收收渔翁之利,可要是惹到他了,他也能玩死人,二房那一家子这么多年也没从他手里讨到半分便宜,由此可见,那家伙也不是好惹的。

"对唐想呢?"在江织房间里,周徐纺还能听见江孝林打电话的声音,"他在跟唐想打电话。"

"江家除了我,数他最会装,他失态的样子我就见过一次。他大学毕业后,老太太替他找好了留学的学校,不过他擅自更改了,因为这事儿,他在家里闹了一次。"

那次闹得很大,江家的长孙素来面面俱到、沉稳内敛,不管是不是装,但看上去确实是个斯文儒雅的,对谁都彬彬有礼,那还是江织头一回见他大吼大叫,面红耳赤地跟许九如争论。

江织当时留了个心眼，让人查了查："他选的那个学校很一般，不过，在唐想学校隔壁。"他补充，"他们是大学同学。"

周徐纺感觉闻到了奸情的味道："他是不是暗恋唐想啊？"

"十有八九。"

挺意外的，江家的林哥儿居然会暗恋。

江孝林下了一楼，靠在楼梯的扶手上，一只手揣在兜里，腕上挂着个纸袋子，里面装了件男士西装。

"你给我寄西装干什么？"

"赔你的。"唐想说，"上次弄脏了你的手工西装，说了会赔你。"为了搞到这件衣服，她还出国了一趟。

江孝林笑："你还真赔我了？"

下人见他手里拎着袋子，上前去帮忙提，他说不用，非自个儿拿着，手指缠着带子两圈，拎着袋子在自个儿眼前晃。

唐想解释了一句："我不喜欢欠别人。"

江孝林脸一冷，把袋子重重地扔桌子上，纠结了半天，又把袋子拎回手上了："让你来我公司，考虑得怎么样了？"

这么久了也不答复他，非要他觍着脸来问。

"周氏找过我了，我应该会去周氏。"

江孝林开始阴阳怪气了："我给你开的年薪低了？"

"这么想让我去你那儿？"唐想开了句玩笑，"江孝林，你看上我了？"

嗒！袋子掉地上了。

江孝林立马挂掉电话，愣愣地坐了一会儿，把地上的袋子捡起来，起身就闷头往前走。

江家的游廊九曲十八弯的，江孝林一路走到厨房了。

厨房的下人见到他都很意外："大少爷，您怎么来厨房了？"

许九如是旧时的大家闺秀，思想有些古派，家里很多规矩都依然守旧，江家的少爷们是不许进厨房的。

下人上前询问道："是有什么需要吗？"

江孝林捏了捏眉："没有。"

他只是走错了。

晚饭还没有备好，江家各位主子都各自在自己屋里，前面主屋是许九如的住处，小少爷偶尔会过来，宿在二楼。左右两栋复古的小楼分别是大房和二房的，最靠后院的屋子住着四房的汐姐儿。

二房的屋子里，这会儿正关着门，母女在密谈呢。

"周徐纺真是骆三？"

江扶离前不久被骆颖和砸了鼻梁，额头也破了，伤还没好，鼻子上贴着纱布，实在有些滑稽。

骆常芳脸上的结痂也没掉，也是骆颖和那个暴躁狂打的。

"你外公出事前亲口说的。"老爷子当时梦魇说漏了嘴，她思前想后觉得这事儿是真的，还去老太太那儿透了透风声，看看那边是个什么态度。

"既然是女的，为什么要扮成男孩？"

这些陈年旧事骆常芳知道个七七八八："都是你舅舅惹的风流账，你外公当年收周清檬做义女是众所周知的事儿，要让人知道周清檬在骆家出了事，你外公的脸面和骆家的声誉就全毁了，所以周家姐弟的事得瞒，要是周清檬生下的是女孩儿，出生那天就不会留下来。"

骆家最不缺女孩，周清檬生下的女儿留下来也只会败坏骆家名声。

"那她命还挺大。"江扶离对骆家的养子印象不深，"她不是个不会说话的哑巴吗？"

这个骆常芳也不清楚："可能治好了吧。"

"我记得织哥儿小时候还吵着要把那骆三带来江家养，他倒是很稀罕她。这两人如今又凑到了一块儿，怪让人不安的。"

本来还以为江织只是玩玩，可这周徐纺越看越不简单。

"织哥儿都自身难保了，还能翻出什么浪。"

"可别疏忽大意了。"江扶离向来多疑，"织哥儿是不是真病着可还不一定。"

谋划了这么多年，骆常芳已经有些等不及了："医院那边我已经安排好了，只要他今晚倒下了，管他真病假病，他都得躺下。"

屋外有人敲门："二夫人。"

骆常芳没开门，在里面问了句："药搁进去了吗？"

江川回道："搁里头了。"

母女俩相视一笑。

回完话了，江川回了老太太屋。

"老夫人。"

许九如刚起身，饮了一口清茶，漱漱口吐在痰盂里，再用帕子擦了擦嘴："去过二房那边了？"

"去过了。"

她拨开垂帘走出来："常芳这性子急是急了些，可她什么都敢做，真不是个怕事儿的。"

这话也不知是夸还是贬。

楼上是江织住的地方。

桂氏奉了许九如的命,把江家庄园刚送过来的枇杷送上去给小少爷尝鲜:"小少爷。"

江织开了门,桂氏把果盘放下。

"都安排妥了?"

桂氏点头:"找了个新来的丫头,都教好了。"回完话,她退下了。

江织拨了个电话:"宝怡。"

薛宝怡在电话里说:"是不是想爷了?"

周徐纺看着那一盘个个饱满金黄的枇杷,江织拿了块帕子盖住:"这边的东西尽量少吃,等回家的时候我再给你买。"

周徐纺说好,江织继续同薛宝怡讲电话:"四十分钟后,你来一趟江家。"

"去江家干吗?"

"让你来就来。"

"行吧,谁让你是我的小祖宗呢。"

江织挂了电话,把外卖送来的甜品拆开:"晚饭估计是吃不上了,你先吃点儿东西,垫下胃。"

周徐纺吃了一口,喂他一口:"江织,我最近都胖了,都怪你。"

"嗯?"没胖啊。

她抿着嘴笑:"因为你太甜了。"

聪明的小姑娘学什么都快,土味情话讲得很甜。江织笑着吻她,嗯,也是甜的。

七点整,许九如吩咐摆桌。江织刚带周徐纺上桌,就听见许九如咳嗽。

"怎么了这是?"

许九如用帕子遮着嘴咳嗽:"受了点寒,不打紧。"

江织又问有没有看过医生,抓药了没有,许九如咳得厉害,喘着答不上话。

江扶汐给她拍拍后背:"怎么咳得这样厉害?"她吩咐桂氏:"阿桂,去把奶奶的药端来。"

桂氏称是。

骆常芳叫住她:"织哥儿的药应该也快好了,一起端来吧。"

"是,二夫人。"桂氏叫了丫头,跟她一起去厨房端药。

院子里,福来又叫唤了。

是有客来了,江川瞧了一眼门口:"老夫人,薛家的小二爷来了。"

薛宝怡走过来:"江奶奶,打扰了。"

133

许九如见了他才露出几分欢喜:"这么客气做什么,吃过晚饭了吗?"
　　"吃过了,我刚好路过,找织哥儿有点事儿。"他看了江织一眼:"你先吃饭,我在你屋等你。"
　　他去二楼江织房间了,进房门就瞧见床头挂的那幅画,实在没忍住,用手机拍了一张,然后发了条微博,狠狠嘲笑江织的画功。
　　帝都第一帅V:再不好好拍电影,就要改行画画了@江织V
　　下面网友一路的哈哈哈哈哈哈哈哈哈。
　　刷了十几分钟微博,外头有人叫他。
　　"小二爷!"是桂氏急急忙忙跑来。
　　薛宝怡把微博关了:"出什么事了?"
　　"老夫人她呕血,小二爷,烦请您过去给老夫人看看。"
　　薛宝怡突然明白了,为什么江织会把他叫来。
　　院子里,一桌子人全部离席了,都围着许九如,她躺在地上,已经昏过去了,嘴角还有血渍。
　　桂氏说:"小二爷来了。"
　　江维开立马把下人都驱散,将薛宝怡叫到跟前:"宝怡,你快给我母亲瞧瞧,这是怎么回事,方才还好好的。"
　　薛宝怡先看了许九如的脸色,有些发青:"先让人平躺下。"
　　江维开照做了。
　　薛宝怡把了脉:"江奶奶刚刚吃了什么?"
　　江扶汐回答:"用了一些饭菜。"她细想了一下,"还喝了药。"
　　薛宝怡吩咐桂氏:"我的车停在外面,去后备箱把针灸包拿过来。"交代完,他又对江维开说,"把江奶奶抬进去。"
　　桂氏去拿针灸包了,一旁,江孝林在打急救电话。
　　"林哥儿,"江织轻咳两声,"不去厨房看看?"
　　江孝林瞥了他一眼,转身去厨房。
　　方才院子里太混乱,没人注意到少了个人。
　　"江川,干什么呢?"
　　江川刚把药渣倒进袋子里,被突然出现在厨房门口的江孝林惊吓住了:"我、我——"
　　江孝林一把抓住他的手:"你胆子不小啊。"
　　再说许九如那屋,被薛宝怡施针催吐之后,她吐出了一口颜色乌黑的药汁。
　　桂氏赶紧拿了痰盂上前侍奉,许九如抱着痰盂又吐了几口出来。
　　薛宝怡再给她把了一次脉,才把针收起来。

江维开立马问:"怎么样了?"

"暂时无碍,我只做了紧急处理,要尽快去医院做详细检查。"

江维开问众人:"救护车叫了吗?"

江维礼回答:"孝林叫了,应该已经在路上了。"

许九如还在吐,把胃里都吐空了,她面色如白纸,气若游丝。

江维礼在垂帘外面焦急地往里探头:"这到底是怎么回事?"

薛宝怡也闻到猫腻了,他在心里感叹了一番江织的奸诈:"应该是江奶奶喝的那个药有些问题,致使了肺部轻微出血。"

江维开立刻抓住了重点:"维礼,你快去厨房把药拿过来看看。"

江维礼才刚出房门,江川被绑着推进来了,后面跟着江孝林,他用力踹了一脚,江川小腿一麻,坐在了地上。

江维礼见状,不动声色地朝妻女那边扫了一眼。

江维开见江川被绑着,问江孝林:"怎么回事?"

"他去厨房处理药渣,被我抓包了。"

刚说药有问题,贼就被抓住了。

骆常芳脸色骤然变了,张嘴正要说什么,被江扶离用眼神制止了,她示意:少安毋躁。

垂帘后面,许九如已经醒了:"是谁?"

"母亲,您躺着歇息,我来处理就好。"

"谁?"

江维开不再劝了,回答:"是江川。"

"江川,"许九如手抓着两边的褥子,手背上青筋明显,"你上前来。"

江川走上前,跪下,瞬间老泪纵横:"老夫人,江川就是有十个胆子,也不敢谋害您啊。"

"那你去厨房做什么?"

"我想到药可能有问题,便过去看看,这才被大公子看见了。"

江孝林不咸不淡地接了一句:"你不是去毁尸灭迹吗?"

江川高声说不是:"老夫人明鉴,这次您的药我没有经手过,从抓药到煎药,都是阿桂一个人在操办。"

江家的药房是会上锁的,只有桂氏和江川有钥匙,这次比较特殊,药房同时要煎两帖药,分别是老太太的和小少爷的,桂氏和江川便分了工,一人看一帖。

许九如问桂氏:"阿桂,你说说,是怎么回事?"

"我不知道,老夫人,不是我,我没动过手脚。"

两人都不承认,各有说辞。

江孝林看向江织,一屋子人全站着,就他和他女朋友坐着,喝着茶,从从容容地听着。

"阿胶、瓜蒌、白及、甘草、知母……"薛宝怡把那包药渣翻了一遍,"这不是治风寒的药,是健脾润肺的药,主治肺阴亏损和脏腑衰竭。"

嗯,到江织了。

他站起来,轻咳了一声:"是我的药。"

桂氏立马便说:"小少爷的药是江管家熬的。"

这下江川哑口无言了。

骆常芳走到垂帘前,冷脸看了江川一眼:"连家主都敢谋害,这种人咱们江家可留不得。母亲,我知道您还念旧情,江川在江家也待了几十年了,没有功劳也有苦劳,您要是不忍心,就不报警,把他遣送走吧。"

江织神色淡淡:"事情还没弄明白,就急着把人送走,怎么,二伯母您心虚?"

骆常芳是有些急,两侧额头下面已经有冷汗了:"织哥儿,你这可就冤枉我了,江川是你奶奶身边的人,哪是我能支使得动的?"

破绽终于露出来。

"二伯母,"江织顺着问了一句,"你的意思是说奶奶想害我?"

"我不是这个意思——"

"不是你说的,只有奶奶支使得动江管家?"

这下不查也得查了。

"江川,"许九如透过垂帘看着江川,"你来说,是谁指使你在织哥儿的药里下药的?"

江川沉默了半晌,低下头:"没有谁指使。"

"若没人指使你为何要害他?"

"我、我看不惯他,身娇肉贵难伺候便也罢了,脾气还不好,好几回因为没有侍奉好他,被老夫人责罚了。"

身娇肉贵难伺候?这理由,呵呵,竟叫人无言以对。

江织耸耸肩:"所以,都怪我咯。"他拉了椅子坐下,动静闹得很响,气恼似的,大灌了一口茶。

江织脾气不好,那倒是。

许九如安抚:"织哥儿,你别往心里去,奶奶会给你做主,绝不饶了这以下犯上的东西。"

这话的意思是要处置江川。

江织把杯子放下，茶盖合上："不急，先弄清楚我的药是怎么送到奶奶您那儿去了，害我不打紧，反正我也没几日好活，可别是害奶奶您的。"

江维开觉得说得在理，连连点头。

一直没有作声的江扶离也开口了："奶奶和织哥儿的药是同时端上来的，可能只是放错了。"

江织捏着女朋友的手指玩："药是阿桂端上来的，你是说她放错了？"

"阿桂，你来江家也不是一年两年了。"许九如问罪，"怎么还这样大意。"

桂氏惶恐："是我疏忽了，当时忙着上菜，我叫了个小丫头来帮把手，这才出了岔子。"

刚说完就有一个小丫头跪下来了，哆嗦着求情："老夫人恕罪，别报警抓我，我我我不是故意。"

这是个新来的丫头，叫王小斐，江家是大户人家，光下人就有十几个。这丫头，桂氏说她很机灵。

她眼泪已经掉下来了："老夫人，您饶我一回，我、我有件事告诉您。"

"什么事？"

她抬起头来，年纪不大，脸上还一脸稚嫩："我说了您会放过我这一次吗？我父母都意外过世了，上有爷爷奶奶，下还有刚满一周岁的双胞胎弟弟妹妹，我不能去坐牢啊。"

"先说说是什么事。"

"今天傍晚的时候，我看到江管家他去了二房的楼里，说、说……"她看看江管家，又瞄瞄骆常芳，怕得不敢说了。

许九如追问："说什么？"

王小斐一咬牙："说药已经搁进去了。"

江织勾勾唇，嗯，是挺机灵的。

"你胡说！"骆常芳这下彻底急了，死死瞪着那丫头，恨不得吃了她。

王小斐瑟瑟发抖地往后挪，小声辩解："我没有胡说，我去送枇杷，亲耳听到的。"

这一环套一环的，最后还是套出了二房。

骆常芳辩解："母亲，您别听这丫头胡说八道，我怎么会害织哥儿呢，肯定是这丫头为了自保，故意拉我下水。"

许九如思忖了片刻："江川，你还不招吗？"

江川抬头看了一眼，垂帘后面，那抓着褥子的手曲了两下，他便俯首，招供："我招，我都招，是二夫人指使我的，是她让我在小少爷的药里下药。"

骆常芳怒极："好啊，你们两个合起伙来栽赃我，是谁让你们诬赖我的！"

王小斐怯怯地摇头："我不敢，我上有爷爷奶奶、下有弟弟妹妹要养，我……"她快吓哭了。

江织觉得这是个人才。

"老夫人，江川所言句句属实，绝没有半句诬赖，外边有传闻，说小少爷活不过二十五，二夫人才动了心思，想把这个传闻坐实，这样就能除了这个眼中钉，还不会引人怀疑。"

"江川！"骆常芳气急败坏，"你再敢乱泼脏水，我撕烂你的嘴！"

"好了，都给我住嘴。"许九如按了按太阳穴，"这件事我会调查清楚，要真是有人要陷害织哥儿，我定不饶他。"

外头，下人来传话："老夫人，救护车来了。"

许九如由人扶着下了床："阿桂，以后织哥儿的药由你一人看管，给织哥儿喝之前先找个人试药，要是再出了什么岔子，不管跟你有没有关，你都得担着。"

"是，老夫人。"

许九如又吩咐："在我出院之前，你们两个都不要出江家大门。"

江川应下了，骆常芳脸色难看，没有回话。

都交代完，许九如把长子叫过来："你送我去医院。"

江维开先把人扶上了救护车。

等屋里人都走了之后，薛宝怡朝江织挤眉弄眼："你搞的？"声音就两人听得到。

江织揽着女朋友的腰："咳咳咳咳……"

周徐纺夫唱妇随："咳咳咳咳……"

各房回各屋。

骆常芳在屋里走来走去，很焦躁不安。

江维礼被她绕得头晕："行了，别走来走去，烦人。"

"我烦？我这都是为了谁？"

江维礼在外是个笑面虎，在妻子面前脾气却暴躁得很："我分明跟你说过，不要急不要急，你就等不得这一时半会儿？行，非要做也行，那就不能处理干净点！就知道给我惹一身骚！"

"江维礼！你说话要凭点良心，现在嫌我手脚不干净了，当初让我帮你除掉政敌的时候，怎么没嫌我手脚不干净！"

江维礼立马去门口查看，见四下无人，才压着声音吼骆常芳，"你还不给我闭嘴，这种事也能拿出来说！"

"你做得我还说不得了？"

"骆常芳！"

夫妻俩剑拔弩张。

江扶离把茶杯摔得很响："行了，别吵了，有闲工夫就想想怎么善后。"

骆常芳横了丈夫一眼，坐到女儿身边："扶离，你快想想办法，我不要紧，绝不能把你牵扯进来。"

"江川的供词有点奇怪，那个端错了药的小丫头也很蹊跷，这件事儿没这么简单。"

骆常芳咬牙切齿："肯定是江织搞的鬼。"

"如果是他的话，就是说他知道药有问题，他的病很可能是装的。"这一点，她很早就怀疑了。

主屋二楼，周徐纺端着块甜品，没胃口吃。

"江织。"她放下甜品，"你是不是也往药里添了东西？"

江织拿勺子舀了一勺喂她："是添了一点儿。"

周徐纺情商不怎么样，但人很聪明。

"骆常芳不敢做得太明显，就算加了药量也还是慢性药，要当场逮她，得再添点猛药。"

周徐纺眉头越拧越紧："薛先生来得很及时，我猜你不想伤害许九如的性命。"她心里很堵，"可她好像并没有收手的打算，江川只把骆常芳供出来了，却没有坦白他是从什么时候开始给你下药的。"

江川终归还是许九如的人，他的供词是在替许九如掩盖，他在弃车保帅，只承认这次动了手脚，却没有承认许九如是害江织病了这么多年的罪魁祸首。

"应该是从我出生开始，我一生下来就被诊断为先天不足，那之后没断过药，这个江川不能招，骆常芳那时候大概还没开始指使他。"江织心里有数，一开始应该是许九如让他缠绵病榻，骆常芳后面才动了心思，许九如就干脆让她接手，这样的话，一旦东窗事发，还有骆常芳担着。

周徐纺把脸钻江织怀里，闷声闷气地说："我讨厌许九如。"跟讨厌骆家人一样讨厌，对孩子都下得去手的，都是牲口。

"江织，如果你下不了手，我可以帮你解决掉她。"她有很多让许九如神不知鬼不觉消失掉的办法。

"再等等，我得知道她为什么这么容不得我，为什么分明容不得我却还不把我弄死。"

如果许九如真想他死，在他婴儿时期下手轻而易举，一直留着他肯定还有目的。

周徐纺还是愁眉苦脸的："我们回家吧，我不想在这里住。"

"好。"

后半夜，月圆如盘。

敲门声响了三下。

屋里的人还未睡下："那个小丫头，别忘了善后。"

桂氏站在门口，走廊里灯没有开："江织也吩咐过我了，我晓得的。"

"去忙吧。"

桂氏退下了。

屋里，有猫叫声，女人在同猫说话："河西，别乱动。"

那猫儿突然跳到画架下面，撞倒了油画，画上是一双眼睛，用了正红色的颜料，像血的颜色，又像熊熊烧起的火焰，女人眸光突然冷下去。

这时手机响了，女人走到桌子旁："喂。"

"汐姐儿，你来一趟医院，老太太用不惯看护，你过来帮着照看一下。"

"好。"

挂了电话，她走到挂衣架旁，拿起黑色的斗篷外套披上，里头穿的是绣了清竹的旗袍。她关了灯，背影窈窕，渐行渐远。

屋里，河西缩在角落里，轻声叫着。

江家四房的汐姐儿是位画家，主攻油画，也擅长水墨画。

因为薛宝怡施针及时，做了催吐处理，许九如并无大碍，在医院待了三天就出院了，回江家后做的第一件事，就是给江织讨个公道，一家老小全部到场了，甚至江家旁支也来了几位长辈，也好做个见证。

"常芳，"许九如当着众人面，"这事儿你认还是不认？"

三天前，骆常芳还矢口否认。

"母亲，"她站出来，跪在了蒲团上，认罪了，"是儿媳一时糊涂。"

不等许九如审她，她就一五一十地招来："最近发生的事情太多，我兄长入狱、父亲遇难，两个外甥女疯的疯、病的病。"

说着说着，她泫然欲泣："因为悲痛过度，我精神恍惚了好一阵子，前些日子又听到一些传闻，说我骆家会落到这个地步，都是……都是织哥儿在背后推波助澜，我一时想岔了，想替亲人报仇，才犯下了这样的大错。"

说到后面，骆常芳声泪俱下。

周徐纺心想，要不是她男朋友是导演，她就信了。她看男朋友，憋笑：演技好好哦。

江织挑眉：乖，不能笑。

周徐纺：哦。

骆常芳还在痛哭流涕："这事儿都是我的责任，我愿意承担，您惩罚我吧。"

"妈。"江扶离站出来，又气又急，"你怎么这么糊涂！"

紧接着，江维礼也表态了："母亲，这事儿常芳做得太过了，您不用顾着我，该怎么处理就怎么处理。"

这对父女，一个唱白脸一个唱黑脸。

"妈是有错，那你就没有错吗？"江扶离也湿了眼，控诉她父亲，"我早就跟你说过，妈的精神状态不对，让你带她去看心理医生，可你天天就知道应酬，根本没把妈的事放在心上，要是你早点带她去看病，事情怎么会闹到这个地步。"

江维礼痛心疾首："是，也怪我。"他跟着也跪在蒲团上，"母亲，你连我一起罚吧。"

许九如看着两人，沉吟不语。

"奶奶，外面不知道多少人在盼着我们江家内斗，盼着我们自己人咬自己人，好让他们乘虚而入，不说远的，陆家不就在虎视眈眈？"江扶离是聪明的，知道许九如的弱点在哪儿，"家和万事兴，还求您手下留情。"

家和万事兴？啧啧啧，这一家三口，可以举家出道了。

"织哥儿，"许九如问江织的意思，"这件事儿你想怎么处理？"

他轻描淡写，推了："奶奶你做主就好。"

许九如思量了半晌："常芳既然有病，那就去治病吧。"她又道："离姐儿，你陪着她去。"

江扶离擦擦眼泪，连忙应下："我知道了。"

骆常芳低着头，脸上一喜。

紧接着，许九如说了后半句："公司的事，以后你就不用操心了。"

江扶离愣了一下："奶奶——"

"你手头管的那一块，就都交给织哥儿吧。"

她掌管的制药业是江家的半壁江山，江扶离呆住了。

"正好，今儿个都在，我还有件事要宣布。"许九如看了看旁支的那两位长辈，"我年纪也大了，没多少日子好活，趁着我脑子还清醒，今天就把家分了吧。"

江家几房虽然都搬出去了，但正儿八经地分家还没有过，不止二房的人，江维开也蒙了，不知道老太太是几个意思。

"老爷子逝世的时候，把股份分成了五份，以后你们就各自打理各自的，是要转让还是持有，都自个儿做主。不过，江氏的经营权今天得定下来。"

这是要定继承人了。

江维开下意识看了江孝林一眼，他端坐着，眼里毫无波澜。

"我名下百分之十的股份都转给织哥儿,加上织哥儿父亲留下的,他所占的份额最多,以后咱们江家就由织哥儿说了算。"

二房一家三口一个个脸色都很精彩,青的青,黑的黑,紫的紫,跟调色盘似的。

"江家的生意最主要的两块是医院和制药。"许九如看向江织,"织哥儿,医院就让林哥儿帮着点,制药你自个儿试试,等后面顺手了,你再一道收回来管。"

江织沉默了会儿:"嗯。"

江孝林喝了一口茶,捏了块桂花酥放到嘴里。

长房长孙倒是很淡定,四房只有个汐姐儿,从来不管生意上的事,就剩二房了,最不淡定。

骆常芳难以置信:"母亲,您这是要把我二房踢出来吗?"

许九如不悦地瞥了她一眼:"什么踢不踢出来,你们先拿着股份分红,等你病好了,离姐儿自然就回来了。"

等她"病"好了,江织也就占山为王了。骆常芳从蒲团上站起来:"我好好的,不用——"

江扶离拉住了她:"知道了,奶奶。"她用眼神示意骆常芳不要再开口。

二房有错在前,只能先忍气吞声。

许九如累了,摆摆手:"行了,都去歇着吧。"她唤江扶汐来扶她起身,"织哥儿,你跟我来一下。"

"在我屋里等我。"江织跟周徐纺说了一句才跟老太太进了屋。

到了楼下房间,许九如有意支开旁人:"汐姐儿,你去帮我把厨房的参汤端来。"

"好。"江扶汐出去了,把门带上。

"阿桂。"

桂氏在门外应了一声。

"你守在门口,不要让人进来。"

"是,老夫人。"

许九如走到床边,按了一下床头的一颗夜明珠,老式的木床边缘打开,她从里头拿出一份文件来:"这是股份转让书,你拿着。"

江织没有接:"怎么没提前跟我说?"

"去了趟医院才发觉我是真老了,越来越糊涂。"她把转让书放在桌子上,"织哥儿,常芳做的那些事儿,我其实都知道。"

他眼眸抬了抬。

许九如坐下，倒了两杯茶："她一直在你的药里动手脚，之前还有个度，我也就睁一只眼闭一只眼，可这次她加了药量。"

"您都知道？"

她没有否认，叹了一声："江川是我从娘家带来的人，怎么可能听常芳的。"她如实说了，"那天晚上人多嘴杂，很多事情不便当着所有人的面说出来，江川就半真半假地认下了，只说了二房让他下药，没提从什么时候开始。"

坦白吗？还是计策？

"您既然都知道，为什么不阻止？"

许九如握在手里的杯子抖了一下，洒了几滴茶水出来："因为我恨你。"

江织目光定住了，看着她浑浊的眼睛一点一点滚烫，平日总被她揣在目光里的慈爱全部没了，只剩下愤恨。

"你知道你父亲怎么死的吗？"她攥紧了手里的杯子，"是为了报复我。"

这是江织第一次听许九如说起他的父亲，江维宣。

"我不喜欢你母亲，我们水火不容，她生下你之后，我只要孙子，把她赶出去了，就是那次，她出意外去世了。"

许九如眼眶发红，哽咽了："你父亲把所有罪过都怪在了我头上，他自杀不仅是为你母亲殉情，也是为了报复我，他说我杀了他的妻子，他就要杀我儿子。"

江维宣自杀那年，才只有二十二岁，风华正茂的年纪。他抱着关婉苏的遗照，割了脉，躺在血泊里指控他的亲生母亲。

他说：许九如，你害死了我的妻子，可你是我生母，我不能让你给她偿命。

他说：那我就让你儿子给她偿命。

这两句话，是他最后的遗言。

许九如紧握的手在发抖："知道为什么我恨陆家吗？因为你母亲到死都还记挂着陆家的老二，陆景元。"

江织一言不发，目光渐渐冷下去。

"都怪关婉苏！我恨死她了，恨不得将她挫骨扬灰，要不是她，我的儿子怎么会死，他才二十二岁，是我最优秀的儿子，是我江家的继承人。"她目光淬了毒一般，透过江织，仿佛在看着他的母亲，"织哥儿，你太像她了。"

太像了，尤其是眼睛，一模一样，像得令她恨不得将他掐死在襁褓。

窗外天已经黑了，昏昏沉沉的光线里他那双桃花眼灼灼发亮："就因为这个，你恨我？"

许九如把冷掉的茶喝下，情绪慢慢平复："我憎恶你母亲，可你又是我的亲孙子，是维宣唯一的儿子，我一边恨不得掐死你，一边又想弥补你。"

"所以，你一边让我久病缠身，一边四处寻医，保我性命？"

她没有否认，热泪盈眶地看他："织哥儿，是奶奶对不住你。"

她抬起手，岁月对她并不宽容，手背的皮肤早就松弛，青色的筋凸透出了表皮，老年斑发黑，她手才伸到半空，江织往后退了。

她僵硬地把手收回去："以后你的药我不会再让人动手脚，世瑜也已经回来了，我一定会让他治好你。"

治好了又怎么样？当没有发生过？

他从来都不是大度善良之辈，拿起桌上的文件："这些股份，我收下了，是你欠我的。"

他眼角有些红，眸光却无波无澜。

"你对我有养育之恩，用这个恩情来抵，我不会再记你害我的仇，但也不会原谅你，以后，我不会再信任你了。"

"织哥儿……"许九如喉咙哽住，泣不成声，"都是我造的孽，是我害了你。"

江织最后鞠了个躬："奶奶，保重身体。"他说完，推门出去。

"织哥儿！"

许九如心口一哽，眼前发黑，摇摇晃晃了几下，跌坐回了椅子上，她喘不上气来，仰着头大口呼吸。

桂氏大喊："老夫人！"

江织刚出房门，就停住了脚。周徐纺走上前，拉住他的手，带他走了。

如果她不带他走，他可能会心软，二十多年的养育之恩，不管真假，许九如到底疼爱过他，不论她是何目的，也到底是她把江织从牙牙学语养到了如今的年纪。

回了房间，江织把周徐纺拉到怀里："都听到了？"

"嗯，你信她说的话吗？"

"话里没有漏洞，要么是真的，要么一大半是真的。"

"我不信。"

她不管话的真假，她不信的是许九如这个人。

"江织，我没办法相信任何伤害过你的人，如果许九如真的心疼你，真的把你当亲人，不应该是这样。我没有什么证据可以证明，我就拿我自己对比，你也是我的亲人，是我疼爱的人，可换做是我，不论什么情况，就算你背叛我，就算你做了让我接受不了的事，就算我恨你，也绝对不会对你下手，再恨都不会，可许九如下得去手，而且不是一回两回，是二十四年。我小人之心也好，没有肚量也罢，我还是觉得不能信她。"

她很清醒，因为是旁观者，可江织是当局者，当局者迷。

"徐纺，我信你。"

太阳已经彻底落山，江家宅院里的灯笼点起来了。下药一事许九如发了话，不准往外传，江川只被罚了两年的工资。很显然，老太太有意偏私。今儿个的晚饭准备得很丰盛，但江家各位主子都没心思吃了。

江维开开了一壶埋了很多年的酒，与江孝林喝了一个时辰。

"林哥儿，你想不想要江氏？"

江维开进了官场，素来不管家里的生意，这倒是头一回，他借着酒意半真半假地提了这事儿。

江孝林把领带扔在了地上，不像平时总是一丝不苟，这会儿衣领歪歪斜斜的："要是我想要呢？"

就这么一个儿子，他要想的话，帮着呗。

"织哥儿最精怪，在他那讨不到好，要从汐姐儿和离姐儿下手。"江维开舌头有点大，确实喝得多了，"离姐儿野心大，得利诱，汐姐儿是藏得最深的一个，要先摸清她的底细。"

江孝林把规矩放一边，调侃："还以为您只对政事感兴趣。"

江维开一杯白酒下肚："我就你这么一个儿子，怎么也得上点心，在江家，若不是像织哥儿那样有老太太护着，就得有点生存手段。"他有些微醺，甩甩头，"你奶奶生了四个儿女，已经没了两个了。"

酒杯一倒，他趴下了。

江孝林拿了件外套，搭在父亲肩上，又将杯中所剩的半杯酒饮尽，仰着头看了会儿天，又揣着手机看了半天，才拨了个电话，没存号码，他手输的。

"唐想。"

"喝酒了？"

他笑："一点点。"

这说话的调儿，都轻飘飘了，唐想估摸着："醉了？"

江孝林不承认："没有，我酒量好着呢。"

电话那头，唐想刚从浴室出来："醉了吧，你一喝醉就喜欢乱打电话。"

这家伙很少会醉，但只要一醉，就瞎打电话。他们毕业那次就是，凌晨三点，他一个电话过来，给她唱了一小时的月亮代表我的心，她也是抽风，莫名其妙地听了一个小时。

"你想不想做皇后？"他问得莫名其妙。

"还说没醉，洗洗睡吧，挂了。"

他没吱声，唐想等了会儿，挂了电话：冤家！

"你要是想做皇后，"他把手机扔一边，倒了杯酒，"我就得夺嫡啊。"

江孝林第一次见唐想，是新生报到那天。

他在学校门口被抢了电脑包，门口全是十八九岁的学生，没一个出头的，就她，追了那小贼三条街，用平底鞋把人打得鼻青脸肿。

九月的太阳跟烤火似的，她跑得浑身汗湿，两颊热得通红，一只手拎着那个抢包的小贼："同学，你看看，少东西了没？"

东西是没少，电脑碎屏了，应该是她用平底鞋打人的时候撞到了电脑包，磕到屏了。小贼见状，推了她一把，拔腿就跑了。

一台电脑而已，他又不是没钱。

他把碎屏的电脑搁她脚下，一脸没得商量的表情："碎了，你得赔。"

唐想无语了："同学，不厚道啊你。"

他写了个号码，一并放进电脑包里："这是我的号码，可以分期付款。"号码留下，人走了。

唐想再一次无语。

"喂！"她把袖子撸起来，想打人，"你哪一届的，叫什么？"

对方回头，白衣黑裤，看上去风度翩翩："09届，江孝林。"

她也是09届，新生红人榜上她在最顶上，下面就是江孝林，孽缘就这么开始了。

都大半夜了，二房一家也都没安睡。

怎么可能睡得着，骆常芳心火烧得正旺："老太太她就是存心的，为了替她的宝贝孙子拢权，故意把我们二房踢出局，这个老不死的东西！"

"宝贝孙子？"江扶离嗤笑了声，"要真宝贝，江川就不止被罚钱这么简单了。"

一边是左膀右臂，一边是"宝贝孙子"，老太太偏私偏的可不是"宝贝孙子"。

"扶离，你这话是什么意思？"

"江川没把我们一直下药的事供出来，不觉得很奇怪？仔细一查就能查出来的事，为什么要遮掩？"

骆常芳想不出来。

江扶离可以断定："江织的病很古怪，老太太更古怪。"

江维礼也点头："扶离说得在理，先看看，没准会狗咬狗。"

骆常芳还是着急："那股份怎么办？"

江扶离没回答这个问题，问了江维礼一件事："爸，扶汐的生父是谁？"

"她母亲是未婚生子，我也不知道她生父是谁。这事儿，还有江织父母的事，都是江家的禁忌，提都不准提，应该只有老太太知道。"

"你都不知道，看来老太太瞒得很紧。"

十点多,江织和周徐纺吃完东西,回了御泉湾。

他给薛宝怡打了通电话:"宝怡,有事要你帮忙。"

"说。"

"帮我查查我的父母。"

"好端端的查你父母干吗?"

江织不解释。

薛宝怡就不多问了:"二十多年前的事,恐怕不好查,你怎么不找南楚?"乔南楚怎么说也是情报科的,查情报的门路多。

"你野路子多。"

薛宝怡:"……"

◆第六章◆
江家人呐,都爱借刀杀人

早上八点,周徐纺不在家,江织早饭都不吃,先给她打电话。

"周徐纺,你去哪儿了?"

周徐纺说:"我出来打工了。"

"你去哪儿打工了?"

"我在理想表哥的店里。"

那个叫仙女下凡的店,江织的头发就是那里染的。

"你又去当发型模特了?"

"嗯,理想表哥昨天晚上找我说的,让我帮忙。"

"什么时候结束?我去接你。"

"不用,你待会儿有拍摄,我弄好了去片场找你。"

她说发型师来了,就挂电话了。

来的不是首席,是首席的徒弟,叫小毕。小毕跟周徐纺一样大,已经做了两年发型师:"程哥突然有事儿,来不了店里,他让我给你烫。"

一个半小时过得很快,因为周徐纺找到了一本很好看的小说,她看得非常入迷。

"好了。"

周徐纺把小说关了,抬起头来,蒙了三秒:"为什么跟图片上的不一样?"她喜欢网购,网购管这种情况叫买家秀与卖家秀。

小毕目光闪躲:"一样啊。"

"不一样。"周徐纺把昨晚程锌发给她的图片给他看,图片上的发型很漂亮,也很少女。

小毕解释:"可能图片美颜了吧。"

刚好,程锌回来了:"头发做完——"他惊呆了,"周小姐,我们谈谈赔偿的事吧,这小子一个月五千,你看赔一个月工资怎么样?"

周徐纺爽快地答应了:"好。"

"照片就不拍了,模特费用我给你。"程锌有点自责,这头发估计美颜也救不回来了。

"可以。"

周徐纺心情不错地去了片场。

老远,方理想就认出了她身上那件拉链能拉到头的连帽卫衣,正喝着水呢,一口水就喷出来了。

"那是周徐纺?"方理想怀疑她看错了。

她助理:"是。"

旁边的特约女演员欲言又止:"江导她女朋友年纪很小吧?"

另外一位特约女演员:"看着是挺小。"

"好像是叛逆期到了。"

今天的周徐纺在人群当中有点扎眼啊。

"徐纺,你这头发,"方理想找不到形容词了,"挺不羁的呀。"

头发上面是死亡芭比粉,渐进变色,到发尾是棕黄。小毕上面颜色用多了,下面用少了,上面卷,下面直,像爆炸头又不是爆炸头。

方理想忍不住问了:"谁给你烫的?"

周徐纺被人看得怪不好意思的,把口罩戴上:"你表哥的徒弟。"

方理想发誓,绝不让那小子给自己烫头:"你这烫的是一次性的吧?"

周徐纺点头。

"江织呢?"

方理想指给她看:"喏,在那边训人呢。"

周徐纺去那边找江织。

剧组的男三号才刚拍完一个镜头就说要走,说三个小时后才能回来继续,问导演能不能挪一下拍摄顺序,让剧组先拍方理想的戏份。

江织把罐子里的牛奶喝完:"副导演没跟你说过不准轧戏?"

男三号很忙,一边回微信一边回话:"说过了,就口头说了一句,也没签合同。"

江织一脚下去，把喝空了的牛奶罐子踩瘪了。

"没签合同就不把我的规矩当规矩了？"

男三号这下怵了，赶紧把手机收起来："我不是那意思，我以为——"

"那你的意思是让剧组等你？"江织把剧本摔在桌子上，"你是有多大牌，让老子带着一帮人在这等！"

老子都蹦出来了，是真火了。

赵副导非常及时地插了话："周小姐。"

一听周徐纺来了，江织立马回头，桃花眼都瞪大了："周徐纺，谁给你整的这头发？！"跟个不良少女似的。

周徐纺眉毛皱了皱："很丑吗？"

江织停顿了三秒："不丑。"他违心地夸，"很美。"

身后众人："……"

周徐纺摸摸头发："那我去烫个永久的。"

"给你十分钟去协商，协商不好就自己走人。"留下一句话，江织把周徐纺牵走："别烫了。"

"为什么？"

"你太美了我怕别人抢走。"江织顺手把她的帽子给她戴上了。

周徐纺抿嘴笑，突然很喜欢她的新发型。

身后众人："……"

今天要拍的戏份不需要群演，江织在导戏，方理想在演，周徐纺很闲，为了不影响别人，她缩在角落里偷吃棉花糖，隔着一道宫墙，另一边是另外一个剧组。

"骆颖和，你是死人啊，走得那么僵硬！"

这个导演，比江织还暴躁。

"对不起，导演，能不能再来一条？"

这么卑躬屈膝的态度，居然是骆颖和。周徐纺踩着道具，爬上去看。

那边拍的是古装剧，骆颖和穿了宫女的戏服，走在一堆宫女之间，一会儿摸珠花，一会儿拂袖子。

导演喊卡了："骆颖和！你一个宫女，在那抢什么戏！"

她露出无辜的表情："导演，我没抢。"不抢戏怎么红！

"还顶嘴！"

她闭嘴了。

导演五十多岁，一米六左右，发际线很靠后："会不会演，不会演就滚蛋！"

"会演会演。"

骆颖和是出了名的没演技，但毕竟曾经也是个二三线，又因为骆家的关系，再加上身上还有点话题度，不然剧组也不会用她。

导演气得喝了一瓶汽水，说休息十分钟。

骆颖和左顾右盼地走到城墙边上，四周没人了，她一脚踹在墙上："死矮冬瓜！"

"大秃瓢！等老娘红了，弄死你！"她踹墙，"死贱人！"

墙那边的周徐纺默默地将一切尽收眼底。

骆颖和骂了好几分钟，一抬头吓得往后一跳："你、你、你干吗偷听我说话？"

"没偷听。"她是光明磊落地听。

骆颖和哼了一声，掉头跑掉，跑得够远了，她以为周徐纺听不到了："那头发是什么鬼，丑爆了！"

周徐纺摸摸她头顶的芭比粉，用手机照了照："才不丑，很美。"她怎么会不美，江织都说她美了。

"周徐纺？"叫她的人不确定似的。

周徐纺抬头，看见熟人了："你好。"

是她以前当群众演员时的群头老瞿，老瞿站在墙下面，视线忍不住往周徐纺头上瞟："真是你啊，差点没认出来。"这姑娘变化真大，以前多自闭，现在居然染头了，颜色还这么上头，跟江导学的吧，江导就染了一头不羁的蓝。

周徐纺挠挠头。

老瞿有闲工夫，跟她唠起来了："刚刚那是骆颖和吧？"

周徐纺还趴在墙头上："嗯。"

"她还真来跑龙套了，前几天有个人微信加我，说她是骆颖和，让我帮她介绍龙套的工作，我还以为是骗子呢。"老瞿感慨有，幸灾乐祸也有，"风水轮流转啊，看以前她多嚣张。"

以前的骆颖和的确是把眼珠子搁在头顶了，得罪了很多圈内人。

"哦对了，她跟你也有过节吧，听理想说过你们不和，用不用我帮你折腾折腾她？"

周徐纺摇头："我与她不熟。"

过去的过去了，不慈悲为怀，也不与人为恶。

周日，江织去了医院，周徐纺在家，她找了几个冰棍批发商，挨个问价钱，打算再热一些，就出去摆摊卖冰棍。

关着的电脑启动了，海绵宝宝跳出来。

周徐纺坐到电脑前面去，因为江织不在家，电脑桌旁边全是牛奶罐，都是她偷喝的。

霜降发了一条信息过来："江扶汐的资料我发给你了。"

随后，连着电脑的打印机就有份文件出来，周徐纺往嘴里扔了颗粉色的棉花糖，把文件拿起来，仔细看完："只有这些吗？"

霜降用了声音软件："嗯，只有这些，我找了很多买卖消息的人，依旧只查到了这些。"

江扶汐九岁拜在名师门下，十五岁一画成名，十八岁办了个人画展，她作品不多，但每一幅都卖到了高价，从履历到背景全部都无可挑剔。关于她的母亲江维宁，查到的消息不多。她在生下江扶汐后就患上了产后抑郁，做了八年的抗抑郁治疗，最后还是自杀了。

至于江扶汐的父亲，只有两个字：不详。

"如果不是一清二白，就是有人故意抹掉了。"周徐纺拿了一颗糖，放在嘴里嚼。

"江家人也不知道吗？"

"这件事是江家的禁忌，江家人知道的也都不多，好像是对方出身不好，与江扶汐的母亲是私相授受，江老夫人棒打鸳鸯了。"

第五人民医院。

江织的检查报告大部分已经送到了秦世瑜的手里。

许九如询问："如何了？"

秦世瑜把报告放下："老夫人放心，小少爷的情况都在好转。"

江织眼皮略抬了一下。

许九如松了一口气："那就好，那就好。"

"还用不用吃药？"是江织问的。

"老夫人送过来的药渣我送去实验室做过检查了，是一种会致使脏腑衰竭的慢性药，因为药量适当，又用了茯苓和杜仲压制并发症，一般的医学仪器检测不出来，但如果长期服用，会有生命危害。"秦世瑜解释完，看向江织，"江少爷您服药应该有很长一段时间了，伤了底子，落下了病根，导致肾脏和肺部亏损都很严重，仍需要长时间的后续治疗。"

说得挺像那么一回事，江织回了他两个字："开药。"

秦世瑜颔首，在电脑上写下药方。

江织起身："奶奶，我还有个检查没做，先过去了。"

"你去吧。"

他出去，带上门，边往血液科走边拨了个电话，言简意赅地吩咐了一句："帮我盯着。"

孙副院回答:"您放心。"

秦世瑜离开医院已经好几个月了,这医院里早就换负责人了。

坐诊室里,许九如把护士支走了,只留了她跟秦世瑜两人在场。

"世瑜。"许九如话里有话,"织哥儿的病,你还有别的要说的吗?"

"老夫人您的意思是?"

他是装傻还是真傻?她不兜圈子:"织哥儿什么时候停的药?"

"从脉象上来看,应该是最近。"

"你确定他先前没有装病?"

不然上次的事怎么会那么巧?二房一加药量就被人逮住了,还是借她的手。

秦世瑜神情诧异:"您怎么会这么想?小少爷若是早发现了药有问题,怎么会不跟您说呢?"

她也想问,怎么不跟她说呢?

"世瑜,你是聪明人,知道什么该说,什么不该说。"

秦世瑜颔首:"我明白。"

检查结束后快十一点了,江织说开了车过来,就先走了。

许九如喊住他:"不跟我回江家吃饭吗?"

江扶汐提着药,站在一旁。

他语气冷淡:"不回了。"

"织哥儿,你还在怨奶奶对吗?"老人家眉眼沧桑,流露出几分沉痛之色。

江织神色散漫:"我不应该怨吗?"

"是奶奶的错,你不想回就不回吧,要是你还信不过奶奶,这药你拿回去,找个可靠的人煎。"

他态度不咸不淡的:"不用了,我拿了药方,宝怡会另外帮我抓药。"

许九如附和着点头:"这样也好,宝怡盯着我也放心。"说完药的事,她又想起了另外一件事,"药监局的那个项目,林哥儿跟你说了吧?"

"说了。"

"你刚掌管江氏,又是导演出身,下面那些老东西还不服你,这个项目你多上点心,是个大案子,如果能拿下来,以后你在江氏说话办事都能容易一些。"

江织心不在焉地应了一句。

这个项目,陆家也在竞争。

等许九如的车开远了,孙副院才走过来。

"老太太果然不信秦院长,私下查了您的病例,我已经按照您的吩咐,把事先准备好的送到了她手里。"

不仅老太太，大房、二房都对江织的"病"很感兴趣，除了秦世瑜手里那份，其他几位拿到的检查结果都是假的。

江织给薛宝怡拨了个电话："药方有没有问题？"

"没有问题，跟我老师以前给你开的方子差不多。"

秦世瑜应该看出来了古怪，又或许他一开始就知道。江织正思忖着，有人欢欢喜喜地叫他："江织~"

一下就把他的心叫过去了，还能是谁，他女朋友呗。

"你怎么来了？"

她蹦蹦跳跳地跑到他身边来："来接你呀。"

"你继续盯着秦世瑜。"江织交代完孙副院，牵着周徐纺往停车场走："不是让你在家里等吗？"

她昨儿个染的头发颜色褪得差不多了，还有一点点余色，戴了个粉色的帽子："已经等了很久了。"

停车场没人，江织停下来，先吻她。

"周徐纺，你又偷喝牛奶了。"他在她唇上啄了一下，"喝了多少？"

她笑意盈盈伸出三根手指："三罐。"

"还有肚子吃饭吗？"以后家里不能囤着牛奶，他家这个管不住嘴。

小姑娘违心地点头。

江织把车掉头，往超市开。

"秦世瑜，试出来了吗？"

江织嗯了声："他不是老太太的人，而且他帮我圆了谎，应该早就知道我先前是在装病。"

"那他为什么要帮你圆谎？"

"这就得看他背后的人是什么意思了，目前看来，对我还没有恶意。"

秦世瑜背后的人肯定不是许九如和江扶离，那就只剩江孝林和江扶汐了。

"会不会是江扶汐？"周徐纺歪着个头，思考，"我觉得她很可疑，而且很奇怪。"

"我也觉得。"江织夸他女朋友，"我们纺宝真聪明。"

这几天，天气越来越热了，是夏天快到了。江织的身体基本痊愈了，只是药还在吃，许九如隔三差五地会来问候，偶尔还要陪江织去医院做检查。

五月十五号的晚上，江织在周徐纺那边待到了很晚，他似乎没有睡意，周徐纺觉得他今天有点奇怪，话少了很多，她也没有问，在旁边陪着。

"徐纺，明天陪我去个地方。"

"去哪儿？"

"墓地。"江织说，"明天是我母亲的祭日。"

江织的母亲在他刚满百日的时候就去了。

周徐纺特别乖地抱着他："我要准备什么东西吗？"

"不用，老宅那边会准备。"

江织在她这儿待到了十二点才回去睡觉。

早上八点，他起来的时候，周徐纺已经收拾好了，坐在餐桌上等他，她还做了粥，煎了培根和火腿。

江织刷完牙："你几点起的？"

"六点多。"

"干吗起这么早？"

她去江织厨房把竹篮子提出来，里面有饭菜，鱼和肉都有："去墓地用的东西我觉得还是我们自己准备比较好。"

江织这才注意到桌子旁边有很多祭祀用的东西，装了两大纸箱，有金元宝、银元宝、纸钱、檀香。

她蹲在纸箱旁边："我看看有没有漏什么。"

"谁跟你说，要准备这些？"

"我舅舅，不过鱼和肉我蒸得不好，没有时间重做，只好用江家那边准备的。"她看看时间，"怎么还不送过来？"

江织看了眼竹编的篮子："就用你做的。"

"蒸老了也没关系吗？"

"没关系。"

她发现他眼睛有点红。

"江织，"她过去安慰他，"你别难过。"

江织摇头，抱住她："我上辈子一定做了很多好事。"

不积很多福，他哪有运气遇到这么好的姑娘。

快十点江川才将准备好的祭品和纸钱送过来，江织收了，把人打发走，没有用江家送过来的东西，用了周徐纺准备的。

因为许九如的关系，他母亲的祭日江家人都不会去墓地，往年都是江织一个人去，今年不同，有周徐纺陪他去。他母亲的墓地与他父亲不在一处，比较偏远，但也清净。

今天没出大太阳，起风了。

江织点了六炷香，给了周徐纺三炷，她拿着香，同他一起，端端正正地作揖。

"这是我女朋友徐纺，您未来的儿媳妇。"江织站在坟前，这样介绍他身边的人。

纸钱放在石砖砌的小坑里烧着,风吹不起来,只有几缕烟冒着。

快烧完了他就往里面添纸:"饭菜是徐纺弄的,她厨艺不是很好,您就担待一下,平时我都不怎么舍得让她做饭。"

周徐纺没说话,把带来的百合放在了墓碑前。

"也没什么话同您说的,以后除了保佑我,也多保佑保佑她。"江织敬了三杯酒,把纸烧完,又锄了坟头前的草,才带着周徐纺下山。

五月十六是陆景元的祭日,他去世的日子与关婉苏刚好隔了一年整。

墓地在半山,祭拜完下去的时候陆景松在对面的小路看到了已经走到山脚下的江织:"那不是江家那小子吗?"

陆声走在后面:"什么小子,人家有名字。"

江家人不喜欢陆家人,同样,陆家人对江家人也没有什么好感。

陆景松才不叫名字:"那小子,刚接管江氏集团,就换了一大波血,手段真够毒辣的。"跟他爹一个样,都心狠手辣。

"药监局那个项目,江氏也在争吧?"陆景松问了一嘴。

这个项目是政府发起的,若是被选为了合作商,必定会名利双收,很多做医疗的企业都挤破了脑袋往里钻,谁都想分一杯羹。

陆声嗯了一声:"江氏是我们最大的竞争对手。"

陆家和江家都是做医疗的,龙头老大的位置两家争了好多年了。

陆景松虽然不在商场,但规则还是懂一些,他提醒自家女儿:"江家人各个都阴险,你多防着点儿。"

陆声露出宛如天使般的微笑:"说得好像我不阴险似的。"

前不久,自家女儿刚收购了一家上市公司。陆景松觉得自己真是多虑了:"他不是喜欢男人吗?怎么还带了个姑娘?"

陆声说:"直了。"

陆景松隔着老远打量:"那姑娘谁家的?"

"我男朋友家外甥女。"

这是听起来就不太妙的缘分啊。

"爸,你以后别小子那小子地叫江织。"陆声说正经的,"等我以后嫁给周清让了,就都是亲戚了。"

这恨嫁的口气,当爹的听了真不是滋味。

"话别说得太早,许九如可不想同咱们陆家做亲戚。"林秋楠走在后面,姚碧玺搀着她。

"奶奶,这可由不得江家那位老太太,他孙子可喜欢我外甥女了。"

姚碧玺白了她一眼:"什么你外甥女,害不害臊啊你!"

陆声最近春风得意得很。

陆景松见女儿恋爱了,就更担心儿子了:"星澜,人家江织都找女朋友了,你怎么还不谈恋爱?"

陆星澜走在最后面,瞌睡没睡醒似的:"在谈。"

"跟谁谈?"

"跟周公。"

陆景松:生了个讨债的!

陆星澜打了个哈欠:"我先去车里睡会儿。"他熬不住睡意了,加快脚步,先走一步了。

"你们下去等我,"林秋楠停在了半山腰上的路口,"我过去上炷香。"

姚碧玺不放心:"我陪您过去吧。"

"不用了。"

山路不好走,林秋楠拄着拐杖,一个人沿小路去了。

"妈,奶奶给谁上香?"老太太每年都会过去上一炷香,一个人去,也不让人陪着。

姚碧玺叹了声:"原本要做你二婶的人。"

"江织的母亲?"

"嗯。"

江织母亲的墓地和陆景元的墓地只隔半个山头。

林秋楠点了三根香,蹲在墓碑前:"不知道是不是年纪大了,最近总是睡不好,一合上眼睛就会看到你和景元。"

她把檀香插在铜炉里,烟灰落在了手上,有些烫人。

"景元托梦给我了,说他怪我,怪我当初没有好好待你。"林秋楠双手颤抖地拂过墓碑上的字,"当时只顾着心疼我们景元,对不住你了,婉苏。"

快三点了,许九如刚午休醒,在屋里喊人:"扶汐。"

江川在外边儿回话:"老夫人,汐姐儿方才出门了。"

许九如披了件薄外套起身:"她去哪儿了?"

"汐姐儿没说,很早就外出了。"

"阿桂呢?"

"过几日就是维宣少爷的祭日,阿桂出去置办祭奠用的东西了。"

江维宣的祭日与关婉苏只隔了三天。

江扶汐的父亲葬在了郊区的一处山上,不是正经墓地,也没有立碑,烧纸的灰烬被风吹得漫山遍野地飘。坟头前,她蹲着,桂氏站在她身后。

"汐姐儿,我们该回去了。"

"我再待会儿,你先回去吧。"

桂氏摇摇头,在一旁陪着。

江扶汐拿了小铲子,铲掉坟前的杂草:"父亲,您再等等,用不了很久,我就可以把母亲的坟迁来同你做伴了。"

江家有自己的坟地,江织的父亲江维宣,还有她的母亲江维宁都葬在那里,关婉苏的棺材进不了江家的坟地,她的父亲更进不了。

次日,江织的剧组出外景拍摄。薛宝怡一大早不上班,来探江织的班,插科打诨好一阵他才说正事。

"你父母的事,查到一点了。"

江织把阿晚支出休息室。

"你母亲原本是要和陆家二爷陆景元结婚的,就在结婚的前几天,陆景元去接未来丈母娘,在回来的路上发生了车祸。"薛宝怡看了一眼江织的脸色才继续说,"陆景元的丈母娘,也就是你外婆,当时伤得很重,在重症监护室里待了半个月。"

这些许九如从来没提起过。

"陆景元呢?"

"他当场去世了,说是大货车撞过来的时候,他打了方向盘,让你外婆避开了一点。就是因为这个,陆家将你母亲拒之门外了,陆景元丧期里,陆家人都不肯见她,当时你外婆还在医院,需要一大笔费用。"

关婉苏只是寻常人家的女儿,父亲去得早,早些年就与老家那边的亲戚断了联系,当时她还没毕业,哪里拿得出这样一笔钱来。

"没过多久,你母亲就嫁给了你父亲。"薛宝怡不用脑子都猜得到,江织的母亲是为了救命钱才嫁到了江家。

"嫁过去没多久就怀了你,不过你外婆还是没有救过来,在你出生之后没多久,她就去世了。"

老人家去世了,江维宣手里唯一的筹码也就失效了。

"在陆景元祭日的那天,你母亲出事了,也是车祸,当时车上有两个人,一个是你母亲,另一个是江家的司机,两人都没救过来,那个司机还是你们家那个女管家桂氏的远房亲戚。"

在关婉苏去世后的第四天,江维宣就自杀了,短短几天,江家去了三条命。

5月19日是江维宣祭日,江织回了老宅。每年这个日子,江家的红灯笼都会换成白灯笼,许九如会亲自去祠堂把牌位请回来,在家里祭拜,老老小小都要在。

"维宣,织哥儿已经接手家业了。"许九如站在牌位前,絮絮说道,"你泉下有知,要保佑他事事顺遂。"

江织跪在蒲团上,叩了头,上了三炷香。

许九如又点了一把檀香,把江家人都唤到前面来:"你们都过来上炷香。"

同辈鞠躬,小辈都要磕头。许九如生了四个儿女,老三江维宣是她最疼爱的一个。

祭拜完之后,她把江织叫到一边,问他生意上的事:"织哥儿,药监局的项目有把握吗?"

江织回答:"一半吧。"

"那另一半呢?"

他坐下来,气色不是很好,还有些咳嗽,略显得病态:"奶奶,陆家可不是那么好对付的。"

"人在商场,总有些时候,会用到一些不怎么光明的手段。"许九如提醒着,"织哥儿,陆家也不都是正人君子,你可要多防范着点儿。"

人在商场,不光明的手段也在所难免,胜者为王,舍小得大。许九如以前就是这么教江织的,她在提醒他,必要的时候,不需要光明磊落。

江织缓缓点头:"我知道。"

祭拜完,天也快黑了。

江织一开房门,就看见了周徐纺,她坐在他床上,捧着个玻璃盒子在吃棉花糖,两只马丁靴被她蹬远了。

"你怎么来了?"他把门关上。

周徐纺穿着袜子就跳下了床:"爬窗户来的。"

江织瞧了一眼窗户,中间的那两根铝合金有点歪了。

他好笑:"我这防盗窗三天两头坏掉,安窗户的还以为我这屋子里有妖怪。"寻常人哪能徒手掰窗户。

周徐纺嘴里嚼着糖,笑得很甜:"我就是妖怪呀。"

江织把他的小妖怪抱起来,放到床上:"吃饭了吗?"

"吃了薯片和糖。"

果然,他不盯着她就不好好吃饭,他把她的糖盒子拿走,不让她吃了:"我让阿晚送饭过来。"

江家已经在准备晚饭了,不过他很少让她沾江家的东西。

"江织,快六月了。"

"六月怎么了?"

"六月很热。"

要夏天了，帝都的夏天很热。

江织弯着腰跟她说话："然后呢？"

然后她把自己的棒球外套脱掉，里面只穿着短袖，一把抱住他，两条嫩生生的胳膊绕在他脖子上："凉不凉快？"

她体温只有二十多度，身上很凉，跟块冰似的。

这么抱着他，她的短袖往上缩，一截白嫩的腰露在外面，江织伸手环住，触到一手的凉："人工空调吗？"

她点头跟捣蒜似的："对呀，我是你的小棉袄，还是你的小空调。"

他笑出了虎牙："今天嘴怎么这么甜？"

今天是江维宣的祭日，她怕他心情不好，小空调也好，小棉袄也好，就是想为他做点什么。

六月，江家和陆家的天都乱了。

先是有举报者去电视台举报江家治疗肝病的新药造成了医疗事故，导致江家医药市场大受影响。后警方介入调查，查出受害者在服用江家出产的药物之前，曾在陆家旗下的常康医院做过体检。江家为证清白提出尸检要求，检查显示受害人吴越鹄患有肾病，可体检报告里并未提到病人患有肾病，不巧的是江家的新药肾病患者禁用。

之后警方深入调查，查出吴越鹄的妻子阮红以吴越鹄的名义购买过高额保险，吴越鹄死后，保险的受益人是阮红和她的儿子，可当时吴越鹄根本没有购买高额保险的经济能力，阮红这才说出真相。当时丈夫吴越鹄的肝病已经进入晚期，陆家的二小姐找到他们，说如果购买高额保险，出了医疗事故可以拿到一大笔保险金。他们夫妻二人想着反正也没有多少日子可活，不如早死几天，还能拿到一大笔钱，所以同意了和陆家二小姐合作，用药物让吴越鹄患上了急性肾炎，再在体检报告上做文章，之后隐瞒肾病去购买江家的新药。

这一番供词，彻底将原本指向江家的矛头指到了陆家头上，陆声也因为这个案子被警方拘留。

许九如把这件事交给了江织处理，傍晚他去了一趟警局，迎面走来一人，周徐纺突然停下脚，回头看。

"怎么了？"

"那个人是我的客人。"她小声跟江织说，"特拉渔港的偷渡客。"她没有见过那个客人的脸，但认得他耳朵后面的痣。

江织也瞧了一眼，收回目光，敲了敲警局的办公桌。

小钟抬头。

"刚刚出去的那人是谁？"江织问。

小钟朝门口瞥了一眼："他啊，吴越鹄的哥哥，吴越鸿。"

吴越鹄和吴越鸿是孪生兄弟，而且是同卵，相貌极其相似。

陆声还在警局做笔录。

"这个月的四号，你是不是在常康医院见过阮红？"

"四号？这哪记得。"

程队把常康医院的监控调出来："阮红的口供说是你指使她拿着假的体检报告去第五医院开药，作为回报，你帮她在报告上造假，买生命保险。"

陆声瞧了一眼电脑上的视频："证据就是这个？"

常康医院的监控确实拍到了陆声跟阮红碰面。

"这个视频只能说明三件事，我和阮红见过，我递给了她一袋药，还递给了她一袋钱，当然了，还得先假设这个黑色袋子里装的是钱。"

"能说明这三件事也差不多够了。"程队看着对面的年轻女孩，"再加上证人的口供，人证物证就都有了。"

动机、证人，再加上这个监控视频，如果没有出现其他的嫌疑人或新的证据，陆声很难洗脱嫌疑。

"程队，你看这个视频没觉得哪里不对吗？"陆声指着视频里的一处，"这个地方是监控盲点，阮红先出来，我后出来。"

"所以？"

"这两袋东西本来就是她的，她知道了我的行程，特地在这个监控盲点里等我上钩，事情就是这么简单，我那天在常康医院巡查，路过了这里，当时阮红把东西放在了地上，我以为是她落下的，才拿着东西追过去了。"

监控只拍到了画面，没有对话内容，所以公说公有理婆说婆有理。

程队先不管视频，这个案子有个最大的疑问："那体检报告你怎么解释？吴越鹄分明有肾病，为什么常康医院的报告上写的是肾功能正常。"

这个问题，常康医院给不出答案的话，陆声的嫌疑就洗不掉。

陆声两手一摊："这个就要你们警方去查了，毕竟我交了那么多税，也总得替我忙活一下吧。"

手机响了，程队看了一眼来电接了："我在录口供，有什么事等会儿再说。"

对方不等，直接发问："吴越鸿是哪一天回国的？"

"吴越鹄去世的前一天晚上。"

那边沉默了。

程队追问："是不是有什么发现了？"

"暂时没有。"说完，江织挂了电话。

周徐纺正坐在警局办公室的电脑前面，监控视频开着，她小声问江织："吴越鸿是不是也有乙肝？"

"嗯，他们兄弟都有。"

"我知道怎么回事了。"

江织拉了把椅子，坐到她后面。

两台电脑开着，一边是第五医院的监控，另一边是常康医院的监控，里面拍到的男人耳朵后面都有一颗痣，是同一个人。

"体检不是吴越鹄去做的，是吴越鸿，他提前偷渡来了帝都，冒充他弟弟去常康医院做了体检，所以体检报告没有查出肾有问题，去第五医院拿药的也是他，从头到尾吴越鹄应该都不知情。"周徐纺可以肯定了，"这不是单纯的骗保，是合谋杀人。"

江织给乔南楚打了个电话，让他把吴越鹄的照片发过来，和监控里对照了一下："吴越鹄的耳朵后面没有痣，你说的都对，监控拍到的人是吴越鸿。"

常康医院的体检报告没有问题，是吴越鸿和阮红合谋杀人，栽赃给陆声。

周徐纺歪着头："江织，你女朋友怎么这么聪明啊。"

江织笑："也不看看是谁女朋友。"

如果只是为了保险金，吴越鸿没有必要把事情闹得这么大，之所以捅到了电视台，就是想栽赃给陆家。怪不得许九如要他处理这件事，就是想让他向陆家开火。

这天晚上八点，江织接到了陆星澜的电话。

"我是陆星澜，"电话里是个带点困意的嗓音，"我在你家的小区外面，下来谈谈。"他说完就挂。

江织舔了一下牙。

周徐纺猜："应该是为了声声来的。"

江织把周徐纺留在家，套了件衣服下了楼。

陆星澜把车停在了小区的门口，他靠在车门上，低着头百无聊赖地等，听见江织的脚步声才抬头，一双眼睛噙了点儿泪花，困的。

"做个交易怎么样？"

江织睡衣外面套了风衣，头发乱得随意："说来听听。"

"你想办法把我妹妹弄出来，药监局那个案子，我帮你。"

江织被他勾出了几分兴趣："你打算怎么帮？"

"把江家的名声搞臭，我陆家退出，不就只剩伯根医疗了。"

知道的不少啊，还以为是只贪睡的猫，原来是只打盹的老虎。

"你怎么就这么肯定我能把你妹妹弄出来？"

"这件事是你们姓江的搞出来的,自然要姓江的去收尾,而江家人里头你最阴险,正当手段弄不出来,你还可以用不正当的手段。"

陆星澜还挺了解他的。

"还以为你只会睡觉。"

"总有睁眼的时候。"陆星澜打了个哈欠,"要不要合作?"

"你不来找我,我也会去找你。"江织说,"合作愉快。"

江维礼一家平时不宿在江宅,住榆林公馆。

骆常芳挂了电话,心情舒畅:"陆声被拘留了。"

江扶离把咖啡放下:"陆家呢?"

"目前还没什么动静,被我们弄昏头了吧,舆论现在一边倒,警方那边也在盯着他们,肯定焦头烂额了。"

江扶离提醒:"你可别松懈,陆家人没那么笨,一定会查到底。"

"放心吧,人我都封口了,他们查不出什么,顶多找找漏洞把陆声捞出来。不过人捞出来也没用,陆家的声誉现在一塌糊涂,药监局那个项目他们已经出局了。"

江扶离可宽不了心:"除了陆家,不是还有个伯根医疗?"

骆常芳不以为然:"这种新公司,底蕴不够,还不足为惧。再说了,不是还有江织吗,他新官上任,怎么也得烧几把火。"

一旁在餐桌上办公的江维礼嗤了一声,觉得她高兴得太早了:"你废这么大功夫,还不是给别人做嫁衣,项目就算拿下了,那也是江织的功劳。"

骆常芳瞥了他一眼:"你这人目光怎么这么短浅,江氏现在是江织的,以后是谁的可说不准,老太太也承诺了,只要这件事办好了,就让扶离回公司,也让她看看我们二房的能耐。"

虽然没有明说,但老太太确实在她面前敲了边鼓,甚至提点了几招。要不是老太太默许,她怎么敢拿江氏来做诱饵。

江维礼把电脑关了:"你别太相信老太太,她可比江织还狠毒。"

"狠毒不是正好,等她和江织演完了祖孙情深,江织的好日子也到头了。"

这时手机铃声响了,不是骆常芳平时通讯用的那个,她起身走到沙发后面的柜子前,从抽屉里拿出手机。

"我什么时候可以离开?"电话里的男人语气很着急。

骆常芳沉声训斥:"急什么,你现在走,不是更引人怀疑?"

"保险金拿不到了,照之前说好的数额,一分都不能少。"

"钱不是问题,等事情收尾,我自然会给你满意的数额。"

骆常芳刚说完,电话那边咣的一声,然后就被挂断了,她没放在心上,预备去找老太太喝喝茶，顺道说说江扶离复职的事儿。

旅馆的灯光很昏沉，照着坑坑洼洼的墙面。

"你们是什么人！"

吴越鸿怒目瞪着破门而入的两个人。

那两人都穿着一身黑，明显是一男一女，男的穿着黑色风衣，戴了个口罩，鸭舌帽压得很低，他身边的同伴包裹得更严实，卫衣帽子里的头发到过肩的长度，外面罩了件黑灰格子衬衫。

女的回答："黑白双煞。"

男的："……"

这黑白双煞是周徐纺与江织。

来者不善，吴越鸿扭头就跑。

周徐纺瞬间绕到他前面，挡住了他的路，头顶的灯光照亮了她帽子上的字母刺绣："记得我吗？特拉渔港。"

吴越鸿认得她的帽子："你是跑、跑、跑腿——"

"我是职业跑腿人。"

他瞳孔放大，后背发凉。

"知道职业跑腿人是做什么的吗？"江织从后面走近，"只要给钱，杀人放火都做。"

吴越鸿发抖着说："别杀我，别、别杀我……"

桌上的烟灰缸被打碎了。

江织从碎片里挑了块最大的出来："江家那位出了钱，要杀人灭口，买你的命。"当然不是真的，挑拨离间呢。

吴越鸿被吓得脸色苍白，一屁股坐在了地上。

江织站起来，手里捏着那块玻璃碎片："想不想活？"

吴越鸿拼命点头。

"出钱，把你的命买回去。"

"要要要多少？"

"江家那位出了五百万，你要把命买回去，"江织看了周徐纺一眼，"那得翻一倍。"

一千万……周徐纺眼睛一闪一闪，亮晶晶。

"我没那么多。"吴越鸿大汗淋漓地求饶，"我有多少都给你们，求你们，求你们饶了我。"

江织耐心地提点："要不要我给你指条明路？"

晚上十一点，屋外繁星三三两两，一闪一闪。

姚碧玺正在跟律师通话，突然听到一声尖叫，她立马跑出去："出什么事了？"

家里的帮佣阿姨指着铁栅栏的旁边："不知道是谁，丢了一袋东西进来。"

陆家父子听见声音也都出来了。

姚碧玺回头给了丈夫一个催促的眼神："陆景松，你过去看看。"

陆景松折了根树枝，把绳子挑开，麻袋松开，一个脑袋窜出来。

麻袋里是个男人，穿西装打领结，耳朵后面有颗痣。

姚碧玺定睛一看："吴越鸿？"

陆星澜走过去，把他嘴上的胶布撕掉了。

他立马冲口而出："给我一千万，只要你们肯给我一千万，我就告诉你们谁是主谋。"

吴越鸿当晚就被送去了警局，并坦言是他和阮红合谋用药把吴越鹄弄成了急性肾炎，然后冒充吴越鹄去陆家医院做了体检。

邢飐队问："是谁指使你嫁祸给陆家二小姐的？"

吴越鸿毫不犹豫地招了："是江家人。"

"江家哪位？"

"我不知道，我没见过他，碰面的时候每次他都坐在车里，由江家的司机来传话，通话的声音也做了变声处理。"

江家人想杀他灭口，招供也就坐几年牢，要是被那个跑腿人追杀……

吴越鸿怕警察不信，补充："江家的司机还帮我处理过偷渡的事情，钱也是他给的，你们可以去查账户。"

次日是初一，陆家临时召开了记者招待会，将这起医疗事故案的真相公开。不到十分钟，江家就接到了消息，不到一小时，记者就围堵在了江家门口。

许九如病倒了，让江孝林去应付记者，屋外有人敲门。

"奶奶。"

许九如在床上躺着："是汐姐儿啊，进来吧。"

江扶汐进屋，掀开垂帘走到床边："警局那边来电话了。"

许九如撑着身子坐起来，脸色憔悴："怎么说？"

"吴越鸿都招供了，说是江家人指使的，监控也拍到了陈叔和吴越鸿在江南路碰面的视频。"

陈叔是江家的司机。

"拍到常芳了没有？"

江扶汐轻轻摇头："没有，二舅母很谨慎，没有自己出面，都是陈叔替她出面的，账户也是走了陈叔那边。"

许九如思忖着。

"奶奶,外边儿风言风语传得很不好听,陈叔到底代表了江家,我们要独善其身恐怕不容易。"

"是不容易。"这趟浑水江家肯定是择不出来了。

江扶汐上前,小声道:"那就只能弃车保帅了。"

许九如思前想后了许久,吩咐外面的江川:"把陈泰远叫来。"

一会儿工夫,江川就把人领来了。

江扶汐回避,出了老太太的屋,沿着走廊走到远处,她拨了一通电话:"挑好时机,把准备好的东西给骆常芳送过去。"

上午十点,陈泰远就被警方的人带走了。

江织去了一趟警局,没有回江家,回了御泉湾同周徐纺一起吃午饭,没时间做,叫的外卖。

周徐纺不喜欢吃蔬菜,喜欢吃肉和面食:"是许九如还是二房?"

江织给她夹了一筷子空心菜:"应该是二房,老太太一向喜欢借刀杀人,很少会自己动手。"

她把菜拨到一边去,用面条拌着饭和肉一起吃:"光靠吴越鸿的口供应该还不够。"

"周徐纺。"江织吃完了,把筷子放下盯着她。

"哦。"她乖乖吃了一根空心菜,吃几口就喝一口水。

江织把她的水拿走:"我们看戏就行,看看老太太是想要江家声誉,还是要儿子儿媳。"

下午一点,刑侦队给陈泰远做了口供。两点,江织带着周徐纺去江家老宅看戏。

江扶离一进屋,骆常芳就急着问她:"警局那边有消息了吗?"

"还没有。"

江维礼坐在沙发上泡茶:"你不是给过封口费了,还担心什么?"

"我能不担心吗?"骆常芳急得在屋里走来走去,"陈泰远被带去警局之前,老太太私下里见过他。"

若是老太太过河拆桥……

江维礼冷嘲热讽了句:"这怨得了谁,说了多少遍让你不要急,你非沉不住气,就你这点段数,也就只够给老太太当枪使。"

"江维礼,你少在那说风凉话,我这么做还不是为了你们父女俩。"

江扶离听他们吵得烦躁:"行了。"她起身,"我去奶奶那探探口风。"

叮。

骆常芳的手机来讯息了，她看完手机里的内容就追出去了。

老夫人门前，桂氏守着。

桂氏见两人过来，上前唤道："二夫人，离姐儿。"

江扶离问："奶奶呢？"

"老夫人身子不太舒服，在里头歇着。"

骆常芳直接往屋里走，桂氏立马过去拦下了："二夫人待会儿再来吧，老夫人刚才吩咐过了，说要好好歇歇。"老太太还特地说了二房的人不见。

"你进去给老太太传个话，说我有要紧事跟她说。"

恐怕是吴越鹄那个案子吧。

桂氏态度恭敬，只是依旧没让开路："抱歉二夫人，您还是过会儿再来吧。"

骆常芳哪里等得了，陈泰远还在警局，谁知道他会说什么。她管不了了，往里硬闯："母亲，常芳有事同您说。"

里面没说话。

她提了嗓门说："是关婉苏的事。"

片刻后，里面的人发话了："进来吧。"

骆常芳母女进屋了，把门关上。

桂氏在门口守了一会儿，走到一边接了个电话，随后上了主屋的二楼，敲门："小少爷。"

里面应了声："嗯。"

"下去瞧瞧吧。"

江织开了门出来。

楼下，老太太屋里点了熏香，有很淡的桂花香，骆常芳母女站在床头前。

"母亲，您帮帮我。"

许九如下了床，坐下斟了杯醒神的茶："我怎么帮？"

"让陈泰远把嘴巴闭紧了。"

许九如瞥了她一眼："你说得倒容易，他人在警局，我怎么插得上手。"

"您肯定有法子，请您帮儿媳一次。"

许九如无动于衷："早知今日，又何必动歪心思。"

撇得真干净啊，骆常芳冷笑："我动歪心思？母亲，过河拆桥也别拆得这么快，没有您的指示，我敢拿江家的声誉来做文章？您现在是要卸磨杀驴让我一个人担吗？"

许九如不悦地将杯子重重撂下："常芳，话可不能乱说。"

骆常芳怒目而视。

江扶离上前："奶奶，先不说这事儿。"她从骆常芳那里拿了手机过来，

"有人给我妈的手机上发了点儿莫名其妙的东西,您看看这都是什么。"

许九如只瞧了一眼脸色就变了:"这是哪来的胡言乱语!"

"这不是三叔的笔迹吗?"

江家的祠堂里还挂着江维宣的墨宝,不止江扶离,江家人都见过。

许九如用力一推,手机砸在了地上:"简直荒谬。"

骆常芳把手机捡起来,屏幕已经碎了,她难掩脸上的得意之色:"荒谬不荒谬,那就要看织哥儿信不信了。"

"奶奶。"

是江织来了。

许九如立马站了起来,朝骆常芳冷冷一瞥:"常芳,小心你的嘴。"

江织刚好听到这句:"在说什么呢,我不能听?"

许九如刚要开口,江孝林也来了:"警方来人了。"

之后,杂乱的脚步声越来越近,骆常芳猛然回头。

刑侦队来了四个人,程队走在最前面,手里拿着个手铐:"骆常芳女士,你涉嫌一起医疗杀人案,这是逮捕令,请跟我们走一趟。"

"什么杀人案,跟我无关!"

程队把逮捕令亮完揣兜里,直接抓住她的手,把手铐扣上:"陈泰远已经招了,你还有什么话,去警局说。"

骆常芳怒火中烧:"许九如,你出卖我?"

程队吩咐手下弟兄:"把人带走。"

张文和小钟一左一右把人扣住。

"妈,"江扶离上前,"什么都不要说,我会让律师过去。"

骆常芳点头,路过江织时,她刻意停下来:"看到我的下场了吗?织哥儿,你可要小心了,别像你妈那样,怎么死的都不知道。"

许九如大喝:"你胡说八道什么!"

骆常芳扬扬得意地笑了:"我胡说?许九如,你敢说关婉苏的死跟你没关?"

江织看向许九如。

她急忙解释:"织哥儿,你莫要听她挑拨离间。"她说完,看着刑侦队的人,"还不把人带走吗?"

得,家丑不外扬。刑侦队的人把骆常芳带走了。

人一走,许九如就发话:"你们都出去,织哥儿留下来。"

江孝林一言不发地退下了,江扶离却没有动。

许九如呵斥:"出去!"

她看了江织一眼，唇角勾了一抹意味深长的笑，慢慢吞吞地出去了。

许九如朝门口使了个眼色，桂氏会意，将门关上。

屋里没有别人，许九如坐下，神色复杂地沉吟了半响："你二伯母怪我没有帮她把事情摆平，心里记恨我，才故意说那样的话。"

江织没接话。

许九如叹气："也怪我，若不是我当年容不下她，非要将她赶出去，她也不会出事，你怨我也是应该的。"

他对此不置一词，态度冷冷淡淡："我回去了。"

许九如也不留他，待他走远，唤了一声："江川。"

江川进屋，关上门。

"阿桂，你去厨房将我的药端来。"

"是，老夫人。"

支走了桂氏，许九如才极小声地问了一句："维宣的遗书，你烧没烧掉？"

"烧掉了。"

她将信将疑，江川郑重地重申："老夫人，我真烧掉了。"

"那怎么还会有人知道？"既然烧掉了，骆常芳手机里的照片又是怎么回事？那分明是老三的笔迹。

江川摇头，表示也不知晓。

许九如拂着手腕上的佛珠，思量了许久："去把离姐儿叫来。"

江扶离就在屋外，根本没有走远。

她进屋来，许九如招手唤她过去："你比你母亲聪明，应该知道什么该说，什么不该说。"

本来还不确定，这下江扶离可以确定了，关婉苏的死一定和这老太太有关。

她颔首："我知道了，奶奶。"关婉苏的事她一句不提，就问，"我母亲那里？"

她在威胁，明目张胆地。

"我会想办法。"

江扶离莞尔一笑，躬身致谢："那我就先替我母亲谢谢您了。"

江家是四进四出的院子，最靠后院的屋子被主屋挡住了大半，总照不到太阳，常年阴着，只有正午的时候二楼才有些许光照。

二楼不住人，江扶汐用来做了画室，地上放了一盘水彩，她绾了发，在作画。

桂氏站在一旁："老夫人正在堵二房的嘴呢。"

"堵得住二房的嘴又有什么用，织哥儿聪明着呢。"她落笔，在画纸上添了浓墨重彩的一笔。

遗书是假的，当年江维宣确实留下了遗书，但当时就被江川烧了，除了许九如和江川之外只有桂氏见过，遗书上只有两句话：

母亲，杀人得偿命，我替您偿了命，您下半辈子别过得太安逸了。

维宣绝笔。

别人只知道江扶汐一手国画画得绝，不知道她仿笔迹也仿得妙。

江织屋里，周徐纺也在，自从江织从许九如那儿出来后就一言不发。

周徐纺只断断续续听到一些："江织，你信骆常芳的话吗？"

他看着桌上的老照片，照片里的女子与他眼睛生得很像："信不信要看她出不出得来。"

周徐纺没听懂。

他把那张照片拿起来，眼里翻涌着的情绪都被压着："如果她安然无恙地回来了，就说明她说的是真的，因为老太太要堵二房的嘴，只能用江家的声誉来换她。"

他们没有留下来吃晚饭，江织带着周徐纺、带着他母亲仅剩的照片回了自己家。

当天晚上他就接到了乔南楚的电话："陈泰远翻供了，说他是为了替主分忧才自作主张，实属一人所为，与骆常芳无关。"

周徐纺洗完水果出来，看见江织站在阳台发呆，她叫了他两句，他没有应。她走过去，从后面抱住他。

"徐纺。"

他看着窗外，漫天星辰落在他眼睛里，却黯淡无光："我母亲的车祸不是意外，是许九如蓄意杀人。"

她不说话，钻到他怀里去拥抱他，他与月光都被她抱了满怀。

骆常芳拘留满四十八小时之后无罪释放了。

关于江家草菅人命、只手遮天的新闻满天飞，集团声誉一落千丈，江氏旗下的公司多少都受到了波及，一时间股价暴跌，几家与江家药业有合作的医院都相继解除了合约关系。

此番江家损失惨重，江家老夫人也因此一病不起。

"林哥儿。"

江孝林上前："奶奶您说。"

床帘遮着，许九如正卧病在床，她精神头很差，说话少了几分劲儿："舆论那边你多费些功夫，做医药的，不能不管招牌。"

"嗯，知道了。"

屋里就祖孙二人，很安静，檀香在烧着，淡淡的香气扑鼻而来。偶尔，床帘后面传出几声咳嗽。

"药监局那个项目陆家拿下了吗?"

江孝林回话:"没有,陆家退出了。"

"陆家居然退出了。"许九如也没预想到会是这个结果,"便宜谁了?"

"伯根医疗。"

江陆两家你来我往斗得不可开交,让这横空闯出来的一匹黑马坐收了渔翁之利。

许九如笑了一声,没再提这匹已经骑到江陆两家头上的黑马:"你去忙吧。"

江孝林出去了,不一会儿,江扶汐端了药过来,与桂氏一道。

"奶奶。"她走到床榻前。

床上的老人睁了眼:"嗯。"

江扶汐把床帘挂起来:"起来喝药了。"

许九如伸了手,桂氏上前将她扶起来。

"这些天织哥儿在干什么?"

江扶汐把药碗递过去,回话:"好几家医院想与我们中断合作,织哥儿还在同他们周旋。"

"他刚上任江家就出了这么大岔子,集团那些老东西,只怕要不服管了。"许九如将药喝完,往嘴里放了一颗蜜饯。

江扶汐把药碗接过去,放在一边的几案上。

"奶奶您别操心了,公司的事织哥儿会看着办,您就好好养身子。"

"怎么能不操心,织哥儿心里头指不定怎么怨我恨我呢。我们江家闹成这样,陆家该得意了。"

江扶汐在床边坐下:"奶奶,您和陆家有什么恩怨吗?"

江家和陆家关系不好是众人皆知的,不过为什么会关系不好还从来没人敢在许九如面前提起,传闻真真假假,可到底究竟是怎么回事,旁人都不得而知。

许九如抬了眼皮,瞧了她一眼。

"是我多嘴了,我看织哥儿和陆家人关系还不错,担心他日后会和奶奶您再生出什么嫌隙。"

许九如凝神正色:"他和陆家谁的关系不错?"

"陆声的男朋友是周清让。"

"电视台那个?"

江扶汐颔首:"他是周小姐的舅舅。"

还真是巧了。

许九如没再说话,躺下歇着,她卧床了一天,药喝了几帖,还是没什么精神头，反倒咳得更厉害了。

晚上江川端了饭菜过来，人还没进屋远远就听见了咳嗽声："怎么咳得这么厉害，老夫人，我去请秦医生过来吧。"

许九如撑着身子坐起来，平时总梳得一丝不苟的头发随意乱着，两鬓都白了："不用了，到了我这把年纪，躺下了本来就很难起来，不知道还能熬几天。"

"您身子还硬朗着，别说这种话。"

江川架了小桌子在床上，把饭菜放上去。

许九如没胃口："林秋楠还没倒下，我要是就这么去了，不甘心啊。"

"小少爷那里得加紧了。"

"他那指望不上了，他被我教得太精明，半点都不好糊弄，心里头怕是早就怀疑我了，哪还会听我的。这次的案子指不定是他在添油加醋，再加上那个周徐纺，是我低估她了，恐怕比起我这个奶奶，织哥儿更听她的。"

江川不语，把汤匙递上。

许九如舀了一勺汤，刚下喉咙就吐了出来，她推开架在床上的饭桌，伏到床边剧烈咳嗽，等她咳完平缓下来，捂嘴的绢子上已有丝丝血迹了。

终究是老了，身体不行了。

她叹："我等不了了。"

江川见手绢有血，急忙道："我这就去请秦医生。"

秦世瑜晚上八点到了江家，问完诊后开了方子，说老夫人是忧思过度，又染了风寒，需好好静养。

天上月朗星稀，初夏的夜风携了几分燥意。河西趴在窗台上，叫得无力，它今年六岁，叫起来却像年迈的猫。

江扶汐放下画笔："你叫唤什么？"

是有客来了，河西又叫了两声。

来人自己开了门，进了屋，喊了一声："扶汐。"

江扶汐起身，身上作画用的围裙上沾了各色的颜料："咳血了吗？"

"咳了。"

她走过去，捧着他的脸亲吻："杜仲少一钱，茯苓多一钱。"夜里的声音清冷，"我要让她也尝尝，江织尝过的滋味。"

"都听你的。"

秦世瑜十四岁被父亲带来了江家，他医的第一个病人是江扶汐，年少时的痴迷变成了如今的臣服。

八点半，薛宝怡打电话过来。

"织哥儿，出来耍啊。"这人一天不出去耍就骨头痒。

江织接电话的时候，手里还拿着张数学卷子："没空。"他得给女朋友赚钱。

事情是这样的，江织不是不让周徐纺接危险的跑腿任务吗，周徐纺就接了个代写作业的任务。周徐纺十四岁就去了疗养院，十七岁才出来，虽自学了几年，可这高中数学……她看了就脑袋痛。要是搁以前，她肯定不接写作业的任务，现在不一样了，她有个高学历的男朋友。

薛宝怡问："忙什么呢，大晚上都不消停，快出来，跟我一起浪。"

"在赶作业。"

"赶什么？"

那边挂了。薛宝怡觉得吧，江织肯定跟女朋友在"办事"，还搁他这装正经呢。

第三张数学卷子写完，江织抬头："周徐纺。"

她埋着头写写画画："在呢。"

江织坐在沙发上，两条大长腿伸着，霸占了整个沙发："你干吗，都不看看我。"

周徐纺坐对面，她抬头，终于看了他一眼："我在想事情。"

"想什么？"

她把她画的那张关系图拿过去，蹲到沙发和茶几中间："骆常芳会无罪释放，是因为拿到了许九如的把柄。"

江织把卷子放下，收了腿，把那蹲着的女朋友抱到身边坐着。

她在本子上画了江家的人物关系图，认真在分析："我觉得这个把柄，是江家人给的，因为时间掐得太准，外人不太可能。"

她在本子上把江孝林父子画掉："骆常芳入狱的话，二房跟许九如就会闹掰，大房是受益者，不可能是给把柄的那个人，更不可能是二房自己的人。"

除开大房二房，只剩江川、桂氏，还有江扶汐。

周徐纺把桂氏圈出来："我觉得她有问题。"

"是有问题，当年和我母亲一起出车祸的司机就是她远房侄子。"

周徐纺恍然大悟："这就解释得通她为什么会帮你了。"

江织揉她头发："脑袋这么聪明，给我写封情书呗。"

周徐纺原地傻掉。晚饭的时候赵副导演发了条微博，晒了他老婆十年前给他写的情书，她男朋友这是酸了。

周徐纺当然没有写情书的天分，她九点就"犯困"了，江织只能放她去睡觉。

第二天早上八点，她被手机吵醒，在被子里翻了个身，伸手去够柜子上的手机。

陆声说："徐纺，今晚有空吗？"

周徐纺从被子里爬出来，揉了揉惺忪的眼睛："有空。"

"要不要来我家吃饭？你舅舅会过来，我家人也想见见你。"

周徐纺思考了一下："好的。"

挂了电话她就起床了，头发睡得乱糟糟的，她眯着眼，去浴室刷牙，刷到一半，听见手机响了，她又去把手机拿到浴室来。

"在干吗？"

电动牙刷嗡嗡嗡，周徐纺把手机开了免提放在旁边，含糊不清地回答："刷牙，你去片场了吗？"

"在公司。"江织嘱咐，"早饭都冷了，你放到微波炉里热一下再吃。"

周徐纺刷着牙，嗯嗯啊啊地答应，在她刷牙的两分钟时间里，江织就嘱咐了两分钟。

"不要空腹喝冰的牛奶，冰激凌只能饭后吃一个。

"中午我不回去，午饭我帮你叫，少吃点零食知不知道？

"下午我要去见客户，你在家自己玩，要是出门就提前跟我说，我让阿晚送你。

"游戏和小说要看一会儿歇一会儿，不然会伤眼睛。

"柜子里的棉花糖吃完了，待会儿我让人送过去，你下去拿的时候小心一点，不要什么人都给开门。"

有女儿的应该懂吧，一刻见不到心里就跟爪子挠一样，就怕她在自己看不到的地方做不好的事情。

周徐纺刷完牙了："江织，你好像一位老父亲。"

江织："……"

下午，周徐纺要出去卖电风扇，出门之前给江织打了个电话，他不让她一个人出门，让阿晚来接的她。

阿晚看着周徐纺蹬个三轮车，惊呆了："周小姐，你很缺钱吗？"

周徐纺戴着个大大的草帽，六月的天她还穿黑色的长衣长裤，戴了个口罩："不缺。"

"那为什么要出去摆摊？"给江织当女朋友就行了。

"要赚钱。"而且她觉得摆摊很有意思，不想一直闲在家里。

阿晚很佩服她这种不缺钱还拼命赚钱的品质。

下午三四点，八一大桥下面已经有很多摆摊的了，周徐纺卖的是那种拿在手里的手持小电风扇，十九块九一个，因为天气热，她生意还不错，一个小时卖出去了十几个。

下午六点江织来接她，阿晚安静地开车。

"晚上我要去陆家吃饭,跟我舅舅一起。"

江织问:"可不可以不去?"

"不可以,我已经答应了。"周徐纺是很守诺的人。

江织瞬间提不起劲了:"我七点的飞机,要去桐城,是临时安排。"桐城在南方,离帝都有点远。

"是要出差吗?"

他快快不乐地嗯了一声:"原本定好的拍摄地点出了点问题,剧组变更了拍摄场地,要去那边取景。"

周徐纺也很愁:"那要去几天?"

"进度快的话,三四天。"他抱着他的人工小空调,夸大其词地表达他的委屈,"天气这么热,你不在我会中暑的。"

周空调自觉又敬业地把脸贴在他脖子上,给他人工降温:"你明天早上要拍戏吗?"

"嗯,明早就有拍摄,我今晚得过去。"

"那你先去,我明天起个大早去找你。"

江织心满意足地亲了一口她:"不用起大早,睡够了再来。"哦,还有件事要叮嘱,"去了陆家,不要跟陆星澜说话。"

"为什么?"

江织瞥了主驾驶的阿晚一眼,凑到周徐纺耳边,低声地告诉她一个人:"我会吃醋。"长得还不错的男人会让他有危机感,因为周徐纺喜欢漂亮的东西,比如吊灯和玻璃盒子。

周徐纺笑弯了眼睛:"醋坛子。"

"嗯,我就是醋坛子。"

太稀罕了,怕有人来抢。

◆第七章◆
江织的身世之谜

可事实证明,周徐纺根本没有机会跟陆星澜说话,她跟周清让到陆家的时候,陆星澜已经睡着了,坐在沙发上,就那么睡着了。

姚碧玺去叫他:"星澜。"她推他,"客人来了,你回屋睡。"

陆星澜头一歪,没醒,后脑勺的头发被沙发压得翘起来了一绺。

姚碧玺直接拿了张毯子，像盖尸体一样把陆星澜盖住了，转头招待："清让，徐纺，你们坐。"

周徐纺忍不住瞄了一眼睡相十分好看的陆星澜。

姚碧玺端了一壶茶过来："不用管他，你就把他当条狗。"

陆家是老别墅，装修很朴素，家具大部分是实木的，暖色系，看着很温馨，一共上下两层，住了他们一家五个人，用人和司机都不留宿，今晚没有外人在。

周徐纺和周清让一杯茶还没喝完，林秋楠就从书房出来了，手里还端了一盘坚果类的零食。她话不多，但老人家朴素，很少穿得这样正式，看得出来她待周清让的态度。

"有忌口的东西吗？"林秋楠戴上老花镜，问了一句。

周清让摇头，周徐纺也摇头。

挨着周清让坐的陆声接了话："清让不怎么吃辣。"

林秋楠朝厨房说："景松，菜里不要放辣。"

陆景松应了。

"叫徐纺是吗？"林秋楠把桌子上的杏仁和夏威夷果都推过去。

周徐纺点头，坐得端端正正。

林秋楠还没退休，举止言谈都有着掌权者的从容和大气，只是气势并不凌人，很随和。周徐纺对她的印象很好，不像江家那位老太太，贵气雍容得让人很有距离。

"以后有空常来。"

周徐纺继续点头。

林秋楠玩笑似的说道："如果你男朋友不介意，你也可以一并捎上。"

周徐纺腼腆地笑笑。

林秋楠失笑："不用这么拘谨，你就随声声的辈分，叫我奶奶。"

"好。"周徐纺叫了一声林奶奶。

她看得出来，林秋楠是大度又不拘小节的人。

晚饭还没有做好，墙上有电视，林秋楠把电视打开了，调到中央台，这个点在播新闻联播，林秋楠看得很专注。

七点半，新闻联播准时播完，主持人是周清让的后辈。

姚碧玺吃着水果，问了一句："清让，为什么新闻联播连收稿子也要播出来？"

周清让把剥好的杏仁分两份，一份给陆声，一份给周徐纺："新闻联播的时长是半小时整，不能延时也不能提前结束，播音员很难精确到秒数，这一段收尾是用来调控时间的。"

姚碧玺噢了一声，懂了。

陆声挽着周清让的手："妈，你居然连这个都不知道，亏你还是播音主持人的丈母娘。"

姚碧玺老脸都热了："你这是跟谁学的，这么不害臊。"女孩子家家的，都不知道矜持一下。

"像她爸。"林秋楠看着电视上的广告，闲聊着，"景松以前追你的时候也是这德行，你还没跟他好呢，他就跑我这来要传家戒指，我不给他晚上偷偷摸摸就给顺走了。"

刚端了一盘菜出来的陆景松：我不要面子的啊！

"妈，都多少年前的事了，您怎么还拿出来说。"

林秋楠淡定地喝了口茶。

姚碧玺回头笑，转了转无名指上的传家戒指："怎么，说不得啊？"

陆景松毫不犹豫："没，说得。"

陆声笑着说她爹是老婆奴，说完拉着周清让起来："徐纺，你先坐一会儿，我带你舅舅去我房间看看。"

陆声带周清让去了她的房间里。

她牵着他往床边走："你坐下。"

他坐在了她床上，她的房间不太像女孩子的房间，什么小摆饰都没有，就灰黑白三个颜色，只有床单女子气一点，有粉色的斑点。

她没坐下，蹲在他脚边："是不是很疼？"

周清让摇头："还好。"

他平时不用拐杖的话，走路会有些跛，今天却不怎么明显。只是陆声注意到了，他坐下时，小腿有些打颤，一定是疼得厉害了。

她手放在他右腿上，很轻地揉着："你怎么不用拐杖？"他的右腿不能这样长时间走路。

"会自卑。"他轻声说，"声声，在你家人面前用拐杖，我会自卑。"所以他忍着疼，像个正常人一样走路。

陆声握住他的手，他掌心有常年推轮椅留下的薄茧。

"不用自卑，我们陆家人在喜欢的人前面都很没出息，你看我爸，在外边儿可威风了，回家了还不是要穿上围裙给我妈做饭。"她蹲在他面前，仰着头看他，"我在你这儿也没出息，所以你不要自卑，稍微低一点点头也不要紧，因为我是仰着头看你的。"

她那么喜欢他，可以为他低到尘埃里去。

周清让低下头，抱住她："腿很疼。"

他声音好听，这么压低着，缠缠轻语，有些无力，像在向她示弱。

陆声心都被他磨软了："你坐一会儿，我去拿热水。"

他抱了她好一会儿才松开，她去浴室接了一盆热水过来，蹲下，把盆放在了地上，毛巾被热水浸湿，她去拉他的裤腿。

周清让抓住她的手，微微转过身去："我自己来。"

陆声知道他在顾忌什么："我给你敷。"

他摇摇头，俯身去拧毛巾，水有些烫，她也把手放进去了："清让，你早晚要给我看的。"

她笑着，像在说不正经的事。周清让犹豫了许久，还是把毛巾给她了。

她把他的裤腿拉起来，借着屋里的光看着，他小腿上全是疤，有些是车祸时留下的伤疤，有些是大手术后落下的刀疤，摸上去凹凸不平。他的右腿里面，还有七根钢钉。她把热毛巾敷在上面，红着眼看他。

"怎么了？"他担心吓到她了，腿下意识往后放。

陆声吸了吸鼻子："心疼。"

这是周清让听过的最好听的话。他在医院躺了十几年，前前后后动了那么多次手术，每天吃的药比饭还多。他双腿截了一条瘸了一条，很多人见了他，面上都会小心翼翼、避而不谈，像是怕戳到他的伤口，然后在他看不到的后面说他可怜，说他命途多舛。

她不一样，她很多次都想碰碰他的腿，想摸摸那些伤疤，也很多次这样眼红，说她心疼他。

他覆着她的手，按在热毛巾上，低头亲吻她。

他怎么就命途多舛了，他不是遇上了这个姑娘吗？

楼下，姚碧玺在厨房帮忙，林秋楠去书房接了个电话，电视开着，在放八点档电视剧，讲的是两个大家族的恩怨，其中一个大家族把另一个大家族的子嗣掉包了，那个子嗣长大后爱上了他的亲妹妹……

周徐纺在跟江织打电话。

"我刚到酒店，待会儿要开剧本会议。"

他在那边说了一堆，说他没吃饭，说他不想开会，不想拍电影，只想回来找她，只想跟她在一起，说了一堆一堆，最后他说："我想你了。"

周徐纺这边却没声音。

"纺宝。"

"周徐纺！"

周徐纺回神："嗯？"

江织沉默了足足五秒："你是在走神吗？"尾音压得很低，这是危险的信号。

"我没有！"求生欲促使她撒了谎。

"那我刚刚说了什么？"

他刚刚说了什么？周徐纺表情迷茫。刚刚她也发现了，她舅舅腿不太舒服，所以陆声把她舅舅带上楼的时候，她的心也跟着上楼了，接江织电话的她魂不守舍。

江织要被她气死了。

"为什么走神？"

周徐纺一五一十地说："我担心我舅舅的腿不舒服，就静心偷听了一下。"她声音很小，怕被别人听到，"他们还在接吻。"

她的样子，比她自己接吻都兴奋，江织好笑："接吻你也听。"

"我没有故意听，不小心就听到了。"她听力太好了，要是静心听，可以听很远。

这时，陆星澜把盖在头上的毯子扯了，睁开眼，表情愣了一下，看向周徐纺："你好。"他把声音都睡沙哑了。

周徐纺也愣了几秒："你好。"

陆星澜起身，去了卫生间，身上的衬衫一丝不苟，就后背有几道褶皱，他眼睛半合半睁，脚步走不了直线。

江织问周徐纺："刚刚和谁说话？"

"陆星澜。"

江织忍着才没乱吃飞醋："吃完饭给我打个电话，我让阿晚去接你，他虽然没你厉害，但以前也是个国家运动员。"

周徐纺说好，然后被江织哄着说了几句甜言蜜语才挂断，不一会儿陆声和周清让也下来了。

吃饭的时候，陆星澜从头到尾都一副没睡醒的样子，眼眶有点红，人困的时候就那样，有生理泪花闪着。

林秋楠说："困就去睡吧。"

陆星澜说不用，他去厨房拿了根尖椒来，咬了一口，精神了，眼睛也更红了。周徐纺觉得他是个狠人。

晚饭后，周清让陪着林秋楠和陆景松夫妇在客厅说话，陆声带周徐纺上楼转转去了，别墅的楼顶上放了两把躺椅，躺在上面可以看满天的星星。

夜风软绵绵的，初夏的微热，把酒足饭饱后的周徐纺吹得也软绵绵的："声声，你哥哥为什么这么喜欢睡？"

"生下来就这样，每天都至少要睡十五个小时，找了很多医生看了，也没查出来问题，我妈说可能是她怀孕的时候睡太多了。"

这样啊。周徐纺心想，等她以后怀了宝宝，她要少睡一点，不然可能会生出陆星澜这样的睡美人出来。这么想着，她打了个哈欠，有点犯困。

然后周徐纺真的睡着了。

陆声下去的时候把她叫醒了，路过二楼的一间房时，陆声问她："要进去看看吗？里面都是我二叔的画。"

画留得不多，画里都是江织的母亲。

"我爸怕我奶奶睹物思人，把我二叔的东西都烧了，只剩了这几幅画。"陆声把画架上盖的白布掀开，指给周徐纺看，"这是他最后一幅画，还没来得及上色。"

只描了轮廓，却依旧看得出画里的女子恬静美好，她双手叠放在腹上，垂眸低头，巧笑嫣然。画纸的右下角有时间，五月十六，是陆景元去世的那天。

周徐纺听江织说过，次年的五月十六关婉苏就出事了，江织的生日是在二月，关婉苏去世那天，他刚好满百天。

回去的路上，周徐纺把之前霜降查的资料翻出来再看了一遍。

江织是早产儿，生下来的时候心肺都没长好，在保温箱里养了很久，因为先天不足，从出生起就离不得汤药。她记得江织与她说过，江家人一向很会"用药"。

"阿晚，你知道江维礼平时住哪里吗？"

阿晚在开车："知道。"

"去他住的地方。"

她总觉得陆星澜跟江织有点说不上来的像，而且陆景元的那幅画叫《初阳》。

榆林公馆。

骆常芳正在发脾气，文件被她摔得咣咣作响。

江维礼从书房出来："你又发什么疯？"

她把被驳回的项目文件扔进了垃圾桶里："江织把我们的人都换掉了，集团里现在有一大半都是他的走狗。"

"急什么，老太太和江织早晚要狗咬狗，等着就是了。"

"我爸说得对。"坐在一旁的江扶离接了话，"江织多疑，又不信任老太太，关婉苏的事没那么容易揭过去，我们先等等看，我总觉得老太太和江织快撕破脸了。"

骆常芳心急："那大房呢？"

"林哥儿一样也在看戏。"

这时江维礼接了个电话，没听两句情绪就急躁了："什么意思？调任书为什么下不来？"

秘书说是有人插了手。

"谁插了手？"

秘书回："是陆景松。"

江维礼直接摔了电话，骆常芳正心烦着："你又怎么了？"

"军事部那个位子，被陆景松截和了。"

这个位子是个肥差，他早就看上了，这半年来在里头做了很多功夫，现在就差调任书下来，结果半路杀出来个陆景松。

骆常芳冷嘲："这还不是你母亲造的孽，自己抢男人抢不过也就算了，都五十多年了，还不让人家好过，陆家是那么好惹的吗，陆景松不过看着低调而已，那个圈子里又有几个敢得罪他。"

陆家底蕴很深，一条筋连着数条脉，势力根深蒂固。

江维礼烦躁地抽了半根烟，拿上电脑去了楼下书房，他刚一关门，书房里灯突然灭了。

"谁？"

他回头，还没看清是什么，眼前的影子一晃，接着后颈一麻，倒下了。

周徐纺拿出手机，打开手电筒，借着光线照了照，江维礼已经晕死过去了，她蹲下，用卫生纸包着手，从他后脑勺揪了几根头发下来，再装进袋子里封好。

阿晚看见周徐纺从别墅三楼的窗户跳下来的时候都惊呆了！

"周小姐，你怎么下来的？"他仰头一看，这得有十几二十米吧。

周徐纺落地很稳，拍拍手上的土："跳下来的。"

十几米的高度，就这么跳下来？

阿晚怎么说也是个国家运动员，仍旧觉得不可思议，忍不住瞄她细细的两条腿："腿还在吗？"

周徐纺蹦了一下："在。"

还有更不可思议的，阿晚看了一眼江维礼家的窗户："那个防盗窗？"

周徐纺的口气就像买了一棵白菜："我掰的。"

阿晚的表情就像看见别人吃了一坨屎。

回到了车上，阿晚开车，周徐纺坐后面，他眼睛一直往后视镜里瞟，似有若无地打量，欲言又止。

周徐纺觉得他的表情像在便秘："你有什么要问的吗？"

"有。"阿晚就问了，"你是鬼吗？"

"我是小仙女。"江织说的，她不是鬼，她是小仙女。

阿晚觉得她在开玩笑："我是问正经的。"

"我很正经啊。"

行吧，小仙女。

"我老板他知道吗？"你会飞檐走壁力大无穷。

"嗯，他也知道我是小仙女。"

阿晚接不上话了，他就问周徐纺了："那你什么时候回天庭？"

周徐纺一本正经："等我百年之后，带江织一起上去。"

说这种冷笑话，她怎么做到不笑场的？阿晚他还是说了个实话："他亏心事可没少做，上不了天，没准还要下地——"

"阿晚。"

阿晚一个激灵，话被堵在了喉咙里。

周徐纺眼神有杀气了："你再诋毁我男朋友，我一拳把你打死。"

阿晚闭嘴，这还是他认识的那个正直善良、刚正不阿、高风亮节的周小姐吗？好吧，祝你们夫妻百年好合。

晚上九点，江川外出回来。

许九如还没歇下，泡了一壶醒神的茶，在卧房里等着："不是让你去请织哥儿吗？人呢？"

"小少爷去桐城了。"还有件事，他上前说，"周徐纺今天去陆家了。"

许九如把茶杯放下："她去陆家做什么？"

"陆家宴请女婿，她是随周清让一道去的。"

许九如凝神思量了会儿："怎么偏偏要跟陆家扯上关系。"

江川困惑："老夫人，这个周徐纺真有那么重要？"

她先前也以为不重要，以为江织不过是玩玩，直到骆氏集团变成了周氏集团。

"八年前，织哥儿就为了她在院子里跪到吐了血。"许九如手握茶盖，有一下没一下地拂过杯口，"这姑娘，应该是织哥儿心头的肉。"

江织就求过她那么一回，要把那孩子带回来江家养着，若不是那晚他倒下了，只怕这江家小公子就多了个童养媳了。

江川寻思道："那该如何？"

"去把那人叫来。"

九点半，周徐纺回了御泉湾，洗了个澡窝在沙发上给江织打电话，她要跟他说她怀疑的事。

电话接通，她叫了句："江织。"

那边过了几秒才有人开口："江导不在，可以待会儿再打来吗？"

周徐纺那双泼了墨的眸一下子就冷下去了："你是谁？为什么接江织的

电话?"

对方解释:"他出去了,电话一直响。"她半点擅自接人电话的歉意都没有,理直气壮地自报了家门,"我是林夏。"

林夏是江织剧组的女三号,周徐纺听过她的名字。

"请问你是?"对方问。

周徐纺挂掉了,生气!

桐城那边比帝都的气温还要高一些,一到夏天,漫天的星辰透亮透亮。

剧本会议是在赵忠房间开的,演员和幕后都在。江织回了一趟自己房间,拿了电脑过来。

林夏刚把手机放下,主动告知:"江导,刚刚你电话响了。"

江织坐下,拿起手机看了一眼:"你接了?"

"因为它一直响——"

"家里大人没教过?别人的电话不能乱接。"他眼皮一抬,一双桃花眼里头总像笼着几分水雾,懒懒散散的,却气势逼人。

林夏脸上笑意顿时僵硬了。剧组的人都在场,气压一下子就降到冰点,一时没人作声,气氛尴尬。

"江导,"赵副导出来打圆场,"夏夏她也不是故意的,算了吧。"

江织把电脑放下,眼底覆了层冰霜,开春过后他身体好了许多,少了几分冬日的恹恹病态,多了几分狠劲儿与野劲儿,他拿了手机起身:"半小时后再继续。"

他出去回电话了。

等人走远了,林夏的经纪人才敢抱不平:"至于吗,不就是一个电话。"

赵副导演问了林夏一句:"谁打来的?"

林夏被下了面子,脸还热着:"一个叫纺宝的。"

"那是江导的女朋友。"

林夏吃惊,江织有个女朋友是圈里圈外都知道的,只是她未曾见过庐山真面目,以为他和圈子里的导演们一样,只是尝尝鲜。

赵副导演故意把声音放大,提醒她,也提醒一屋子的男男女女:"夏夏,你刚来剧组没多久,可能不知道,江导很宝贝他这个女朋友,他们小两口感情也很好,你要是还想好好拍戏,就不要动不动动不该动的心思。"

林夏面色如土,她的经纪人上前帮腔:"副导演,你怎么这么说话,我们夏夏动什么心思了?"

动什么心思?是男人都看得出来,开个剧本会议,穿得可真凉快。

江织是大导演,又是大家的公子,有颜有才有权有钱,只要攀上了,别说星途，一辈子都无忧了，女人会动心也很正常，这都是心知肚明的事，赵副导说："你们心里有数就成，我不多说，省得里外不是人。"

房间外面，江织在给周徐纺打电话，手机响了很久她才接。

"是不是生气了？"

周徐纺气鼓鼓地说："嗯，生气了！"

也不知道是气他还是气那个女人，反正她好气哦。

"我刚刚回我自己房间拿电脑，手机放赵忠房间了。"他认错，"我不好，下次我上厕所也带着手机行不行？"

上厕所还是算了，厕所里手机玩多了会便秘。

周徐纺哼："那个女的为什么要接你的电话？"

"她不懂礼貌。"

周徐纺哼哼："你们刚刚在干什么？"

"在开剧本会议，不是两个人，有一屋子人。"江织话里混了点儿笑，"是不是吃醋了？"

她才不承认她这么小气："没有。"

"就是吃醋了。"

那好吧，她承认："嗯，吃醋了。"

江织心情愉快了，在电话那边轻笑："我喜欢你吃醋，说明你在乎我。"

周徐纺突然想到了什么，很闷闷不乐："演艺圈有好多漂亮的姑娘。"尤其是导演身边，什么美人都有，她担心别的女人来抢她对象。

江织忍着笑，正儿八经地回问了她一句："哪个有你漂亮了？"

他这是情人眼里出西施，娱乐圈的美人多了去了，周徐纺很有危机感："要是我以后人老珠黄了，你不喜欢我了怎么办？"

"你人老珠黄了，我不也牙齿掉光了，我还怕你嫌弃我呢。"

她才不会嫌弃，江织就算变成糟老头子，也是最好看的糟老头子。不过方理想告诉她，这个世界上有好多小姑娘，专门勾引钱多的老头子，就为了继承亿万家产。

不行，她要嘱咐："江织，你在外面不可以看别的漂亮女孩子。"这样说好像有点无理取闹，她补充一句，"只有拍戏的时候可以看。"

江织的语气听着有点娇气，但显得特别乖巧："我本来就不看别的女孩子。"

"漂亮的男孩子你也不能看。"

他被她吃得死死的："嗯，都不看，就看你。"

周徐纺把头往沙发角里钻，抿着嘴笑了一阵，爬起来："还有，你睡觉的时候一定要锁好门,我听方理想说过,有的女演员会半夜去敲导演的门。"当然,也有些导演会故意不锁门。

江织很听女朋友的话:"好。"

"你也不要晚上给她们讲戏。"

他好脾气地一一答应,就喜欢这么被她管着,像老夫老妻。

"这么担心的话,以后你别让我一个人出来。"他开始循循善诱,"我去哪儿你都陪着我行不行?"

周徐纺立马答应了:"行。"

"江导,会议还开吗?"赵副导来催人了。

周徐纺也听到了:"那你去开会吧,我也要去洗澡了。"

江织让她先挂电话。

月光漏进来,窗没关,风卷着窗帘把那个装了一绺头发的袋子吹到了地上,月光是温柔的月白色,像情人的目光。

因为吃醋,记性那么好的周徐纺居然忘了说正事。

第二天,她一睁眼,十点了,她睡这么久。她从床上爬起来,一边刷牙一边在厕所找江织的头发。出门的时候已经快十点半了,她去了第五医院,找了孙副院。

孙副院对她很客气,把她领到了办公室,倒了一杯水给她:"周小姐,有什么事您吩咐一声就好,怎么还亲自过来了。"

周徐纺把两个装头发的袋子都给了他。

"这是?"孙副院看了一眼,立马揣进兜里,以免被别人看到。

"要做父系亲缘关系鉴定。"江织如果是江家的子嗣,和江维礼的 Y 染色体应该一致的。

孙副院也没多问:"三天应该就能出结果。"

"谢谢。"

"周小姐客气了。"

她是偷偷摸摸从孙副院办公室出来的,之后去了一趟女厕,刚打开隔间的门,她就听到一阵急促的脚步声。

"陆家那个送上船了?"

"已经上船了,另一个呢?"

对话的两个人都是男性,声音压得很低。

"在厕所里边儿。"

"还有没有其他人?"

"已经确认过了,就她一个。"

"我下去接应你们,只有十分钟时间,把人搞定。"

"行。"

陆家那个是陆家哪个?另一个又是谁?周徐纺这时才发现一件事——厕所里只有她!

外边儿,穿着黑色西装的男人把女厕门口的警示牌转了过来,上面显示正在施工。警示牌放好之后,男人拉好隔离带才离开,随后四个穿着工装的男人进了女厕。

正洗手的周徐纺抬头,扫了一眼那四人:"你们是什么人?"

他们往前靠近。

她抬起手,做了个防御的动作:"救——"

男人上前,一把抓住她的手,用浸过迷药的毛巾捂住了她的口鼻。

周徐纺"晕"了过去,"晕"过去之前,她心想,陆家人可能是江织的亲人,也不能不管。

在陆家的姚碧玺坐立不安,在客厅走来走去:"你奶奶怎么还不回来?电话也打不通。"

每个月月底林秋楠都会去寺里上香,一早就出门了,路上一个来回也不用两个小时,可快午饭时间了,人还没回来。

陆星澜难得醒着,给司机打了个电话,同样打不通。

这时,姚碧玺接了通电话,听了不到一分钟就被挂了。

"星澜,你奶奶出事了。"

是医院打来的电话,送林秋楠去祁静寺的司机这会儿正在医院急救。

一个小时之后,陆家收到了一个包裹,里面只有一个手机。

下午两点,那个手机终于响了。

陆景松立马接了:"喂。"

对方是个男的,嗓音奇怪,"陆景松?"

"我是。"

男人开门见山:"你母亲在我手里。"

陆景松明白怎么回事儿了:"要多少钱你尽管开,只要人没事。"

对方很满意:"陆家就是陆家,果然够爽快。"男人刻意伪装的声音低沉,有股子狠劲儿,"我派了人盯着,你们要是敢报警,我立马撕票。"说完那边挂断了。

陆景松坐下,手心出了点冷汗。

"景松,"姚碧玺问他的意思,"要不要报警?"

陆景松思忖了片刻摇头:"星澜,私底下查。"

桐城,下午两点十分,剧组准备就绪,赵副导检查完机位之后,去请示江织。

"江导,"赵副导人过去说,"已经准备好了。"

江织没听见似的,丝毫不理会,他低着头一直在拨号,一遍又一遍地重拨。周徐纺的手机从三个小时前就打不通了,他以为她在飞机上,可帝都飞桐城根本不需要三个小时。

还是一直打不通,他拨到了阿晚那里。

"什么事啊老板?"

"周徐纺今天有没有找过你?"

"没有,她说今天要去你那边,不用我跟着。"

周徐纺白天醒得晚,江织怕她路上劳累,故意没有打扰她,等十一点之后再打过去却是关机状态。

难道是飞机晚点了?江织很不安:"她有没有别的不对劲?"

阿晚想了想:"昨儿个晚上,她去了一趟榆林公馆。"

榆林公馆是江维礼一家的住所。

"她去那里做什么?"

"没说,不过周小姐是爬窗户进去的。"阿晚听出不对了,"出什么事了老板?"

江织也不知道出什么事了,只是心很慌:"你去御泉湾看看她在不在家?"

"我这就去。"

挂了电话,江织收到了一封来自霜降的邮件,只有一句话:速回帝都。

他询问情况,霜降回她也不知道,周徐纺随身携带的通讯和定位仪器都被切断了。

"江导,"赵副导见他脸色不太对,小心询问,"演员都就绪了,开始吗?"

江织起身:"不拍了。"

外套也没拿,他直接走了。

赵副导演寻思着:莫不是昨儿个林夏接了江导的电话,江导的女朋友没哄好,闹上了?

下午三点半,江织抵达了帝都,他一下飞机,就有个男人朝他走过来。

"是江少吗?"对方看了看他的头发,把快递盒子递上,"有个人让我把这个给你。"

江织没接,目光冰冷又凌厉。

男人只觉得后背发凉:"是一个客户让我来的,我只是个送东西的。"他把东西放在地上,赶紧扭头跑了。

等人走远了,江织把盒子捡起来,拆开,里面是一支手机,手机的通讯录只有一个号码,他拨了过去。

"你是谁?"

是个嗓音很哑的男人:"别管我是谁,想要你女朋友安然无恙,就准备好钱。"

江织边往机场外走,脸上神色镇定,只有握着手机的手心一直在冒冷汗:"让我女朋友接电话。"

他知道周徐纺本事滔天,但还是会心惊胆战。

男人把电话给了周徐纺,她就说了一句话:"江织,照他说的做。"

"徐纺——"

电话又换了人:"不准报警,不然你就只能见到你女朋友的尸体了。"

"要多少钱?"江织看了一眼手表,三点四十三分。

对方毫不犹豫地开价:"一千万。"

下午三点五十六分,陆景松问:"你要多少?"

"一千万。"

一千万?少得出乎意料了,陆景松表面镇定:"怎么给?"

匪徒说:"不要现金,晚上八点我会把账号发给你,到时你把钱直接汇进去,最好别耍花样,等钱到账我立马放人。"

随后,那边把电话挂断了。

姚碧玺问丈夫:"他们要多少?"

"一千万。"

她诧异:"就一千万?"

"就一千万。"

这勒索得也未免太少了,帝都不会有人不知道陆家的家底,一千万可以说是九牛一毛。

"也可能是怕我们报警,或者用其他手段找人,才故意要得少。"

这么点钱,一般来说,是不会大动干戈。

陆景松问坐在电脑前的陆星澜:"地址查到了吗?"

"没有。"陆星澜把地图调出来,"从祁静寺到南门,一共有八辆可疑车辆,型号一模一样,而且都没有车牌,过了南门之后,监控被截断了十分钟,再之后那八辆车就不知所终了。南门这个交通路口四通八达,后面有很多线路,一条一条排查的话,至少得两天。"

就是说,自己找人不太可能。

"计划性很强,"陆星澜断定,"这不是一般的劫匪。"

这时,陆声从外面回来,急急忙忙:"爸,不止奶奶,还有一个人也被绑了。"

"谁?"

"江织的女朋友,周徐纺。"

这绑匪既冲着江织来的,也冲着陆家来的。

傍晚六点,夕阳西落,天边染了大片橘红,白云几朵,悠哉悠哉地飘着,路上归家的行人三三两两,急急忙忙地走着。

乔南楚还在刑事情报科,刚接到江织电话不久,他的电脑自动弹出来了一屏海绵宝宝。

是周徐纺的搭档,霜降。

海绵宝宝爬走之后,一段机械合成的声音响了:"周徐纺身上一共有两个定位器,还有她随身携带的一些特殊工具,全部没有信号,可能是被毁坏了,或者是对方使用了屏蔽仪器,对方不是一般的劫匪,他们很精通各种侦查手段和工具。"

声音结束后,乔南楚的电脑恢复页面,他打了个电话给江织:"用不用让警方协助?"

"不用,还不知道对方的意图,不能轻举妄动。"江织刚刚还从周清让那得到了消息,"而且陆声的奶奶也被绑架了。"

对方绝对不止要钱这么简单,并且几次提到不准报警。

晚上七点五十,至一总部。

指纹识别的电子门打开,皮鞋刷得锃亮的男人走进来:"老大,都准备好了。"

几百平方米的大办公室里,到处都是电脑与各种显示屏,每几台前就有一个操作员,办公桌旁边还站了二十多个身穿西装、人高马大的男人,各个手里拿着棍棒,都是练家子。

为首的男人手里拿着根高尔夫球杆,肌肉结实的手臂一挥,一杆进洞:"再等等。"

他寸头,国字脸,皮肤黝黑,额头有一块硬币大小的伤疤,生得浓眉大眼,很高很壮,是至一的负责人,赢哥。

第八杆球之后,放在桌子上的手机响了,手下弟兄去把手机拿过来,递上去。赢哥看了一眼手机上的信息,到账五亿。

至一半年的进账也就这么多,真是大手笔啊。

他笑了笑,把球杆扛到肩上,眉头一挑,额上的疤也跟着跳了跳:"让熊杰把账户给那两位发过去。"

"是,赢哥。"

"东子。"赢哥吩咐了一句,"掐好时间联系新海区的警方,记得,要做得隐蔽一点。"

坐在最靠门位置、穿格子衬衫的程序员回答："我明白。"

赢哥把球杆给了手下，随后拨了一通电话，很快接通了，号码上备注了两个字——金主。

"剩下的五亿什么时候给我？"

对方说："事成之后就给你。"

晚上八点整，江织和陆景松都收到了汇款的账号，绑匪还留了一句话："八点半我会告诉你在哪接人，除了我给的这个手机，任何通讯设备都不要带。"

八点十分。

地面晃来晃去的，外面有水声和风声，周徐纺明白了，是在船上。

房间的门口有两个男人在守着，其中一人问："这个女的什么来头，身上怎么会有定位器和窃听器？"

因为职业的关系，周徐纺习惯随身携带这些东西，但这些看上去都是一些寻常的饰物，普通人是看不出来的，可这些人居然发现了。

另一男人口气痞里痞气的："有钱人家的女朋友，怕被绑架呗。"

"还不是被我们绑了。"

刚说到这，有脚步声靠近，门口的两个男人一人喊了一声杰哥。

那个叫杰哥的问："人怎么样？老实吗？"

这人嗓子很哑，个头很高，他是光头，头上戴了个黑色的鸭舌帽，脸上还戴着口罩，帽檐压得很低，看不清样子。

门口的男人回答："老实，动都不敢动呢。"

杰哥说："还有半个小时，仔细看着点。"

"放心吧，杰哥。"

这个声音周徐纺认得，跑腿公司至一的三把手，熊杰。一年前熊杰任务被人割伤了嗓子，手术之后，他发声就很奇怪，像烟嗓，也不像。

脚步声渐远，熊杰离开后，门口守着的那两人又聊了起来。

周徐纺把手上绑着的绳子崩断，摘掉头罩和嘴上的胶带，她低声唤身边的人："林奶奶。"

她把林秋楠的头罩也摘了："林奶奶，林奶奶。"

不敢太大声，周徐纺推了推她。林秋楠这才睁开眼睛，她们两个之前被关在不同的地方，林秋楠并没有在船上见过周徐纺。

周徐纺把她嘴上的胶带撕掉。

林秋楠很快镇定下来，听见门外说话声，知道人在外面："她们也绑了你？"

周徐纺点头，匪徒随时可能进来，她尽量长话短说："绑匪只索要了一千万,可能还有别的目的。这里是船上,外面有十四个人,其中有一人身上带了枪,我们没有船,要逃掉不太可能。"

如果是陆地上还好,人在海上她是没什么,但林秋楠年事已高,不到万不得已,她不会贸然带她下水。

周徐纺郑重其事地叮嘱:"奶奶,您一定要跟紧我,我会保护您的。"

林秋楠笑:"保护你自己就好,我这把年纪,活得也差不多了,要是有机会你就脱身,不用管我。"

不能不管,她可能是江织的亲奶奶。

周徐纺心里做了最坏的打算:"我水性很好,万一我们掉到水里,您不要慌,憋着气等我来找您。"

林秋楠正要劝,周徐纺将手指按在唇上:"嘘,有人来了。"她把封口胶布给林秋楠贴回去,又解开了她手上的绳子让她握着,"您抓着绳子,不要松开。"

林秋楠点头。

周徐纺把头罩给她罩上,随后贴住自己的嘴,罩住头,绳子往手上一缠,坐回去。

这时熊杰打开门,往里面看了一眼,两个人质都规规矩矩地坐在地上,他压了压声音,刻意改变声线:"你们的家人很快就会来接你们,别耍花样。"

周徐纺很配合地呜呜呜了几声。

八点半整。

熊杰接了个电话,是赢哥打过来的。

"账户里的钱已经转出来了,可以把地址发给他们。"赢哥还说,"九点半左右,'渔民'会来'捕鱼',按原计划行事。"

熊杰回答:"明白。"

渔民?谁是渔民?周徐纺陷入了思考。

八点三十五分,江织和陆景松都收到了地址,在新海渔港七号码头。

八点三十七分,长安公馆,陆家。

陆星澜从沙发上起身,提议:"我去吧。"

姚碧玺哪放心让他去:"万一你睡着了怎么办?"

"我带了药。"

那个药会刺激神经,能让人保持清醒,不过不能多吃,姚碧玺还是放心不下。

"让我哥去吧。"陆声说,"他怎么也在部队待过几年。"

陆景松身份敏感,不好出面,姚碧玺没再说什么了。

八点三十八分，御泉湾。

乔南楚给了江织一块手表，简明扼要地说了用法："按钮在表带下面，左边是通信，右边是定位和监听，有突发情况就通知我。"

"嗯。"江织把手表戴上，随后上了车。

八点五十分，江织接到匪徒的电话。

"地点改了，去三号码头。"

他料到了，对方如果够谨慎的话，一定会改地方，三号码头跟七号码头正好一南一北，相隔了二十分钟的车程。

八点五十五分。

短信来了，陆景松拿起手机看了一眼："地点改了，不在七号码头，在三号码头。"

陆声把手机拿过去，看完觉得不对："不是给了联络手机吗？为什么还会把地址发到你手机上？"

陆景松也不解，陆声有种不太好的预感："好像哪儿不对劲。"

九点整，新海区分局。

值班的刑警接了个电话，立马跑到小办公室："王队，接到报案，新海渔港有人被绑架了。"

王麟显问："谁报的案？"

"帝都陆家，陆景松。"

九点半，新海渔港三号码头。

江织和陆星澜差不多同时到，开的都不是自己的车，在路上换了绑匪提前准备好的车。

两人下车，江织看了陆星澜一眼："别搞事情，我只要人安然无恙。"

陆星澜面无表情："彼此彼此。"

两人都一样的态度，当下只要人没事，绑匪的账以后再算。

游轮停在离渡口千米之外，船头有人用望远镜在观望，看见了两辆车，立马进去禀报。

"杰哥，人来了。"

熊杰把子弹装满，枪放进裤子口袋里："谁来了？"

"江织和陆星澜。"

熊杰走到船头，用望远镜确认了一下，回头吩咐："你们四个去把人质带出来。"

那四个原本是胡海帮的人。

胡海帮是几个社会混混自立的"小门派"，干水路走私的。这些年警方那边抓得严,生意不好做,弟兄们吃不饱饭,都快要解散了。熊杰是前不久刚加入进来的,带着胡海帮的兄弟干了几票大的,熊杰不仅有胆量和能力,重要的是对兄弟很大方,不仅带他们吃香的喝辣的,还给钱花。胡海帮的老大仇哥死了没多久,熊杰就全票通过成了他们的老大,帮里的人都不知道他大名,弟兄们都叫他一声杰哥,也不知道他什么来历,甚至连脸都没见过,他说他脸上有疤,所以一直戴着口罩。

"我咋觉得有点不对劲。"说话的这个男人叫葱头,他天生蛇精脸,长得颇具特色,是胡海帮的老二。

身边是胡海帮的老四铁狼:"哪儿不对劲了?"

后面两个,是老八和老九。胡海帮就九个人,前不久还挂了两个,但最近又新招了好几个小弟。

葱头是帮里的军师,脑子转得最快:"你想啊,账已经转出来了,钱都到手了,为什么杰哥不坐小船逃掉?"

铁狼想了想:"要把人质送回去?"

葱头觉得不是:"送人质这种事情做小弟的干就成了,他还不逃走,就不怕警察半路杀过来?"

铁狼是个愣头青,想不明白。

后面的老八腕哥接了一句:"可能这人质不一般吧,一个江家,一个陆家,万一真出了什么岔子,那两家会把我们追杀到天涯海角的。"

葱头摇头:"那就更不对劲了,坑了帝都的有钱人,居然就要那么点钱,两千万分下来能拿到多少?"

腕哥说:"钱要的少,那两位有钱人才会不计较啊,要多了照样追杀。"

葱头还是觉得不对。

铁狼推了他一把,让他快点:"别磨磨蹭蹭,想那么多干吗,把人放回去不就完事儿了。"

他们兄弟四人就去把人质带到了船头的甲板上。

熊杰脸上戴着口罩,走过去,把两个人质的头罩都摘了,吩咐手下弟兄:"把人套上。"

小弟们就用麻袋把人套住了,并且用绳子捆住了麻袋。

"船准备好了吗?"熊杰问。

葱头回大哥话:"已经准备好了。"这艘船不靠岸,他们特地准备了一艘小船用来押运人质。

"把人带上船。"

熊杰的话才刚说完,突然枪声响了,他大惊:"哪来的枪声?"

手拿望远镜的那哥们儿脸都白了:"杰哥,是警察!"

新海区分局的人来了。

潜伏在暗处的重案组队长王麟显回头骂了一句:"谁开的枪?"这不是打草惊蛇吗!

后面没人作声,这一枪不知是谁开的。

码头路灯昏黄,混杂着月色融在江织的目光里,他看着陆星澜:"你报警了?"

陆星澜蹙眉:"没有。"

江织立马按了表带上的按钮:"南楚,三号码头,情况有变。"

乔南楚回复:"我们的人十五分钟后就能赶过去。"

陆星澜把西装纽扣背面的微型耳麦戴上:"爸,三号码头,让人过来。"

这时,陆星澜的那个手机响了,他接了。

熊杰怒骂:"你报警了?!"

陆星澜还是那句:"没有。"

江织把手机拿过去,跟熊杰谈判:"别伤害人质,我会准备船帮你们脱身。"

熊杰冷笑:"你觉得我还会信你?"

那没得谈,江织警告:"你要是敢动我女朋友,你,还有你的家人,我一个都不会放过。"

若是周徐纺有个三长两短,他说到做到。

"那你试试。"熊杰直接把电话挂断了,随后用力一抛将手机扔到了海里,命令说,"把人扔到海里去。"

葱头犹豫:"杰哥,要是人质死了,我们也——"

熊杰一巴掌呼过去:"什么人质,我们只运了香烟,什么都没干。"

葱头被打蒙了。

熊杰没时间磨蹭:"把手机和人全部扔下去。"他从腰间拔出一把枪,大吼,"都听见没有!"

船上十几人参差不齐地回答:"听、听见了。"

"如果警方问起,就说香烟,明白了吗?"熊杰一把将套着林秋楠的那个麻袋拽过去,拉到船头。

葱头听完,顿时醍醐灌顶。

周徐纺听见了子弹上膛,随后嘭的一声,是水花溅起的声音,是林秋楠被扔下去了!周徐纺不等别人来扔她,自己纵身一跳,跟着下去了,水花溅起了一米多高。

葱头觉得这个人质送死还送得挺自觉。

193

岸上，重案组的人拿了喇叭在喊："船上的人听着，你们已经被包围了，放下武器，把手举起来——"

江织走过去，一脚把喇叭踢掉，漂亮的一双眼睛寒气逼人："谁让你们来的？"

拿喇叭的那个刑警连带着也被踹到了地上，顿时火气上头："你谁呀！"他不认得，但王麟显认得，只是灯光有些暗，他不敢确定："江少？"

江织已经没有耐心了，再问了一遍："是谁让你们来的？"

王麟显越发搞不懂状况了："我们重案组接到报案了。"陆家的案子江家人为什么在这？

"谁报的案？"

王麟显这才注意到江织旁边还有个人，长相十分出色，看着就不像普通人。王麟显打量完："你是？"

他语气平平："陆星澜。"

那个只知道睡觉从来不露面的陆家睡美人？还以为会是个软娇的美人，可眼前这人气场了得，清贵严肃的样子一看就不好应付。一下来了这两位，王麟显有些头皮发麻："是陆少你父亲报的案。"

江织立马看向陆星澜。

"王队，"重案组的同事说，"船上的人投降了。"

三分钟后，游轮靠了岸。

江织上船，找了一圈没有看到周徐纺。他在船尾从王麟显手里截了个人，问："人质在哪儿？"

被截的是葱头。

"什么人质？"他被吓得不轻，"我、我们船上只有两箱走私的香烟。"

江织抓住他的衣领，眼神如利刃，恨不得将人千刀万剐："你们撕票了？"

葱头连忙摇头。

王麟显上前问："你们的头是谁？"

葱头这才发现杰哥不在船上，他跑了。

江织把人重重扔在地上，给乔南楚拨了个电话，他语速很快："人在水里，安排人下去打捞。"

不一会儿，陆家安排的人也来了，一共几百人，在三号码头附近的水域翻了个遍，却什么都没有打捞到，死不见尸，活不见人。

江织没办法等了，走到船尾要下水，赶来的乔南楚拉住了他："别胡来，你下去就得淹死。"

他怕水的毛病还没好，根本游不了泳。

江织甩开他的手，完全不管不顾："周徐纺还在水里。"人不在船上，那一定在水里，可这么久都没上来，一定发生了什么变故。

乔南楚一把把他拽回来："你冷静点！"

他冷静不下来，一遇到周徐纺的事，他就会乱。

乔南楚按着他的肩，问了他两个问题："你下去有什么用？""你信不信周徐纺？"

江织沉默。

"她是职业跑腿人，有多少能耐你还不清楚？"

江织松开手，掌心全是冷汗，他转头看陆星澜，目光阴沉："陆星澜。"

陆星澜抬头，眼底像海，静谧而深沉。

"为什么报警？"

陆星澜答不上来，便拨了个电话，开了免提："爸，你报警了吗？"

陆景松回答："没有。"

陆星澜挂掉手机，眼底同样是翻涌着的波澜："不是我们陆家。"

王麟显很诧异："是你们陆家报的案，还告诉我们在这个码头，不然我们怎么会找到这儿来。"

陆星澜一言不发。

江织上前，动作极快，从地上捡了块有铁钉的木棍，指向陆星澜。

王麟显大叫："江少！"完了完了，要打起来了！他赶紧看乔南楚，指望着他去拉，可那位爷居然就那么放任着。

陆星澜一动不动，神色波澜不惊。

"不是你们陆家，那就是你们陆家的仇人。"江织目光一冷，杀气腾腾，"一样难辞其咎。"

他举起手里的棍子，尖锐的铁钉朝向陆星澜。

晚上十一点，江家老宅，江川敲门，在门口喊道："老夫人。"

里头问："怎么样了？"

江川回："一切顺利。"

屋里灯亮了，许九如从床榻上坐起来："织哥儿和陆家呢？"

"打起来了。"

"把尾款打过去，让他们好好收尾，别被陆家和织哥儿抓到把柄了。"

"是，老夫人。"

屋里灯又暗了，许九如笑，终于可以安寝了。

晚上十一点半，至一总部。

赢哥看了一眼到账信息，勾唇一笑："东子，收尾。"

东子全名韩信东,是国际通缉榜上的黑客,他打了个响指:"我这就收尾。"

陆景松手里的短信是他电脑发出去的,当然,警方的报警电话也是。

这时,电子门打开。

"老大,是杰哥回来了。"

赢哥抬头,摸了摸额头的疤:"没人发现你的身份吧?"

熊杰把口罩和帽子都脱了:"放心。"

凌晨一点,常康医院,走廊的灯很暗,两个修长的人影一左一右,各站一边。

"人醒了?"

"嗯,醒了。"

这俩不正是"打起来了"的江织和陆星澜,林秋楠刚刚在急救,已经醒过来了。

陆星澜靠着左边的墙:"替我谢谢你女朋友。"

江织靠着右边的墙:"我女朋友喜欢钱,你看着办。"

陆星澜拿出手机,转账。两人气氛很融洽,完全没有反目成仇。

"知道是谁搞的?"陆星澜的药劲儿已经过了,有些发困了,眼圈开始泛红。

江织修长的两条腿交叠搭着:"有猜测,没证据。"

如果人真被撕票没了,又真是陆家报的警,那么他不会放过陆家,这样一来,谁是受益者?答案一点也不难猜。

陆星澜打了个哈欠:"目的是让你和我们陆家反目?"

"嗯。"

他又打了个哈欠:"所以?"

江织语调懒懒:"那就反目呗。"

周徐纺救了陆家人,也就是陆家人的恩人了,陆星澜有意见也得保留,甩了甩绑着绷带的那只胳膊:"你身手不错。"

"你也还行。"

陆星澜穿着病号服回了病房,江织则进了另一间病房,他进去后,关上门。

周徐纺从床上坐起来:"江织。"

江织走过去,把她按回床上:"躺着别动。"

时间回到三小时前。

"不是你们陆家,那就是你们陆家的仇人。"江织手里拿棍子,指着陆星澜,"一样难辞其咎。"

船尾除了跌倒在地上的葱头,甲板上只有江织、陆星澜、乔南楚、王麟显。

江织手里的棍子已经抬起来了,乔南楚正要上前,下一秒一只湿漉漉的手从黑暗里伸出来,拽了一下江织的衣服。

"江织。"

周徐纺身上还披着个湿答答的麻袋,从头盖到了脚踝,水顺着她额角往下滴,"绑匪不是图钱。"

江织也猜到了,不是要钱,是要挑拨离间,这一棍子他本来就没打算真打。他把周徐纺拉到了身边,棍子"狠狠"砸下,陆星澜微微侧身,角度刚刚好,铁钉擦过他手臂扎进了他身后的船板上,只听得见砰的一声,可看不见那棍子打没打他身上。

王麟显以为打了,他傻掉了,正愣着神,江织说了一句:"我女朋友还在水里,没打捞到。"

地上的葱头颤颤巍巍地抬头:"那她、她是……"这不是您的女朋友?

江织把棍子拔出来,面不改色:"她是鬼。"

葱头:"……"

周徐纺看了一眼陆星澜的手臂。她懂了,江织要将计就计,她就对陆星澜说:"你奶奶也是鬼。"

言外之意是:和她一样,人已经救出来了。

陆星澜也猜到了,所以,虽然慢了半拍,但他依旧像模像样地抱住手,后背往船舱上一撞,演技非常蹩脚,台词非常生硬,毫无感情犹如一台机器地念道:"江织,我的手被你打伤了。"

江织对他的演技无话可说。这时,重案组的人闻声赶来,周徐纺立马闪身躲到了船舱内。

目睹了整个过程的目击证人乔四公子说:"快叫救护车,江家公子打伤了陆家公子。"

赶过来的两个人只见陆家公子抱着手臂,一脸"痛"色,江家公子站在一旁,一脸"怒"色,赶紧,叫救护车。

江家公子打伤了陆家公子,不一会儿就传开了。从头到尾,王麟显和葱头都觉得看不懂。

江织走到王麟显面前,低语了几句。

王麟显听完,重复了一遍刚才乔南楚的话:"快叫救护车,江家公子打伤了陆家公子。"破案要紧。

葱头整个人是傻的,他感觉自己做了一个梦。

四十分钟后,陆星澜被抬上了常康医院的救护车。江织留在新海渔港,继续打捞女朋友的"尸体",除了警方的人,还有江家和陆家的人,将附近水域翻了个底朝天。

船尾风很大，江织在接电话，是陆星澜打过来的。

"我奶奶已经到医院了，人没大碍。只是还没醒。"

江织说："消息先瞒着。"

陆星澜大概猜到他要做什么了："将计就计？"

江织没具体说："等会儿我上医院找你。"他挂了电话，回了船舱。

这艘船是观光游轮，仓内有多间客房，周徐纺身上都湿了，脱了衣裳裹着被子在床上等。

江织走过去："你有没有受伤？"

"没有。"

林秋楠喝了几口海水，周徐纺把她捞上岸的时候，她还在昏迷。周徐纺就给她做了急救，借了路人的手机叫了救护车，还给陆家人打了电话，这才游回去找江织。

她不知道林秋楠的情况："陆星澜他奶奶呢？"

老人家年纪大，受了惊吓，又喝了几口水，周徐纺很担心她。

海边风大，温度偏低，江织把被子给她裹好："人没事。"

那就好，周徐纺的心放下了，说正事："这件事很古怪，绑我和林奶奶的那个人是职业跑腿公司的人，就是说，是有人雇佣了跑腿人，专门策划了这起绑架案。"

江织顺着她的话补充："嗯，赎金只是个幌子，他们的目的是撕票。"

周徐纺突然想明白了，熊杰口中那个会来捕鱼的"渔民"是指警察，他是知道有人报了案的，故意等警察过来，然后借机撕票。

她全想通了："是要杀我和林奶奶？"

绑架是手段，杀人才是目的。

"应该还不止，新海区的重案组接到报案，中途赶了过来，一般来说，这种绑架案最忌讳的就是打草惊蛇，可偏偏有警察开了枪，我猜警方里面有对方的人，故意制造惊动绑匪的假象，好给他们撕票的理由。"

她在船上也听到了枪声，也就是说，连报警也是幕后一并策划好的。

"重案组的人说是陆景松报的案，可一开始绑匪给的地址是七号码头，他们怕我和陆家从中做手脚，才在中途改了三号码头，陆景松是不可能知道新地址的。"江织猜测，"除非有人故意把地址也告诉了陆景松，再假借他的名义报警。"

如果对方有黑客，这种电话嫁祸轻而易举。

"若是绑匪得逞，撕票杀了你和陆老夫人，警局可能会把这个案子当成普通绑架案，撕票的原因是因为报了警，那样一来，我为了给你报仇，就会把过错归咎到报警的陆家。"

幕后的人很了解他，知道他的死穴是周徐纺，若周徐纺真有个三长两短，他的确会报复。

周徐纺听完，恍然大悟了："凶手是想让你跟陆家反目成仇？"

"嗯，也顺便杀了你和陆老夫人。"

一箭双雕，好奸诈！周徐纺气愤地腿一蹬，扯到了小腿，她眉头一皱。

江织立马察觉到了："怎么了？"

他直接把被子掀开，见她光裸的小腿上有一道手指长的伤痕，已经结痂了："你不是说没受伤吗？"

周徐纺扯被子盖上："已经好了。"

江织不让她盖上，用手轻轻摸了摸那个伤口周围，眉头死皱着："怎么弄的？"

"应该在水里让石头刮到的。"

江织帮她把鞋穿上："去医院。"

几百人在新海水域打捞了近两个小时，依旧什么都没有打捞到。周徐纺"死不见尸"，江织因此"悲痛过度"，晕厥在船上。乔南楚将他送往了最近的医院——常康医院。

除了王麟显和葱头，其他人不知情，将这件事一传十十传百，大致版本就是：江小公子的女朋友没了，江小公子很悲痛，江小公子恨死陆家了，就用有钉子的棍子打陆公子了，陆老太太也没了，陆家很难过，还要被江织报复，因为他们报警了……

凌晨一点，陆星澜穿着病号服，回了病房。名义上是他的病房，但里面住的是林秋楠。

林秋楠只是喝了几口水，惊吓过度，人倒没大碍："那小姑娘没事吧？"

陆星澜关上门："没事。"

林秋楠也松了一口气："这次多亏了她，要不是她，我这条老命今晚就要交待出去了。"

陆星澜走到沙发那边，躺下，补瞌睡："有人冒充我爸报了案，警方一到绑匪就撕票了。"

撕票是为了掩饰故意杀人的目的。

林秋楠思忖："看来那位不仅想杀人，还想嫁祸给我们陆家。"

难怪绑匪会把地址另外发到了陆景松的手机上，就是为了制造陆家报警的假象。

姚碧玺问林秋楠："妈，您知不知道是谁搞的鬼？"

"知是知道,就是想不大明白,她怎么连同自个儿的亲孙子也算计。"杀她就算了,连江织和周徐纺也在算计之内。

姚碧玺立马明白了:"是江家那位?"

"除了她,还能有谁这么恨我们陆家。"

都这么多年了,还记着仇,许九如的一生也是活得够累的。

陆声还有件事没想明白:"可江织是江家人,要对付我们陆家,江老太说一声不就成了,她孙子还能不听她的?用得着杀周徐纺嫁祸吗?还是说江织和江老太已经离了心,闹到了相互算计的地步?"

陆星澜眯着惺忪的睡眼,打了个哈欠:"周徐纺跟周清让是亲戚,那位老人家怕是信不过她的孙子,怕他胳膊肘往咱们陆家拐。"

祖孙相互不信任,看来江家内部的问题很大。

"徐纺是我的恩人,不管江织要做什么,你们都配合他。"林秋楠说完,蹙眉在思考。

那边,江织与陆星澜谈完,也回了一间高级病房,名义上是他的病房,不过是用来藏周徐纺的。

"江织。"周徐纺从床上坐起来。

他把她按回床上:"躺着别动。"他帮她盖好被子,拉了把椅子坐到她床边,"你是不是故意被抓?"

"嗯,是故意的。"林秋楠被抓,她想去救人。

"下次不要这样了好不好?"江织没她这么心善,他只在意她,"我希望你能优先考虑自己的安危。"

"别人可以不管,陆家人不能不管。"周徐纺躺着不舒服,就坐了起来,"江织,你可能是陆家人。"

江织稍稍怔愣了一下:"从哪儿得来的结论?"

许九如那么恨陆家,会替陆家养孩子?

"我在陆家看到了陆景元的画,他画了你母亲,画上还有题字,寓意是新生。"

所以她有理由怀疑关婉苏嫁进江家之前就怀了陆景元的孩子,只是陆家人不知道,江家人也不知道。

"你跟我说过,许九如一直明里暗里地让你对付陆家,可她自己为什么不动手,为什么不是江孝林和江扶离帮她报仇,而偏偏非要是你,会不会是因为你是陆家的血脉,她想让你和陆家自相残杀。"

江织也说过,许九如最喜欢借刀杀人。

还有一个让她怀疑的点:"江家对外说你是早产,可江家是做医药的,要把足月的孩子弄成跟早产一样先天不足，也并不是难事。"

江织一生下来就在保温箱里养着，心肺都有问题，从小就断不了药，如果不是真的早产，那就是用药。这样推测，跟后面的事也就都对上了，许九如从江织小时候起就对他下药，一直到他成年，吊着他一口气，让他缠绵病榻，可就是不杀他，因为仇还没报，再恨也不让他死。

"早产这个事应该不是许九如弄的。"江织神色平静，将所有情绪压在了眼底深处，"是我父亲江维宣，我母亲临盆前的一个星期，他把她带出了江家，我是在外面出生的。如果你的假设都是对的，应该是我父亲为了保我，把我弄成了早产的症状，只有这样才能瞒过许九如，让我活下来。"

如果许九如一开始就知道关婉苏怀的是陆家的种，关婉苏进不了江家的门，不管是大的还是小的，应该一个都活不了。

江织顺着假设往下推测："大概是我百天的时候，假装早产的事被许九如识破了，所以我母亲在那时候遇害了，许九如也从那时候起，借着先天不足的理由，开始给我下药。"

前后全对上了，好大一盘棋。

周徐纺心里很不好受："许九如之所以留着你，是为了报复陆家。"

如果推测都没错，那就应该是。

"做亲缘鉴定了？"江织了解她，既然起疑了一定会去证实。

周徐纺点头："我去拔了江维礼的头发，鉴定结果最快也要三天才能出来。"

怪不得阿晚说她翻窗去了榆林公馆。江织握着她的手，不说话，眼睫毛垂着，灯光在他眼睑下落了一层阴影。

"你怎么不说话了？"

"等鉴定结果出来再说吧。"他对许九如已经无话可说了。

周徐纺伸手，搂着他的脖子："你是不是很难过？"

江织没说话，只是抱着她。

新海区重案组。

一大早，王麟显就审了那帮匪徒的头：葱头。

一开始葱头死不承认，直到王麟显把他带人质去码头的监控照片甩出来，他才招，说人是杰哥绑的。

"杰哥是谁？"王麟显看过所有落网绑匪的资料，并没有这个杰哥。

"他是我们老大。"

王麟显挑了张照片，指上面的人："这个？"

葱头立马点头。

"他为什么戴着口罩？"

这也是这个案子的古怪所在，绑匪怎么绑到的人，一点也没查到，偏偏押送人质上船的过程被好几个摄像头拍下来了。十四个绑匪中有十三个都被拍到了脸，只有一个是戴着口罩的。分明案件前期做得天衣无缝，甚至有黑客在暗中辅助，偏偏后期漏洞百出，就跟故意自爆似的。

葱头招供说："他脸上有疤，一直都戴着口罩。"

王麟显问："你见过他脸上的疤？"

葱头摇头。

"就是说你没见过他的脸？"

"他从来不摘口罩，不止我，我们帮里的兄弟都没见过。"

这就奇怪了。王麟显拿着照片仔细看了又看，可对方包得太严实，除了身高，什么相貌特征也没显露出来："他是什么来头？"

葱头摇头。

"不是你老大吗？他什么来头你不知道？"

葱头一五一十地交代："杰哥加入我们胡海帮没多久，我们以前顶多偷卖点香烟，没干过杀人绑架的事儿，是杰哥来了之后才开始带着我们干的。"

以前走私香烟也就按箱算，杰哥来了之后，按船算。

王麟显把照片往桌子上一扔："连他名字相貌都不知道，还敢跟着他干大的？"

葱头胆战："因为、因为分的钱多。"

"赚这么多黑心钱去牢里花吗？"

"警察爸爸……啊呸，警察大哥，"葱头舌头打结，"江少那个女朋友不是还活着嘛，人活着我是不是不用判死刑？"

王麟显瞥了他一眼："没听见江少说？"他毫无感情地说道，"变鬼了。"

审讯室隔壁。

"那个老大叫熊杰，也是个职业跑腿人。"周徐纺说，"我以前跟他交过手，他是赢哥的手下。"

这就解释得通了，绑架案的前半部分是至一的人做的，受雇主所托，嫁祸陆家、撕票人质，都做得天衣无缝，而后半部分是熊杰故意带着胡海帮那群人在监控下自爆，好把锅甩出去。

乔南楚看过那些监控："就他戴了手套，应该没有留下指纹。"

江织问："报警电话呢？"

"重案组、我们情报科，还有陆家都在查，但是线索很少，目前还没找到证据，应该是个顶级黑客。"

至一是职业跑腿人公司，不管是设备还是人才都不缺，业务能力除了单干的周徐纺和霜降,圈内也没几个能与之匹敌的。

王麟显过来了,语气挺客气:"江少和乔队怎么一起来了?"

乔南楚言简意赅:"来帮你破案。"

"那我先谢谢二位了。"在船上的时候,江织就表达了他的合作意愿,不然自个儿也不会配合演出。

"关于这个案子的受害者和侦查过程,还请王队对外保密。"江织提了一茬,"毕竟你们重案组还藏了个卧底。"

这话说得耐人寻味了。

王麟显附和:"明白,这件事有我重案组的责任,两位放心,我一定给你们一个满意的交代。"

不管怎么说,先破案再说。

之后,三人一起出了警局。

常康医院。

林秋楠问陆声:"江织回来了吗?"

"没有吧。"

"你去看看。"

陆声找了个护士,让她去江织病房看看,看完后跟林秋楠说:"没回来,周徐纺也不在。"

没过几分钟,林秋楠又问:"江织回来了吗?"

陆声又让人去查看:"没有。"

再过几分钟:"江织回来了吗?"

老太太今儿个怎么了?陆声觉得很不对头:"奶奶,你干吗一直问江织?"

林秋楠没解释:"去看看他回没回来。"

陆声只好再找人过去查探。

"没回。"陆声猜,"还在警局吧。"毕竟他女朋友"没了"。

"他怎么还不回来?"林秋楠略为焦急,"你有他号码吧,打个电话问问他什么时候回来。"

电话还没打通,江织那间病房的护士就来说,江织回来了。林秋楠拔掉针头,拎着鸡汤就过去了。

江织病房里,周徐纺卧床。为了避人耳目,林秋楠和陆声是混在几个医护人员里过来的。

"林奶奶。"周徐纺要下床。

"你躺着别起来。"

她躺回去了,江织坐在病床旁边,在给她削苹果。

林秋楠先看了江织一眼，把带过来的保温桶放下，关切地问周徐纺："身体好点了吗？"

"已经好了。"

她拿了两个碗，盛了一碗鸡汤给周徐纺，又盛了一碗给江织："你呢，身体还好吧？"传闻是说他久病缠身。

江织点了点头，算作回答了。

林秋楠再盛了一碗，自己端着，把碗里的鸡腿夹给江织："这是声声她爸炖的，味道还不错，你多吃点。"

陆声觉得这画面实在诡异，就问了一句："奶奶，我的呢？"

"没有了，回家让你爸给你炖。"林秋楠把保温桶里最后一点汤倒进了江织碗里，"里面放了药材，你多喝点汤，补身体。"

陆声：是她这个亲孙女不配吃鸡吗？

这汤是早上她妈送过来的，她爸亲手炖的，她奶奶一口没喝，送来给江织了，她奶奶还给周徐纺也夹了一块鸡肉："徐纺你也多吃点。"

陆声有种错觉，那是一家三口，而她只是个外人。

不仅陆声觉得奇怪，周徐纺也觉得很奇怪，等林秋楠和陆声走了，她跟江织说："林奶奶今天有点奇怪。"

江织的汤只喝了几口，在喂周徐纺，她推开，喝不下了。

他把碗放下："应该是起疑了。"他抽了张湿巾给她擦嘴，"她在怀疑我的身世。"

"仅仅因为绑架这件事？"如果是这样，那她的洞察力也太敏锐了。

江织说："不止我出生没多久，陆家老夫人就找人给我做过亲缘鉴定，因为我是早产，她当时也怀疑，就私下让人做了鉴定，而且不止她，许九如也做过。"

居然以前就查过。

"当时的鉴定结果是你跟陆家没关系？"看来林秋楠没有看过陆景元那幅画。

"嗯，所以我和陆老夫人才没有再往那上面想。"

"应该是许九如把戏做了全套。"鉴定报告可能被她动过手脚了，要不然，就是江维宣为了保江织从中做了什么。

"如果真是那样，那我低估她了，我小的时候，她还真把我当眼珠子疼。"他把苹果切成小块小块，叉了一块喂周徐纺，"仇人的孙子她居然也装得下去。"

许九如是真疼过他，他八九岁的时候，病得很厉害，夜里时常发烧，是许九如守在他床头，喂药守夜，那样日复一日、年复一年。十六岁那年，骆三没了，他一病不起，只剩了一口气，终日昏睡，也是许九如，成天以泪洗面，替他担惊受怕。

以至于后来他发现许九如恨他时，也只是觉得与他母亲有关，觉得她是为了牵制江家另外两房而利用他，但从没怀疑过血缘。也不是一天两天，是二十多年，对仇人的孙子那样疼爱，她怎么做到的？

苹果很甜，周徐纺挑了一块最大的喂给江织："连你这个导演都骗得过。"

无所谓。江织已经不在乎了，他有周徐纺，他是谁的孙子不重要了，天性淡薄也好，无情无义也罢，剩下的这大半辈子，他打算把所有亲情都给周徐纺，其他的就变得无关紧要了。

◆第八章◆
一栋人间烟火

对外是说陆星澜手臂重伤，陆景松夫妇还在"找"林秋楠的下落，陆声和周清让守在医院，门外保镖十几个，是为了"防"江织。

桌子上的水果都是她带过来的，林秋楠让她洗干净："声声，把这个送去给江织。"

送完鸡汤又送水果。

"奶奶，咱们家和江织现在可是'仇人'，我去得太勤会被人看到。"

虽然常康医院都是陆家的人，但还是有暴露的风险。

林秋楠就换了个人："清让，你帮我送过去。"周清让和江织算亲戚，江织"悲痛过度一病不起"，他这个当舅舅的探探病也实属正常。

周清让说好。

陆声越想越觉得不对："奶奶，你有点奇怪。"

还有更奇怪的，林秋楠下床，走到正在沙发上睡觉的陆星澜旁边，揪他头发。

陆星澜被痛醒了，睡眼惺忪地看着林秋楠："您拽我头发了？"

"睡你的。"

陆星澜摸了一下后脑勺："您怀疑江织是咱们家的？"

在陆家，脑子转得最快的反而是这个睡得最多的人。

林秋楠也不瞒他："许九如搞这么多事，就只是为了让江织跟我们陆家过不去，这一点太古怪了。"

陆星澜不置可否,自己又拽下来几根头发,给林秋楠:"应该够了。"他继续睡。

林秋楠把头发装好:"声声,你给清让打个电话,让他在江织的病房里找几根头发。"想到周徐纺也住那,她又嘱咐,"要蓝色的。"

陆声好像搞懂了:"奶奶,你不会怀疑江织是我堂哥吧?"

周清让刚好回来了,后面还跟着江织,以及假扮成护士的周徐纺。

江织把门关上:"亲缘鉴定我做了,结果还没出来,不过我只做了和江家的。"他看了陆星澜一眼,"把他的头发给我。"

林秋楠立马明白了。

"江织,我——"

"嘘!"周徐纺说,"外面有脚步声。"

几乎是同时,陆星澜手机里收到了陆家眼线发过来的短信:"是许九如的人。"

人就在外面走廊,只怕是在等着看江织与他们陆家仇人相见。

陆星澜站起来,走到门口:"下手轻点。"

江织让周徐纺把口罩戴好:"我尽量。"

"别打脸。"

"尽量。"

两人眼神交汇了一下,江织就把陆星澜往外一推。

陆星澜借势往后倒,他思考了五秒钟是不是该站起来挨打,最后,他选择了躺下:"我腿断了。"

这尴尬死人的演技!

江织抬脚就"踹",怒红了眼,发了狠地"踹"。

林秋楠担心,想出去,被周徐纺拉住了,是陆声冲出去了:"江织,你住手!"

陆家人的演技都一般。

不比江织,是大导演,又装了那么多年的病秧子,演什么都信手拈来,他眼里全是红血丝:"滚开!"

陆声不滚,伸手去拽,江织直接把她推倒在地上,她假摔倒是演得不错。

因为"怒火攻心",再加上"悲痛过度",江织旧疾犯了,扶着椅子在咳嗽。

陆星澜爬起来,揍回去。

江织:"……"他打脸。

然后两人扭打在一起,几分钟后,常康医院的保安过来了,同时,第五医院的救护车也到了。江小公子被第五医院的人抬上了救护车,陆大公子也被常康医院的医护人员抬进了病房。

江家老宅,许九如卧病在床有好一阵子了。

"打捞到尸体了?"

江川刚外出回来:"还没有,乔四少与陆家的人都还在码头。"

"织哥儿呢?"

"刚刚与陆家少爷打了起来,小少爷旧疾犯了,在医院呢。"

许九如眉头松开,放宽心了:"陆星澜的伤势查了吗?"

"查了,手臂重伤。"

如此看来这两人是真打起来了。

许九如从榻上起身:"阿桂,扶我起来。"她刚坐起来便咳嗽不停。

桂氏从外头进来,拿了屏风上的衣服走去床边服侍:"咳得这样厉害,怎么不躺着歇息。"

许九如苍白的脸上多了两分神采:"织哥儿人在医院,我不得去看看。"

三号码头,陆景松还在"打捞尸体",在船上给林秋楠打了个电话:"许九如去警局探虚实了,昨晚还找了给星澜包扎的护士,问了伤势。"

林秋楠已经回陆家了,正在陆景元的画室里:"她这个人多疑。"林秋楠目光停留在一幅画上。

"江织那小子,挺阴险啊。"陆景松有点怀疑,"他真是咱陆家人?"

"你以为你儿子就不阴险?"

陆景松:这就护上了?

林秋楠走到画架前。

《初阳》。这是她第一次看见这幅画,她从来没有进过这个画室,不单单是怕睹物思人,也是因为怨,丧子之后,她怨过画里的这个女人,早该上来看看了。

她伸手,拂着画:"星辰怎么样?"

电话那边的陆景松蒙圈:"啊?"

"一个星澜,一个星辰,我觉得这名字不错。"

这还没认祖归宗呢,就想着改名换姓了?陆景松得提醒一下了:"妈,亲缘鉴定的结果还没出来呢。"

老太太置若罔闻:"星光呢?"

"不怎么样。"

"星星也行,陆星星。"

您想给他取名叫陆星星这事儿,问过江织吗?

下午两点,许九如刚到第五医院便撞上江织从医院出来,他脸上还有伤。

许九如问:"你去哪儿?"

"三号码头。"

"码头那边有南楚在，你的身体要紧，先——"

他直接进了主驾驶，许九如没再说什么，跟着上了车。

新海三号码头已经被封了，岸上、水里全是人，有江织的人、有陆家的人，也有警方的人。

江织下了车。

许九如坐在车后座里，吩咐了一声："江川，你也下去，看着织哥儿，别让他做傻事。"

江川立马跟了上去。

江织上了船："找到她了吗？"

乔南楚摇头："只找到了一件衣服。"

江织只看了一眼周徐纺的外套，就往海里走，乔南楚拉住他："你去哪儿？"

他眼里阴阴沉沉的："我下去找她。"

乔南楚吼："疯了吗你！"

江织甩开他的手，乔南楚骂了一句，回头喊："还不过来拉住他。"

江川听闻立马上前："小少爷——"

"滚开！"

江织用力推开他，因为反作用力，身体往后趔趄，撞在了游轮的金属围栏上，他按着腹咳嗽，一口血吐了出来。

"小少爷！"

乔南楚呆住了：这家伙，又吃什么药了？

江织再醒过来，已经是晚上了，许九如守在他床头。

"织哥儿。"许九如立马吩咐门口的江川，"快去叫医生来。"

他睁着眼，看了一会儿顶上的白炽灯，眼里无神："奶奶，"他说，"帮我。"

"帮你什么？"

他转过头来，眼里似烧了一把火："是陆家害死了周徐纺。"

许九如毫不犹豫："好，奶奶帮你。"

硝烟要起了。

楼梯里的声控灯亮了，脚步声越来越近，地上的影子拉长，皮鞋擦得发亮，男人走上阶梯，轻唤了一声："扶汐。"

纤纤玉指按在了他唇上："嘘。"

他不出声了，随她上了楼顶。他身穿白衣大褂，是秦世瑜。

"江织那有动作了?"楼顶没有开灯,江扶汐倚门而立,淡淡月光落在她白皙的脸上,容颜姣好,像幅静止的画。

秦世瑜声音温柔,在她面前小心翼翼:"孙副院在给他做亲缘鉴定。"

江扶汐轻笑:"老太婆的狐狸尾巴终于要兜不住了。"

"江织若知道了自己的身世,还会向陆家报复吗?"

她目光望着远处,侧脸恬静,答非所问:"他若知道是那老太婆搞的鬼,必定要掀了江家的天。"

秦世瑜似懂非懂。

江扶汐垂眸浅笑,拨了个电话:"我这儿有笔生意,不知道赢先生有没有兴趣?"

"只要价钱合适,都好说。"

她轻言细语地说着阴谋。

病房外,孙副院敲了三声门:"江少。"

江织嗯了声,孙副院进了病房。

"挖出来了?"江织问。

孙副院颔首:"秦院长是三小姐的人。"

亲缘鉴定的事是江织故意漏了底,这么一试便试出来了,江家最深居简出的这位居然藏得最深。

敲门声响了六下,三轻三重,江织目光柔了两分:"进来。"

护士端着医用托盘进来了。

"你先出去。"

孙副院看了那护士一眼,出去了,并将病房门关上。

江织下床,把那小护士抱上了病床:"不是让你在楼下病房等我吗?"

周徐纺把口罩摘掉,身上还穿着护士服:"我有事情问你,江织,你是不是又吃那个会不育的药了?"

昨晚江织因为"悲痛过度","晕厥"后送去了距离码头最近的常康医院,醒来后与陆星澜起了冲突。这一系列变故,许九如都亲眼目睹,江织演这一出,好让她把疑心揣回肚子里。周徐纺听乔南楚说,江织吐血了,是真吐血了,他一定是吃了什么药!

他笑:"怕我不育啊?"

周徐纺很严肃:"你先回答我。"

"没吃那药,就让宝怡弄了点会让我吐血的药。"江织坐在她旁边,摸摸她头上的护士帽,越看越觉得可爱。

周徐纺把他还在打点滴的手拽开,握着不让他乱动:"那会有副作用吗?"

他没当回事:"养几天就好了。"

他太不爱惜自己了。

周徐纺心疼,摸摸他的脸,觉得他今天好像瘦了,肯定是吐血吐多了:"下次不准这样了。"

"好,下次不这样了。"江织去把门锁上,再折回他的小护士身边。

"刚刚我听见孙副院说秦世瑜是江扶汐的人,这次的事,她也有份吗?"

"有没有份还不知道,但可以确定,她一定是知情者。"

桂氏就是她养在许九如身边的一条毒蛇,许九如的一举一动都瞒不过她。

桌子上的手机响了,是乔南楚打来的:"那个报警电话,查到了是第三方所为。"

"查得到具体是谁吗?"

"暂时查不到。"乔南楚转述霜降的观点,"手法太刻意,对方像是故意留了点痕迹给我们。"

对方是在传达一件事:这个报警电话不是陆家打的。

江织挂断电话,心里有数了。

"什么意思?"周徐纺没听懂。

江织解释:"可以确定了,江扶汐也有份。"

周徐纺明白了:"是她故意让你知道陆家是无辜的?"

"嗯。"

"为什么?"

为什么江扶汐会一而再再而三地帮江织?从桂氏到秦世瑜,她的两枚棋子都在替江织谋划。

"因为她跟许九如有仇,她帮我,也是利用我。"

江家人都一个德行,喜欢借刀杀人。

周徐纺还有一个疑问:"她们有什么仇?"

"如果我猜得没错的话,"江织说,"是杀父之仇。"

她一点就通,立马把前因后果都串起来了:"和你母亲一起出车祸的司机,是她父亲。"

江扶汐的父亲一直是个谜,只查到了她母亲生前与许九如断交过,最后抑郁而死。

"薛宝怡找人去了桂氏的老家,查到她曾经在老家生了一个儿子。"

那个遇害的司机不是桂氏的远房侄子,而是儿子。这就解释得通为什么桂氏会背叛许九如,向江织投诚。

"我越来越确定了。"周徐纺露出了恍然大悟的表情。

"确定什么?"

"你是陆家人,不是江家人,而且江扶汐早就知道。"所以她才会看中江织这把利刃,因为她知道,江织和许九如早晚有一天会鱼死网破。

绑架事件发生后,媒体很快就曝出了相关报道,方理想在家刷微博的时候看到了。

"咚!"手机砸在茶几上,滚了半圈,掉到地上了。

"老方。"方理想慌了,"老方!"

老方从厨房跑过来:"怎么了?"

方理想抖着手,把手机捡起来,递给老方:"我好像眼花了,你帮我看看。"

"神神叨叨个啥。"老方把手机拿过去瞧瞧,然后愣住了。

"那上面说的不是周徐纺对吧?"方理想坐着,放在膝盖上的手在抖。

热搜上的一篇报道这么写道:江姓导演的女友周某,被绑架撕票抛尸新海。

老方把手机摁掉:"当然不是了,姓江的导演那么多。"

姓江的导演不多,不包括江织的话,方理想只听过三个,女友也都不姓周。

她赶紧给周徐纺打电话,拨了几次都打不通,打给江织也不接。她放下手机,起身去换衣服:"我去一趟周徐纺家。"

等她换衣服出来,老方还杵在原地,拿着个手机,在愣神。

她去拿手机:"是不是又出什么新闻了?"

老方立马把手机往身后藏:"没有!"

方理想看他这个反应就猜到是怎么回事,抢手机,把相关的报道全部看了一遍,看完手机一扔:"这个江导只是长得像江织,肯定不是他。"

老方也点头:"嗯,肯定不是!"

"而且这种热搜,十有八九不是真的。"

"绝对是假的!"

父女俩你一句我一句,说完,方理想一屁股坐到沙发上,眼泪就冒出来了,老方也忍不住了,一把鼻涕一把泪。

父女俩正哭得伤心,门铃响了。

老方一边抹泪一边去开门,视线被眼泪糊了,他只看得清个轮廓:"你是?"

"方伯伯,"周徐纺把包脸的丝巾拿下来,"是我。"

老方打了个嗝,揉一把眼睛,这下终于看清了,吓得他往后一跳:"理、理想,徐纺的鬼魂来跟我们告别来了。"

周徐纺怕把人吓到,就没有立刻进去:"方伯伯,我不是鬼魂,你看地上,我有影子。"

老方已经呆滞。

屋里嗷嗷哭声停了，方理想走出来，泪眼婆娑地往地上瞅："真的有影子。"

"我没死。"周徐纺往屋里走一步，把鼻子仰起来，"摸摸，有气儿。"

方理想伸了根手指过去，一摸真有气儿，她一口气松下去，腿也跟着软了："徐纺，我差点吓死了。"她一把抱住周徐纺，哭成狗，"我还以为你死了呜呜呜……"

老方："呜呜呜……"

周徐纺："……"

等老方和方理想都平复下来，周徐纺才大致跟他们讲了一下事情的前因后果，只是大致，很多事情不好详说。

"你的意思是有人想害你，为了打消对方继续害你的念头，就要装死。"方理想理解了七八分吧，"谁想害你？"

"江织的仇家。"

江织那个人有点小坏，脾气是十分不好，仇家不少不好猜啊，方理想就不猜了："那要装到什么时候？"

"江织说最多一个月。"周徐纺看她眼眶通红，很感动，也很自责，"我怕你会哭，就跑来告诉你了，你不要告诉别人。"

小方点头："我懂我懂。"

老方也点头："我也懂。"

这样周徐纺就放心了。

薛宝怡已经在第五医院病房坐了一个多小时了，一点要走的意思都没有。

江织开着笔记本，不知道在看什么，用余光瞥了他一眼："你很闲？"

江织太平静了，不正常。

薛宝怡说话没平时那么吊儿郎当了，语气竟温柔得不像话："要不要我给你削个苹果？"

江织没看他："别杵这儿，该吗干吗。"

薛宝怡不走，把椅子往前拉一点："不行，万一你想不开——"

这种有暗示性的话不能说，尤其不能对求生意志不强的人说。

他打住，换了个语气，就是他书读得差，不知道该说什么，干脆把他所能想到的毒鸡汤都一股脑倒出来："逝者已矣，生者如斯，咱们都要往前看。"

"时间是最好的良药，这些痛苦早晚都会过去。"

"只要坚强地活着，就一定还有希望。"

"不要伤心，不要难过，我和时间都会跟你在一起。"

江织看他，像在看智障。

他还在安慰："每个人来到这个世上，都是为了寻找重要的东西，有人先走了，是因为她已经找到了。

"我会一直陪在你身旁，分担你的忧伤与彷徨。"

薛宝怡要被他自己感动死了，可他说了这么多，江织居然还无动于衷，从头到尾对他不理不睬。

这副生无可恋的样子啊。

薛宝怡很担心他会跟着周徐纺去，心急得不行："你想想周徐纺，她一定不愿意看到你为了她自暴自弃，你要过得幸福，她才会安心。"

江织把笔记本电脑合上："说完了？"

他表情凝重："织哥儿，你要保重啊，害周徐纺的凶手还没有找到，你可千万别做傻事。"

"不做傻事，"江织挥手，"你可以滚了。"

他不滚，他怕江织自杀："织哥儿，你要是难过你就哭出来，别这样憋——"

乔南楚进来了。

"南楚，把他弄出去，"江织捏捏眉心，头疼，"他太吵了。"

乔南楚踢了踢薛宝怡的椅子："你跟我来。"

薛宝怡拽住江织的被子，一副同生共死兄弟情深的表情："我不，我要陪着我兄弟。"

乔南楚真被他的智商惊到了："傻缺。"

薛宝怡猛地站起来："你有没有心啊！都这时候了，还说得出这种话！"

江织都不知道暗示他多少次了，这傻缺，硬是没看出来。乔南楚懒得解释了，直接上手，把他拖出去。

薛宝怡死活不肯走，要留下来陪着兄弟渡过难关，他扒着门，冲乔南楚咆哮："你别碰我！赶紧的，松手！"他扭头，悲伤地说，"织哥儿，你要节哀顺变啊——"

乔南楚把他拽出去了，打发了薛宝怡才回病房，说正事。

"外资企业占股15%，这部分股份江老太爷在世的时候也想收回。"乔南楚摇头，"但基本没有可能。"

他把查到的资料给江织一份："江家旁支占了9%，老太太的娘家许家占了11%，剩下的都在你们江家人手里，老太爷的遗嘱没有对外公开，这65%是怎么分的，只有你们江家人知道。"

江织坐在沙发上，输液架在身后，左手的手背上有针头，右手握笔："大房17%，我这里18%，剩下的老太太、二房、四房均分，许九如的那份已经转给我了。"

就是说江扶汐、江扶离手里头各有10%。

"这部分,"江织把江家旁支所占的9%圈出来,笔尖点在上面,"最少应该有5%是许九如的。"

乔南楚跷着一条腿,资料搁在了膝盖上:"怎么说?"

"许九如敢把她的那份转给我,就说明她一定留了后路,等我没作用了,她再扶持江孝林,踢我出局。江孝林手里已经持有17%,剩下股份只有许家的11%许九如完全有把握动得了,我手里也是28%,要稳压我一头她肯定会藏私。"

"所以?"乔南楚还不知道他什么打算。

笔尖下面晕开了一小点儿墨水,晕染在那个数字9上:"得先让许九如把这部分吐出来。"

可许九如的保命牌哪有那么容易吐出来。

江织拿起手机,拨了个电话:"启明基金那个项目,让唐想负责。"

"是,江少。"

乔南楚坐着,好整以暇地看他:"你要干吗?"

"许九如教的,"他说,"借刀杀人。"

江家老宅屋里有阵阵咳嗽声,许九如吩咐桂氏去把药端进来,转而又问江川:"织哥儿在做什么?"

"今儿个上午,他去见了百德器械的明董。"

百德器械是陆家的长期合作伙伴。

"他终于要动手了。"许九如眼里的兴奋难抑,"江织是我一手教出来的人,手段我最清楚不过,他若动真格,陆家的安生日子就到头了。"

江川附和,说以后可以安枕了。

桂氏端着药碗站在门外,没有进屋,隐约能听见二房太太在院子里讲电话,声音高亢,情绪激动。

"唐想接手了?"

"防着点她,要是被发现,不仅你,我也得进去吃牢饭。"

"那笔钱你最好给我咬紧了。"

桂氏摇头,这便是江家,一潭泥沼。

周氏集团,叩,叩,叩。"请进。"

进来的是市场部的总监,刘易同,他往办公桌上递了份资料:"唐总,这是启明基金的项目资料。"

唐想有轻微近视,她戴上眼镜,粗略地浏览了一遍:"财务数据呢?"

"那部分资料都在吴总手里。"

"把吴蓼叫过来。"唐想说完,内线电话就响了。

是秘书打进来的："唐总，江氏的负责人过来了。"

周氏和江氏有个合作案在谈。

"请他进来。"唐想挂了电话，交代刘易同："你去先忙，吴葶那边过后我再找她谈。"

"那我去忙了。"

刘易同刚打开办公室的门就看见了一张熟悉的面孔，那个合作案也不是什么大项目，用得着这位亲临？他很是诧异："江总。"

唐想抬了头："你怎么来了？"

江孝林进了办公室，顺手关上门："我来签合同。"

"派个业务经理过来就行了。"

他熟门熟路似的，在她正对面的沙发上坐下了："刚好路过，顺道而已。"

唐想也不问他顺的哪条道，拿了合同坐过去："你看看，还有什么问题可以提。"

跟她这么面对面谈生意倒是头一遭，江孝林翻着手里的合同，心情不错。

唐想拨了个内线："煮两杯咖啡送进来，一杯不加糖。"

他不喜欢甜，大一的时候，因为债务问题，唐想给他跑了小半年的腿，倒是把他的喜好摸了个透。

咖啡端进来的时候，江孝林手里的合同才翻了一页，他姿态悠闲，喝着咖啡跷着腿，西装外套脱了扔在一旁。

唐想坐了一会儿："看完了吗？"

他不紧不慢地翻了一页："没有。"

"那你慢慢看。"唐想回去处理手头上的事情，没当办公室里还有别人，该做什么做什么。

江孝林觉得她戴眼镜挺好看的，她近视，但平时不喜欢戴眼镜，有时候会眯着眼睛看人。

他的目光也不知道什么时候从合同移到了她那里，然后就没挪开。

她的习惯跟读书的时候一样，喜欢转笔："你做的绩效方案我已经看过了，我的建议是把原材料的利用率也放进去考核，先试算几个月，看看跟原方案的差异大不大。"

"行，你定会议，到时再谈。"

她挂了电话，在回邮件，办公室里只有敲击键盘的声音。

江孝林的目光又从她的脸上移到了腿上，黑丝袜，还有高跟鞋，不像十八岁的她。

外面有人敲门。

唐想说："请进。"

进来的是位男士，西装革履，穿得很正式，头发往后梳，一丝不苟。应该是位中层，有几分架子，江孝林不动声色地审视。

"财务分析已经发你邮箱了，这一份是供应商的评估报告。"男人没有把资料放在桌子上，而是单手递过去。

唐想接过："看完后我再给你答复。"

"行。"公事说完，男人态度随意了几分，也没有顾及屋里还有别人，"唐想。"

他叫唐想，不是唐总，江孝林顶了顶上颚。

唐想抬头："还有什么事？"

"下班有时间吗？"男人发出邀请，脸上是风度翩翩的笑容，"风行的甄总送了我两张音乐会的票。"

唐想刚要拒绝——

"唐想，"江孝林有些不满的语气，"这个数据是怎么回事？"

男人做了个打电话的手势，先出去了。

唐想过去："哪个数据？"

江孝林答非所问："刚刚那男的多大？"

这是什么莫名其妙的问题？

"三十多吧。"她把合同拿过去，"哪个数据有问题？"

"才三十多啊，我还以为四十了。"

哪里像四十了？唐想白了他一眼："你管人家多大。"

"你怎么还好这口。"

他越说越胡搅蛮缠了，唐想看着那张欠揍的俊脸："我好哪口了？"

"专挑老的下嘴，也不怕牙疼。"

她牙不疼，有点痒，想咬人："合同签不签？不签就给我滚。"

江孝林起身："不签，下回再谈。"

他第一次见唐想是在新生报到那天，她帮他追回了被人抢走的笔记本电脑，可屏幕碎了，他留了号码，让她赔，可几天过去了，她也没打来过。

第二次见她是在09届金融专业的班会上，她坐在他前面两排，回头的时候看见了他。

"同学，真是你啊。"她语气跟见了老乡一样。

他早就看到她了，扎个马尾辫晃来晃去。他站起来，坐到她后面那一排："怎么没联系我？"他提醒，"电脑你还没赔。"

她脸上的表情有一瞬间的僵硬："我暂时没那么多钱。"

"微信给我，可以分期。"

唐想把微信给他了，当时她想，怎么会有这么恶劣的人？白长了一张招人稀罕的俊脸。

坐在旁边的室友偷偷问她："唐想，谁呀？"

"债主！"她一边拿出手机，埋头找兼职。

他们专业的导员是位三十多岁的男士，很风趣幽默，穿着打扮都很干净。

室友在底下跟她耳语："我们导员还挺帅。"

唐想抬头看了一眼："是挺帅的。"

"你喜欢这款？"

她专心在找兼职："嗯。"

"那我不跟你抢了。"

她心里默算着学校步行街一家冷饮店的时薪："嗯。"

在她后面，江孝林看了一眼讲台上妙语连珠的男人，无声地嗤笑：三十多岁的老男人，哪帅了？

十八岁的江孝林觉得三十多岁的男人是老男人，二十八岁的他依然这么觉得。

第五医院，江织不让护士碰，是男医生来给他换的药，他在跟乔南楚通电话。

"骆常芳吞了三亿，但那笔钱没有走她的账户，目前还下落不明。"

医生把换下来的输液袋带出去。

江织让他关上门，才回乔南楚："她拿去给江老二送礼了。"

江维礼想往上爬，夫妻俩一个在明面上装模作样，一个在背地里八面玲珑，这几年，没少干这种勾当。

正事说到一半，江织下了床："我这有事儿，先挂了。"他直接挂了手机，推着输液架走到窗边，"周徐纺？"

她的头从窗户外伸进来："江织，帮我开窗。"

医院的病房没有装防盗窗，她两只手就那样扒着窗户边缘。

江织看着都觉得心惊肉跳，赶紧开了窗户："你怎么又爬窗。"

她身手敏捷，麻利地翻进来了，身上还穿着护士的衣服："我怕碰到许九如的眼线。"

"周徐纺，"江织板着脸在训她，"这么高，你不怕摔是不是？"

她回答："不是。"这么点高度，怎么可能摔到她，也就江织觉得她柔弱。

"那你还敢爬窗。"

周徐纺真诚表情："想快点见到你。"

这火发不下去了,他舍不得对她说重话,轻声轻语地:"以后不可以再爬窗了。"

"二楼也不行吗?"

江织的病房在二楼,对她来说,就是随便蹦蹦就能够到的高度。

江织很坚决:"不行。"

"好吧。"

他拉了把椅子,让她坐下:"因为陆家的事,许九如一直派人盯着我,你待我身边不安全,我和方理想她爸爸说好了,送你去那边的小区住几天。"

周徐纺立马问:"那我怎么见你?"

"晚上我会过去。"

"白天呢?"

江织笑,弯着腰亲她的脸:"想我了就给我打电话,我偷着过去陪你。"

"好。"她抱着他的胳膊,拿脸去蹭他的手,"江织,我们这样好像偷情啊。"

江织把输液架拉过去一点,伸手摸摸她乱拱的脑袋,纠正:"是金屋藏娇。"

周徐纺笑眯眯地点头,他站着,俯身去吻她。放在床上的手机响了,他任手机响了一顿,亲热够了才去接。

"江少,亲缘鉴定的结果出来了。"孙副院在电话里说,"您和陆星澜先生的确是堂兄弟的关系。"

这个结果,在意料之中。江织挂了电话,一言不发。

周徐纺拉他病号服的袖子:"你不开心吗?"

他摇头:"不习惯。"

江家人多算计,与他关系都淡薄,他凉薄惯了,突然冒出来个陆家反而让他不知道怎么处理。

周徐纺跟他想得不一样,她喜欢陆家,喜欢陆家人。

"陆家人都很好,慢慢你就会习惯了,习惯有真心待你好的家人,习惯老小坐一桌,看电视话家常,就像很多寻常的家庭一样,没有那么多的争权夺利,没有算计和阴谋,不用设防,也不用伪装。"

她不知道薛家和乔家是怎样,但江家和陆家很不相同,江家有严格尊卑之分,有很多的规矩、很多的讲究,甚至是门第之见,而陆家就像是普通人家,父慈子孝、手足情深,和天底下大部分的家庭一样。

"我无所谓,"江织问她,"你喜欢吗?"

周徐纺点头。

灯光落在他眼里,他这才有几分欢喜:"那就好,我希望多一些人对你好。"

他有没有家人无所谓,但他希望周徐纺有,她在遇到他之前没被人疼爱过,他希望以后除了他，别人也能补给她。

放在一旁的手机又响了，是陆星澜打过来的。

什么开场白都没有，他直接问："今晚过不过来？"

陆家那边也拿到鉴定结果了，江织没有立刻答复，而是看周徐纺。

她点头，他就回答："嗯，晚点过去。"

"我奶奶问你喜欢吃什么？"

林秋楠就在陆星澜旁边，周徐纺能听见她的声音，她有点紧张，还有点迫不及待。

江织说："糖醋排骨。"周徐纺喜欢吃甜。

林秋楠又让陆星澜问周徐纺的喜好。

"你女朋友喜欢吃什么？"

"糖醋鱼。"周徐纺很喜欢吃甜。

电话那头，林秋楠催陆星澜去接人。

陆星澜明显很困，声音很懒："要不要我去接？"

江织反问："你能开车？"别开着开着睡着了。

"不能。"陆星澜说，"我打车过去，你开车载我回来。"

这算哪门子的接人，林秋楠白了陆星澜一眼。

江织拒绝："不用。"

陆星澜把手机拿远。他当自己是个没有灵魂的传声筒："他不用我接。"

林秋楠就说："那让声声去。"

陆星澜没有感情地把话传给江织："用不用陆声接？"

"不用。"

"那你自己过来。"说完，陆星澜挂电话了。

林秋楠本来还想嘱咐江织路上小心，话也没说上两句就挂掉了，有点恼火："你怎么这么跟你弟弟说话。"

陆星澜穿一身黑，扣子扣得端端正正，看上去又禁欲又不知变通的样子，一派正经地犯困："不然怎么说话？"

林秋楠训他："你就不能温柔一点？"

温柔？江织是小孩儿吗？再说了，他对小孩也不温柔。他半躺在沙发上，很困，眼眶泛泪："我睡了。"

林秋楠看他这个不上心的样子，更加不满了："就知道睡，你看看你弟弟，他多有出息，又会做生意又会拍电影，你呢，你会什么？你就会睡觉！"

陆星澜："……"

有了小孙子就有了对比，林秋楠越看这个大孙子越不得劲："睡什么睡，

219

起来，去帮我把你弟弟拍的电影都找出来，放在电脑桌面上，我待会儿要看。"

陆星澜：他是捡来的吧。

"声声，"林秋楠在楼下喊，"你把清让也叫来。"

陆声在楼上回："叫了。"

躲开许九如的耳目花了一点功夫，江织七点才到陆家，到的时候林秋楠和姚碧玺已经在外面等了。林秋楠今天穿的衣服周徐纺见过，上次她舅舅来见家长林秋楠也是穿的这一件，特别正式。

周徐纺上前问好："林奶奶。"

江织叫不出口，就没作声。

不知是不是外头风太大，林秋楠眼睛有点红："饭已经做好了，应该饿了吧，我们先吃饭。"

江织就站在周徐纺身边，一句话没有，是周徐纺回的话："好。"

就跟平常一样，林秋楠没有刻意表示什么，倒也自在。四人一起进了屋，姚碧玺把提前准备好的新拖鞋拿出来，给江织和周徐纺换上，款式都一样，颜色和码数不同，陆家一家子都是同款。

"景松，"姚碧玺冲着厨房说，"江织到了，可以摆桌了。"

陆景松穿个围裙出来了，冲江织笑笑，脸上还戴着防油烟的透明面罩，那个笑一点都没有气势，他转头对陆声说："声声，再帮我洗两个盘子。"

陆声从沙发上起来，周清让也跟着起来。

"你在这坐着。"

她拉着周清让坐下，自己去了厨房。

"舅舅。"周徐纺也坐过去了，江织挨着她坐。

墙上的电视在放着，周清让把遥控器放到她手边儿上："要换台吗？"

"不用换。"

三个人一起坐沙发上，电视里在放新闻。姚碧玺去厨房拿果盘了，林秋楠去叫陆星澜，他趴餐桌上，在睡觉。

"星澜。"

陆星澜睁了眼："嗯？"

林秋楠给他使眼色："江织来了。"

他强打着精神，也坐到沙发上去，从桌上的干果盘里抓了一把糖，放江织面前，打了个哈欠："哦。"这个哦，是回林秋楠刚刚那句。

江织的视线落在了那堆糖果上面，茶几上不仅有糖，还有桂圆、红枣、花生，和各种坚果。

人间烟火，他想到了这四个字。陆家的房子很老，柜子也都是几十年前的老款式，墙上没有名贵的字画，都是泛黄的老照片，沙发上的抱枕是手工的十字绣，上面还有字，绣着家人的名字，餐桌上的菜热气腾腾，厨房有香味传出来。

这个房子里，处处都是人间烟火气，很不同于江家。

江织拿了一颗软糖，剥掉糖纸，给周徐纺。

长沙发上坐了四个人，一起看新闻联播。林秋楠坐在一旁，她不看新闻联播，看她小孙子，越看嘴角笑意越深。她手上没闲着，剥了点干果，装在盘子里，放到江织面前。

江织只吃了一颗杏仁。

饭菜都上了桌，姚碧玺喊："可以吃饭了。"

陆家的餐桌是老式的圆桌，不可以转动的那种，林秋楠一上桌就把糖醋排骨、糖醋鱼放到了江织和周徐纺的正前面。

"你大伯手艺还不错，多吃点。"她给江织夹了一块排骨，给周徐纺夹了一块鱼。

江织看了一眼碗里的排骨，没说话，周徐纺乖巧地把鱼吃了："谢谢奶奶。"

这声奶奶喊得林秋楠眉眼带笑。

"碧玺，"她对儿媳说，"你留意一下，看有没有大点儿的房子，星澜和江织也都到了成家的年纪，以后家里有了小孩，咱家这房子就有点小。"

"行，我挑个时间去看看。"

"我哥跟谁成家？"陆声把剔了刺的鱼肉放到周清让碗里，看向对面她哥，"跟周公吗？"

陆星澜掀了眼皮，瞥了她一眼。

"实在不行就让他去相亲。"这是亲妈，口气很嫌弃。

陆景松给老婆舀了一碗汤："要是他相亲的时候睡着了怎么办？"

姚碧玺更嫌弃了："那就把他丢出去，谁捡到归谁。"

陆星澜内心毫无波澜，甚至有点想睡。

周徐纺听了，抿着嘴笑。

"徐纺。"林秋楠突然叫她。

她把筷子放下："嗯？"

林秋楠用公筷给她碗里添菜："晚上在这住吗？"

她看江织，江织说："你想住就住。"林秋楠是在留他，知道他听周徐纺的。

周徐纺想想后，点了头。

林秋楠眼角的皱纹里都是笑，又问周清让："清让，你呢？"

陆声抢着回答："他也在这住。"

姚碧玺笑骂她不知羞。

饭桌上的氛围很好，吃着家常菜，话着家常。

饭后，姚碧玺要去准备房间和换洗的衣物，犹犹豫豫地问了江织一句："你和徐纺住一间还是两间？"

江织说："一间。"

小姑娘害羞，脸上烧起了红云，像刷了一片胭脂。江织把他家这个脸皮薄的小姑娘挡到身后："我在她房里打地铺就行。"

姚碧玺笑着说行。

正在切水果的陆声："清让，我也去你房里打地铺行不行？"她笑眯眯的，满眼的期待。

周清让把她拉到外面说话去了，外头有漫天的星子，院里的栀子花开着，淡淡的清香藏在初夏的夜风里。

周清让牵她到一棵栀子树旁，同她说："长辈在，不可以说那样的话。"

陆声没骨头地靠在他怀里，笑着明知故问："哪样的话？"

他一本正经地说："不正经的话。"

陆声笑："这就不正经了？等我们以后结婚了，还要做更不正经的。"

他头撇开，耳朵红了。陆声追着他的视线："周清让。"

周清让转过头看她。

她眼睛很亮，像天上的星星："接个吻呗。"

周清让看了看门口，并没有人出来，他红着脸吻他的姑娘。正经不起来了，这是他心爱的女孩子。

屋里，林秋楠从二楼下来，她刚刚去了陆景元的画室，她这把年纪，不喜欢将情绪外露："景松，你陪我喝两杯。"

"您血压高，别喝了。"

"喝一点儿没事。"

陆景松没再劝，去拿了白酒。没在餐桌上喝，老太太进了书房。

客厅的电视放着，在播广告，陆星澜坐在单人沙发上，腿上放了台笔记本电脑，他在给老太太找江织的电影："老太太上一次喝酒是两年前，实验室研究出了新药，能缓解我的病症，她心情好，喝了两杯。"今天也是，老太太心情好。

江织没接话，只是给周徐纺剥核桃的动作停顿了一下。

"江织，"周徐纺拉了拉江织的衣服，小声地说，"我要上厕所。"

江织问陆星澜："卫生间在哪儿？"

"往里走，左手边。"

江织带周徐纺去了卫生间,他没有先走,在门口等她。

周徐纺怕人看到:"你去客厅坐,不用在这等。"

"你一个人我不放心。"

他怕她摔到马桶里去吗?周徐纺进去了。

江织靠着墙在等,陆家的灯都是暖色调的,把人的侧影照得柔和,他对面的墙上挂了一幅画,是陆声六岁时的涂鸦,被装裱得很精致。旁边的楼梯口上有两条身高线,一条陆声的,一条陆星澜的,年岁久远,上面贴的卡通贴画已经褪色了。和江家处处摆放的名画古董不同,陆家到处都是生活气息。

周徐纺出来了:"我好了。"

江织还在看对面墙上的画:"徐纺,我有点喜欢这里了。"说不清哪里顺他的眼,可从他进这个屋子开始,他就觉得顺眼。

"我也是。"周徐纺拉着他一只手,看陆声那幅色彩斑斓的画,"等我们以后有了宝宝,你就教他画画,以后也挂在这里。"

"我教?我画画很烂的。"

"原来你知道啊。"他画的画,只有他自己看得懂。

江织:"……"

这时,姚碧玺从楼上下来:"衣服和洗漱用品都放在房间了,你们看看,还有什么需要的。"

周徐纺很礼貌地道谢:"谢谢大伯母。"

"自家人,客气什么。"姚碧玺去厨房忙活了。

江织愣神了一下:"你刚刚叫她大伯母?"

"你叫不出口,我帮你叫。"

他想叫的,只是开不了口。

江织不否认,揉揉她的头发:"你怎么什么都知道?"

周徐纺认真思考后回答:"因为我是你的小棉袄。"

这正儿八经说情话的样子,很招人稀罕。江织带她去房间了。

他关上门,先打量了房间,再带她去床上歇着:"困不困?"

"有一点。"

卫生间在房间里,姚碧玺应该猜到了林秋楠会留他们住,衣服和洗漱用品都事先准备好了,放在卫生间门口的柜子上。

江织把她的薄外套脱下来:"你先去洗澡。"

周徐纺很困,可是她很纠结:"大伯腌了酸辣鸡爪,还要过会儿才能吃。"

还惦记着鸡爪呢,江织好笑,蹲下去给她脱鞋子:"那你先睡会儿,好了我叫你去吃。"

周徐纺说好，躺下了。江织在打地铺，动作相当不利索。周徐纺爬起来帮他铺被子，铺完就不困了。

"江织，你以后会改姓陆吗？"她坐在地铺上。

"应该会。"总之，他不会姓江。

外面有人敲门："睡了吗？"

江织把毯子给周徐纺盖好，起身去开门。

陆景松上来了说："你奶奶让我送上来的，她今儿个高兴，就多喝了几杯，现在上不来楼梯了。"

他手里端着一碟剥好了的杏仁，人没进去，站在门口说："你奶奶跟我说，她也不知道怎么对你，太热情了，怕你会觉得不舒服，太冷淡，又怕你觉得她不在乎你。"

连留他住一晚，老太太都是在周徐纺那里开的口。

"要是我们让你不自在了，你别憋着。"陆景松说着也有些眼睛发热，"自家人有什么话都可以说。"

陆家人对他小心翼翼，跟许九如截然不同，许九如常把好听的话挂在嘴边，林秋楠却什么都不说，喝了几杯酒，剥了一碟杏仁，一盘糖醋排骨夹了一半到他碗里。

陆景松把那碟杏仁给他："徐纺，酸辣鸡爪好了，出来吃吗？"

周徐纺爬起来："嗯嗯。"

"那我先下去了。"

陆景松下楼了，江织还端着那碟杏仁杵在门口。

饭前，他吃了一颗杏仁，林秋楠以为他喜欢，就剥了一碟。

周徐纺把江织拉进屋，关上门："你奶奶真好。"

"嗯。"是很好。

"我喜欢陆家。"

"嗯。"他也喜欢。

他说不出口的话，周徐纺都会替他说，她喂了他一颗杏仁："好吃吗？"

又甜又咸，江织以前从来不吃这玩意，他点了点头："还不错。"

周徐纺笑着又往他嘴里塞了一颗。

江织把碟子放在柜子上，把女朋友抱进怀里，一米八几的个子往她身上贴："徐纺，我很开心。"

语气又开始娇了，因为有人宠。

周徐纺手环在他腰上："我也很开心。"

他心情好，兴致也好，把女朋友的衣领往下拉，唇贴上去："我想吻你。"

周徐纺往后缩:"可是我现在要去吃鸡爪了。"

他还没鸡爪重要是吧!

江织有点酸了,比酸辣鸡爪还酸,不讲理地说:"我就要先接吻。"

他恃宠而骄了,好吧,她就多宠着他点,抱住他脖子,踮脚要亲他——

"徐纺,"陆声在楼下喊,"下来吃鸡爪。"

周徐纺头一扭,不亲了,回了陆声说:"来了。"她说完,推开江织,噔噔噔地跑下去。

江织:鸡爪比他重要!

最后,江织亲了个酸辣鸡爪味的周徐纺。

晚上,周徐纺在床上睡,江织在地上睡,他有点失眠,怕吵醒周徐纺,也不敢动,像块木头一样躺了近一个小时,可还是睡不着。他爬起来,轻手轻脚地开门出去了,在楼梯上,看到了陆星澜。

"你怎么也没睡?"

陆星澜穿着纯黑色的睡衣,脚步晃悠,睡眼惺忪地往楼下走:"喝水。"

江织也下了楼,陆星澜喝完水,去厨房拿了四罐啤酒,放在餐桌上,江织坐他对面,他推过去一罐,自己开了一罐。

啤酒是冰的,醒神。

陆星澜睡意散了点儿:"我二叔和你外婆出车祸的事你知不知道?"

江织拉开啤酒罐的拉环:"知道。"

陆星澜自顾自地喝着,自顾自地说着:"当时我二叔和你母亲的婚期将近,他去接你外婆来参加婚礼,在来的路上出了车祸,肇事司机酒驾,为了让你外婆避开,他打了方向盘,当场死亡。"

这些江织都查到过。

"老太太白发人送黑发人,丧子之痛还没有缓过来,心里怨你母亲,不大愿意见她。"陆星澜往嘴里灌了一口,"你外婆当时重伤,我们陆家还在办丧事,顾不上别的。老太太也一病不起,在那期间不肯见你母亲,你母亲她求助无门,才嫁到了江家。这事儿你知不知道?"

江织面上无波无澜:"知道。"她母亲就是因为高额医药费才嫁给了江维宣。

"老太太自责了很多年,如今知道了你母亲当时还怀着孩子,心里那道坎更过不去,觉得是她害了你。"陆星澜把空的啤酒罐扔进垃圾桶,又开了一罐,喝了一口,"刚刚老太太借着醉意把我叫过去,问我介不介意,她想把陆氏给你,说她也一把年纪了,能弥补你的时间不多,除了攒了点家产,没什么能给你的。"

老太太自从知道江织是陆家人起,就开始安排身后事,就差立遗嘱了,想尽了办法想弥补他，可偏偏心里觉得亏欠，连亲近都不敢亲近。

江织垂着眼，情绪一分都没显露出来："你跟她说我不要。"

"你自己跟她说。"若是不困的时候，陆星澜倒像个稳重的老干部，说话很老成，"不管你心里有没有怨，都找个时间跟她谈谈，把结解了。"

江织把罐子里酒喝了，站起来，拉开椅子："口气挺像那么回事的。"这长辈的架子端得挺稳。

陆星澜理所应当："当然，长兄如父。"

江织把啤酒罐扔了，回房。

陆星澜在后面问了句："你的病是怎么回事？"

他没隐瞒："装的。"

他那三步一喘五步一咳的样子陆星澜也见过，尤其是冬天，就跟快要一命呜呼了似的，居然是装的。陆星澜也起身，往楼上走："演技不错。"

江织在前面走："当然，我是导演。"他回头，客观评价了一句，"你演技不行，太浮夸。"

陆星澜冷漠地看了他一眼，他又不是演员。

夏天的天亮得早，凌晨五六点就有曙光了。姚碧玺起来上厕所，昨晚的酸辣鸡爪有点咸，她去倒杯水喝。

"早。"林秋楠从厨房出来了，身上还穿着围裙。

姚碧玺看墙上的钟，才六点十五分："妈，你怎么这么早就起了？"

林秋楠从冰箱里拿了几个鸡蛋，回了厨房，用小锅装了点水，放在火上煮："江织要赶早回医院，我给他弄了点早饭。"

陆家都是男人做饭，老爷子生前会疼人，老太太嫁过来之后基本就没怎么进过厨房，厨艺很一般，动手做饭的次数数都数得过来。

姚碧玺跟着进去瞅瞅："这，"她看着平底锅里一坨一坨的东西，"这是炒粉？"焦了吗这是？黑乎乎的，肉放得很多，还有几根炒得软趴趴的青菜。

林秋楠瞥了她一眼："不然是什么？"

这卖相，实在抱歉。姚碧玺主动请缨："还有米粉吗？我再炒点。"

林秋楠拿了两个盘子来盛："你那手艺，算了吧。"

半斤八两，谁也别嫌弃谁嘛。

林秋楠拿了双筷子，把糊了的地方挑出来："看，是不好看了点儿，味道还行。"

姚碧玺想尝尝，也去拿了双筷子。

林秋楠不动声色地把两盘堆得很高的炒米粉放到另外一边，再拿了两个盘子，盖住。

姚碧玺：她真的就只是想尝尝味道。

楼上有动静了，姚碧玺尴尬地把筷子放回原处，出了厨房，看见江织和周徐纺下了楼："你们下来了。"

周徐纺问候长辈："大伯母早。"她也看到厨房里的林秋楠了，"奶奶早。"

林秋楠对她点了点头，看了江织一眼。江织没出声，跟在周徐纺后面。

姚碧玺问周徐纺："昨晚睡得还习惯吗？"

"习惯。"

林秋楠把两盘肉丝炒粉端出来，放在餐桌上："先吃早饭吧。"她去厨房拿牛奶了。

江织和周徐纺坐餐桌上吃炒粉。林秋楠把牛奶放下，就坐沙发上去了，戴上老花镜，开了平板电脑在看新闻。

姚碧玺刷了牙出来，对那盘炒粉的味道还是很好奇："你奶奶炒的，她很久没做过饭了，味道还行吗？"

坐在沙发上看新闻的人往餐桌那个方向坐了点。

周徐纺竖起两个大拇指："行。"

江织也嗯了一声。

林秋楠撑了撑鼻梁上的老花镜，嘴角有笑，慈眉善目。

等江织和周徐纺吃完站起来，林秋楠放下平板走过去："吃饱了吗？"

周徐纺："饱了。"

林秋楠去厨房，拿了四个水煮蛋，用袋子装好了："托人买的土鸡蛋，已经煮熟了，你带着路上吃。"

江织说了句："徐纺对鸡蛋过敏。"

林秋楠正要把递过去的鸡蛋收回来——

他接了："我不过敏。"

这别扭的性子挺像他父亲。林秋楠又问周徐纺："只是不能吃鸡蛋吗？鸡肉可不可以吃？"

"鸡肉可以。"周徐纺补充，"鸡爪也可以。"陆声爸爸做的酸辣鸡爪特别好吃，她昨晚吃了好多。

林秋楠笑，眼角的皱纹很深："我记住了。"

江织一只手拎鸡蛋，一只手牵女朋友："我们走了。"

林秋楠嘱咐了一句："车开慢点。"

对话平平淡淡、普普通通，老人家也像是寻常老人家，年纪大了，不住家里的子女就都是客，日日盼夜夜盼，走的时候，万分不舍。

林秋楠把人送到门口。

换鞋的时候，江织突然说了句："陆氏不用给我，我要管自己的公司，顾不来。"

"星澜都跟你说了？"

"嗯。"江织出了大门，"走了。"

"江织。"

他回头。

早上的初阳落在老人的头上，白发苍苍，像染了银霜："以后常回来。"

江家的规矩是初一十五都要回老宅，江织也是后来才知道，这是许九如为了方便定期给他下药而定下的规矩，这是第一回有人跟江织说以后常回来。

他回了一句："你剥的杏仁我吃完了。"他想说的是，他没什么怨，过去的都过去了，往后他还得姓陆。

林秋楠听懂了，站在门口，看着车开远，挥了挥手，红着眼进了屋。

姚碧玺拍着水乳走出来："江织走了？"她往外面瞅，不知道为什么，有点伤感，"不知道他什么时候会再过来？"

林秋楠进屋："等江家的事处理完就会回来了，这儿是他家。"

"也是。"

林秋楠坐到沙发上，她老花，把平板放得很远，继续看新闻，想到什么，提了一声："碧玺，你跟景松说一声，下次肉丸子里别放蛋清了。"

"啊？"怎么突然提到肉丸子。

"徐纺鸡蛋过敏。"

"居然还有人对鸡蛋过敏。"

"这有什么稀奇的，你看星澜，他每天都要睡那么久。"

这么一比较，姚碧玺也觉得不稀奇了，她把碗收了，端到厨房，往门口看了一眼，没忍住好奇，拿了双筷子，把盘子里仅剩的一根米粉夹起来，尝了尝，好咸……

老太太上了年纪，长时间没做过饭，味觉有点失灵了。姚碧玺失笑，那俩孩子居然还吃光了。

江织和周徐纺回到医院的时候，还不到七点。

代替老板躺在病床上的阿晚失眠了一整夜，听见声音立马爬起来，他顶着两个黑眼圈："老板，你怎么到现在才回来，不是说就吃个饭吗？"搞得他一夜都没睡，跟演谍战片似的，心惊胆战的。

江织先去倒了一杯水，给周徐纺，再给自己倒了一杯，周徐纺喝完。

"还要吗？"

她点头。

江织又给她倒了一杯："我不在医院的这段时间有没有人来过？"

阿晚说："就护士来换过药。"也不知道给他换了什么药，他现在感觉后背发凉。

"下午你不用过来了。"

"给我放假吗？"老板终于良心发现了？

江织让周徐纺先坐，去拿了病号服："你去唐想那儿。"

"我去她那干吗？"

"给她当秘书。"

这是要把他打发走？阿晚心都凉了："老板，我是被解雇了吗？"

江织说："工资照发，两份，"

阿晚不心凉了，说："有事您吩咐。"他不财迷，只是钱是一种让人觉得温暖的东西。

之后阿晚去唐想那工作了一周，不仅是当秘书，还要当保镖，上下班都要接送的那种，搞得像护送国家领导人，他觉得有点奇怪，感觉有大事要发生。

阿晚去唐想那工作的第八天，他才明白，原来他不是去当秘书，也不是保镖，而是间谍，因为他接到了江织的一通"秘密"电话，随后他就去了任务地点。

地点在听雨楼，陆家的地盘。

唐想后一步进雅间，骆常芳已经在里面等了，茶也叫好了，她坐下："骆董约我过来有什么事吗？"

骆常芳给她斟了一杯："唐总你是聪明人，我就不拐弯抹角了。"

"请直说。"

"启明基金那个项目，你最好别插手。"

话虽是笑着说的，可警告的意思很明白。唐想知道了，这是鸿门宴啊。她把茶杯推开，不喝，镇定自若："不插手也可以，给个理由就行。"

骆常芳面色不悦："这个项目原本是我提拔的人在负责，你半路截和了，挡了我的路。"

唐想笑："是挡了骆董你的财路吧。"

骆常芳脸色微变，眼底慌乱有，恼怒也有："我不明白你在说什么。"

"那我再说明白点，那三亿的慈善款去哪儿了？"

骆常芳抬眼看她。

伯根收购周氏之后就对外声明，周氏所有的盈利除去公司运营所需款项之外，剩下的全部捐赠给慈善机构。骆常芳手里还留了点股份，多少算个董事，是她提议的启明基金项目，目的是把公司账目和慈善机构直接挂钩，省了中间的人力和财力。可这才运营多久,就有三个亿的账目对不上,表面账目是做得很漂亮,但很不幸,这个项目交给了辅修过会计和审计的唐想,骆常芳这是打着慈善的幌子私吞公款。

"唐总,话可不能乱说。"

唐想淡定自若:"我是没证据,不过,骆董你这不是来找我了吗?我至少可以确定了,这件事和你有关系。"

骆常芳撇清得很快:"和我没关系,就是你管得太多了,碍我的眼。"

"那不好意思了,我以后还要继续碍你的眼。"

骆常芳没耐心了:"你少跟我兜圈子,开条件吧,你要怎样才肯退出这个项目?"

唐想开玩笑似的:"给我三亿怎么样?"

骆常芳猛地站起来:"你别得寸进尺!"

狐狸尾巴这就露出来了?就她这道行,比她侄女骆青和差远了。

唐想耸耸肩:"那没得谈了。"她起身,端起茶杯尝了一口,"茶还不错,谢谢招待。"

她说完,走人。

"唐想,"骆常芳提醒,"这几天别走夜路,小心有鬼。"

唐想这人,很不吃威胁这一套:"那我也给骆董个忠告,睡觉别太安稳,当心落枕。"

骆常芳气得咬牙切齿。

雅间外面,阿晚躲到一边,给他老板打了个电话,东张西望后,偷偷摸摸地汇报:"老板,我录到了。"

江织言简意赅:"发给江孝林。"

晚上,阿晚把他的新老板送回家,地址是个老式的住宅区,巷子里路窄,有辆车牌尾数两个六两个九的跑车没好好停车,占了一半的路宽。

这车牌好眼熟,帝都哪个人的?阿晚一时想不起来:"谁的车啊?停在这里挡路。"

唐想把编辑好的邮件用手机发送出去,这才抬头往车外面看了一眼:"我就在这儿下车吧。"

阿晚解开安全带:"我送你进去。"

唐想看天色已晚,体贴地说:"不用麻烦了,就几步路。"

阿晚坚持:"那怎么成,大晚上的,最容易碰到流氓和醉鬼了。"他下车,绅士地帮女士开了车门。

唐想说了声谢谢,下了车,阿晚就把人送到了楼下。

"今天辛苦林特助了。"

阿晚摆手:"言重言重。"

"改天请你吃饭。"

阿晚再摆手:"客气客气。"

"路上小心。"

阿晚挥一挥手,不带走一片星光:"保重。"

这股子江湖气是怎么回事?唐想转身往楼梯口走,冷不丁砸来一个声音:"他是谁?"

唐想一颗心悬到了嗓子眼:"吓我一跳。"

江孝林从暗处走出来,西装外套搭在手腕上,领带松垮垮的:"那男的,谁啊?"

"我秘书。"

他阴阳怪气地说:"兔子还不吃窝边草呢。"

"能不能说人话?"

他人模人样地整了整领带,笑得妖孽又欠揍:"长本事了啊唐想。"

语气跟个流氓似的,阿晚说得没错,大晚上的,最容易碰到流氓跟醉鬼。

唐想自认为不是个爱生气的人,可每次都会被这个家伙弄得想打人:"江孝林,你专程来找骂的是吧?"

他面不改色地鬼扯:"我路过。"

"懒得跟你扯。"她直接往楼梯口走。

"唐想。"

唐想刚走到了楼梯口,回头:"又干吗?"

他口吻突然变得认真:"有什么事就给我打电话。"

话说得没头没尾的,唐想被他弄得稀里糊涂了:"你到底是来干吗的?"

他站在夜色里,灯光和月光都照在他脸上:"路过。"又是路过。

她兼职的时候被人吃豆腐,他把人给揍了,说路过。她在澡堂被偷窥,内衣内裤不翼而飞,出去就抓到了他,他也说路过。她去国外留学,在距离只有一条街的隔壁学校看到了他,他还说路过。

"江孝林,你是不是——"

"小心!"江孝林冲向她,推开她的同时,伸手去挡。

花盆从楼上直坠下来,在他们脚边摔了个粉碎,唐想愣住了。

江孝林立马抬头看楼顶,上面没有光线,什么也看不清,他拉着唐想先到安全的地方:"有没有伤到哪儿?"

她盯着他的右手:"我没事,你的手呢?"

他稍微抬了抬右手，眉宇紧蹙："动不了，可能断了吧。"

要是他再往前一步，那个花盆就不是往他手上砸，而是头上。

唐想想想都后怕，心脏跳得很快，她恼火了，破口就大骂："江孝林，你蠢不蠢，这花盆根本砸不到我，你跑过来挡什么，嫌自己命太长吗！"

不是嫌命长，他是条件反射，看见花盆的那一刻，他的判断力就为零，满脑子只有一个念头，得把她推开。

他脑袋发热，脱口而出："我就是蠢，不然怎么会喜欢你。"

人安静了，过了很久，江孝林把掉在地上的西装捡起来，除了脸红脖子红之外一切正常："我手断了，开不了车，你送我去医院。"

唐想傻愣愣的："哦。"

等那辆车牌尾数两个六两个九的跑车开走后，阿晚从暗处偷摸着出来，给上司打了个汇报电话。

"老板，目标一号派的人真来了。"

目标一号是骆常芳，有一号当然就有二号，二号是江孝林。

阿晚如实地描述这段惊心动魄的剧情："我看见了人在楼顶，目标一号应该是想用暴力恐吓唐总，挑了个角度扔花盆，但是目标二号也来了，目标二号破坏了目标一号的恐吓计划。"他忍不住表达一下个人看法，"但我觉得目标二号有点蠢，自己跑过去白白让花盆给砸了。"

那个花盆离唐想站的位置还有一小段，不是想伤人或者杀人，而是警告。

江织听完后，质问了一点："你在干吗？"

阿晚顺口回答："我在暗处观察呀。"

"我让你去干吗的？"

阿晚后背不由自主地挺直了："保护唐总。"他赶紧解释，"我看目标二号也来了，就暂时给他们腾了地方，免得妨碍他们谈情说爱。"

江织重申："别自作聪明，保护好唐想。"

"是，老板。"

第五人民医院的医生给江孝林的手打了石膏，骨头没断，但是裂了，有轻微位移。

他吊着胳膊从急诊室出来，额头上有薄汗："医生说我这手没个一两个月好不了，你打算怎么办？"

唐想不看他："什么怎么办？"

"这是为了你受的伤。"

她还抱着他的西装外套，看他时不太自在："那你想怎么样？"

"得赔。"

跟当年那台碎屏的电脑一样。

他目光缠着她，从来没有这样炙热过，视线逼得她退无可退："可以分期付款。"

唐想往后退了一步："怎么赔？"

他往前走了两步，弯下腰，四目相对："先来我家住一个月吧。"

提起帝都江家的林哥儿，那是三天三夜也夸不完，年轻有为、成熟稳重、洁身自好、风度翩翩，任谁说起他都是点头，鲜少有人知道，他漂亮的履历里还有一页黑料。

那是大二那年，晚自习后。

"老江，夜宵去不去？"提议的是同寝室的张不凡。

江孝林兴致缺缺："不去，课题没弄完。"

张不凡是个贫嘴的，勾肩搭背地吆喝："别介啊，一起嗨。"

他才刚勾上肩搭上背，对方就无情地把他的手扯开了，并回以冷漠的两个字："起开。"

张不凡戏精上身，表情像个被抛弃了的糟糠之妻："你这个薄情郎，跟你的学习过去吧！"

江孝林用看智障的眼神看他。

寝室另一哥们儿管培也是个吊儿郎当不正经的："我说老江，咱就别翻身了，大老爷们儿，让人家唐想压一压怎么了，在下面也有在下面的舒坦嘛。"

甭管什么事，最后都能扯到唐想，谁让她是江孝林的克星呢，整整两年，把人死死压在老二的位置。

江孝林："滚。"

张不凡笑得贼兮兮："你看他，居然还脸红。"

管培哈哈大笑："估计是被压出感情来了。"

江孝林懒得理，走到一边，拨了个电话。

"我听舍管说，"寝室的老三何熙熙提了一事儿，"咱们那栋有个色情狂，一到晚上就去女生澡堂偷内衣内裤。"

张不凡开着小车骂人："变态吧，寂寞了多动动手啊。"

哥仨儿边往学校后街走，边有一嘴没一嘴地说着。

江孝林单独走在后面，手机屏幕的光是冷白色，照在侧脸。

"什么事儿？"

他看着地，路灯拉长的影子在身后："你的课题报告还没给我，我等会儿要路过十七栋。"

唐想的寝室在十七栋，男寝在前面，他"顺道"。

"我在澡堂。"她说完,直接挂了。

几乎同时,江孝林停住了脚,管培回头,见他一动不动:"怎么了?"

他转身就往女生宿舍后面的澡堂跑。

管培在后面喊:"你干吗去啊?"

他干吗去?不知道,他的脚比他的大脑快,他还没反应过来他抽的什么风,脚就已经跑到了女生澡堂,速度太快,停下的时候刹不住脚,被迎面过来的人撞了一下。撞他的男生神色慌张,道了个歉就跑了。

"江孝林?"

江孝林回头,看见唐想裹着浴巾从澡堂出来了,白色浴巾到大腿根,天鹅颈下一对美人骨,头发湿答答地在滴水,水滴顺着修长的脖子往下滚。

他喉结一滚,结巴了:"你、你把衣服穿好!"

她一只手按着胸口的浴巾,刚被热气蒸过的皮肤白里透红:"你在这干吗?"

他别开脸:"路过。"

他热度上头,脑子不好使,就随口胡诌。

唐想将信将疑:"这里是女生澡堂,你路过这儿要去哪儿?"女生澡堂在女寝的最后一栋,再往里就没有路,哪门子的路过?

"你管我去哪儿。"平时总一派斯文优雅的人居然莫名其妙地恼羞成怒了,"你先去穿衣服,穿这样就跑出来,你有没有羞耻心!"

唐想站着没动,一手拽着浴巾,目不转睛地看他。这个点儿澡堂没什么人,刚才她在洗澡,忽然听到奇怪的声音,掀开帘子就发现她的内衣内裤不见了,她没看到人,只听见了脚步声,情急之下才追了出来。

澡堂外面,只有江孝林。

他把书包拿下来,脱外套甩给她,态度很恶劣:"穿上。"

书包随着他甩手的动作荡了一下,一件浅蓝色条纹内衣从里面掉了出来。

空气突然静止,下一秒,同色系的内裤也掉了出来,这两件贴身衣物都是唐想的。

他愣了许久:"不是我。"一定是刚才那个男的。

唐想伸手:"手机拿来。"

他以为她要查相册和视频,没有犹豫就给了她。她接了手机,然后抓住他的手,另一只手按号码:"教务处吗,我在澡堂外面抓到个色情狂。"

江孝林当晚就被带到了教务处,三堂会审。

澡堂外面没有监控,这件事死无对证,他又给不出那个点出现在那里的正当理由,成了偷窥事件的最大嫌疑人,还是导员出面做了担保,才免了退学处置,但还是被记了过,扣了五分的德行分,就是因为这五分的德行分,他好不容易考的第一,又变成了第二。那之后,他就变本加厉地"折磨"她,也是那之后,他多了个色情狂的外号。

这姑娘,简直是他的劫。

唐想无话可说,就两个字:"流氓。"

他不否认,口气突然认真了:"唐想,你也认识我十年了,见过我对别人耍流氓吗?"

外人都道帝都江家的林哥儿儒雅斯文、风度翩翩,他就对喜欢的姑娘耍流氓。

唐想后背抵着墙,退无可退,抬着眸子看他近在咫尺的眼睛:"你喜欢我?"

非得他再承认一次是吧?

"是,我喜欢你。"

"那你怎么一直跟我过不去?"

他英俊的一张脸上有一丝窘迫:"想引起你的注意。"

现在小学的男孩子都不用这种办法吸引心上人了。其实唐想也怀疑过江孝林对她有那么点儿意思,可每次被他招惹到暴跳如雷的时候,这种念头就又被她自己给否认了。

她现在脑子有点乱,理了一会儿,没理清,嘴巴比脑子快:"我对你没那个意思。"

她说完,看脚尖。她心虚时才会有这样的小动作,可她为什么会心虚?这个问题,连同"江孝林为什么会喜欢她"这一问题,一起在她脑子里乱窜。

他蛮不讲理:"可我手受伤了,你得负责。"

得"陪"是吧。

"去你家住?"

他语气完全不容商量:"给我当保姆。"

不仅流氓,而且无赖,唐想扭头就走。

"唐想!"被她扔在后面的人怒了,"老子手疼!"

言外之意是:我手疼,怪你!怪你!都怪你!

唐想头一回发现,这家伙这么难搞,想骂人。算了,她跟个病号计较什么,不管怎么说,这病号都是因为救她受的伤。

她是个有良心的人:"坐那等着,我去拿药。"

江孝林得意了。

冷不丁地,后面传来一句:"没看出来,你还挺幼稚。"

江孝林回头,不正是江织吗。江织推着输液架慢慢悠悠地走过来。

江孝林眼神跟刚刚比,天差地别,质问时目光里透着攻击性:"录音是你发给我的?"

"是。"

"目的呢?"

输液架上的药袋子荡荡悠悠,江织懒懒散散:"帮你跟唐想牵牵线搭搭桥。"

江孝林抱着手冷笑:"我看你是借借刀杀杀人吧。"

他不置可否,推着输液架走了。

◆第九章◆
江陆对垒,攻心为上

江织到方理想家的时候,刚过晚八点,周徐纺正在和老师学做瑜伽。

她听到声音就回了头,看见了他很高兴,站起来冲他挥手:"江织。"

老方家的客房改成了瑜伽室,为了给方理想练体型和气质。四面墙上都装了镜子,看着挺像那么回事儿。

江织在门口,没进去,小声说了句:"坐好。"

周徐纺便乖乖坐回瑜伽垫上,跟着老师的节奏继续,方理想一个劲地朝她挤眉弄眼。

半个小时的瑜伽课程结束,周徐纺出了汗,随便用纸巾抹了一把,脸上还沾着纸,跑到江织面前:"你不是说今天不过来吗?"

江织把她脸上的碎纸屑弄掉:"想你就来了。"

周徐纺运动后本来就红的脸蛋更红了,他凑近去亲她,她立马弹开:"有人在。"

老方和方理想就在后面,悄咪咪地往她和江织这边瞅。

"回我们那屋。"江织带她出去了。

周徐纺不住方理想家里,而是在对面买了二手的房子。进屋后,她往厨房去:"冰箱里有理想爸爸做的酸梅汤,我去拿给你。"

江织把她拉到怀里抱着。

"怎么了?"

江织声音闷闷的:"好想你。"

江织在这边客房过了夜，第二天早饭的时候，老方说他上午要去寺里给方理想祈福，问江织去不去。

　　江织吃完了，在盯挑食的周徐纺吃饭："我不信佛。"

　　他嘴上这么说，还不是跟着一起去了。

　　前几天下过雨，上山的路不好走，方理想早年做过心脏手术，老方不让她爬山，留她在下面，周徐纺陪她，就也没上去。

　　差不多过了三四十分钟，江织他们才下山，一行四人开了两辆车，老方载方理想。

　　路上，方理想感慨了一句："没想到江织也信这个。"

　　老方接了一嘴："他说他不信，不过刚刚在庙里，他跪得比谁都认真，拜得比谁都多。"

　　江织的车就在后面。

　　周徐纺坐在副驾驶，突然问江织："你许愿了吗？"

　　"许了。"

　　"许了什么愿？"

　　他看着路，车开得很慢："不能说出来。"

　　周徐纺包包里的手机响了，是方理想发了微信过来。

　　"我家老方说，佛堂前砌了九十九级阶梯，前去祈愿的香客大部分都是走着上去，只有很少很少一部分人是一步一跪一叩首。"

　　周徐纺读完消息后把手机放下，身子往前倾，看到了江织的膝盖，黑色的裤子上仍有泥渍。

　　一步，一跪，一叩首。江织祈的愿，一定跟她有关。

　　车开进了小区里面，江织先把车停在旁边，接了一通电话。

　　"江少，百德的明董回复我们了。"

　　江织嗯了一声："等我回公司说。"他挂了电话，对周徐纺说，"我有公事要处理，不上楼了，有什么事给我打电话。"

　　"好。"

　　周徐纺解开安全带，下了车，方理想还在前面门口等她。

　　江织没有立马走，坐在车里看她走到了楼栋的门口，才关上车窗。

　　"江织。"她又跑回来了。

　　江织把车窗摇下去。

　　她把头钻进去，在他脸上亲了一下："开车小心。"

　　他在千灵寺一共跪了一百零三次，只许了一个愿：愿周徐纺一生平安。

　　他不敢太贪心，只求了这一件事。

周氏集团,秘书敲门进来:"唐总,这是您要的财务资料。"

唐想接过去,翻到文件末尾:"怎么没有审核签字?这报表是谁做的?"

"是白副总。"秘书解释,"这一份是复印件,签字的原件还在吴总手里。"

唐想大致翻了几页,随后拨了个电话:"肖先生,您好。"

这位肖先生便是与启明基金项目对接的机构负责人。

唐想稍微说明了一下:"我们财务这边有几笔账目对不上,能否给我一份启明的收款明细?"

肖先生说当然可以。

唐想道谢:"麻烦您了。"挂了电话之后,她问秘书:"吴蓁现在在哪儿?"

吴蓁是公司财务部的经理,这次项目的账目都是她亲自在负责。

"财务部下午有季度会议,吴总应该还在会议室。"

唐想起身,往会议室走,中途手机来了一通电话,她接了。

对方开口就说:"下班来接我。"

她以为是看错了,特地又看了一眼号码,没看错,就是江孝林:"你打错了,我不是你的司机。"

江孝林心情不错的样子:"你的号码我能倒着背过来,不会打错。"

"我为什么要去接你?"

"因为你得分期付款。"他兴致不错,给了个建议,"不分期也行,可以一次付清。"

唐想边往会议室走:"怎么一次付清?"

"以身相许。"

会议室到了,唐想没时间跟他扯:"我在忙,待会儿再打给你。"说完这一句,她就挂了。

会议室的门没关严实,唐想敲了三下,推开了门:"打扰一下。"

里面都是财务部的同事,目光齐刷刷地望向她。

她直接点名:"吴蓁,你出来。"

吴蓁是位四十多岁的女士,微胖,总是笑脸迎人,为人很圆滑:"唐总,开会呢。"

吴蓁与唐想按职位来算是平级,不过唐想是董事会直接任命,向董事会汇报,而下面的各位经理,包括吴蓁,都要向唐想汇报。这样算来,唐想算是吴蓁的上司。

唐想走进会议室,站到前面:"各位同事,介不介意我临时加多一个会议议题?"

长方形的会议桌两边各坐了十几人,没人敢出声,谁敢介意,除了公司董事,哪个部门的老大都要管这位项目总监叫一声唐总。

她写了一串密码,给操作投影的同事:"小贾,登我的电脑账号。"

吴葶的脸色已经开始绷不住了。

会议从下午五点开到了晚上七点,财务部的账对不上,一个个面如菜色、胆战心惊,尤其是吴葶,后半段冷汗就没停过。

会议结束之际,唐想留了句话,说给财务部同事听的,更是说给吴葶听的:"这十三笔账目,明天之前给我明细,给不出来就做好吃牢饭的准备。"说完她从老板椅上站起来,"散会。"

财务部上下噤若寒蝉,吴葶还坐着,下边的人也不敢起来。

"吴总,"副总战战兢兢地问,"我们还、还继续吗?"

"散了吧。"吴葶起身,先出去了。

她走到楼梯间,东张西望之后拨了个电话,一接通,她便语气焦急地说:"骆董,唐总她咬着我不放,要是明天还对不上账,她肯定不会放过我。"

周氏集团姓骆的董事现在只剩一位,骆常芳。

"当初是谁信誓旦旦地跟我保证,说账目绝对查不出来。"

"我没想到唐总她——"

"要是这件事把我牵扯出来了,不止唐想,我也不会放过你,"骆常芳着重语气地补充,"还有你的家人,听明白了吗?"

吴葶后背全是冷汗:"明、明白了。"

骆常芳坐在家中的沙发上,挂断吴葶的电话之后又拨了一个号:"昨晚的教训还不够,再给她吃点苦头。"

对方是男性,声音浑厚:"我没机会下手,她身边除了那个秘书,又多了一个人。"

"是谁?"

"江家的大少爷。"

这件事,同江孝林有什么关系?骆常芳毫无头绪。

"夫人,"家里的用人从外面进来,"有您的信件。"

信封上寄件人没有填任何信息。

骆常芳一只手握着手机,用另一只手去拆信封:"不用管江孝林,你找机会——"

信封脱手,掉在地上,里面的东西滑了出来,是一叠照片,骆常芳只看了一眼就愣住了。

七点已过,街上华灯初上。

周氏集团的大门前停了一辆灰色的宾利,车牌尾号是两个六两个九,车的主人正倚着车门,身上穿着经典款的西装裤与白衬衫,相貌堂堂,一派斯文。

唐想走出公司大门:"你怎么来了?"

江孝林将后座的车门打开。

"你不来接我,只好我来接你了。"

"我东西还没收拾好。"能拖一天是一天。

江孝林右手打了石膏,吊在脖子上,他吩咐身后的司机:"先去富兴半岛。"

唐想心想,逃不掉了,得上他家给他做牛做马。两人先去了唐想住的富兴半岛,拿了行李,随后去了江孝林住的华府苑。

进了屋,唐想把行李箱放下:"住进来之后呢,要我帮你做什么?"

江孝林答非所问:"房间在楼上,左手边第一间。"

唐想把行李箱放上去,换了件家居的衣服下来:"晚饭吃什么?"

江孝林衣服也没换,坐在沙发上,也不知道是不是在等她:"我叫了餐。"

"不用我做饭?"她不是来当免费保姆的吗?

江孝林把领带抽了,扔在沙发上:"厨房什么都没有。"

"那你把我叫来干吗?"

"表白完就把人拐家里来住,你觉得我想干吗?"

唐想不想回答这个没法聊下去的问题,刚好,门铃响了,是送餐的人来了。

江孝林在用一只手拆包装:"餐具在厨房下面的柜子里。"

唐想去拿了餐具。

他这人也不知道是真讲究还是假讲究,饭里不能有汤,不让她把菜夹在他碗里。他用勺子舀了一勺饭,手一伸:"帮我夹菜。"

唐想换了双筷子,夹了一筷子鱼放在他勺子上。

他动作优雅地进餐,细嚼慢咽,又舀了一勺,再递过去,让她夹菜:"不用那么麻烦,我不介意用你的筷子。"

"我介意。"唐想换了双筷子给他夹。

虽然没有共筷,但不影响江孝林的好心情:"随你。"

晚饭后,唐想去洗碗,江孝林也进了厨房。

"唐想。"

"干吗?"唐想蹲着,在柜子里翻洗碗用的手套,他这边的厨房一看就是没开过火的。

他把手伸过去:"帮我解扣子。"

他右手受伤,解不了左边袖子上的纽扣,唐想给他解开了。

他还不走:"衬衫不帮我脱?"

"你另一只手没残。"

行吧，他回了衣帽间，自个儿脱，那花盆不长眼，怎么不把左手也一并砸了。

唐想刚洗完碗，江孝林又在卫生间里喊："唐想。"

表白之后这家伙就解放天性了。

唐想深呼吸，忍了，她去卫生间："又干吗？"

江孝林站在镜子面前，额前的头发湿了："帮我拧毛巾。"

唐想把毛巾拧干水，递给他。

他没接，把衣服掀起来："你帮我擦。"

唐想露出假笑："要我帮你把左手也打残吗？"

他单手一摊，好好的世家公子不知道从哪里学来的无赖："可以，但我的裤子你得帮我脱。"

唐想把毛巾扔他脸上了。

晚上九点，唐想洗漱完从楼上下来，长袖长裤外面还套了件长款外套："江孝林，过来，我们约法三章。"

江孝林把手里的电脑放下："别的要求没有，在我的手痊愈之前，你都得住我这。"

花盆事件能有第一次，也能有第二次，骆常芳心狠手辣，没什么做不出来的，他只得找了这么个理由，把她拐回家来看着。当然，近水楼台先得月，他也有他的私心。

"你没别的要求，我有。"唐想坐在对面，"打扫卫生和做饭我可以负责，你的手不方便做的事，我也会帮你，但有一个前提，必须是一只手做不了的事，比如你左边袖子上的纽扣。"

江孝林在思考。

唐想问："你的意见呢？"

他看着她，端的是风流俊朗："我在想，什么事情是我的手不方便做，你能帮我做的。"

唐想回了他两个字："无耻。"

他愣了几秒钟，然后，脸红了。

唐想：好吧，这次是她无耻了。她别开脸，不说话了。

江孝林笑够了，拿了电脑站起来："你房间没有办公的桌子，可以用我的书房。"怕她不方便，他就先回房了。

唐想在用书房的中途他进来了一趟。

"我来找本书。"

当时唐想正站在窗前，窗户开着，她手里夹着烟，抽到了一半："请便。"

他拿了本书出去，五分钟后，又来敲门了。

唐想第二根烟刚点上："进。"

他推门进来："约法三章的内容，我要加一条。"

"加什么？"

他往门上贴了一张纸，纸上用钢笔写了两个字——禁烟。

唐想的烟瘾很重，刚毕业就进了当时的骆氏，压力大，就染上了烟瘾。

"我看到你电脑桌旁边有烟灰缸，以为你不介意室内抽烟。"很明显，江孝林也抽烟。

"现在介意了。"

"那我出去抽。"

他把她夹在手指上的烟抽走了，直接摁在烟灰缸里："抽烟不止对肺不好，对胃也不好，你胃病已经很严重了。"

唐想好笑："你不也抽烟？"

"我可以戒。"

这句话说得很不一样，不是沉稳优雅的江家林哥儿，也不是刁难她的浪荡公子，他认真了。

毕业前的那个晚上，有散伙饭，同专业的两个班级一起办了，摆了十几桌。他跟唐想不坐一桌，隔得很远，一个在头，一个在尾。

室友管培看出了他心神不宁，低声问了他一句："还不表白？"

他没吭声。

"最后一顿饭了，毕业之后各奔东西，再见就不知道是什么时候了。"

"她不喜欢我。"他这么说一句，喝了半杯酒。

"至少让她知道你喜欢她好几年了。"

他这个人骄傲得很，因为是江家长房长孙，从小就被教着怎么不动声色、怎么不露情绪，心里再怎么波涛汹涌，嘴上却不承认："没有好几年。"

管培直接戳穿："你柜子里那台破电脑，放了有四年吧。"

二十二岁的江孝林还没修炼到家，终究是红了耳根。

唐想敬酒去了，她桌子上有一本书，是她的好友送给她的毕业礼物，他走过去，佯装醉意，坐下了，把揣在兜里已经一整天的信封夹在了她的那本书里。

那是他第一次动了念头，要向她表白。

放好了信，他就回了自己的座位，唐想的室友陈小瑰先敬酒回来了，之后他们班的班长白雨青过来坐了一会儿。

"唐想呢？"白雨青随手翻了两页桌上的书。

他是一个长相十分书卷气的男生，大三当选了他们班的班长。

陈小瑰对他态度很不好，敌意很重："你问她干吗？"

"有话跟她说。"

陈小瑰死死瞪着他："滚蛋，别祸害她！"

白雨青嗤笑了一声："陈小瑰你至于嘛，不就睡了你一次。"

唐想回来就听见这一句，手里一杯酒全部浇他脑袋上了。

他立马跳起来，甩掉头上的酒："唐想，你他妈发什么疯！"

唐想又倒了一杯酒："滚！"

白雨青知道她什么性子，怕再被泼，骂骂咧咧地走了。

"没事吧？"唐想问室友。

陈小瑰摇头。

白雨青是个长得很正派的渣男。他和陈小瑰交往过一阵子，大三的时候，陈小瑰怀孕了，他非但不负责，还说不是他的种，更过分的是，他把这件事说出去了。陈小瑰流产手术后不到一个月，他就开始追唐想。因为这件事，陈小瑰休了很长一段时间的假才回学校，回来就开始吃抗抑郁的药了。

另外两个室友也回来了，叶欣发现了唐想书里的信封："你的书里怎么有封信？"

陈小瑰刚刚看到白雨青翻那本书了："那个混蛋放的吧。"

唐想直接把信封扔到了垃圾桶里。

信上只有一句话：九点，我在篮球场一号门等你，江孝林。

散伙饭江孝林没有吃，十一点他才从外面回来，酒局还没散，只有管培知道他去干吗了。

"说了吗？"

他不作声，起身就去了唐想那一桌："唐想。"

"嗯？"唐想回头看人，喝得有点晕，眼里有重影。

他想问她为什么不赴他的约，可还没开口，就在垃圾桶里看到了他的那封信，到了嘴边的话问不出口了。

唐想有点微醺，摇头晃脑的："你叫我干吗？"

沉默了半晌，他在桌上随便拿了个杯子："跟我喝一杯吧。"

唐想倒了杯酒："好。"

碰了杯，他看着她，先说了话，客套又生疏："祝你前程似锦。"

她眼睛有点红："我也祝你前程似锦。"

那天晚上，江孝林喝了很多，管培陪着他在十七栋楼下待到了很晚。

唐想酒醒后下来吹风，正好看见了他们，一人手里拿了罐啤酒，蹲在路灯下，她走过去："这么晚了，你俩在这干吗？"

江孝林站起来,趔趄了一下,扶着路灯杆:"路过。"

又是路过。他从全世界都路过了吗?

两个男生喝酒,她也插不上话,就说:"那我先上去了。"

"唐想。"管培叫住了她。

"还有事?"

"抱一下吧老同学,以后就没机会了。"

管培这人平时就爱开玩笑,人缘一向很好。唐想没多想,跟他抱了一下。

管培很绅士,手没有碰到她,退开后,对后面的人说:"孝林,你也抱一下吧,都被她压了四年了。"

他就想让他哥们儿抱抱喜欢的姑娘。

江孝林把酒瓶子放在地上,走到女寝门口的台阶上,伸了一只手,放在唐想肩上,他看不到她脸上的表情,也没让她看到他自己的表情:"毕业之后去哪工作?"

天上全是星辰,夏天的风吹得人脸上发热。

"应该会去留学吧,还没定下来。"

他没松手,抱着她:"哪个城市?"

"休斯顿。"

两个月后,他们又在休斯顿遇见了,就在唐想隔壁的学校。

唐想问:"你怎么在这?"

江孝林回答:"路过。"

他不是从全世界路过,是只从她的全世界路过。

唐想有胃病,江孝林留学的时候就知道了,她曾经在出租屋里胃出血,是他把她送去医院的。当时他们的关系并不好,因为他向她的房东告密了,房东定了规矩,单人公寓里不能住两个人,她为了分摊房租,与一位白人男生偷偷同租了。

她的女士香烟被他摁灭了。

还真是操心她的肺和胃,她把烟盒扔进垃圾桶里:"行了吧?"

江孝林这才满意,他人出去,把垃圾桶也带出去了。唐想坐回电脑前,半天静不下心来。她失笑,调整了一会儿,继续工作。看完财务报表已经十点多了,她动动脖子,合上电脑站起来,这才发现门口的地上有张纸,她走过去捡起来。

纸上是骆常芳吞的那三个亿的去向,江孝林故意落在这儿的。她突然明白了,为什么他要让她住在他这边。

江维礼一进榆林公馆门,一堆照片就砸在了他头上。骆常芳歇斯底里地冲他吼:"这个女人是谁?"

江维礼被照片刮了一道口子,正要发火,看到了照片上的内容又将火气压下了,解释说:"酒家女,陪我逢场作戏了几次。"

"逢场作戏需要搂搂抱抱?需要去酒店开房?"

江维礼没有辩解:"照片谁给你的?"

"别管谁给我的。"骆常芳情绪失控,"你给我说清楚,你跟这个女人是什么关系?"

江维礼不咸不淡地说:"睡过几次而已。"

而已,他说而已。

骆常芳一巴掌扇在他脸上:"江维礼,你他妈混蛋!"她抬起手就要扇第二巴掌。

江维礼抓住了她的手,用力甩开:"多大点事儿,你至于吗?"

"多大点事儿……"骆常芳笑了,她脸色苍白,笑起来有几分惨青的阴森气,"这么多年,我人前人后为你打点,什么肮脏卑鄙的事都做过,才让你一步一步爬到了今天的位置,你问我至于吗?江维礼,你的良心被狗吃了吗?"

江扶离下楼就听见这句。

"你们俩又在吵什么?"她烦躁不已。

"没什么。"江维礼敷衍了一句,把照片捡起来。

江扶离走过去,扫了一眼地上的照片,蹲下捡了一张起来。

江维礼立马抢过去:"这是我和你妈的事,你别管。"

骆常芳也说:"扶离,你上楼去。"

江扶离没有管,上楼去了,楼下两人吵得不可开交,等声音从客厅移去了卧室,她才下楼去,在垃圾桶里翻出来两张照片。她拍下来,拨了个电话:"给我查查照片里的女人。"

那个女人并不年轻,也不漂亮,可她的父亲不仅带她去酒店,还带她出入了好几个别墅,不像是逢场作戏。

次日的早上九点,吴葶来找唐想坦白,承认是她伙同做外贸的表弟一起做了假账,挪了三个亿。

唐想坐在老板椅上,从容自若:"钱最后进了谁的账户?"

吴葶根本不敢看她,磕磕巴巴地说:"我、我自己的账户,被我赌博输掉了。"

唐想把那三个亿的资金流向明细拿给她,说:"你撒谎。"

江宅里许九如这几日精神头不错,能下床走动了,上午的天儿好,日头不烈,她在后院里修剪花草,江川从游廊过来。

"查到了吗？"

"查到了，与小少爷说的一样，明洪威的儿子在国外赌马，欠下了巨额债务，他以私人名义向银行借款，但都被拒绝了。"

赌马这个事儿也是江织让人牵的头，先把人逼进绝境，等没路可走了，就会死死抓住救命稻草，现在就等江家抛出这根稻草了。

这时，桂氏过来说："老夫人，小少爷回来了。"

今儿个是十五。许九如吩咐："把他叫过来。"

桂氏又折回主屋了，不肖一会儿，江织就过来了。

许九如刚净过手，坐在树旁的藤木椅子上："织哥儿，过来坐。"

江织坐过去。

她仔细打量着，露出担忧之色："好像又瘦了些，身体还好吗？"

"没什么事，已经出院了。"

二房下药的事揭开之后，他便没有再吃老宅这边熬的药，身体养回来了一些，不像去年冬天那样病歪歪，只是周徐纺"没了"之后，他整个人阴郁了不少。

许九如为他倒了一杯茶，把桌上的茶点推到他面前："你去见过明洪威了？"

"见了。"

"他怎么说？"

百德器械是陆家最大的供应商，要动陆家，就得先把明洪威拉到江家的阵营里。

"要看我们江家的诚意。"江织说，"除了我们，他还有一条出路，向陆家求援。"

先下手为强，就看谁先让明洪威看到"诚意"。许九如喝着茶，思忖了片刻："他有什么要求？"

"江家可以控股，但经营权他不想完全交出来，除此之外，还有一个条件。"

"他还要什么？"

"江氏百分之五的股份。"

许九如嗤笑了声："胃口不小啊他。"

"母亲！"是骆常芳在叫喊。

许九如暂时打住了话题，呵斥道："你这吵吵闹闹的，干什么呢？"

夫妻俩拉拉扯扯地一道过来了，骆常芳推开丈夫的手："母亲，求您给儿媳做主。"

江维礼又去拽她，已经极度不耐烦了："你跟我回去，在这儿闹什么闹！"

骆常芳推搡："你别碰我。"

江维礼给她使眼色，声音压低，是警告的口气："跟我回去说。"

"怎么，怕丑事被人知道啊？"

江维礼忍无可忍，拽着她的手就往外拖："少在这胡搅蛮缠，跟我回去！"

骆常芳不肯走，也不顾小辈在场，对着丈夫破口大骂。

许九如疾言厉色地训了两句后，吩咐次子："维礼，你先松手，我听听常芳怎么说。"

骆常芳直接把丈夫的手甩开，跑到许九如面前，红着眼告状："这个混蛋在外面有人了，还怕我对那个狐狸精怎么着，死活不肯说人在哪儿。"

许九如眉头一拧："维礼，可有这事儿？"

小辈们都闻声过来了。

江维礼好面子，狡辩："别听她胡说，男人在外逢场作戏是常有的事，什么狐狸精，没那回事儿。"

骆常芳平时八面玲珑，可一遇到自个儿的事就沉不住气："你还不承认？照片都寄到我这儿来了，那狐狸精在向我耀武扬威，你还袒护她，要是你们真没什么，为什么不敢告诉我那人是谁？"

江维礼越是什么都不肯说，她就越是怀疑，这么藏着掖着，怎么可能没鬼，二十多年夫妻，江维礼肚子里有几根花花肠子，她还是知道一些。她有预感，那个女人，绝对不止是露水姻缘这么简单。

江扶离过去劝："妈，我们回家说。"

桂氏在这时慌慌忙忙跑过来："老夫人，检察院的人来了。"

许九如诧异："检察院的人来做什么？"

说话间，人已经过来了，一共来了三位，为首的男人西装革履，是江维礼熟悉的面孔："哪位是骆常芳？"

此人是检察院的首席，江维礼认得，他态度客气地询问："几位过来有什么事吗？"

"有人举报骆常芳女士财务造假、挪用公款，哪位是骆常芳女士？"

骆常芳神情慌乱："我是。"

那位检察官看了她一眼："带走。"

"请等一下。"江维礼叫住人，走到骆常芳身边，小声地说了一句，"不要乱说话。"

之后，骆常芳就被带走了，江维礼父女去打点和联系律师了。

许九如还没搞清事情的始末，赶紧吩咐长孙："林哥儿，你快去查查，这到底是怎么回事？"

"我这就去。"

江孝林前脚走了，江织后脚跟出去，两人走在游廊，一前一后。

江织在后面："动作挺快啊。"

江孝林回头："彼此彼此。"

江孝林刚走到前院，他父亲江维开过来了："孝林，你跟我来一下。"

江维开刚回来，在门口看见了骆常芳被带上检察院的车，又听家里的用人东一句西一句，知道了个七七八八。父子俩回了他们自己那屋。

"是不是你？"江维开知道他在查江维礼夫妻的事。

江孝林承认得挺爽快："是我。"

"你想要二房的股份？"

他回了句不相关的："爸，你觉得唐想怎么样？"

怎么扯开话题了？江维开有点稀里糊涂："哪个唐想？"

"以前在骆家的那个。"

唐想聪明，有原则，在骆家那样的环境里也没有长歪，是个不错的姑娘。不对，问题是："你怎么突然提起她？"

"让她当你儿媳怎么样？"

从来不找女人的家伙突然说他要娶媳妇了！江维开觉得不可思议："你跟她好上了？"

"还没，我还在追她。"

离娶媳妇还差了十万八千里，江维开言归正传："别扯远了，二房这事儿跟她有什么关系？"

"骆常芳吞的是周氏的钱，归她管。"

越说江维开越觉得这是别人家儿子的事，他儿子这个无趣的"闷棍"怎么可能冲冠一怒为红颜，当爹的很怀疑："你是为了她？"

"也不全是，二房的确犯了罪。"

江维开对二房的事没有异议，就问："你什么时候看上人家的？"

江孝林头撇开："快有十年了。"

江维开惊呆了，这还是他儿子吗？居然是个情种。

"出息！"他骂了一句，上楼了，不一会儿又下来，损了一句，"你要是能耐点儿，我孙子都抱上了。"

十年，二胎都能生出来了，动作快的话，没准孩子都能打酱油了。

六月八号，骆常芳被拘留，因为这个财务案件涉及的金额巨大，再加上媒体也曝光了这件事，上头很重视，尤其对象还是江家人，中低人员不敢管，出面的全是在帝都跺脚就抖三抖的人物。

六月九号，陆家在殡仪馆举办林秋楠的"葬礼"，因为没有打捞到尸体，陆家只能在棺木里放几件衣服，帝都有头有脸的人都来吊唁了，除了江家，一来是江家不太平，二来是江家和陆家不和，江家人不到场，也实属正常。

吊唁的宾客一波接一波，陆家人悲痛欲绝，接二连三地有人被送去"医院"，先是姚碧玺，接着是陆景松。陆老夫人去得突然，长孙陆星澜怪病缠身，陆声年纪尚轻，陆氏群龙无首，各方妖魔鬼怪都蠢蠢欲动了。

殡仪馆外面。

"老夫人，要进去看看吗？"

许九如今儿个穿了一身黑，坐在车上望着殡仪馆的门口："不进去了，秋楠见到我，恐怕要走得不安心了。"

她神色惘然，想起了过往。

"我跟她认识也快五六十年了，大半辈子都搅和在了一起。"

她认识林秋楠的时候才十八岁，两人的性格天差地别，却意外地无话不谈，如果不是因为陆家那位惊才绝艳的三公子，或许她们会当很久的朋友。

"下辈子千万不要再碰上了。"

许九如刚回江宅，江孝林就急急忙忙来见她："奶奶，出事了。"

她坐下，歇歇脚："又怎么了？"

"二叔刚刚被检察院的人带走了。"

这夫妻俩就没一个省心的，另一个还没捞出来，这又进去一个，许九如头疼："他又是怎么一回事？"

"二婶的口供，说她是为了帮二叔行贿，才做假账私吞了三个亿的公款。"

竟是自家人把自家人送进去了，许九如原本还以为只是例行调查，没想到事情严重到了这个地步："她有没有拿出证据？"

"有账目明细。"

那完了。

"这夫妻俩是怎么回事，怎么突然就窝里反了。"

要只是骆常芳一人被卷进去，处理起来还容易一些，江维礼人在官场，一旦被搅和进去就会很棘手。

"应该是因为二叔出轨的事。"

这个儿媳还是太不识大体了，思前想后，许九如吩咐长孙："跟你爸说一声，维礼的事先不要插手，看看情形再说。"

要说二房是怎么窝里反的，还要从五个小时前说起。

骆常芳的律师梁平永是专门打经济类官司的大状，上午，他去看守所见了他的当事人。

"吴葶已经招供了,她手里有邮件往来和财务证据,在法庭上要打无罪的话,基本没有胜诉的可能。"

一开口就说没有胜算的可能,这算是什么律师,骆常芳意见很大:"那你什么意思,让我认罪?"

梁平永很从容:"那三个亿的款项还有一部分没有最终到账,而且也没有明确的证据,能证明你让吴葶做了三个亿的财务假账。"

"数额是面谈的。"

"我刚刚说的只是一个例子,这样的漏洞还有多少你还要仔细想想。"他看着他的当事人,提点,"认罪得认,但要先捋一捋,看看哪些该认,哪些不用认。"

法律也有很多空子可以钻,打不了无罪,就把能让别人担的先让别人担。

骆常芳听明白了。

"江部长让我带一句话给你。"

一提起江维礼,骆常芳就很情绪化:"他说了什么?"

就一句:"多替女儿想想。"

夫妻本是同林鸟,大难临头各自飞,江维礼是想让她一个人担了罪名,就以女儿的名义来要求她。

那位嘴上说着"多替女儿想想"的父亲这会儿在干吗?他在和他女儿打太极。

"你外面那个女人是什么情况,你还不打算告诉我?"

江维礼只说:"你妈的事跟她没关系。"

"你什么都不说,我怎么知道跟她有没有关系?"

"她没有那么大能耐。"

他还在为那个女人开脱,除此之外闭口不谈。

江扶离觉得奇怪极了,很多解释不通的疑点:"如果不是她,那些照片是谁寄的?目的是什么?"

"我也还在查。"

江扶离冷眼看着坐在对面沙发上的江维礼:"那个女人最有动机不是吗?只要我妈不在,你就可以把她扶正了。"

"你觉得你爸这么没有分寸吗?我那个位置多少人盯着,光陆景松一个就够我应付了,我是一点差错和把柄都不能被人抓到,你妈做的事哪一件不是跟我有关,我怎么可能让外面的女人影响到我们的关系。"

江扶离嗤了一声:"那你还出轨。"

江维礼哑口无言了。

江扶离起身，上楼去了。没过多久，她接到了私家侦探打过来的电话。

"江小姐，那个女人的资料查到了。"

"发过来。"

对方把资料发过来了。

她在电脑上阅览完，立马回拨过去："你是怎么查到我爸把股份给了那个女人和她的儿子的？"

她的感觉没有错，那个女人不是露水姻缘，还给她父亲生了一个儿子。

"她在外面炫耀过，说她给高官生了个儿子之后就拿到了一辈子都花不完的股份。"

江扶离全想明白了，怪不得她父亲总说为什么她不是个男孩儿。

她下楼去，直接推开江维礼的书房，质问："爸，那个女人是不是给你生了个儿子？"

江维礼神色立马紧张了："谁告诉你的？"

他没有否认，她又问："你还把你名下的股份给了你儿子？"

江维礼从座位上站起来："到底是谁跟你说的这些？"

还是没有否认，江扶离心里有答案了："你只要回答我是还是不是。"

江维礼不作声。

"怪不得我妈让你把股份都转给我的时候，你总说再等等、再等等，原来是要留着给你儿子。"

江维礼从政，不管家族生意，他们二房分到的那些股份都是她在代管，反正她是独女，以为早晚都会给她，没想到到头来居然一个子儿都不是她的。

"扶离，你听我说。"江维礼急着解释，"在你弟弟满十八岁之前，是没有继承权的，那些股份还是由你——"

"弟弟？"她冷言冷语地嘲讽，"我妈就生了我一个，哪来的弟弟。"

看她反应这么大，江维礼心里不踏实，也不解释那么多了："这件事不能让你妈知道。"一旦被她知道，估计会跟他鱼死网破。

江扶离慢慢冷静下来，然后打了个电话："梁律师，安排我和我妈见一面。"

梁平永回复她说："安排不了，这个案子上面盯得很紧，判决之前，当事人和家属不能会面。"

"那你带一句话给我妈。"

"请说。"

她就当着江维礼的面说："我爸把股份都给他外面的女人和野种了。"她盯着江维礼，"不想坐牢，就把东西吐出来。"

江维礼一听急了："扶离——"

"爸,我说的都听明白了吧。"父不仁,怪不得她不义了,"不希望我妈乱说话,明天之前,就把所有的股份都转到我名下。"

江维礼当场傻眼了,他这个女儿当真是狠。

一个小时后,梁平永给江扶离回了一通电话:"江小姐,你母亲把你父亲供出来了。"

"怎么回事?我不是让你带话给她了吗?"

"我到看守所的时候,已经晚了。"

其实早在一小时之前,骆常芳刚见完律师,就收到了江维礼和他儿子的DNA鉴定结果,以及一份股权转让协议的复印件。

那个私生子,居然那么大了。

当时,她脑子里什么都想不了,唯一的念头就是跟江维礼同归于尽。

江氏集团,江孝林坐在老板椅上,戴了副金边、有链条的眼镜,尤其显得斯文风雅,内线电话按了免提,他握着钢笔,俯首在写什么:"东西送到了吗?"

"送到了。"

他挂了电话,放下笔,靠着老板椅,手指敲着桌子上,等啊等。八分钟后,他父亲江维开来电话了。

"你二叔被检察院的人带走了。"

嗯,他料到了。

骆常芳这个人,别看她八面玲珑,其实很好对付,一激就怒,一怒就咬人。

他心情好,挂了父亲的电话,又拨了个号。

"干吗?"

这女人,就不能稍微对他温柔一点点?他像个大爷一般:"晚上我想吃红烧鱼。"

唐想问:"你几点下班?"

"要回一趟江家,大概八点回去。"

"知道了。"

江孝林觉得诧异:"怎么回事,居然这么听话?"

早上他出门的时候,让她帮忙打个领带,都要他软磨硬泡半天。

"今天心情好,不同你计较。"她语气轻快,听上去心情是挺不错的。

心情能不好吗?骆常芳跟江维礼夫妻反目了,在狗咬狗。

"巧了,我今天也心情好,想逗逗你。"

这是什么恶趣味?

唐想正要挂电话,江孝林问她:"你跟江织什么关系?"

电话那边的唐想不雅地翻了个白眼："什么关系都没有的关系，就是觉得他脸长得好看。"

她大三的时候跟着骆怀雨去过江家，那是她头一回那么近看江织的脸，当时她确实有点失神了。

当时江织躺在一张小榻上，身上披着一张大红色的、狐狸皮毛做的毯子，桃花眼半开半合，偶尔几声咳嗽，美若西子，那是三分病弱七分娇。她是被他惊艳到了，那张脸根本不应该是人间之色。

就因为这个，江孝林损了她好几年。

到现在，他还酸溜溜地怼她："你真肤浅。"

唐想懒得辩解："是，我很肤浅，行了吧？"

江孝林问了个很不符合他个性的问题："我脸不好看吗？"

唐想拒绝回答。

"哪里不好看？"他语气听不出玩笑的成分，倒有几分不甘心却要认命的无奈，"说出来，我去整。"

自从江孝林表白之后，唐想就觉得他跟换了个芯似的。

"你是不是跟江织的女朋友关系不错？"他问了句正经的。

"你知道的挺多啊。"

他语气挺正式的："要是我跟江织杠上了，你会和周徐纺绝交吗？"他不是什么大孝子，他就算真跟江织干起来，那也是因为利益，跟江家和许九如都没关系。

江织那只狐狸精，说不定哪天就跑他头上来拔毛了。

"江孝林先生，"唐想提醒他，"请问我为什么要因为你跟朋友绝交？"

江孝林先生笑得很浪："谁知道你以后会不会爱我爱得要死要活。"

唐想直接挂电话了。

这两日，财经板块的新闻基本都被江家独占了，媒体曝光了江家二房公款行贿一事，用词非常犀利，直指背后的腐败与黑暗。满城风雨，舆论把江维礼推上了风口浪尖。

许九如几乎找遍了所有能找的人，登门拜访或是电话联络，可得到的答案却是各式各样的推辞，借口层出不穷，一个一个都对江家避如蛇蝎，全然忘了他们曾经也依附过江家。

许九如重重摔下手机："看看这些小人嘴脸，平日里一个个都是至交，一出了事，就一个比一个撇得干净。"

江川去把手机捡回来："这世道不就是这个样，收钱的时候都是亲人，坐牢的时候就是冤家。"他倒了杯茶给许九如，"您别气坏了身子。"

这时，江维开外出回来了。

许九如立马询问："怎么样了？"

"这件事要是没曝光还好办，但周氏那边让媒体介入了，舆论的声音太大，不好在里面做文章，搞不好不止二房，我们江家也要被牵连。"

骆常芳给检察院的是铁证，要悄无声息地解决这件事，目前看来没有可能。

许九如思忖了很久："这事你不要再插手了。"管多了会引火上身。

"那二弟怎么办？"

"能怎么办，总不能把江家都赔进去。"许九如叹了一口气，脸色憔悴不已，"有本事作奸犯科，却没本事不让人发现，又怪得了谁。"

"老夫人，"桂氏进屋，"看守所来消息了，说二爷想见见您。"

许九如摇摇头，身子疲倦："见我有什么用，这帝都的天又不是我一人说了算。"她摆摆手，"维开，你去忙吧，让孝林好好盯着公司，这件事你们就别再管了。"

江维开应下了，神色复杂地出了屋。亲骨肉啊，一旦没用了，老太太能把那块肉割下来。

人一走，许九如便再也忍不住，用白色的帕子捂着嘴，剧烈咳嗽。江川正要喊人进来，许九如叫住了他。

帕子上有血。江川大惊："老夫人！"

她瘫坐在椅子上，说话吃力："不要声张。"

是夜，晚十点，一辆黑色私家车停在老旧的小区外面，车窗紧闭。不一会儿，有个戴着口罩与鸭舌帽的男人从小区里面出来，四处张望过后，走向了那辆私家车。

"江小姐。"

车窗摇下来。男人说："门是开的，但人不在。"

车里坐的不是别人，是江家二房的江扶离。

"尽快查出那对母子的下落。"

"是。"

她来晚了，人被藏起来了。

晚上十一点，江维礼被带出了牢房。这个点要见他的人，绝对不可能是检察院或者警方的人。

他很警惕："谁要见我？"

"进去就知道了。"

看守的人员把审讯室的门打开，推着他进去了，里面只有一个人，背门站着。

江孝林转过身来:"二叔。"

江孝林回江宅的时候,已经深夜,刚进屋,桂氏就过来了:"大少爷,老夫人请您过去一趟。"老太太的房门关着,他敲了敲门。

"林哥儿吗?"

"是。"

屋里有咳嗽声传来,许九如唤他进去。

江孝林站在帘子外面:"您不是身体不舒服吗,怎么还不睡?"

许九如坐起来,披了件衣服起身:"去见过你二叔了?"

"见过了。"

"股份给你了吗?"

他去见江维礼的目的只可能是股份,手段不管,她只看结果。

"给了。"

他刚才在看守所,跟江维礼谈了三件事。

第一件,老太太放弃二房了,因为在江家,利益至上。

第二件:江扶离在找那对母子,只要人落到她手里,一定会斩草除根。

第三件:那对母子在他手里,能护他们一时,也能护他们长久。

江维礼没有后路,只能妥协。

这个结果,许九如是满意的,江家的长房长孙的确需要手段,还需要野心:"林哥儿,跟奶奶说句实话,你是不是也想要织哥儿那个位子?"他不否认。

"再等等。"她也迫不及待,眼里有一闪而过的雀跃,"用不了多久,这帝都的商界就是我们江家说了算,织哥儿那个位子也只能是你的。"

只有陆家倒台了,这帝都的商界才是江家的天下。到那时候,江织也就没有利用价值了。江孝林从老太太屋里出来,在外面碰到了江扶离。

她叫住他:"堂哥。"

"还没睡呢。"

"你去看守所了?"

他不置可否。

江扶离就知道是他:"我那个便宜弟弟,不知道堂哥有没有见过?"

江孝林靠在楼梯的扶手上:"见过。"

他坦白得出人意料,江扶离又问:"人在哪儿?"

"国外。"

"江孝林,这所有的事都是你一手安排的吧?"让她父母反目,然后乘虚而入。

这个问题江孝林略作思考,回答:"不是。"

255

二房虽然是他搞的，可那导火索却是江织点的，江织才是坐收渔翁之利的人。江家近日来愁云惨淡，江维礼夫妻开庭的日子已经定了，外面有很多负面的传闻，舆论的矛头直指江家，许九如的精神头是一天不如一天，医院也查不出问题，只说是年纪大了。

这日，江川来说："老夫人，有好消息。"

许九如在用餐："什么好消息？"

"昨日百德器械的仓库冒了点儿烟，没有及时给陆家供给原材料，陆氏有批国外的大货订单按时出不了货，陆二小姐焦头烂额，正急得四处找供应商呢。"仓库冒了点儿烟？这烟冒得蹊跷啊。

刚好，明洪威的电话打过来了："江老夫人，看到我的诚意了吧？"

这烟果然不是白冒的，都是心知肚明的事，明洪威就直说了："你们江家是不是也该拿出诚意了？"

许九如爽快答应了："当然。"她挂了电话之后，立刻吩咐江川，"把织哥儿叫过来。"

三天后，有消息出来，百德器械正式并入江氏集团，与陆氏终止合作关系，为表诚意，明洪威将持有江氏百分之五的股份。

这一部分股份是许九如从自己腰包里掏出来的，江织与江孝林目前持有的股份差不多，她为了确保江织第一大股东的身份，又想帮着江孝林养精蓄锐，就只能动她私藏在江家旁支那边的股份。

许九如倾巢而出了，这硝烟也该起了。

6月10号，许九如拿到了一份商业资料，把江孝林唤来。

"奶奶，您找我。"

她让他关上门："这是明洪威给的客户资料，陆家的供货渠道出现了短时间的缺口，我们江家的机会来了。"资料上标了几处，"别的无所谓，我标出来的这几家公司，就算是利润点让步，也要拿下来。"

江孝林看了一眼那几家公司的名字："恐怕我们一口吃不下。"

许九如摇头："百德是医疗器械业的龙头，不仅公司内部有很大的出产量，他们还与好几家外加工的工厂保持着固定合作关系，就是因为这个，陆家才会和百德合作了近十年，而且从来没有换过供应商。"

也正是因此，江织费尽心机地把明洪威拉到了江家的阵营里，这把利刃可以帮陆家杀敌，也能反捅陆家一刀。

"为什么不让织哥儿去？"

许九如口吻坚定："因为你是长房长孙，是我江家最名正言顺的继承人。"

6月10号，江织在干吗？

他在家。周徐纺觉得奇怪:"你今天不用去公司吗?"前一阵他都很忙。
"今天陪你。"
许九如忙着开疆辟土,没精力盯他,他也放好了饵,等着收网。
"哦。"周徐纺反应平平淡淡的,只有嘴角弯了一下。
不该是欣喜若狂吗?江织有种被泼了一盆凉水的感觉:"没了?"
周徐纺头顶冒问号:"啊?"她不懂。
他语气不满:"我都说陪你了,你都没有表现出很高兴的样子。"
其实周徐纺心里是高兴的,可是要表现出来吗?
好吧,她鼓掌:"噢,好棒啊!"
因为语气太浮夸,因此略显僵硬。
江织:"……"

6月17号,江孝林出差回国,刚到江家,许九如便把他叫到了书房:"谈下来了?"
"一部分。"
许九如颇为满意:"陆家出货的日子就是这两天了。"
百德器械的仓库"冒烟"之后,陆氏所需的原材料供给不上,合作方只给了一周的延期时间。
江孝林这次飞M国,见了好几位之前与陆氏有过合作的医院负责人,那位给了陆氏一周延期时间的合作方也是其中之一。

6月17号,江织向公司请假,请假原因:身体不适。
一大早,陆星澜的电话打过来:"海外有几家医院跟江氏合作了,以前都是我们陆家的客户。"难得了,这位睡神这么精神。
锅里炖着猪肝粥,江织尝了尝,把火关了:"胃口这么大,也不怕撑死。"
身体不适当然是假的,他不在公司,许九如才好搞动作。
"江孝林是怎么回事?他不是知道你在搞鬼吗?"
"被女人洗脑了,决定弃暗投明。"
陆星澜觉得他在鬼扯。也不算全部鬼扯,江孝林所作所为和唐想有很大关系,当然,也不止光为了美人,他要美人,也要江山。
"我和他做了个交易,等许九如含恨而终,该是他的,我都会给他。"含恨而终,江织用了一个很大胆的词,"江家的股份太分散,江孝林想要权力集中化,就故意顺水推舟,他让我利用,我替他做嫁衣。"
他们是各取所需,都心怀鬼胎。
江织:"他也是只狐狸精,狡猾得很。"
陆星澜:"你也是。"

江织不否认:"股份,你要不要?"

"江家的?"

"嗯,给你个跳楼价,十亿。"

江氏百分之二十八的股份只卖十亿,这的确是跳楼价,江家人听了得气得跳楼。陆星澜不困的时候是像个生意人的:"成交。"

挂了电话,江织盛了一碗粥出来,去卧室叫周徐纺起床。

6月23号,陆家出产的新药在国外上市。

许九如得到消息后,寝食难安:"不是出不了货吗?哪来的药?"

江孝林摇头。

"你快去查查。"

随后,许九如接到了一通电话,是从江氏总部打来的:"董事长,我们制药工厂的货出问题了。"

一波未平,一波又起,许九如有很不好的预感:"怎么回事?"

"明洪威说,百德器械的仓库冒烟了。"

百德器械并入江氏之后,江氏就换了供应链模式,器械和原材料开始自给自足,减少了大量外购。两家公司唇亡齿寒,百德的仓库一冒烟,江氏的制药厂也要跟着起火。

许九如立马把电话打到明洪威那里质问:"明董,你最好给我一个解释。"

对方语气十分的无奈:"老夫人,您这就为难我了,天灾人祸,我可控制不了啊,我跟陆家合作的时候不也冒烟了?"

6月23号,至一总部。

"赢哥,外面有客人来了。"

男人嗓音沙哑,喉咙里像卡了东西,是至一的三把手,熊杰。

赢哥嘴里叼着根雪茄,双脚搭在桌子上:"谁啊?居然找到我们老巢来了。"

"是江家的小公子。"

江家啊,那是个钱多得能拿来烧的家族。赢哥咧了咧嘴:"又来一头肥羊。"

送上门来的肥羊,哪有不宰的道理,"请他进来。"

三分钟后,江织被一个比阿晚还大块头的男人领到了会客室。阿晚觉得他们像进了土匪窝,尽管墙面到处都是高科技的电子设备,但拿着伸缩棍四处走动的保镖们都很社会,有些脖子上还有纹身。

会客室的沙发上坐了个人:"江公子,稀客啊。"

江织从桌子上抽了几张纸,擦了擦沙发,坐下:"我只跟你们老大谈,把赢哥叫来。"

对面的熊杰打量了他好几眼,拨了个电话。没过多久,后面的电子门打开了,额角有疤的男人走了出来:"江公子认得我?"

江织以前跟周徐纺来过至一的总部,还揍过这家伙:"不认得,但我有钱,有钱人的世界,是没有秘密的。"

赢哥在他对面坐下:"这话我赞同,既然江公子知道我这儿是干什么的,那应该是来做买卖的吧。"

"我来买秘密。"

赢哥晃着二郎腿:"干我们职业跑腿人这一行,最重要的就是要嘴巴紧,如果是要买我雇主的秘密,那不好意思,我——"

"十个亿,卖不卖?"

开口就是亿,姓江的都好有钱。至一是职业跑腿公司,干这一行的,必须讲究信誉,绝对不能出卖雇主。不出卖?那是钱没给够。

赢哥问:"谁?"

对方安之若素:"江家老夫人,许九如。"

许九如当初买了两条人命也是花了十亿,当然,她是自掏腰包,江织就不同了,他卖了江家的股份,以跳楼价十亿卖给了陆星澜。用卖江家股份得来的钱,来买许九如的犯罪证据,论奸诈阴险,谁比得过江织。

7月初,因为百德器械的原材料仓库"冒烟",江氏八笔海外订单延期了六笔,江家一波未平一波又起。2号这天,许九如将江家旁支的几位董事请到了本宅,除了江氏的集团总经理江织之外,所有江家的董事都到了。

"我们的货出不了,海外那几家医院取消了后续订单,而且要求我们江氏按照合约的内容赔偿。"说话的是已逝江老太爷的堂侄。

许九如坐在主位:"后面的合作呢?"

江家堂侄摇头:"我得到消息,他们首选的还是陆氏。"

原本以为陆氏少了百德这个左膀右臂一定会大伤元气,却没想到到头来是江家吃力不讨好,事有蹊跷,不太对。

许九如吩咐下去:"去查一查,是谁在给陆家供货。"

江陆两家格局大变,帝都商界风起云涌。再看江织,这几天就过得悠哉悠哉了,拍拍电影陪陪女朋友,坐着看看江家上蹿下跳。

"6号的航班。"电话那边是乔南楚。

江织6号飞M国,目的是江家在外资企业手里的那15%的股份。乔南楚问他要不要陪同,伯根有大把的谈判高手。

"不用,我一个人去。"

上午九点,江织去了片场,几乎隔半个小时就给周徐纺打个电话,赵副导演没胆量去偷听。

"江导，"中途休息的时候江织又摸到手机了，赵副导演忍不住调侃了，"给谁打电话呢？打得这么勤。"

江织按的是一号键："我老婆。"

您老婆不是被撕票了吗？赵副导演也不知道，他也不敢问。

这是江织出门不到两个小时的第五通电话，问周徐纺无不无聊、有没有不舒服、有没有偷吃零食、想不想他、要不要他陪……第四通电话的时候其实都问过了。周徐纺也不会不耐烦，乖巧回答。

"徐纺，把电话给奶奶接。"周徐纺昨晚凉的吃多了，胃不太舒服，林秋楠早上过来给她煮粥，人还没走。

周徐纺把电话给林秋楠了。

江织先开的口："奶奶。"

"嗯？"林秋楠愣了一下。

他语气没有很亲昵，但比之前已经自然随意了很多："徐纺身体不是很舒服，你可以在家陪陪她吗？我不放心她。"

林秋楠握着手机的手轻微颤了一下："好。"

"谢谢。"

挂了电话，林秋楠怔了很久，她脸上有笑，眼里却含着泪光："江织刚刚叫我奶奶了。"周徐纺也听到了。

这是江织第一次开口叫林秋楠奶奶，没有刻意为之，很自然而然。

7月6号，江织飞M国，次日回。7月8号，江氏周年庆。周年庆头一天的晚上，许九如把江孝林叫到屋里，给了他一个文件袋，里面装的是股份转让书，许家持有11%的股份全部转给了江孝林。

次日，江氏周年庆，许九如由江扶汐陪同出席。

"董事长，您来了。"西装革履的中年男人从会所里面出来，他上前迎接，对江扶汐也点了点头，"三小姐。"

江家老爷子过世后，许九如就暂代了董事长的位置，近几年管事的是江孝林和江扶离，若不是重要事项，许九如很少会亲自出面。

"织哥儿和林哥儿都到了吗？"

"都在里头。"

许九如化着精致的妆，拂了拂身上的旗袍，进了会所。

江家素来低调，这样大张旗鼓地办周年庆还是头一回，商政界有头有脸的人都请了个遍。

唐想寻思着："有点不对头啊。"

江孝林随意靠着桌子，身体稍稍往后倾，打了石膏的手吊着："怎么不对头了？"

唐想今儿个穿了件露背的礼服，他们站在右边靠墙位置，他挡得住左边的目光，可挡不住后边的，嗯，想把那几双"无意间"扫到她后背的"狗眼"挖出来。

"你们江家和陆家不是死对头吗？你们家老太太怎么还请了陆家人？"

"请来看戏。"

"看什么戏？"

江孝林笑而不语，唐想琢磨着估计是出重头戏。

"唐小姐。"

声音从后边传来，是个公子哥，与唐想有过几面之缘，这公子哥家里有点积蓄，对唐想也有点意思，他自然地站到了她的右侧："好一阵子没见了，最近在忙什么呢？"

唐想聊得不冷不热："还能忙什么，养家糊口呗。"

公子哥儿打趣："你一个女孩子，干吗这么拼？唐小姐你长得这么漂亮，找个男人养不就成了。"

唐想没接话，摇晃着酒杯。

公子哥继续发散他的魅力，第三次摸手上的天价手表了："周末有空吗？我爸最近投资了个电影，口碑还不错，有没有兴趣去看？"

没等唐想拒绝——

"她没空。"

公子哥这才注意到唐想左手边的人："林少你又怎么知道唐小姐没空？"

"周末她得给我做饭。"他还面不改色地补充，"我们住一块儿。"

公子哥走了。

"故意的吧你？"唐想哭笑不得。

江孝林很直截了当："就是故意的，做人得讲究先来后到，我都排了快十年的队了，他凭什么插队。"

十年？唐想反应过来后笑了："江孝林，原来你对我一见钟情啊。"

他抬起头，正视她的眼睛："不然我为什么死皮赖脸地让你赔电脑。"

唐想无语，这幼稚鬼。她又拿了杯酒，嘴还没沾上酒杯的边儿，江孝林就抢过去了："你胃不好。"他把那杯酒喝了，"酒品更不好。"的确，她酒品不好，有次喝多了，就把他给打了。江家的两位少爷都不喜欢应酬，一右一左，一个与佳人饮酒，一个与好友闲聊。

"戈比集团那边的股份你是怎么拿到的？"

在江织之前乔南楚也去谈判过，可次次都无功而返，江家是医疗界底

261

蕴最深的企业，毫不夸张地说，国内医疗市场十分，江家占了三分，江氏的股份已经不只是值钱这么简单了，里面有很多错综复杂的人脉和合作，也正是因此，戈比这么多年来都不舍得吐出这块香饽饽，江织居然只用一天就拿下了。

"你用了什么法子？"乔南楚问。

"用伯根的股份换的。"伯根是江织一手创立，前后不过几年时间，就在医疗医药界名声大噪，即便现在还比不上江家的底蕴和规模，但发展势头迅猛，戈比会看上伯根的前景也很正常。

乔南楚随口问了句："用了多少？"按照他的估计，20%到顶了。

江织说："25%。"

怪不得只去了一趟就成了，依照伯根医疗今天的市值，25%的股份是天价。

乔南楚说实话："亏了。"

"嗯。"他不痛不痒。

"江老夫人都已经跳坑了，慢慢来也行，你怎么还这么急？"非要用这种伤敌一千自损八百的法子。

江织在看周徐纺发过来的微信，心思不太在股份身上："我想早点结束，让周徐纺过得安稳一点。"这一点，单身的乔南楚完全不理解。

◆第十章◆
有一种爱情，叫江织和周徐纺

这会儿，许九如正与江家几个小股东站在一块儿，不知道在商议什么，各个跃跃欲试。再看江织，他手里拿着酒杯，一边闲聊一边浅酌。

江织以前身体不好，从来不沾酒，江维开已经第四次看向江织了。

"宝怡。"

刚入场的薛宝怡啊了一声。

"江织一直都在装病是吧？"

反正江织和江家快撕破脸了，薛宝怡懒得装："也不算是装病，他十六岁之前是真病，老太太借着骆常芳的手一直在给他用药，如果不是发现得早，可能活不到今天，后来几年也没真正好过，为了骗过医生和各种检查，前前后后他吃了不少副作用相对轻一点的药。"要不是当年的骆三，江织现在应该还是个病秧子。江维开无话可说了，他家老太太那人，太让人心凉了。

薛宝怡没再交谈，去了江织那边。

"织哥儿，你——"

江织手指往唇上轻压，示意他闭嘴，然后接了个电话："快到了吗？"

这温声细语的，肯定周徐纺打来的。周徐纺在电话里说路上堵车了，要晚一点到。江织让她嘱咐司机开慢点："你开视频，我看看你。"

薛宝怡往手机镜头那边挪了点儿，想跟弟妹打招呼，视频刚拨过来，江织凉凉地瞥了他一眼，就往外边儿走了。

薛宝怡捏了颗葡萄朝他扔过去，好巧不巧，扔在了他家老爷子的脑门上。

薛老爷子抹了一把脑袋上的葡萄汁儿："你这兔崽子又皮痒了。"

薛宝怡朝江织扔去了一记白眼。

江织在跟周徐纺视频问："裙子谁挑的？"

周徐纺穿了一条藏青色的刺绣裙子，她平时很少会穿裙子："奶奶挑的。"

江织把手机屏幕拿近点儿，凑近了看她："很漂亮。"

"织哥儿。"许九如在后面叫他，他没听见，已经出了宴会厅。

视频里的人……许九如摇头，一定是她看错了。

"董事长。"一个中年男人匆匆忙忙地赶过来。

许九如问："什么事？"

"陆家的供货商查到了。"

"是哪一家。"

"伯根医疗。"

许九如脸色骤变："怎么会是伯根医疗？"江织怎么会帮陆家？伯根背后的人难道不是江织？不对，可哪里不对呢？

八点整，周年庆的主持人上台。主持人是个能言善道的年轻男人，开场白说得很漂亮，沉稳大气的同时又不乏风趣幽默，将各位来宾各位领导感谢了一圈之后："请我们集团的总经理上来致辞。"众人都看向江织。

他倚着摆放红酒和甜点的吧桌，手执一杯酒："我没什么要说的。"

怎么不按流程来？主持人将目光望向集团副总经理："那副总经理？"

江孝林笑得温润儒雅："我也没什么要说的。"

能言善道的主持人这下也词穷了，圆不了场子，只好看董事长了。

许九如便站了起来："我来说几句吧。"她走到宴会厅的正前面，主持人立马把话筒递上，她摆摆手，不用话筒，声音依旧洪亮，"感谢各位在百忙之中出席我们江氏的周年庆。"客套话就这一句。

"最近有不少关于我们江氏的传闻，真真假假，好与坏都有。"许九如从容不迫地娓娓道来，"商界的朋友应该都知道，我有两个儿子从政。"

下面宾客都听着,不知道这老太太的葫芦里卖的是什么药。

"我们江家有家规,商政要两清,不得有交集,想必在场的各位也很少能在商业场合上见到我那两个不成器的儿子。关于周氏那个财务案件,我和在座的各位一样,知晓得并不多,只知与我江氏无关,可具体的真相是如何,日后检察院会给出公正的结果,我就不多说了。"这是在给江氏澄清呢。

"哥,"陆声用手肘捅了捅身边的人,"像不像记者招待会?"

"嗯。"陆星澜恹恹欲睡,眼泛泪花。

"扯了这么多,还不进主题。"陆声听得很无聊,数着盘子里的葡萄玩儿,数着数着往嘴里扔了一颗,好酸。陆星澜打了个哈欠:"徐律师什么时候过来?"

"已经在路上了,最多十分钟能到。"

陆星澜从桌上拿了杯红酒。

陆声把酒抢过去:"红酒助眠,你要喝睡过去了,我可抬不动你。"她把杯子拿开,顺手就给了他一串葡萄,"吃这个,你怕酸,正好能醒神。"

陆星澜摘了一颗放进嘴里,眼睛都酸眯了。

陆声笑:"还困吗?"

"困。"陆声把盘子都推过去:"那你多吃几颗。"

他实在犯困,一颗一颗往嘴里放,酸得他脾气都上来了,看了一眼台上:"啰里啰唆。"江氏向来低调,如此大办周年庆自然是别有用意。

除了替江氏澄清,许九如还有一件事要当着众人的面说:"不知道大家有没有听说,最近我们江氏有几笔单子出了点问题。"

帝都就这么点儿大,怎么会不知道,最近江陆两家都不顺。

"今天也来了不少我们江氏的合作伙伴,我耽误大家几分钟时间,稍稍解释一下。劳烦各位关心了,江氏的运作一切正常,只是上周仓库发生了火灾,公司又相继接到了瑞兴医院和达明制药的药物订单,出货不免紧张了一些。"

这话有两层含义:江氏订单爆满;瑞兴医院和达明制药弃陆家而选了江家。

"不过,在备货这个问题上,的确是江氏考虑不当。"许九如稍作停顿,"是我家织哥儿疏忽了。"此话一出,全场哗然。江织不是这老太太的宝贝疙瘩吗?怎么舍得推出来?这唱的是哪一出?

"有错就要罚,今天我请各位过来,也是想借着周年庆这个场合,向大家宣布一件事。"许九如稍稍提了嗓音,铿锵有力,"我代表江氏集团股东会,正式罢免江织集团总经理的职位。"正戏来了,陆星澜瞌睡也醒了。

"江老夫人,"率先开口的是百德器械的明洪威,"要罢免集团总经理怎么着也得先开个董事会议问问各位董事的意见吧。"何况这个总经理还是集团的第一大股东。

许九如解释道:"董事会成员里有半数以上都是我江家人,我就偷了个懒,省了会议流程,这一点是我考虑不周了。"

明洪威没话说了,董事会就是个摆设,江家是家族企业,小股东说不上话,大股东都听许九如的。之后,就没人吭声了,说到底这还是江家的家事。

陆星澜把手里头那串葡萄扔回盘子里,好酸,酸得牙都疼了,他舔了舔牙:"我不同意。"一双双眼睛都朝他看过去。众人不解:怎么回事儿?这江家的家事怎么陆家人还插上手了?

许九如倒也不生气,心平气和地说:"陆公子,这是我们江氏的内部事务。"

陆星澜瞌睡刚醒,眼里还氤氲着点儿朦胧:"既然是内部事务,你为什么当着我们这些外人的面说?"许九如脸色稍稍沉了。

"既然你都当着我们外人的面说了,我们外人是不是也要给点反应?"陆星澜给的反应是,"我不同意。"

江氏要换集团总经理,姓陆的不同意?这又是哪一出?

"不同意又怎样?"许九如说,"莫非陆公子还想干涉我江氏的事情?"

陆星澜打了个哈欠:"嗯。"

许九如笑了,目光如刃:"这可不是你说干涉就能干涉的事。"

他看了一眼手表:"再等等。"还有一分钟。

这时,许九如放在桌子上的手机响了一声,来信息了:"老夫人,已经确认过了,伯根医疗真正掌权的人是您的孙子,江织。"

与她猜想的一样,伯根医疗是江织的老底,只是她想不明白江织为什么会给陆家供货。陆家的危机分明是他一手造成,为什么又伸了援手?

事情不受控了。江织这颗棋子已经脱离了掌控,所以留不得了。

许九如不管陆星澜这个半路杀出来的程咬金,铿锵有力地重复了一遍:"我代表江氏集团股东会,正式罢免江织集团总经理的身份。"

话音刚落,宴会大厅的门被推开了,一个男人走进来,他西装革履,走到陆星澜身边,递了一个文件袋给他。男人姓徐,是位律师。

陆星澜拆着文件袋:"江老夫人,你江氏的第一大股东,有没有一票否决权?"江氏是家族企业,不同于一般的股份制公司。

许九如动怒了,目光犀利:"如果占股超过三分之一的话,有。"

她倒要看看,陆家有什么通天的本事,竟来管她江家的事。

"既然有一票否决权,"陆星澜穿了一身黑色西装,本来就是明艳的长相眼里没了睡意攻击性就强了,"那我反对您刚才的决议。"

许九如怒目而视:"陆公子,你是专程来捣乱的吗?"

"不是。"他是来拨乱反正的。

他走上前,把手里的文件放在桌子上:"从今天开始,我陆氏将以第一大股东的身份正式控股江氏,以后集团的一切事物,我和我妹妹陆声都有参与和表决权。"陆家要控股江氏?众人都听蒙了。

许九如只看了一眼文件里的内容,脸色就变了:"你从哪儿弄来的股份?"

陆星澜没有作答。江织答:"我给的。"

他名下有28%的股份,再加上戈比集团的15%,全部转让给了陆氏,足够陆星澜控股江氏。江氏从今儿个起,换主了。

江扶离笑:"活该。"许九如瞠目结舌,张着嘴半天说不出话来,一双火光冲天的眼睛死死瞪着江织,她明白了,他和陆家联手了。

"江氏的各位股东和董事今天也都在场,正好,都表个态吧。"陆星澜把那份占股43%的证明文件亮了出来,"我要撤了集团董事长,你们同不同意?"江氏是家族企业,能容许没有股份的许九如只手遮天,可现在今非昔比,陆氏成了第一大股东,集团该重新洗牌了。明洪威第一个站出来:"我同意。"

第二个是江扶离:"我同意。"反正江氏她得不到,不如让别人拿去。

随后是江织,懒洋洋地举了个手,紧接着陆陆续续有几个董事也都举了手。

"我也同意。"这一句,从许九如身后传来,她回头,愣住了,是江扶汐。

"过半了。"陆星澜转过身,又有点困了,声音犯懒,"江老夫人,以后集团的事情就不劳您费心了。"

陆星澜话落之后,无一人吭声,这江氏,算是真正易主了。

许九如身子晃晃悠悠,趔趄着就往后倒。

"母亲!"江维开从后面扶住了许九如。许九如站不稳,扶着后面的桌子,抬起一只手:"江织!"她指着他大骂,"你这个养不熟的白眼狼!"

是他,拱手把江氏送到了陆家人的手里。不知是谁的酒杯砸在地上,几乎是同时,有声音从宴会厅的大门处传来:"说谁白眼狼呢?"

这个声音……

许九如抬头看过去,瞳孔陡然放大了:"林、林——"

有人喊叫了一声:"鬼啊!"尸骨都寒透了的人,就这么毫无预兆地出现了。

林秋楠由人搀着,走了进来:"好久不见,九如。"

那日,船上的人回来说,林秋楠坠海了,必死无疑。之后,陆家也办了葬礼。

许九如声音发颤,星火在眼里燎原:"你没死?"

林秋楠走近,四目相对,泰然处之:"没死成,让你失望了。"

这是骗局。陆家诓她,江织也诓她,哪有什么反目成仇,都是计谋,从百德器械开始,他们就在下一盘棋,怪不得伯根医疗会出手相助。

许九如气得浑身在抖,她指着江织怒喊:"你和他们姓陆的联起手来诈我,好啊你，胳膊肘往外拐。"

江织不咸不淡地反驳了一句："不是往外拐，我也姓陆。"

许九如大惊失色。满堂宾客，鸦雀无声。林秋楠转过身来，面向宾客："九如她有面子，能把各位从天南地北请过来，我就偷个懒，来沾沾她的光。"

"今天过来主要是有两件事，头一件刚刚我家星澜已经说过了，另外还有件私事。"林秋楠不怒也不恼，她提了提嗓音，一开口气势如虹，"江家的小孙子江织，以后不姓江了，姓陆。"

她说得郑重，有几分告诫的意思："他是我陆家的二公子，麻烦各位以后在称呼上多注意点儿。"江家的老幺摇身一变，变成了陆家的老二。

众人听得云里雾里，这时，只闻许九如大喝一声："林秋楠！"

林秋楠脸色也冷了，气势丝毫不弱："你嚷什么，你抢我孙子，我还没同你算账。"她深吸了一口气，把怒火暂时压下，"你对我家江织有养恩，我忍着才没把你怎么样，但我警告你，最好给我安分一点，我不跟你耍阴谋诡计，是看不上你这种小人心思，不是玩不过你。"

四目相接，剑拔弩张，这两位老太太是彻彻底底地撕破脸了。

遥想当年，江家老三江维宣与陆家老二陆景元为了一个女人大打出手，也曾是轰动一时的，如今江陆两家为了子嗣又起风波，在场的各位多少也都摸出点门道了，这恐怕是一出冤冤相报的戏码。

许九如仰头嗤笑了一声："血缘这个东西还真骗不了人。"她看着江织，眼神戾得像毒蛇，"你和他们姓陆的一样，都是狼心狗肺，陆家人喜欢抢别人的东西，你也是，怎么养都是吃里扒外的白眼狼。"

不装祖孙情深了，她撕破假面，露出了憎恶与愤恨，她恨不得他死，从他百日宴那天起，她就恨不得掐死他这个孽种，若不是想让他和陆家自相残杀，她怎么会留他活到现在，这个孽种跟他母亲一样，都是来克她江家的，都是会反咬人的白眼狼。

"你都知道我是白眼狼了，还要养在身边。"江织神色凉薄，"江老夫人，你不知道狼是会咬人的吗？"他一口咬得够狠啊，把她江家的半壁江山都叼走了。许九如大笑："好啊，很好，你们这些姓陆的，都给我等——"狠话说到一半，她嗓咙哽住，一口血喷了出来。

"母亲！"江维开慌了神，接住了往后栽的许九如，血滴了他一手，他看着江织："织哥儿，够了。"

江织喜欢乘胜追击，依照他的性子，不会心慈手软，但他沉默了。周徐纺走到他旁边，抓住了他的手，他手心都是冷汗。

"林哥儿，你留下来收场。"

江维开留了一句话，就和江川一起扶着许九如先行离场。

江家人不欢而散，可周年庆还在继续，江氏换主了，宴会的东道主也跟着换了。江氏是谁当家做主宾客们并不关心，他们只要找准是谁站在金字塔的最上端就够了。

"陆老夫人，这位是？"前来搭话的，是位大腹便便的老总，这位老总很会审时度势，脸上挂着十分谄媚的笑容。周徐纺觉得他笑得像一朵迎春花。

"我孙媳妇。"林秋楠声音不大不小，足够方圆几米都听到，立马就有几双眼睛齐刷刷地看向周徐纺。

那老总就问了："是大公子还是？"他看二公子江织。

江织："我家的。"

"真是郎才女貌天生一对啊。"

心情不错的江织："谢谢。"

周徐纺终于知道江织奶奶为什么要带她来了。

再说留下来收尾的江孝林，安排好江家几位股东之后，他去外面拨了几通电话，刚挂断，唐想过来了。

"江织和陆家的事儿你知不知道？"

江孝林对她很坦白："我是帮凶。"

帮凶的话，也会从江织那里分"赃款"了，唐想似笑非笑："江孝林，你比我想的要狠得多。"气吐血的可是他嫡亲的奶奶。

"江家好人少坏人多。"他用那只打了石膏的手指着自己，"而我，是最坏的那一拨。"他可不是什么好人，也没什么良心。

"那我算羊入虎口吗？"

"不算。"他看她时目光如水，里头纯粹得一干二净，"唐想，你在我食物链的上面。"他是坏人没错，可他也有天敌。

宴会厅里热闹继续，完全没因为江家变天而冷了场子，该溜须的继续溜须，该拍马屁的也继续拍马屁。

第五医院，许九如刚急救完，还没有苏醒。江维礼夫妇在监狱，病床前除了江川只有江维开在；他跟着主治医生出了病房："我母亲怎么样了？"

主治医生是秦世瑜，他摘掉手套："受了刺激，气急攻心。"

"大爷，"江川告知，"老夫人已经吐了好几次血了，反反复复地咳嗽，身体一直不见好，她也不愿声张，让我瞒着你们。"

江维开见过许九如缠绵病榻的样子，很忐忑不安："秦院长，再给我母亲好好查查，看还有没有别的病因。"秦世瑜应下了。

许九如醒了，在喊人，江维开进去了。这时，外面走廊有脚步声。

"奶奶她怎么样了？"是江扶汐来了。

秦世瑜把病房的门关好，走上前去，低声回了两个字："快了。"

江扶汐把外套的帽子戴好，没有进病房，原路折返了。

病房里，许九如刚摘了氧气罩。

"维开。"她招招手，把江维开叫过去。

"您别说话，好好养病。"

许九如摇头："把你堂叔他们都叫来。"

"您先歇着。"

许九如等不及："你快去。"江维开只好去叫人。

转股给百德器械之后，江家旁支在江氏只占股4%，加上许家和二房的股份，全部转到江孝林名下，也只有42%，刚好比陆星澜少了1%。许九如全明白了，为什么百德器械会要江氏5%的股份，这都是江织下的一盘棋。

晚上十点，江家旁支的几位老爷子刚走，江川来报："明董来了。"

许九如从病床上坐起来："请他进来。"

明洪威提着水果篮进来了："董事长。"不对，已经不是董事长了，明洪威改了口，"老夫人，身体好点了吗？"

许九如精神头很差："没有大碍，劳烦明董挂念了。"

"没大碍就好。"明洪威客客气气地说，"您可要好好养身子，江家现在是一盘散沙，可不能没了您主持大局。"一盘散沙，他可真敢说。

"明董你是聪明人，没必要在我这装傻充愣了。"

明洪威表情无辜："我不明白您说的意思。"

还搁这儿装呢。"那百分之五的股份是江织让你要的吧。"许九如没有耐心跟他打太极了，"你百德器械也是故意并入我江氏的对吗？好方便你在我这儿点点火，顺带让仓库冒冒烟。"

江家一把好牌打了个稀巴烂，里头就有不少明洪威的功劳，他表面出卖陆家，把客户资源都带到江氏，背地里在江氏的原材料上动手脚，仓库冒的烟不就是他弄的。

事到如今已成定局，明洪威就不否认了："您说的没错。"从他儿子赌马输钱开始就是个局，当然了，他就是棋子，江织和陆家才是下棋的人。

"这些我都不追究了。"许九如把他叫来不是要算账，是投诚自保，"明董，你开口吧，要怎样才能把那百分之五的股份吐出来。"

明洪威也装模作样地思前想后了一番："江老夫人，我实话跟您说了吧，我就是个打工的，百德器械的老总根本不是我。"

百德器械的前身是万淙医疗，一家破产了的医药上市公司。十年前，万涂医疗被突然冒出来的明洪威收购了，之后更名为百德器械。

许九如有不好的预感："你老板是谁？"

"我们老板姓陆。"帝都数得上名号的陆姓家族就只有一个。

"陆声？"

明洪威摇摇头："是大公子。"是那个传闻只会睡觉的陆家大公子，陆星澜。

所以说，别太相信传闻，狮子他总归是狮子，哪怕他一直在睡，也不要以为他单纯无害，他咬你一口，命都能要了你的。

明洪威给句良心话："我们大公子可不止喜欢睡觉，也喜欢玩玩股票做做生意，赚点小钱买个好床。"陆星澜最擅长的是吞并，他不经营公司，只做企业吞并。

"把股份卖给我，"许九如抛出诱饵，"只要你把股份还回来，我就让你当百德器械真正的主子。"

江氏里头到底还是姓江的多，百德器械并入了江氏，她要换个主子也不是难事。明洪威笑了笑，摸摸他的啤酒肚："江老夫人，做人还是得有点良心，我可不像您，亲儿子还在牢里呢，您却只想着泄愤报仇。"

陆星澜对他有知遇之恩，千里马易得，伯乐难求。

当天晚上，许九如就出了院，回到老宅，先让人去请江扶汐。

"汐姐儿，"桂氏候在老太太门口，"老夫人已经在里面等你了。"

江扶汐颔首，推门而入："奶奶，您怎么就出院了？"

许九如在扶手椅上坐着，身上披着件宽袖的褂子，头没梳，散乱的头发花白："公司还有一堆事要处理，我怎么躺得住。"

"公司的事就让织君儿和陆家人处理吧。"江扶汐温声细语，"您已经下任了，就别操心了。"这一句话，把许九如粉饰的太平给戳破了。在周年庆上，陆星澜要换了董事长，她投的就是同意票。

许九如到现在都没想明白，平日里最温顺的外孙女怎么会在背后捅她一刀："汐姐儿，奶奶可有亏待过你？"

她跟江家的孙子孙女一样，管许九如叫奶奶，除了江织，许九如最偏爱的孙辈就是她。

"没有，您对我很好，您想弥补我，所以对我很好。"

"你究竟在说什么？"

她没有回答这个问题，淡然自若地问："奶奶，你来是想要我手里那10%的股份吧？"

"林哥儿手里已经有42%了，如果再加上你这里的10%，股份占有额就能过半，江氏的经营权才能掌握在我们江家人的手里。"

"您是想让我把股份拱手让给表哥吗？"她说话温温柔柔的，像一把软刀子。许九如养了她二十多年，也不知道她还有这般面目："不是白白给他，你可以开条件，不管你要什么，奶奶都会满足你。"要打亲情牌了吗？

许九如目光饱含愧疚："以前是奶奶不好，以为你只喜欢画画，就没让你进公司，如果你真喜欢经商，集团旗下的分公司你想要哪个都行。"

许九如以为她是因为野心才如此。

江扶汐柔声问道："我只能挑表哥挑剩的对吗？"

许九如心惊，竟不知道身边养了这么多张着血盆大口的狼，一个比一个野心勃勃，一个比一个吃人不吐骨头。"扶汐，"她满脸悲痛，"就当奶奶求你了，江氏是奶奶一辈子的心血，不能落到外人手里。"

"求我？"江扶汐笑了，"这就是您求人的态度吗？"许九如目瞪口呆。

"不跪下来吗？"江扶汐是笑着问的。

许九如以帕拭泪："扶汐，你这是怎么了？"

怎么一夕之间，她就露出了獠牙。

江扶汐对她的示弱无动于衷，姿态优雅地端坐着："表哥手里的股份加上许家的，再加上我的，还有江家旁支手里的4%，全部收上来肯定会过半，所以您敢把自己的股份给江织，还给了百德器械5%，您打算得很好，就是忘了一件事。"她抬起眸子，"我不姓江，我姓宁。"

许九如惊愕失色，慌慌张张地打翻了茶杯："谁跟你说的这些？"

这时，桂氏进来了。她把许九如的杯子放好，重新添上茶："老夫人，"她边擦着桌子上的茶水，平时深藏在眼底深处的恨意与憎恶一点一点浮现出来，"阿华不是我的远房侄子，他是我儿子。"

她早年守寡，阿华的生父是她亡夫的兄长，这段关系见不得光，她就一直藏着，连许九如也蒙在鼓里。后来她请了长假，去乡下偷偷生下了孩子，舍不得丢弃，就寄养在了亲戚家里。二十六年前，她把儿子接到身边来，给他在江家谋了一份差事。

许九如难以置信，伸手指着桂氏，浑身都在发抖："你、你们——"

"阿华当年和维宁小姐是真心相爱，可您说我家阿华是癞蛤蟆想吃天鹅肉，长了眼睛却不照镜子。"

"您知道维宁小姐为什么会抑郁吗？"桂氏盯着许九如，"因为她也知道，阿华是被您害死的。"

那时候江家人都不知道江维宁怀了孩子，许九如以为只要宁哲华不在了，江维宁就会听话，会乖乖联姻，可她低估了她自己的女儿，居然偷偷怀了孩子。

许九如全明白了："怪不得常芳会有维宣的遗书，原来是你们两个在搞鬼。"

她看着桂氏,"江织的药也是你换的吧。"还有秦世瑜。

让许九如最不设防的人是江川,其次就是桂氏,江川主外,桂氏主内,两人各司其职互不干涉,她那么信任她。

"老夫人,您不是信命格吗?"桂氏背有些驼,走上前,"这都是你的报应。"

许九如猛地站起来:"扶汐,你就这么信这个老刁婆的话?"

江扶汐坐着,手里拿着杯盖,拂着浮在杯面上的茶叶:"一开始不信,后来看你教江织那些见不得人的手腕我就信了,你许九如就是这样的人,只要碍着你的眼了,只要脱离你掌控了,就算是你的亲骨肉,你也能把那块肉给剜下来。"

许九如睁着眼,眼珠像要爆出来,她大声否认:"不是——"

"你是,你自私自利,只爱你自己。"这世上,最了解许九如的人是江扶汐。

"你给江织下药,让他对付陆家,根本不是为了给你那殉情的儿子报仇,你只是不甘心、不服气输给了林秋楠,你恨她抢走了你爱的男人,恨她的儿子又赢了你的儿子。"

许九如大吼:"你住嘴!你给我住嘴!"

江扶汐笑,眼里是报复后的痛快和兴奋:"都被我说中了吧,别装慈母了,江维宣也好,我母亲也好,都比不上你的一己私利。你现在来求我,也不是为了给林哥儿夺权,就是又被林秋楠压了一头,伤到你那该死的自尊心和优越感了,对吗?"

"江扶汐!"许九如像个疯婆子,毫无形象地大骂,"你这个大逆不道的白眼狼!"

"又是白眼狼。"江扶汐嗤笑,"您怎么总是引狼入室呢?"

先是江织,再到她,都是会咬人的狼。许九如站不稳,身体摇摇欲坠:"你、你、你……"她脸色发青,整个人往后倒,喉咙一哽,呕出一口血来。

江扶汐笑得更欢了,看着瘫坐在地上背脊佝偻的老人:"江织吃过的药,尝起来滋味怎么样?"

"呵,真是活该。"

当天晚上,许九如再次被送去医院急救,秦世瑜不知去向,江维开临时换了主治医生,这才查出来许九如的五脏六腑都已经严重衰竭,她昏迷了一天,醒来已经是第二天下午了。

"母亲。"病房里只有江维开在。

许九如目光找了一圈,没有看到想找的人,她把氧气罩拿下:"林哥儿在哪儿?快把林哥儿叫来。"

"已经在路上了。"

"告诉他,"她说话费力,"我不管他付出什么样的代价,都不能让江氏落到陆家人的手里。"

江维开按了病床上的呼叫器:"您好好养病,别操心这些了,林哥儿心里都有数的。"

"有数?江织伙同陆家人来算计我,林哥儿从头到尾不作为,以为我不知道吗?"江家长孙有多少能耐她会不知道?不是阻止不了,是他在冷眼旁观,一个一个都眼睁睁看着,看着她落了个众叛亲离的下场。

"母亲——"

许九如目光空洞,看着刺眼的灯光自言自语:"我许九如上辈子造了孽,才会养出你们这样的子子孙孙。"

江维开沉默了,不是上辈子造了孽,是这辈子作了恶。

江孝林八岁那年被绑架,绑匪向江家索要了二十个亿,当时江氏有资金缺口,许九如没有交那二十个亿的赎金,一个八岁的孩子,放了一把火,烧死了四个匪徒,带了一身的伤自己爬回来了,爬到江家时只剩了一口气。

这是上辈子的孽吗?是这辈子的罪。众叛亲离的果,也都是她亲手种的因。

半个小时后,江孝林开车到了医院,刚进医院大门,接到了唐想的电话。

"晚上回不回来?"

唐想难得主动给他电话了,江孝林眉梢带笑:"干吗?"

"晚上用不用给你留饭?"

唐想是个称职的"保姆",住进他家里之后包了他的晚饭。

"挺像那么回事儿的。"哪回事儿啊?

听得出来他声音轻快,心情不错:"像独守空闺的妻子在盼老公回家。"

唐想无语了半天:"以前也没见你脸皮这么厚。"她不跟他东拉西扯,"你还没回我,要不要给你留饭?"

"不用,今天在医院过夜。"病房门口就在前面,他停下了脚,倚在墙边,灯光下,他侧脸的轮廓很柔和。

"嗯,挂了。"

"别挂。"

"还有什么事?"

他声音很低,像在求她:"考虑考虑我吧,嗯?"

最后一个字,尾音带着钩子,缠人。唐想立马挂了电话,摸摸脸,滚烫滚烫的,这人……

江孝林笑了笑,推开病房的门进去了。

许九如已经等他好一会儿,他一进来,她就说:"旁支那边我都打好招呼了,股份可以转到你名下,这样你手里就有42%的股份,明洪威是陆星澜的人,他不可能会把股份转让给我们,唯一的出路是扶汐手里的那份。"

还想着她的天下呢。

"扶汐已经搬出去了。"

"她跟江织是同伙,后面可能还会联手,你一定要赶在江织之前拿到股份,如果谈不妥,"她略作迟疑后,"如果谈不妥,就用点手段。"江孝林不作声。

"你是不是和江织做了什么交易?"不然以他的能耐不可能这么被动。

他面不改色:"没有。"

许九如目光探究:"那就是对我不满了?"

"奶奶,您多想了。"

这一个个的都会藏,许九如越发看不懂了:"你是江家长孙,不论我做了什么,江氏最后都是留给你的。"江孝林就听着,不接话。

"林哥儿,你千万要记住,不能轻信江织,他是陆家的人,而你姓江。还有扶汐,我的病就是她下的手,她对我们江家不义,你也不用心慈手软,要和陆家斗,就必须拿回经营权——"

"我有说过我要和陆家斗吗?江织不和陆家斗了,就轮到我了?"

许九如脸色忽变:"你说什么?"

"奶奶,您真的该松松手了。"

江维开刚好进来:"孝林,行了,别说了。"他上前,想把人拉走。

许九如撑着病床坐起来:"让他说。"心电监护仪上的折线上下起伏,"还有什么怨、什么恨,都说出来。"

江维开心急:"母亲。"

许九如一把推开他,情绪终于崩溃了:"别以为我不知道,你们这一个个的,都巴不得我早点死。"

"先是扶汐,然后是你,一个个狼心狗肺,一个个良心都被狗吃了!"

她躺下,看着屋顶大笑:"哈哈哈哈……江家完了,造孽啊,都是我造的孽,是我——"她一口气没上来,突然浑身抽搐。

江维开立马按了床头的呼叫器,人再一次被推进了抢救室。父子俩坐在抢救室外面的椅子上,半个小时都没开口说一句话。

"林哥儿。"江维开突然开口,"你奶奶生了四个儿女,有一大家子人,但他日给她送终的,可能只有我。"

老二在牢里,老三老四都没了,孙子孙女不是恨她就是怨她。

江维开看着儿子:"你别学你奶奶,不会有好下场,你要记住了,做什么都要有底线。"做人可以狠,但要有所为,有所不为。

过了很久，江孝林嗯了声，他起身，走到旁边去打了个电话。

"又怎么了？"唐想说他，"你是不是很闲？"

江孝林动了动打着石膏的手，不疼，好像已经好了。他说："唐想，我手疼。"他语气无力得让人心疼。唐想沉默了很久："江孝林，我们交往吧。"

他笑了："好啊。"

下午林秋楠有体检，她年纪大了，最近老是心悸头疼，不过她没有去常康医院，而是来了第五医院。

"不用陪着我了，徐纺前两天胃不太舒服，江织你带她去挂个号看看吧。"

江织知道她想单独见见许九如，没说什么，拉周徐纺挂号去了。

林秋楠去了许九如的病房，人不在房间，她在楼梯口的对面看到了许九如，跟了过去。许九如上了天台，十四楼，她摇摇晃晃地走到了楼顶的边缘，往下看。

"你是要自杀吗？"声音从后面传来，许九如回头："怎么，想我死啊？"

林秋楠走上前。她还记得第一次见许九如的时候，那时候她们十八岁。她是小镇来的女孩子，帝都本地人多少有点傲气，瞧不上说话带着口音的外地人，开学有一阵子了，班里没有一个人同她说过话。

许九如是第一个向她问好的人："你好。"

她当时错愕了一下："你好。"

十八岁的许九如出落得很漂亮，落落大方："我叫许九如，你呢？"

"秋楠。"她一下子就喜欢上了这个知性温婉的女孩子，"我叫林秋楠。"

"我可以坐你旁边吗？"

"可以。"

她旁边的位置空了好几天了，许九如坐了过去。就是从那天起，她们成了无话不谈的好朋友，直到年仅十九的陆三公子出现。人生若只如初见，该多好。一晃五十多年过去了，她们都老了，年轻时的容颜已经爬满了皱纹，林秋楠看着眼前的人，只有这双眼睛还有昔日的轮廓。

"是想你死，你跳吧。"

许九如红着眼大喊："林秋楠！"她眼里是滔天的恨，恨不得撕了眼前的人。

"你吼什么吼，手下败将有什么资格冲我吼，看看你自己的样子，算计了大半辈子，还不是落了个众叛亲离的下场。"林秋楠往前走了几步，朝楼下看了一眼，"从这儿跳下去，估计要摔成肉泥，死也死得不体面。"

许九如气得面目狰狞："你、你——"

"怎么还不跳，我等着你呢。"

"林秋楠，"她浑身都在抖，"我做鬼都不会放过你！"

"那你先去做鬼，到时再来找我。"林秋楠说完后转身就走人，这下应该不会跳了吧,许九如那样骄傲的人,不会容许自己在敌人面前不体面。

天台的风很大,后面吹过来一句声嘶力竭的咒骂:"去死吧!"

林秋楠回头,许九如冲过来,伸手用力一推——

一分钟前。"林秋楠!"周徐纺站定住,这咆哮声好像许九如。

江织问:"怎么了?"

"别出声。"她细听,声音像是从上面传来的。

"吼什么吼,手下败将有什么资格冲我吼。"这是江织奶奶的声音。

"看看你自己的样子,算计了大半辈子,还不是落了个众叛亲离的下场。"

"从这儿跳下去,估计要摔成肉泥,死也死得不体面。"

江织自然听不到这些声音,看周徐纺站着不动,他觉得古怪:"徐纺。"

周徐纺把挂号单一把塞给他。"怎么了——"江织话还没问完,眼前一晃,人就没影了,周徐纺"闪退"了。

江织边往周徐纺"闪退"的方向走,边拨了个电话给孙副院:"监控帮我处理一下。"

十四楼楼顶,"去死吧!"许九如用力一推,林秋楠猝不及防地往后退,后背抵在天台的围栏上,整个人因为推力朝后栽去。

周徐纺蹚开被风刮上的门,直接纵身一跃,抓住了林秋楠的手。

林秋楠抬头:"徐纺。"

周徐纺完全悬空,一只手抓着林秋楠的手腕,另一只手抓着天台半人高的石墙围栏,那一瞬的重力太大,她手心被磨破,血顺着手指往下滴。

手臂的肌肉紧绷着,她对林秋楠说:"抓紧我。"

林秋楠往下看了一眼,十四楼的高度让人眼花,风很大,身体在晃来晃去,她头晕目眩,精神却高度紧绷:"徐纺,你快松手!"

手指擦破皮的地方在迅速愈合,又立刻被重新磨破,周徐纺用力抓着:"江织很快就会来。"

"快松手!"林秋楠红着眼催促,"松手,不然你也会掉下去。"

"不会。"她力气大,掉不下去,不过这个悬空的姿势也让她使不上很大的劲儿,没办法一只手把林秋楠拉上去,她脑子飞快地在想对策。

这时,林秋楠突然瞪大了眼:"许九如,你要干什么?!"

周徐纺往上看。许九如手里正握着一块砖头,盯着周徐纺那只扒在上面的手,她笑得狰狞:"正好,你们两个一起去死,也有个伴儿。"

周徐纺看着眼前这张爬满了皱纹的脸:"你试试看。"她眼睛瞬间红如血。

许九如后退了两步:"你是个什么怪物?"

周徐纺没有回答,满眼血色,杀气凛凛。

许九如握紧了手里砖头，往楼下看，她只看了林秋楠一眼，就一眼，理智和恐惧都被抛到了脑后，只剩一个念头——林秋楠一定得死。

她双手在剧烈地抖动，思想被仇恨左右着，眼神一点一点变得麻木："我不管你是什么怪物，都得死，都得死！"

她高高举起手里的砖头，用力往周徐纺手背上砸，可就在砖头落下之前，一只手横了过来。她陡然回头。

江织抢过那块砖，用力将人推到了地上："疯婆子。"他骂完，把砖头踩在脚下，伸出手，"奶奶，抓我的手。"

周徐纺把人往上"拎"了点儿，江织立马抓住了林秋楠的手。

这下周徐纺两只手都空了，她抓着天台石墙的边缘，一跃就上去了，然后帮着江织把林秋楠拉了上来。

林秋楠脚一落地，立马问周徐纺："手怎么样了，有没有伤到骨头？"

周徐纺把血往裤子上一擦："没有，就破了点儿皮。"

江织看了一眼她的手，然后目光落到了脚下那块砖头上，想捡起来，想砸人……周徐纺立马把那块砖捡起来，叭的一下，就给徒手劈成了两半。

林秋楠："……"

江织："……"

周徐纺拍了拍手："江老夫人，你知道陆三爷当年为什么不喜欢你吗？"她蹲到许九如面前，"因为你一心向恶。"

许九如指着她："你、你——"她想骂她怪物。

周徐纺摊开手，她把扎进伤口里的碎石屑弄掉，抬起头，看着许九如："恶，终会有恶报。"

"母亲！"是江维开上来了。

"我会把她送到监狱里。"这话江织是说给江维开听的，他最后的一点恻隐之心，也被许九如折腾没了。江维开沉默了很久，点了头。许九如瘫坐在地上，像被抽走了魂，呆呆地看着江维开。江织和周徐纺扶着林秋楠离开了，一路上都没开口，等回了陆家，林秋楠才把江织叫到一边。

"徐纺是不是和常人不太一样？"寻常人的眼睛不可能会变红，伤口也不可能好得那么快。

江织嗯了一声："她基因序列和正常人不太一样，因为人为失误，身体发生了一些变化。"

林秋楠什么都没问，只说了一句："那她肯定吃过很多苦。"

她吃过那么多苦，却还有一颗赤子之心，纯粹、善良、干干净净。

林秋楠心里五味杂陈，既心疼也庆幸："她救我两回了，看来是我上辈子积了很大的功德。"这话，江织没接。

林秋楠上楼，腿一软，往前趔趄，江织立马扶住她。

刚刚还没觉着，现在缓过来后一阵后怕，林秋楠擦了擦手心的冷汗，苦笑："我刚刚真糊涂。"江织一听懂了，她刚刚应该是去救人。

他个子高，稍稍弯了腰，对林秋楠摇了摇头："不是糊涂，是在积功德。"

林秋楠眼眶一红，喃了一句："幸好。"

幸好她的孙子不像许九如，他有恶念，也有善念。

下午五点，病房外有人敲门，江维开去开门："你们是？"

门口来了四个男人，最前头的那人回答："我是新海区重案组的王麟显。"他走进病房，"许九如女士，你涉嫌一起海上绑架案，这是逮捕令，请跟我们走一趟。"

许九如躺在病床上，头发蓬乱，精神恍惚，一会儿喊维宁，一会儿喊维宣。

重案组的人没能带走她，因为她呕血不止。病房外，江孝林站了一会儿，走人。

江维开问："你去干吗？"

他回了句："抽烟。"他烟瘾不重，只有心里烦躁的时候，才会抽点儿。

还没走到抽烟区，江孝林就碰上了熟人："你怎么在医院？"

江织一副跟他不熟的样子，表情冷淡，语气见外："这里已经是陆家的地盘，我在这儿有什么奇怪。"也是，江氏都变成陆家的了，江家的地盘也成了陆家的，这帝都陆家要一支独大了。

江孝林站他旁边，没走，告知了他一声："人还在抢救室，是凶是吉看她造化。"这个她，指许九如。

江织说："我问她了吗？"这性子，真是打小就不讨喜。

"你来这儿，不是想看看她还有没有气在？"

江织否认："不是。"

说实话，江孝林挺不爽他的，一肚子坏水，偏偏长了一张妖精脸，看上去娇滴滴的，一副好欺负的样子，但谁也欺负不着他，就这样，唐想还老夸他长得好。他还记得九岁那年，江织是个病歪歪的小孩，风都能吹倒。有次，江织非要跟着他出去滑雪，结果回来就大病一场，许九如舍不得说她的"宝贝小孙子"，就把他给罚了一顿。这事儿，江孝林记了好久，反正从那之后，他再也不带着江织玩儿。

"我管你是不是。"江孝林往前走了几步，回头，"警方那边的证据是你给的？"江织不置可否。

江孝林好奇："怎么弄的？"

他的眼线说,是绑架陆老夫人和周徐纺的那个人去自首了,对方是个职业跑腿人,叫熊杰。江织很大方地坦白了:"我把股份卖给了陆星澜,用那笔钱收买了那个绑架犯。"

"老太太当初把股份给你,是为了让你对付陆家,你却用来反咬了她一口。"江孝林啧了一声,"江织,你够阴险的啊。"

"在你江家学的。"江孝林懒得跟他扯,走了。

"江织。"是周徐纺的声音。江织回头:"你怎么也来了?"

周徐纺说:"来接你啊。"

他好笑:"我是小孩儿吗?要你接?"

她表情一本正经:"你是小娇花。"

学坏了她,说话越来越不正经,江织拉着她往电梯口走:"我哪儿娇了?"刚刚还有人说他阴险呢,他哪里娇,他动动手就有人伤筋动骨。

哦,他自个儿忘了,他要吃最好的,穿最好的,用最好的,时不时还要女朋友买个东西,并且经常性地撒娇。

周徐纺拉着他,换了方向,去了楼梯间,并把门关上。

江织眼神不用刻意就很勾人:"干吗?"

周徐纺把他按在了墙上,江织下意识吞咽了一下,他想说,其实,可以再重一点。周徐纺手刚伸到他脖子,他就自己低头了,以为她要吻他,所以很配合。可周徐纺没吻他,而是把他的衣领往下拉了一点,锁骨下面的皮肤白皙娇嫩,周徐纺对着那儿轻轻一戳。

周徐纺指着她戳的那个地方给他看:"你看,一碰就红,是不是很娇?"

这要是在家里,他肯定要把他自个儿的衣服脱了,非让她戳个够,戳个遍。他笑,在她作乱的小手上嘬了一口。

周徐纺开心了:"你终于笑了。"她在哄他呢。

她踮着脚抱他:"现在还难过吗?"

江织嘴硬,不承认:"我什么时候难过了?"很多人都不知道江织究竟是个什么样的人,多数觉得他冷漠、阴险,确实,他表现给外人看的就是这个样子,就只有周徐纺知道,他的心其实没有外人看到的那么硬。

"你骗不了我。"周徐纺继续戳他,是真的娇,碰哪儿红哪儿。

"嗯。"他承认了,"是有一点难过,我小的时候,许九如对我挺好的,还给我唱过摇篮曲。"虽然都是装的。他是讨厌许九如,也的确想整死她,可人要真死了,他又觉得怅然,总之,很自相矛盾。

周徐纺给他剖析:"你会难过,那是因为你是好人。"

也就她,时不时说他是好人,再看看别人,哪个不说他心狠手辣卑鄙无耻。

279

他把周徐纺往怀里抱了点儿,怕后面的墙凉着她,伸手抵在她后面:"你前几天还说我坏,怎么说我是好人了?"是很坏啊,她听到他跟陆星澜打电话,在商量着怎么搞垮江家那些旁支,但坏是真的,好也是真的。周徐纺被他蹭得很痒,扭头躲开他的唇:"你就是很矛盾啊,是好人,也是坏人。"

"哪有那么复杂,我就是你男朋友而已。"

她笑着接话:"对呀,你是我男朋友。"

"女朋友,把手给我看看。"

她把手伸出来:"已经好了。"就磨破了点皮。

江织轻轻摸她手指上的痂:"没好。"他低头亲亲她的手,"纺宝,谢谢。"

他很少对她说谢谢,这两个字太见外,不适合他们的关系。这次要说,不管是谁,救了人、做了好事,都不是理所当然的事。

周徐纺知道他在谢什么:"不客气。"

许九如因为身体的缘故必须留在医院观察,重案组的人守在病房外面,并禁止探视。她这一倒台,江家就彻底散了,陆星澜接管了江氏,任命江织担任集团总经理的职位,而江孝林继续担任副总经理。

这个消息许九如听不到了,那天的凌晨三点,她拔了氧气管和输液针头,死亡时间是凌晨三点四十五分。当晚,江织在陆家留宿,凌晨三点五十五分,他接到了江维开的电话,接完电话回房的时候,周徐纺已经醒了。

"出什么事了吗?"

他过去把周徐纺踢到地上的空调被捡起来:"许九如去世了。"他低着头,手上动作停顿了一下,"是自杀。"

周徐纺意外,也不意外,之前许九如去天台就是想自杀。

"应该是想死得体面一点,不想锒铛入狱,她那个人,把自尊心看成她的命。"

周徐纺手伸到他背后,轻轻拍着:"你去医院吧。"

他声音闷闷的:"不去了。"

凌晨四点三十九分,江孝林在医院见到了江织,他站在那一楼的楼梯口,跟尊门神一样。江孝林在台阶下面,抬头瞧他一眼:"不进去?"

这个楼梯口离许九如的病房就十几米。江孝林上去,站他旁边,抽了根烟出来,瞥了一眼旁边禁烟的标志,又没点,咬在嘴里。

江织也问他同样的问题:"你也不进去?"

他语气里听不出什么伤感:"进去了哭不出来,不是很尴尬?"

其实没有人哭,江扶汐和江扶离没哭,江维开也没哭。

江织说他:"你挺狼心狗肺的。"

江孝林丢过去一记冷笑:"你也差不多。"江织没否认,都是狼心狗肺,谁也别说谁。

江孝林心情不好,看谁都不顺眼,尤其看江织这张漂亮脸蛋,特想揍。

"年幼不懂事的时候,江家人里头我最讨厌你。"江孝林眼神很不友好地看了江织一眼,"老太太舍不得拿二十亿赎我,却花了八个亿给你弄了三个实验室。"江织心情也不怎样,看他也十分碍眼。

"你十岁的时候,我送了你块玉,你当着我面感动得流了泪,回头就给一脚碾碎了。"江织评价他,"虚伪,两面派。"互相揭短是吧。

"你每到冬天就要死不活,但就是死不掉,三天两头的折腾,搞得人睡都没法睡。"

江织冷哼:"你明知道我怕冷,还给我送冰雕。"

那是江织十二岁时候的事,他生日在冬天,冷得要命,这家伙给他送了个冰雕当生日礼物,当时他只想把冰雕砸这傻子的脸上。江织到现在都记得那个冰雕的形状,是座山,寿比南山的山。江孝林就是故意的,想冻死他。

"你懂个屁,那玩意是艺术品,我花了好几十万。"

"第二天就化成了一摊水。"

"你还好意思说,你往屋里搁了多少个炭火盆?"

"不搁火盆想冻死我啊?"十二岁的冬天,他病重,一点冷都受不得。

江孝林理直气壮:"你还不是要死不死的。"

八个亿的实验室都建了,他哪有那么容易死,年年都说要死,但年年都不死。江织舔了舔牙:"妈蛋。"

江孝林扯了扯领带:"滚。"

江织扭头往病房走了,江孝林把烟折断,扔进垃圾桶里,也跟着去了。见了鬼,相互骂了一顿之后真没那么压抑了。

在门口,江扶汐叫了句:"织哥儿。"江孝林先进去了。

江织瞥了江扶汐一眼,她竟笑了,对他说了四个字:"合作愉快。"

江织没说话,原来得许九如真传的不是自个儿,是这位。

江扶汐十六岁那年就知道了江织的身世,也是在那年,桂氏告诉她,是许九如害死了她的父母。她亲耳听到的,在许九如的门外。

"老夫人,小少爷恐怕不行了。"

那时候,江织的主治医生还是秦世瑜的父亲。

"我不管你用什么法子,"许九如命令,"都得给我吊着他一口气。"

当时是冬天,大雪纷飞的季节,帝都的冬天很冷,江织病得很重,医生说可能熬不过严寒的冬天了,可许九如的语气不是着急,是愤怒。

江川劝谏说:"这陆家的孽种福薄,不如就让他——"

"不行!"许九如怒斥,气得忘了压低声音,江扶汐在外面听得清清楚楚,她说,"我养了他十二年了,总得让他帮江家做点什么。"

后来江扶汐才明白许九如想让江织帮她做什么,她要借陆家人的手,去捅陆家人的心。

也是那一天,桂氏把她叫到后院,说她的父亲是和江织母亲一起出的车祸,不是意外是人为,是许九如一手安排,她一箭双雕,除掉了给江家抹黑的江织母亲,也除掉了想吃天鹅肉的那只癞蛤蟆——她的生父,宁哲华。

江织回陆家的时候天已经全亮了。

周徐纺听见车轮声就跑了出来,在路边喊:"江织江织。"

江织把车停在一边,刚下车周徐纺就冲过来了。

他被她撞得后退了好几步,生怕摔着她,赶紧扶住她的腰:"让你睡觉,怎么就是不听。"

"我睡不着。"

她穿得单薄,早上凉意重,江织从车里拿了条毯子出来,给她裹上:"都早上了,饿吗?"

"不饿。"

"那回去再睡会儿?"

"好。"

江织把车放着不管,牵着她往陆家走。

"江织。"她突然正儿八经地来了一句,"我爱你。"

江织没准备,耳朵一下红了:"干吗突然说这个?"平时哄她半天她也憋不出一句甜言蜜语来,今天的她嘴上抹了蜜。

"你不是喜欢听这个吗?"她再说一遍,"我爱你。"

她红着脸,认真的样子让江织想到了小学课本上那个戴着红领巾仰望五星红旗的女孩,像朝阳,干净、赤诚。

江织拉住她,停在路边:"徐纺。"

她仰着红红的脸问他:"有没有甜一点?"

周徐纺不会安慰人,是阿晚说,江织喜欢听肉麻的。

江织笑了笑,抱住她,怀里的姑娘,是恩怨与阴谋之外,他最后的一块糖。

七月二十二号,宜丧葬,许九如出殡。

七月二十九号,江扶离向检察院出具了许九如的医疗诊断记录和用药明细,并以故意杀人罪起诉了秦世瑜。次日,警方立案,秦世瑜被捕入狱。

八月三号,江扶汐将名下5%的股份转卖给江扶离。

八月四号，江扶离以股东的身份进入集团董事会，并在总部任市场总监。

八月八号，陆星澜将其名下10%的股份转让给江孝林。

八月九号，江孝林任职集团董事长，陆氏退出控股，保留在江氏的董事权益，不参与集团经营。

九月十一号，江扶离涉嫌经济犯罪被紧急逮捕，举报人：江扶汐。

九月十九号，江织更名为陆星辰。林秋楠给了四个选择，陆星星，陆星辰，陆星空，陆星际，最后江织让周徐纺选的。

九月二十五号，江织的电影《听阙》正式杀青。

在杀青庆功宴上，有记者问江织，这次拍摄有没有不同的感悟。

江织回答："没有。"他回答很官方，很不走心，"制作团队已经说得很清楚了，我负责指导，具体的拍摄工作大部分是由赵副导演完成。"

有记者不死心："据我所知，江导您以前的作品都是由您亲自主导，这次由赵副导演来主导拍摄是有什么特别的原因吗？"

江织还是那一头雾面蓝，也依旧偏爱黑色衬衫与领带，可脸上少了几分羸弱病态，气场比之以前沉稳干练了许多："赵副导演和我合作好几年了，他离大奖只差一个作品而已，由他来主导有什么问题？"

分明是江大导演顾着谈恋爱，无心拍摄好吗！

"这部电影已经杀青，江导能不能透露一下新作品的动向？"

江织从头到尾冷着一张妖精脸："暂时没有拍新电影的打算，会隐退一段时间。"

"方便问一下隐退的原因吗？"

"结婚生子，继承家产。"

全部媒体："……"啊，是头条！

十月二十九号，江织和周徐纺领证了。领证的前一天，周徐纺见到了霜降本人，她要在帝都转机，特意过来见周徐纺一面。她们约在了浮生居，薛宝怡拉了乔南楚一起，也要来凑热闹。

薛宝怡太闹腾，乔南楚想出去抽烟，一打开门，一张脸撞进他眼底。

这个女孩子，脸蛋很圆，像只包子，眼睛也圆，瞳孔很黑，有一点点憨，生得不算漂亮，但五官秀气，模样很乖巧，背着个黄色玩偶的包包，包包上挂了一个海绵宝宝的挂饰。乔南楚愣了愣。

"霜降？"周徐纺不确定地喊了一句。

女孩点头，拿出包里的纸笔，写道："我叫温白杨。"

和周徐纺猜测的一样，她不会说话。

乔南楚突然不想抽烟了，眼睛盯着那女孩儿挪不开。

十月二十九号是周三，很普通的一天，没有大吉，也没有大凶，若非要说出点儿什么不同，那天下了一场太阳雨。

早上八点，早饭过后，陆声来御泉湾给周徐纺化了个妆。

光是眼睛，就前前后后涂了好几层，周徐纺很少化这么精致的妆，对着镜子看了又看，问江织："陆声给我化的妆，好不好看？"

"好看。"江织过去亲她，周徐纺往后躲："不可以亲，花了拍照不好看。"她待会儿要拍结婚证上的照片，不可以花了妆。

"手给我。"周徐纺把手递过去，江织亲了她的无名指。手上痒痒的，她问他："江织，我穿什么衣服啊？"她觉得要穿美一点，穿庄重一点。

"结婚照的背景是大红色的，颜色不相撞就行。"

周徐纺觉得粉色最好看："那粉色会相撞吗？"

不管会不会，江织都说："不会。"她喜欢就成。

周徐纺换衣服之前，上网查了一下。

"还是穿白衬衫吧。"别人都穿白衬衫。周徐纺心情很好，一直笑眯眯的，"不过我可以配一个粉色的小领结。"江织随她，也跟着她选了一条粉色的领带。

八点一刻，姚碧玺把喜糖送过来了："恭喜啊。"

周徐纺钩了钩耳边的头发，很害羞："谢谢。"

姚碧玺把手里的包包给她："包包里有喜糖，领完证后，要是遇到熟人，你就送一把糖，我准备了很多，不熟的人也可以送。"

"好。"

江织把包包接过去，放在柜子上，然后去给周徐纺找了一双粉色的鞋。

八点半，林秋楠送了一碗面条过来，还是热乎的。

江织说："我们吃过早饭了。"

陆家人都跟着来了，陆景松很欣慰，陆声很兴奋，陆星澜很瞌睡。

林秋楠穿得很正式，也少见地化了个淡妆："吃过了也要再吃点，奶奶老家那边有个风俗，新人早上要吃面条，两人吃一碗，吃光了才能顺顺利利。"

江织把碗端过去，对周徐纺说："你涂了口红，吃一口就行，剩下的我吃。"

"好。"

江织给她卷了一根在筷子上，周徐纺怕蹭花口红，噘着嘴吃了，剩下的都让江织吃了。九点，从御泉湾出发，九点四十九分，他们到了照相馆。

老板是位四十多岁的女士，有些富态，看着很和善："要拍什么照片？"

江织是公众人物，戴着口罩，他和周徐纺出门，大多时候都是他戴口罩。

他说："拍结婚用的寸照。"

是新人啊。老板不免打量了两眼："坐那边的凳子上。"

江织牵着周徐纺过去坐，前面是摄像机和反光板，后面是大红色的背景墙。

周徐纺坐下后，感觉很奇怪，有一点兴奋，有一点紧张，她拂了拂她特地戴上的小领结，问江织："我的妆有没有花？"

"没有。"江织看着她，眼睛都在笑，"你很好看。"是不是情人眼里出西施江织不清楚，但他确实觉得天底下所有的美人加起来也比不过他的周徐纺。她以前不爱笑，现在爱笑了，她一笑呀，丹凤眼就弯成两个小月牙："你也好看，你最好看。"江织想吻她了。

照相馆的老板在喊："新郎新娘，看这里。"周徐纺转过头去，江织却还在看她。

"新郎，不要看新娘，看镜头。"江织转头。

咔嚓。相片上的两个人都没有笑，可是眼睛在笑。

"再来一张。"第二张，周徐纺靠着江织，她笑了，他也笑了。

不到五分钟，照片就拍完了。

选照片的时候，照相馆的老板建议："拍了三张，结婚证上，可以用这一张。"

江织颔首："能不能把底图发给我？"

"可以啊。"

"谢谢。"

老板说不客气："照片都不用修，你们是我拍过最好看的一对新人了。"

眼睛骗不了人，这对新人很相爱。

走之前，周徐纺从包包里抓了一把糖果，放在了桌子上。

十点半，江织和周徐纺到了民政局。

大厅门口有个工作人员，穿着制服，没抬头，她问了句："结婚还是离婚？"

江织回答："结婚。"

"二楼左边窗口领表格。"

离婚在三楼，地上的路标有写。江织带周徐纺上了二楼，走到左边的窗口处，敲了敲："你好。"

工作人员抬起头，四十多岁，是位女士："户口本和身份证带了吗？"

"带了。"

女士又问："照片呢？没拍楼上可以拍。"

江织戴着口罩，头发前几天染回了自然色，少了几分妖艳，但多了几分正正经经的清贵疏冷："在外面拍了。"

"有没有做过婚检？"

"没有。"

女士例行公事地说明："需要做婚前检查吗？可以自愿选择。"

江织说:"不需要。"

女士就拿了两张登记声明书出来:"靠门口的桌子上有参照模板,填好了表格去服务台拿号排队就行。"

"谢谢。"

"不用谢。"

江织看了一眼走廊,有好几对情侣在等。今天是个不好不坏的日子,来民政局领证的人也不多不少。

江织看了一眼桌子上的参照模板,并忽视掉了一句:请本人填写。

他对周徐纺说:"你坐着等,我帮你填。"

周徐纺就很循规蹈矩了:"我自己填。"

他就随她。周徐纺填到学历时,停了一下笔。

周徐纺没有正经上过学,以前在骆家的时候,是唐光霁父女教她。从疗养院出来之后,她自学了几年,但没有去过学校。学历要填"无"吗?

周徐纺写了:福塔纳学院。

江织看她:"嗯?"福塔纳?他没听过。

周徐纺凑到他耳边,偷偷地说:"这个文凭是在普尔曼买的,会不会被查出来?"

"不会去查的。"

周徐纺这就放心了,放心过后,又有点窘。她忍不住看看江织的,再看看自己的,思前想后了一番,嘱咐江织:"以后要是别人问你妻子是什么学历,你就告诉他,我智商136。"

江织被"妻子"两个字取悦到了,眉眼带笑:"好。"

周徐纺又一想,觉得还不够:"我还有一栋楼,两座别墅,三辆车,很多很多的钱。"这么说是为了不让别人取笑江织娶了个"文盲小姐"。

江织说好,笑得笔尖一直抖。周徐纺心想:要不要再去买个名牌大学的文凭?填完声明书,江织去拿了排队的号。

周徐纺跟在他后面:"江织,"她声音很小,"我想去卫生间。"

江织让她坐着等一下,去窗口问工作人员:"你好,请问卫生间在哪儿?"

"左手边直走,最里面就是。"

"谢谢。"

江织带周徐纺去了卫生间,他在门口等。卫生间外边的洗手池旁,年轻的女人在打电话,周徐纺听力好,连手机那头的声音也都听得清。

"你不是今天要去领证吗?怎么有时间给我打电话?"

女人边洗手,边同闺蜜抱怨:"李航那个混蛋,居然是二婚。"

闺蜜爆了句粗口:"他骗你?!"

女人扯了扯嘴角,冷笑:"早看出来了,他就不是个东西。"

"那这婚还结不结?"

"结啊,为什么不结,他图我年轻貌美,我图他有房有车,就这样过呗。"

周徐纺从隔间出来了。女人回头瞧了她一眼,对闺蜜说:"等我回去再跟你说。"然后她挂了手机,出了卫生间。

周徐纺开了水龙头,在洗手,隔着一堵墙,她听到了男人的声音。

"宝贝儿,别生气了,我真不是有意瞒你,你没问过,我就给忘了。等拿了证,我们就去4S店,你不是想要辆宝马吗,老公给你买。"

还是那个女人的声音:"你就会哄我!"语气与方才同闺蜜抱怨时的截然不同,恼怒是有,撒娇更多。

男人笑呵呵地哄:"我这不是稀罕你嘛,不稀罕你,我才不哄呢。"

女人娇嗔:"烦死了,走开。"

一个图年轻貌美,一个图有房有车,倒也一拍即合。

周徐纺出去。江织过去牵她:"手也不擦干。"

他用手绢给她擦了擦手,又就着同一条手绢,擦了擦走廊上的椅子:"你昨天睡得晚,靠着我歇一会儿。"

前面还有好几对,周徐纺靠在江织身上,闭着眼睛小憩,耳边纷纷扰扰,全是声音。

"为什么不能做婚前检查?"是一位男士的声音。

对话的是他的伴侣:"没必要。"

"怎么就没必要了?"

"要做婚前检查今天就领不了证。"

"明天后天来领不就成了。"

"我妈拿了我们的生辰八字去算过,今天领证最好。"

那位男士语气变得不善了:"谭佳佳,你不是还瞒了我什么吧?"

"我能瞒你什么?"

"谁知道呢,你又不肯做检查。"

"萧庆,你别无理取闹。"

"我无理取闹?那行,这婚别结了。"

"别结就别结!"然后就是噔噔噔的脚步声,这一对,没结成。

另外一对,坐在周徐纺对面。男人有四十多岁,穿了一身正装,鼻梁上的镜片很厚,背头梳得一丝不苟:"还有两个号就到我们了。"

他的伴侣低着头,不冷不热:"嗯。"

"结婚之后我希望你能辞了工作。"

"到时候再说吧。"

男人有点不悦:"早点辞,我妈让我们争取在今年之内要小孩。"

女人没有回答,拿了手机起身:"我接个电话。"

她走到三楼的楼梯口去接电话了,但周徐纺还是听得到她的声音。

"妈。"

女人的母亲在电话里问:"证领了吗?"

女人语气低落:"还在排队。"

"领完证你俩一起回来,你大姨她们都在,正好也见见面。"

女人迟疑沉默了一会儿:"妈,我不想跟他结婚。"

她母亲有些激动,嗓门很大:"说什么胡话呢,彩礼都说好了,现在反悔,你让我的脸往哪里放。"

"可我不喜欢他。"

"什么喜欢不喜欢,我跟你爸不也是这么过来的,等你们结婚有了小孩,感情慢慢就有了。"

女人的声音已经有些哽咽了:"我真不想跟他结婚。"

她母亲已然动了怒:"那你要找个什么样的?相了多少次亲,这个也不行那个也不行,下个月你可就要三十了,再不嫁,就只能等别人来挑你。而且小王这么好的条件,你要是不要,多少姑娘等着要,别身在福中不知福。"

女人没有再说话了,吸了吸鼻子,去卫生间洗了把脸,随后若无其事地坐到她的准丈夫旁边,眼底的情绪平复下来,目光慢慢变得麻木。能怪谁呢?只怪女孩子的青春太短,还没等到爱情,就要嫁给"将就"。

登记处的门口也站了一对,一男一女,年纪都不小,两人隔得很远,各自看着不同的方向。女人接了个电话,然后男人问她:"你前夫啊?"

"嗯,他问我小孩上学的事情。"男人点了点头,没说什么。两人似乎没什么话题,安静了一会儿,女人主动找话题:"你跟你前妻还有联系吗?"

"偶尔会联系,也是因为小孩的事情。"

一人一句,后面又是冷场。两人似乎不太熟,话都很少。

下一个话题是男人先开始的:"待会儿去哪儿吃饭?"

"回家做吧。"

"行。"后面,他们就没开口了。相敬如宾,莫过于此。

当然,也有热热闹闹的人,那是一对年轻的情侣,男孩女孩穿着情侣装,嬉嬉笑笑。"赵小川,看这里。"女孩子拿着自拍杆在拍。

"你都拍多少张了,别拍了。"男孩子一边抱怨,一边配合着做了个剪刀手,

"先吃东西。"女孩拍完照,低着头在发朋友圈,男孩给她喂了一口面包。

"赵小川,"女孩问男孩,"我朋友问你,初为人夫有什么感受。"

他认真想了想:"有种大难临头的感受。"

女孩抱着手,哼了一声:"赵小川,你变了!"

男孩笑:"生气了?"

"没有。"女孩头一甩,恶狠狠地说,"咱们家键盘坏了,我要重新买一个!"

两人笑笑闹闹。

江织瞥了一眼那对年轻情侣,问周徐纺:"是不是很吵?"

"还好。"

周徐纺也没有睡意,第一次来民政局,第一次看到这么多婚姻的模样,她问江织:"你高兴吗?紧张吗?"

她有点紧张,心里头奇奇怪怪的,手心还会冒汗,不过他好像很平静。

江织没回答这个问题,牵着她去了楼梯口,那里没人,他把口罩摘了,抱住她:"周徐纺,听到了吗?"听到了,他的心跳声。

周徐纺问了一个很天真、很现实,也很世俗的问题:"你为什么娶我?"

江织回答:"因为爱你。"来民政局领证的那些人里头,有多少能得到这个答案。婚姻百态,冷暖自知,而她,是被眷顾的那个人。

"031。"登记处的工作人员在喊。

江织说:"到我们了。"次年十月十四,周徐纺诞下一子,取名陆姜糖。

番外

陆姜糖出生的同年十一月,周清让和陆声举行了婚礼,蜜月旅行安排在了十二月,他们去了墨岱,听说那里是离星星最近的地方。

第二年的九月,陆声诞下一双女儿,产后大出血,在重症监护室里住了半个月,去了半条命。

江织和周徐纺在陆家小住,这段时间,陆家气氛不太好,江织睡得也不太好。

"徐纺。"

周徐纺也没睡着:"嗯。"

"我们以后不要再生小孩了。"他声音很低,很轻。

周徐纺知道,因为陆声这次在鬼门关走了一趟,江织对生宝宝有些阴影了,她还好,她一向"体壮如牛":"我还想要个女儿。"

江织把她抱得紧紧的,软了声音在她耳边求:"不要了好不好?"

周徐纺在他胸口蹭了蹭,没有回答。

一个月后,陆声出院了。双胞胎的名字是林秋楠取的,姐姐姓周,叫月牙,妹妹姓陆,叫月白。

月牙月白周岁宴那天,陆家办了抓周,月牙抓了毛笔,月白抓了周徐纺。周徐纺是真喜欢女宝宝,看着陆声家的双胞胎,眼睛里要滴出蜜来了。

当天晚上,江织有点失眠,睁着眼睛前思后想了很久,怕吵着周徐纺,他起身去客厅打了个电话。

"江少。"是第五医院的孙副院。

"帮我安排一下,我要做个小手术。"

孙副院仔细询问:"方便告诉我是什么手术吗?"

江织语气颇不自然:"结扎。"

孙副院闭嘴了。江织刚挂了电话,听见姜糖在哼哼,周徐纺在卧室醒来后下意识就喊江织。

"我在呢。"他坐到床边来,"你睡,我去给姜糖冲奶粉。"

周徐纺说好,却也不睡,打着瞌睡跟在江织后面。

陆姜糖很好带,喝了奶就自己接着睡了,江织牵周徐纺回自己屋:"徐纺,我要是做了你不喜欢的事,你原不原谅我?"

她毫不犹豫:"都原谅。"

江织笑,眼里有明显的得意和雀跃:"周徐纺,男人可不能这样子惯。"

周徐纺笑着亲他,她就爱惯他。

江织把她抱起来,放到床上:"明天我要去丰城,待一周。"

周徐纺手抱着他的脖子:"拍戏吗?"

"嗯。"他俯身,睡衣滑了点儿,锁骨露出来,"困不困?"

"还好。"

他把手从她睡衣里伸进去:"那做点别的?"

一周后,江织"出差"回来了,他推开门就喊:"纺宝。"没人答应他,他又叫了一句,"徐纺。"

一腔相思被冷了一下,某人不高兴了:"周徐纺。"

周徐纺从卫生间里出来了,江织扔掉行李箱过去抱她,抱完又亲了一顿:"干吗呢,你都不答应我。"

他一低头,看见了周徐纺手里的验孕棒,她表情还有点蒙:"江织,我好像怀孕了。"

江织："……"这种白挨了一刀的感觉是怎么回事。

周徐纺是怀孕了，意外怀孕，已经六周了。对于这第二胎，江织惊大于喜，有陆声那个"前车之鉴"，周徐纺整个孕期里，江织都战战兢兢的。

次年七月，周徐纺分娩，生下一个女儿，是剖腹产，过程很顺利，即便这样，产房外的江织还是红了眼。

名字是江织取的，叫陆赏，小名堆堆。

堆堆长得和哥哥陆姜糖很像，都像江织，小模样精致得不得了。堆堆没有继承周徐纺的异能基因，这一点江织很庆幸，他希望女儿平平淡淡健健康康的就好。

也许是因为生来就身负异能，陆姜糖还年幼的时候，就一副老成的样子，性子不像江织，倒跟陆星澜有几分像。堆堆性格像周徐纺多一点，有些内敛慢热，不过很爱笑。

陆姜糖大了堆堆快三岁，堆堆很黏哥哥，也很听哥哥的话，堆堆两岁多的时候走路还有些跌跌撞撞。

周末，周徐纺带两个宝宝去江织剧组探班，还叫了一车吃的，她已经很少接跑腿任务了，开了一个糖果店。五岁的陆姜糖比同龄的孩子独立，自己下车，还帮忙把妹妹抱下来。

周徐纺锁好车："妈妈要帮忙搬盒饭，你们先去找爸爸。"

陆姜糖继承了周徐纺的异能基因，力气很大，他那张漂亮的小脸像江织的缩小版："我帮你搬。"

"不用，你带妹妹去爸爸那儿。"

陆姜糖说好，把手递给妹妹："堆堆，牵紧哥哥。"

"好～"

堆堆穿着粉色的小裙子，乖乖跟着哥哥。

片场都是熟人，周徐纺不用担心人走丢。剧组的女二前些日子请假，没见过江织家的一双儿女，瞅见两个的粉雕玉琢的奶娃娃，瞬间露出了姨妈笑，扭着腰过去："这是谁家的一对宝贝啊，生得真漂亮。"

陆姜糖被教得很懂礼貌："阿姨好。"正正经经的模样像个贵族的小公子。

堆堆也学着哥哥奶声奶气地喊："阿姨好。"

小姑娘梳两个羊角辫，头花到鞋子都是粉色，乖巧地站在一身黑的哥哥旁边，哥哥正经八百地回答："是江织导演家的。"

堆堆跟着哥哥说："导演家的。"

天，要被萌化了！

女二是个豪爽性子，吆喝了一句："江导，你家两个小宝贝来了。"

江织抬头看了一眼,暂停了拍摄,起身过去。

陆姜糖不爱笑,是个小老干部:"爸爸。"

堆堆笑得很甜:"爸爸~"

江织把堆堆抱起来:"妈妈呢?"

陆姜糖:"在搬盒饭。"

堆堆:"搬盒饭。"

片场人来人往的,江织手里还拿着剧本,一只手抱着堆堆,用眼神提醒了旁边的摄影师,意思很明白:别乱拍,孩子不露脸。

"人多,抓着我的衣服。"

"哦。"陆姜糖抓着爸爸的衣服走在后面。

旁边的场务推着一架子衣服艰难地在人群里挪动,不知是谁被地上的线绊了一脚,猛的往前扑,挂衣服的铁架整个被推翻,朝左边倒下去,刚好,剧组那位女二就站在左边的位置,陆姜糖没多想,迅速移过去,白嫩的小手把铁架扶住了。

"阿姨,小心。"

稚嫩的童音,却格外让人心安,女二惊魂甫定:"谢谢啊。"

五岁的小公子从容得不像话,把铁架扶好:"不客气。"说完他回去,继续抓着江织的衣角,乖巧又沉稳的样子。

堆堆趴在江织肩上,笑得很甜:"哥哥好厉害啊。"

陆姜糖嘴角小小地勾了一下,很快又压下去:"爸爸,不知道有没有被看到。"刚刚情急,他跑得很快。

江织语气轻松:"你爸在呢,看到了也没关系。"

陆姜糖想起了小时候,他懵懵懂懂地问过:"爸爸,为什么我和别人不一样?"

"因为你是超级英雄。"

"那我要保护世界吗?"

他爸爸说:"你保护妈妈和妹妹就够了,爸爸保护你。"

"周徐纺。"

江织叫了一句。

周徐纺回头,看见了她的爱人与她的孩子,他们有着相似的眉眼。

江织遮住堆堆的眼睛:"陆姜糖,不要看,我要亲你妈妈。"

"哦。"

江织走过去,吻他的妻子。